«Laura Gottbergs fünfter Fall ist so spannend wie die ersten vier. Man sollte nur vor dem Lesen eine Pizza bestellen, in dem Buch wird ständig italienisch gegessen!» *BZ*

«Spannend von der ersten bis zu letzten Seite!» *Tina*

«Unbedingt lesen!» *Neue Woche*

Bevor Felicitas Mayall sich ganz der Schriftstellerei widmete, arbeitete sie als Journalistin bei der «Süddeutschen Zeitung». Wenn sie nicht gerade in Italien für ihre Geschichten recherchiert oder mit ihrem Mann durch dessen australische Heimat reist, ist sie in ihrem Haus in der Nähe von München anzutreffen. «Hundszeiten» ist der fünfte Band der erfolgreichen Serie um die Münchner Kommissarin Laura Gottberg.

Felicitas Mayall

HUNDSZEITEN
Laura Gottbergs fünfter Fall

Roman

Rowohlt Taschenbuch Verlag

Veröffentlicht im Rowohlt Taschenbuch Verlag,
Reinbek bei Hamburg, Januar 2010
Copyright © 2008 by Rowohlt Verlag GmbH,
Reinbek bei Hamburg
Umschlaggestaltung any.way,
Barbara Hanke / Cordula Schmidt
(Foto: Bildagentur Huber / Römmelt)
Satz Berthold Caslon PostScript (InDesign)
bei hanseatenSatz-bremen, Bremen
Druck und Bindung cpi – Clausen & Bosse, Leck
Printed in Germany
ISBN 978 3 499 24623 4

Für meine Mutter,
deren Erzählungen den Grundstein
zu diesem Roman legten

Dieser Text ist rein fiktiv. Eventuelle Ähnlichkeiten mit tatsächlichen Personen, Orten oder Ereignissen beruhen auf Zufällen und sind nicht beabsichtigt.

Ein Toter bin ich der wandelt
gemeldet nirgends mehr
unbekannt im Reich des Präfekten
überzählig in den goldenen Städten
und im grünenden Land

abgetan lange schon
und mit nichts bedacht

Nur mit Wind mit Zeit und mit Klang

der ich unter Menschen nicht leben kann

Ingeborg Bachmann, «Exil» (Auszug)

SIE GRÖLTEN WIEDER, unten auf den Kiesbänken bei der Museumsinsel. Inzwischen hatten sie diesen Isarstrand ziemlich für sich allein. Niemand wollte in ihrer Nähe feiern. Wo in früheren Nächten viele Feuer brannten, gab es jetzt nur noch ein großes.

Die andern hatten sich neue Sandbänke gesucht. Wie Nomadenlager zogen sich ihre Grillplätze am Fluss entlang. Jede Nacht hingen Rauchschwaden über der Isar, Trommeln erklangen, Gitarrenklänge. Es war, als erinnerten sich die Bewohner der großen Stadt im Sommer an das Leben ihrer Vorfahren. Nur mit den Leuten am großen Feuer wollten sie alle nichts zu tun haben.

Das hatte Ralf, der Steinmetz, genau beobachtet. Geduckt kauerte er im Schutz eines hohen Baumes an der Uferstraße und starrte zu denen am großen Feuer hinunter. Das Feuer loderte in dieser Nacht so hoch, dass der Turm des Deutschen Museums in flackerndes Licht getaucht wurde. Hartes Gelächter drang zu Ralf herauf, zu laut. Er mochte das Gelächter nicht, die Lieder nicht. Mochte die Kerle da unten nicht. Fast alles Männer, das hatte er gesehen, aber ein paar Frauen waren auch dabei.

Ralf kannte sich an der Isar aus. Der Fluss war sein Zuhause. Deshalb wusste er genau, was gefährlich war und was nicht. Er kannte die Lager der anderen Penner, die unter den Brücken lebten, in Zelten oder Höhlen weiter draußen am Hochufer. Man ließ sich in Ruhe. Solange keiner ins Revier des anderen vordrang. Ralf war ein Einzelgänger und daher besonders auf der Hut. Die Kerle da unten passten nicht ins Bild. Die waren ein anderes Kaliber, keine Kollegen. Solange sie nicht näher an seinen Unterschlupf herankamen, fühlte er sich halbwegs sicher. Er musste sie im Auge behalten. Das stand fest!

Für heute Abend hatte er genug gesehen. Ralf löste sich von seinem Baumstamm, im gleichen Augenblick erstarrte er, bekam Herzrasen, weiche Knie. Irgendwer hob ihn hoch, schüttelte ihn wie einen Hund. Harte Hände umfassten seinen Nacken, Eisenklammern. Dann die Stimme, dicht an seinem Ohr:

«Lass dich hier nie wieder blicken, dreckiger Schmarotzer! Solche wie du haben in dieser Stadt nichts zu suchen. Sag das deinen Kumpels. Wir werden hier aufräumen!»

Die Eisenklammer hob Ralf hoch und schleuderte ihn zu Boden. Er krümmte sich zusammen, wartete auf den Stiefeltritt, wagte kaum zu atmen, stellte sich tot. Nichts passierte. Er hatte Sand zwischen den Zähnen, und es roch nach Hundepisse. Endlich, nach mindestens fünf Minuten, drehte er sich ein bisschen und schaute sich um. Da war niemand, nur der Baumstamm. Ralf rappelte sich auf und rannte.

Es ist eine dieser Nächte, ganz einfach eine dieser Nächte, dachte Kriminalhauptkommissarin Laura Gottberg. Ich hätte vor zwei Stunden aufstehen sollen, mich auf den Balkon setzen, ein Glas Wasser trinken, meditieren, ein Buch lesen, irgendwas tun müssen, nur nicht im Bett bleiben und nachdenken. Stattdessen hatte sie sich von einer Seite auf die andere gewälzt, irgendwann sämtliche Eingeweide gespürt und alle schlechten Erinnerungen der bisher gelebten Jahre durchgestanden. Ihr Kopf schmerzte. Alles fühlte sich feucht an: ihr Haar, ihre Haut, das Laken. Schwer und stickig hing die Luft über ihrem Bett, über der Wohnung, dem Haus, der Stadt und vermutlich der gesamten Erde.

Seit beinahe zwei Monaten herrschte Gluthitze über München und ganz Mitteleuropa. Seit Wochen fielen die Menschen um wie Fliegen, sanken die Temperaturen auch nachts höchstens auf fünfundzwanzig Grad. Die Schlagzeilen der Zeitungen sprachen inzwischen von Endzeit und Apokalypse, weil Klimakatastrophe bereits zu abgedroschen klang.

Auf dem Rücken liegend, Arme und Beine von sich gestreckt, versuchte Laura sich selbst den Befehl zum Aufstehen zu geben. Lange Zeit widersetzten sich die Schaltstellen ihres Körpers, immer wieder versank sie in dämmrigen feuchtwarmen Nebeln und träumte sogar – vom Fallen, von diesem Frosch. Sie schreckte hoch, schaffte es endlich auf den Bettrand und saß aufrecht.

Sie wollte nicht von diesem Frosch träumen, hatte ihn schon fast vergessen, akzeptiert, dass es ihn gegeben hatte. Wirklich? Nein, nicht wirklich, denn ab und zu tauchte er auf wie ein verblasstes Schwarzweißfoto, irgendwo im Hinterkopf.

Erbsünde, dachte sie. Der Frosch ist für mich so was wie die Erbsünde. Sie strich das feuchte Haar aus ihrem Gesicht, stand taumelnd auf und knipste die

Lampe auf ihrem Nachttisch an. Zehn vor vier. Sie zwang sich dazu, in die Küche zu gehen, spürte dem zarten Lufthauch nach, der von der weit offenen Balkontür zu ihr drang, und ließ an der Spüle Wasser über ihre Hände und Unterarme laufen. Lauwarme Brühe, die selbst nach ein paar Minuten kaum kälter wurde. Im Kühlschrank fand sie einen Krug mit eiskaltem Wasser, füllte damit ein Glas und trat auf den kleinen Balkon hinaus.

Eigentlich war es eine klare Nacht, aber sogar bei Dunkelheit blieb ein Rest des Hitzesmogs über der Stadt hängen und verschleierte die Sterne. Laura trank in kleinen Schlucken und ließ die kühle Flüssigkeit langsam durch ihre Kehle rinnen. Seltsamerweise bekam sie Gänsehaut davon.

Finsternis lag über dem Geviert der hohen Stadthäuser. Niemand außer Laura schien wach zu sein. Die Petunien in den Balkonkästen verströmten einen süßlichen Duft. Laura lehnte den nackten Rücken an die raue Hauswand. Wieso hatte sie von dem Frosch geträumt? Sie hatte bisher immer nur dann von ihm geträumt, wenn etwas in ihr gründlich aus dem Gleichgewicht geraten war. Froschalarm. Das letzte Mal, als sie sich von Ronald getrennt hatte, vor vier Jahren.

War denn etwas aus dem Gleichgewicht geraten? Abgesehen vom Klima? Lag es an diesem diffusen Gefühl von Bedrohung, das in der Stadt herrschte und von den Medien geschürt wurde? Rapider Anstieg der Todesrate, Kolibakterien in Schwimmbädern und Seen, drohende Epidemien von Gehirnhautentzündung bis Salmonellen, Trinkwassermangel, steigende Gewaltbereitschaft, Smog, Fahrverbote.

August in München. Eigentlich die beste Jahreszeit. Die halbe Bevölkerung machte Urlaub. Lauras Kinder, Luca und Sofia, waren seit einer Woche in England, machten Sprachferien mit Familienanschluss. Das hatte sie fast ein Monatsgehalt gekostet. Taschengeld spendierte zum Glück Lauras Vater Emilio. Von Ronald, ihrem Ex, gab es nur gute Ratschläge. Immerhin hatte er Luca und Sofia zum Flughafen gebracht, weil Laura sich nicht freinehmen konnte.

Sie hatte sich auf diese vier Wochen Freiheit gefreut, darauf, ihren eigenen Rhythmus leben zu können – abgesehen von der Arbeit natürlich.

Bisher lebte sie noch gar nichts.

Es war zu heiß, um irgendwas zu tun. Und sie wollte gar nichts tun. Nicht einmal fernsehen. An den letzten Abenden hatte sie sich dabei ertappt, dass sie stundenlang untätig herumsaß. Mit leerem Kopf. Es war nicht unangenehm, nur erstaunlich. Es schien, als hätte sie in all den geschäftigen Jahren, die hinter ihr lagen, ihren eigenen Rhythmus vergessen. Und nun wartete sie darauf, dass er sich wieder einstellte.

Sie ging in die Hocke, lehnte ihre Stirn an das kühle Balkongeländer und schaute zwischen den Gitterstäben hindurch. Eine sanfte Vorahnung der Morgendämmerung zeigte sich am Himmel. Wie lange hatte sie die Sonne nicht mehr aufgehen sehen, *bewusst* aufgehen sehen? Sie konnte sich nicht daran erinnern.

Plötzlich wusste Laura, was sie tun wollte. Am Fluss entlanggehen und die Sonne aufgehen sehen. Während sie sich anzog, dachte sie kurz daran, ihre Dienstwaffe einzustecken, nahm sie sogar in die Hand, legte sie aber wieder weg.

«Sonnenaufgang, kein Einsatz!», murmelte sie und lächelte über sich. Sie bürstete flüchtig ihre Haare, ohne dabei in den Spiegel zu schauen. Im Treppenhaus dachte sie wieder an den Frosch. Beinahe wäre sie gestolpert. Als drängte er sich vor.

«Gut», dachte sie, als sie auf die Straße trat. «Vielleicht willst du nochmal hören, dass es mir leidtut. Dass ich dich nie vergessen werde, dass ich mich schäme. Dass ich etwas begriffen habe, damals, und dass ich dir dafür danke, obwohl es dir nichts mehr hilft.»

Er war noch immer da. Ein fetter grüner Frosch, dem die Eingeweide aus dem Maul hingen. Und die anderen Kinder, verschwommene Gestalten, die stumm dastanden und ihn anstarrten. Das hatten sie nicht gewollt. Oder doch? Sie hatten ihm nur ein Haus bauen wollen. Eins aus Moos und Stöcken. Aber er wollte das Haus nicht, blieb einfach nicht sitzen, hüpfte immer wieder weg. Sie holten ihn zurück. Immer wieder. Setzten ihn gewaltsam in das Haus, warfen ihn endlich auf den Boden, immer und immer wieder. Er sollte sitzen bleiben!

Wie ein Rausch war es über sie gekommen. Plötzlich quollen die Eingeweide aus seinem Maul, und er blieb sitzen, der Frosch. Rührte sich nie wieder.

Wie alt war sie damals gewesen? Neun oder zehn? Egal. Auch sie hatte den Frosch einmal auf den Boden geschleudert.

Langsam folgte Laura der schmalen Straße, die zum Hochufer der Isar führte, fing irgendwann an zu laufen und erreichte keuchend die große Kreuzung vor der Philharmonie. Sie nahm die stickige Luft wahr, ihre Lungen brannten. Die täglichen Warnungen im Radio fielen ihr ein: Vermeiden Sie körperliche Anstrengung im Freien, die Ozonwerte überschreiten Tag und Nacht sämtliche Grenzwerte.

Der Frosch war noch immer da, obwohl sie sich alle Mühe gab, an andere Dinge zu denken. Trotz ihrer Jugend hatte sie damals begriffen, dass sie töten konnte. Sie alle hatten es begriffen, sich schweigend getrennt, sich nicht einmal mehr angesehen. Eine Weile waren sie sich aus dem Weg gegangen. Der Frosch wurde nie mehr erwähnt.

Laura überquerte die Kreuzung. Außer einem einsamen Fahrzeug der Straßenreinigung war kein einziger Wagen zu sehen. Fahrverbot.

Als wäre Herbst, verlor die mächtige alte Kastanie am Eingang des Parks ihre Blätter. Braune, dürre, zerknitterte Blätter, die unter Lauras Füßen raschelten. Sie nahm nicht den staubigen Fußweg, sondern ging über den Rasen, von dem nur ein flaches Gespinst aus gelblichen Stoppeln übrig geblieben war. Die Erde fühlte sich hart an wie Beton, zeigte Risse. Wann hatte es zum letzten Mal geregnet? Irgendwann im Juni, vor beinahe zwei Monaten.

Ihr fiel auf, dass der Übergang von der Nacht zum Tag grau war. Die Nacht leuchtete dunkelblau, doch jetzt, da von Osten her eine diffuse Helligkeit aufstieg, verblassten die Blautöne, wurden einfach grau. Morgengrauen. Seltsames, doppeldeutiges Wort.

Noch etwas hatte sie damals begriffen. Der Rausch von Macht hielt nicht an, er konnte in Depression umschlagen, in Scham, Schuld, Selbstekel. Es hätte sie interessiert, wie die anderen Kinder mit dieser kollektiven Tat fertig geworden waren. Ob die Mädchen anders damit umgingen als die Jungs. Ob sie heute noch manchmal daran dachten.

Keinen von ihnen hatte Laura in späteren Jahren wiedergetroffen. Es waren ohnehin nur flüchtige Freundschaften gewesen, Urlaubsbekanntschaften. Gemeinsam mit ihren Eltern hatte sie damals Ferien auf einem Bauernhof in Tirol gemacht. Die anderen Kinder gehörten zu den umliegenden Gehöften oder machten ebenfalls Ferien. Aber keines der Kinder hatte gesagt: «Hört auf!»

Sie auch nicht.

Der Fluss war zu einem schmalen Bach geworden. Das Wasser schwarz, jedenfalls bei Nacht. Ralf, der Steinmetz, hockte im Kiesbett der Isar und hielt seine Füße ins Wasser. Vielleicht konnte er auf den kühlen Steinen noch eine Runde schlafen. Der Schreck dieser Nacht saß ihm in den Knochen. Zwar war ihm so etwas nicht zum ersten Mal passiert, doch diesmal war es unheimlich gewesen, als hätte ein Geist nach ihm gegriffen. Quatsch, sagte er sich. Gibt keine Geister. Es hatte sich allerdings so angefühlt. Wie das kalte Grauen hatte es sich angefühlt.

Vielleicht sollte er umziehen. Vielleicht war seine neue Unterkunft doch nicht sicher. Seit er sich im Fußgängertunnel unterm Friedensengel niedergelassen hatte, ging alles so glatt. Angefangen hatte es mit dem Anhänger. Ein gebrauchter Auto-Anhänger, abschließbar. Er hatte dafür gearbeitet. Der Anhänger war immer sein Traum gewesen. In so einem Anhänger konnte man all seine Sachen unterbringen und auf dem Dach schlafen. Das war sicherer als auf dem Boden, und man konnte schnell umziehen, wenn die Bullen einen verjagten.

Das Problem war nur, dass er immer mehr Sachen anhäufte, seit der Anhänger da war. Sie kamen einfach, die Sachen, und er steckte sie in den Anhänger. Das Ding wurde immer schwerer.

Eine Küche hatte er sich auch eingebaut, spielte mit dem Gedanken, den Spaziergängern und Radfahrern Cappuccino zu verkaufen. War ja einfach: heißes Wasser, Plastikbecher und Tütenkaffee. Er hatte viele Geschäftsideen, hatte er immer schon gehabt. Immer wieder neue Ideen.

Zurzeit nannte er sich Ralf, der Steinmetz, weil er Isarsteine polierte und bemalte. Es gab jede Menge Steine am Fluss, und die Geschäfte gingen nicht schlecht. Jeden Tag verkaufte er mindestens fünf Steine zu zwei Euro, meistens aber mehr. Das reichte locker fürs Essen. Er trank nicht, wie die meisten seiner Kollegen von der Straße. Das machte das Leben erheblich leichter, denn für Alkohol ging eine Menge Geld drauf. Nein, das war früher mal, das brauchte er nicht mehr.

Vor ein paar Wochen war er noch Ralf, der Fahrradmechaniker, gewesen. Aber das hatte nicht richtig funktioniert, weil er sich mit Fahrrädern nicht besonders gut auskannte. Mit den Steinen klappte es auf Anhieb. Und es machte ihm Spaß. Allerdings dachte er auch daran, sein Geschäft zu erweitern und gebrauchte Kleidung anzubieten. Als zweites Standbein sozusagen. Ein paar von den Hundebesitzerinnen, die jeden Tag bei ihm vorbeikamen, hatten ihn darauf gebracht. Sie wollten ihn mit Klamotten versorgen. Manchmal brachten sie auch was zu essen mit. War ganz nett. Mutterinstinkt wahrscheinlich.

Eine Sorge allerdings hatte er: Wenn er mehr Geld einnehmen würde, als er jeden Tag verbrauchte, dann müsste er das Geld irgendwo aufbewahren, und ganz bestimmt nicht in seinem Anhänger. Wer auf der Straße lebte, durfte nicht viel Geld bei sich haben. Es sprach sich schnell herum unter den Brüdern von der Straße, wenn einer Geld hatte. Und dann war es weg.

Ralf, der Steinmetz, schaute sich um und lauschte in Richtung Deutsches Museum. Nur das sanfte Glucksen des Flusses war zu hören, und nichts rührte sich unter den Bäumen am Ufer. Man musste aufpassen, wenn man draußen lebte. Dauernd aufpassen. Bei Tieren war's nicht anders, die mussten auch aufpassen. Vor Tieren hatte er keine Angst, nur vor Menschen. Wie oft hatten ihn seine Kollegen beklaut. Keiner traute dem andern. Ralf, der Steinmetz, lachte leise vor sich hin. Er kannte mal einen, der in seiner Höhle an der Isar über hunderttausend Mark vergraben hatte. In Plastiksäcken. Erforen war der, in einem kalten Winter vor vielen Jahren, und danach fand die Polizei das Geld. Die Polizei!

Ralf lachte laut auf und sah sich erschrocken um, weil sein Lachen von den Mauern wiederhallte. Nein, man brauchte nicht viel Geld, wenn man frei sein wollte. Nur genug zum Essen. Alles andere war Quatsch. Deshalb musste er sich die Sache mit den gebrauchten Klamotten nochmal genau überlegen. Sehr genau. Prüfend betrachtete er den Himmel. Bald würde es hell werden. Es roch immer noch nach verglimmenden Lagerfeuern, aber die Menschen waren alle nach Hause gegangen. Ralf zog die Füße aus dem Wasser, lauschte sichernd nach allen Seiten und rollte sich endlich zusammen.

Plötzlich kehrten die Farben zurück. Das Grau wurde von Rot weggewischt, vielen Schattierungen von Rot, obwohl die Sonne selbst hinter einer dunklen Häusermauer verborgen blieb. Noch immer war Laura allein im Park. Sie lauschte dem Summen der Stadt, machte halbherzig ein paar Dehnungsübungen, lief eine Weile am Hochufer entlang bis zum Maximilianeum, kehrte wieder um und wählte den schmalen Steg, der zwischen Mühlbach und Isar entlangführte. Allmählich verklang der Froschalarm in ihr, und sie konnte klarer denken.

An den Fall des Rentners Gustav Dobler zum Beispiel, an dem sie sich regelrecht festgebissen hatte, obwohl ihre Kollegen wenig Verständnis dafür aufbrachten. Vor über zwei Monaten war der alte Mann mit E 605 vergiftet worden. Sie kamen mit ihren Ermittlungen nach wie vor nicht wirklich voran. Lauras junger Kollege, Kommissar Baumann, hielt Doblers Tod für Selbstmord, und der Staatsanwalt war kurz davor, die Nachforschungen einzustellen. Der einzige Mensch, der Laura ein wenig weitergeholfen hatte, erholte sich gerade langsam von einem Herzinfarkt. Und dieser Herzinfarkt hatte Lauras Einschätzung nach sehr viel mit einer Zeit zu tun, an die sich eine bestimmte Generation nicht gern erinnerte.

Laura beugte sich über das Geländer des Stegs und schaute zum Wasser hinunter. Die Isar war zu einem lächerlichen Rinnsal geschrumpft. Auf der anderen Seite des Flusses leuchtete die Kiesfläche in hellem Rosa. Eine Wasseramsel saß auf einem ausgebleichten Baumstamm, den vergangene Fluten angeschwemmt hatten. Auch die weiße Brust des Vogels strahlte zu dieser frühen Stunde rosarot, genau wie die Lukaskirche, deren Türme über die Baumkronen lugten. Laura ließ ihren Blick am Ufer entlangwandern, über die schwarzen Häufchen, die von den Feuern der letzten Nacht geblieben waren, die Bierdosen, ein paar leere Flaschenträger, und blieb an einer zusammengerollten Gestalt mit bloßen Füßen hängen. Kurz verharrte sie, sah wieder zur Wasseramsel und wieder zu dem Bündel Mensch auf der anderen Seite des Flusses.

Ein Übriggebliebener, dachte sie. Wahrscheinlich hat er zu viel gesoffen letzte Nacht und schläft seinen Rausch aus.

Die Wasseramsel schwirrte flussaufwärts. Laura ging ebenfalls weiter, wandte sich jedoch nach ein paar Metern um und schaute zu dem Schlafenden zurück. Schlief er überhaupt? Es war wohl besser, nachzusehen, ob ihm nichts fehlte. Der Froschalarm wirkte: Besonders ausgeprägtes Verantwortungsbewusstsein, empfindliches Über-Ich, Stress, dachte sie. Falls ich nicht nachschaue, werde ich den ganzen Tag daran denken und später bei Kollegen nachforschen, ob an der Isar ein Verletzter oder Toter gefunden wurde. Ich kenne mich immerhin schon seit sechsundvierzig Jahren.

Sie schätzte die Entfernung zur Mariannenbrücke und entschloss sich, durch den Fluss zu waten. Wegen der Steine und der zerbrochenen Bierflaschen behielt sie ihre Turnschuhe an. Das Wasser war angenehm kühl, es reichte ihr an der tiefsten Stelle nur knapp über die Knie. Es floss schnell, zerrte an ihren Beinen. Sie bewegte sich langsam. Als sie das andere Ufer erreichte, ging sie um den Liegenden herum. Er zeigte nur seinen Rücken, hatte das Gesicht in den Kies gedrückt und unter einem Arm begraben. Die abgewetzte Jeansjacke war hochgerutscht und gab ein Stück gebräunter Haut frei, die Hose war auf Kniehöhe abgeschnitten und ausgefranst. Neben dem Mann lagen zwei ausgelatschte Sandalen. Sein Haar war dunkelblond, halblang und ziemlich frisch gewaschen. Vielleicht ein Penner, vielleicht auch nicht... Laura beugte sich über ihn, um zu prüfen, ob er atmete, konnte es aber nicht genau erkennen. Als sie nach seiner Schulter griff, um ihn vorsichtig zu rütteln, schlug er so unerwartet um sich, dass sie das Gleichgewicht verlor und rücklings auf die Steine fiel. Sein Schlag hatte sie quer übers Gesicht getroffen. Beinahe-Knockout.

Sie wollte aufspringen, um sich besser verteidigen zu können, ließ es aber bleiben, als sie sein Gesicht sah. Mit weit aufgerissenen Augen und wirrem Haar hockte er vor ihr.

«Spinnst du?», schrie sie ihn an.

Er reagierte nicht, starrte nur. Schließlich blies er die Backen auf und schüttelte den Kopf.

«Das kannste nich machen. Nich hier draußen! Mich hätt eben beinah der Schlag getroffen!»

«Mich auch!» Laura betastete ihre Nase.

«Hab ich dir wehgetan? Aber da biste selber schuld, Mädchen. So was macht man nicht hier draußen. Auf gar kein' Fall, verstehste?» Er strich mit beiden Händen sein halblanges dickes Haar aus dem Gesicht, kratzte dann über die blonden Bartstoppeln auf seinen Wangen und verzog dabei den Mund. Einer seiner Vorderzähne fehlte. Laura schätzte ihn auf Ende dreißig, und er war eindeutig einer der «Bürger in sozialen Schwierigkeiten», wie man die Obdachlosen politisch korrekt nannte. Aber einer von denen, die sich nicht ganz aufgegeben hatten. Sie schloss es aus seiner Kleidung, dem Zustand seiner Hände und Füße, dem gewaschenen Haar.

«Was macht man nicht?»

«Man fasst niemand an, der am Boden liegt!» Er saß inzwischen im Schneidersitz, ließ sie aber keine Sekunde aus den Augen.

«Und warum nicht?» Ihre Nase schien in Ordnung zu sein. Das linke Auge hatte mehr abgekriegt. Sie fühlte geradezu, wie es anschwoll.

«Weil ...» Er breitete die Arme aus und schaute sie beinahe mitleidig an. «Weil hier draußen die Menschen sehr vorsichtig sind. Es könnt ja einer sein, der was Böses vorhat, oder es könnt ein Bulle sein. Du kennst dich mit solchen Sachen nicht aus, was?»

«Nein!» Laura rollte sich zum Ufer. Mit der hohlen Hand schöpfte sie Wasser und kühlte ihr schmerzendes Auge.

«Isses schlimm?» Er robbte zu ihr hinüber.

«Fass mich nicht an!», fauchte sie, als er die Hand ausstreckte. «Hier draußen fasst man niemanden an!»

Er zog seine Hand wieder zurück.

«Man kann schon», murmelte er. «Wenn man sich kennt. Aber nie von hinten oder wenn einer schläft.»

«Wir kennen uns nicht!»

Er zuckte die Achseln.

«Jetzt schon.»

«Wieso?»

«Weil wir miteinander reden.» Er sah bekümmert aus.

Auf der anderen Seite der Isar tauchten die ersten Radfahrer und Jogger auf. Jeder zweite mit Mundschutz.

«Trink das Wasser ja nich. Da kriegste Dünnpfiff!»

Laura antwortete nicht, stand auf und klopfte den Sand von ihrem T-Shirt und ihrer Hose.

«Wuff. Das wird 'n schönes Veilchen!» Er grinste ein bisschen schief.

«Hast du noch mehr so intelligente Bemerkungen auf Lager?»

Laura verfluchte den Frosch, ihr Über-Ich und ihr Verantwortungsbewusstsein. Sie wollte nur noch nach Hause und einen Eisbeutel auf ihr Auge legen.

«He, ich wollte das nich! Hatte ja keine Ahnung, dass du 'ne Lady bist. Hab eher damit gerechnet, dass es einer von denen is, die weiter oben saufen. Da gehste besser nich hin, das kann ich dir sagen!»

Laura zuckte die Achseln und watete wieder in den Fluss zurück.

«He, es tut mir echt leid. Warte doch. Ich ... ich könnt uns 'n Kaffee machen. Ich wohn nur zehn Minuten von hier.»

Laura blieb mitten im Fluss stehen und drehte sich erstaunt zu ihm um.

«Kaffee?»

«Ja, klar!» Er war ebenfalls aufgestanden und scharrte mit seinen nackten Füßen in den Kieseln herum.

«Wo wohnst du denn?»

Er drehte sich zweimal im Kreis, kickte ein paar

Steine weg und steckte die Fäuste tief in die Taschen seiner kurzen Jeansjacke.

«Nich weit von hier. Ganz in der Nähe vom Friedensengel, wenn du den kennst.»

«Ach so?»

«Klar!» Wieder drehte er sich, er verlor beinahe das Gleichgewicht. Laura musste über seine Verlegenheitspantomime lächeln.

«Nett von dir», antwortete sie. «Aber ich hab leider keine Zeit. Ich muss zur Arbeit, und vorher möcht ich mir noch 'n Eisbeutel auf mein Auge legen.» Sie watete weiter.

«He. Aber vielleicht morgen oder so ...»

«Wenn du mir genau sagst, wo du wohnst, dann überleg ich's mir vielleicht.»

«Is ganz leicht zu finden! Der Tunnel unterm Engel. Kannste gar nich verfehlen. Ich hab da 'n Anhänger stehen. Kleines Geschäft, musste wissen. Läuft nich schlecht.»

«Ah ja?»

«Klar. Seh vielleicht nich so aus.» Er hob eine Handvoll Steine auf und begann einen nach dem anderen ins Wasser zu werfen. Laura hatte inzwischen das Ufer erreicht.

«Kannst es dir ja überlegen!» Seine Stimme klang vage.

Laura antwortete nicht, winkte ihm nur kurz zu. Er zuckte die Achseln.

ALS LAURA ihre Wohnung betrat, fiel ihr die Stille auf. Beinahe hätte sie auf dem Rückweg aus lauter Gewohnheit frische Semmeln gekauft. Aber es war ja niemand da, der sich darüber freuen würde. Sie selbst begnügte sich derzeit mit Obst und Joghurt. Bei dieser Hitze konnte sie ohnehin kaum etwas essen. Die Stille war ungewohnt. Vor allem morgens. Dann sang oder pfiff Luca gewöhnlich im Bad, Sofia hörte in ihrem Zimmer eine CD und Laura in der Küche die Nachrichten.

Zwanzig vor sieben. Noch eine Stunde, dann musste sie ins Präsidium. Langsam ging Laura durch ihre Wohnung und öffnete eine Tür nach der anderen. Die Räume kamen ihr an diesem Morgen sehr groß vor. Groß und leer. Die Zimmer der Kinder zu aufgeräumt, ihr eigenes Schlafzimmer unordentlich, das Wohnzimmer unbehaust, nur die Küche erträglich. Sie nahm ein Kühlkissen aus dem Eisfach und hielt es an ihr lädiertes Auge. Ganz gegen ihre Gewohnheit bereitete sie sich eine Tasse Instantkaffee. Erst dann wagte sie sich ins Badezimmer vor den Spiegel.

Rund um ihr linkes Auge war das Gewebe blau und geschwollen. Laura wusste aus Erfahrung, dass diese Färbung erst der Anfang war. Die nächste Stufe würde schwarzlila aussehen, dann folgten grün und gelb. Zeit, eine neue Sonnenbrille zu kaufen, eine besonders große.

Außerdem musste sie sich eine plausible Geschichte für ihre Kollegen einfallen lassen. Und für ihren Vater. Der Einzige, dem sie die wahre Ursache ihres Veilchens erzählen konnte, war Angelo Guerrini. Der würde lachen.

Vielleicht war der unerwartete Schlag des Obdachlosen gar nicht so schlecht gewesen. Jedenfalls fühlte Laura sich jetzt wacher als vorher. Sie duschte sehr kurz, um Wasser zu sparen, setzte sich dann im Morgenmantel auf ihren kleinen Balkon und trank den Instantkaffee, der inzwischen fast kalt war. Zum ersten Mal, seit ihre Kinder verreist waren, genoss sie die Ruhe, starrte nicht mit leerem Kopf vor sich hin, sondern nahm die Geschäftigkeit auf den Straßen wahr, nickte einer Nachbarin zu, die so früh am Morgen bereits ihre Wäsche aufhängte. Laura schaute den Spatzen zu, die immer wieder ihren Balkon anflogen, um aus dem Wassernapf zu trinken, den sie aufgestellt hatte. Sie erinnerte sich an die Zeit mit Angelo Guerrini vor zwei Monaten in Siena, sehnte sich nach ihm und war gleichzeitig erleichtert, ihn weit weg zu wissen. Aber das Mittelmeer hätte sie gern im Hinterhof gehabt, um jeden Morgen zu schwimmen.

Als kurz vor halb acht ihr Telefon klingelte, saß sie noch immer gedankenverloren und mit dem Kühlkissen auf dem linken Auge da. Seufzend stand sie auf und griff nach dem Telefon.

«Ja?»

«Bist du das, Laura?»

«Ich nehme es an.»

«Ah, Frau Hauptkommissarin belieben zu scherzen.»

«Eigentlich nicht. Was gibt's denn? Wir sehen uns in einer halben Stunde, Herr Kommissar.»

Peter Baumann räusperte sich.

«Ich wollte nur besonders nett sein und dir die Fahrt ins Präsidium ersparen. Gestern Abend hat nämlich ein gewisser Karl-Otto Mayer angerufen – du erinnerst dich vielleicht, dass ich gestern Dienst hatte.»
«Sag schon!»
«Immer langsam. Der alte Herr ist aus der Reha entlassen worden und wieder zu Hause. Er würde sich gern mit dir unterhalten. Aber nur mit dir allein – nicht mit mir und auch sonst mit niemandem.»
«Hat er das gesagt?»
«Das hat er ganz klar gesagt. Am Anfang wollte er nicht mal am Telefon mit mir reden, sondern nur mit dir.»
«Was hast du eigentlich mit ihm gemacht, als ich vor zwei Monaten in Siena war?»
«Gar nichts. Ich habe ihm Fragen gestellt. Macht man das in unserem Beruf nicht so?»
«Es gibt aber verschiedene Varianten, Kommissar Baumann. Man kann zum Beispiel Leute so unter Druck setzen, dass sie tot umfallen.»
«Ich hab ihn nicht unter Druck gesetzt, Laura. Warum fängst du eigentlich immer wieder davon an? Mayer hatte einen Herzinfarkt, weil er ein schwaches Herz hat. Natürlich haben ihn die Fragen aufgeregt – aber deine genauso wie meine. Ist das klar?»
«Und warum will er dann nicht mit dir reden?»
«Was weiß ich? Vielleicht passt ihm meine Nase nicht. Vielleicht steht er auf Frauen ... also, du weißt jetzt, dass er wieder zu Hause ist. Mach damit, was du willst!»
Peng! Peter Baumann hatte das Gespräch beendet. Langsam legte Laura den Hörer zurück.
Also ist was dran an meinen Vermutungen, dachte

sie. Sonst würde er nicht so hochgehen. Oder lag es daran, dass sie die Angelegenheit ein bisschen zu häufig angesprochen hatte? Durchaus möglich. Laura kannte ihre Fehler. Vielleicht würde sie sich später bei ihm entschuldigen ... vielleicht.

Immerhin bescherte seine Information ihr noch Zeit. Sie wusch einen Apfel und setzte sich wieder auf den Balkon. Noch war die Hitze erträglich, fühlte sich so harmlos an wie an einem normalen Sommertag. Laura ließ den Fall Dobler noch einmal an sich vorüberziehen. Sie schloss die Augen, um die Bilder deutlicher zu sehen.

Man hatte Dobler tot in seiner Wohnung gefunden, nachdem er dem jungen Mann von «Essen auf Rädern» die Tür nicht aufgemacht hatte. Als Laura den Tatort betrat, lag er zusammengekrümmt auf dem Boden, eine Schulter an den Wohnzimmerschrank gelehnt. Als Erstes war ihr sein Gesichtsausdruck aufgefallen, blankes Entsetzen hatte aus diesem Gesicht gesprochen. Als hätte der alte Mann ein Ungeheuer gesehen. Auf dem Tisch stand noch eine Tasse mit etwas Kaffee und einem Rest des Gifts. Aber nirgendwo in der Wohnung gab es auch nur den geringsten Hinweis auf irgendwas. Keine Fingerabdrücke von Fremden, keine Tüte oder Dose, in der das Gift aufbewahrt wurde, absolut gar nichts. Keiner der Nachbarn hatte jemanden kommen oder gehen sehen. Und doch: Der Gesichtsausdruck des Toten und dieses seltsame Nichts an Spuren hatten Laura misstrauisch gemacht.

Natürlich wusste sie, dass die Selbstmordrate bei alten alleinstehenden Männern ziemlich hoch war. Aber eine Vergiftung mit dem Pflanzenschutzmittel E 605 war keine besonders angenehme Art zu sterben. Unwahrscheinlich also, dass jemand es freiwillig schluckte.

Laura biss in den Apfel und kaute nachdenklich. Eine Taube landete vor ihr auf dem Balkongitter, fuhr erschrocken zurück und taumelte mit klatschenden Flügeln davon. Laura zuckte ebenfalls leicht zusammen. Ihr türkischer Nachbar, Ibrahim Özmer, schaute aus seinem Wohnzimmerfenster und verbeugte sich in ihre Richtung. Laura winkte ihm zu, betrachtete dann den angebissenen Apfel und versuchte sich an ihren Gedankengang zu erinnern.

Sie war bei Doblers rätselhafter Vergiftung gewesen. Wer sollte einen alten Mann von 91 Jahren ermorden? Eiskalt und sehr professionell, ohne etwas zu berühren oder zu stehlen. Viel zu holen gab es ohnehin nicht bei Gustav Dobler. Billige Möbel und einen Kanarienvogel, mehr besaß er nicht, auch keine Verwandten und Freunde. Jedenfalls meldete sich nach seinem Tod niemand, und sie fanden auch keine Angehörigen.

Deshalb hatte Laura damit begonnen, ein bisschen in Doblers Vergangenheit herumzusuchen, und dabei schnell herausgefunden, dass er während des Zweiten Weltkriegs Haus- und Blockwart in einer Münchner Wohnungsbaugenossenschaft gewesen war. Von den alten Mietern lebten nicht mehr viele, aber einige gab es noch. Und so war Laura auf Karl-Otto Mayer gestoßen.

Sie musste lächeln, wenn sie an die erste und bisher einzige Begegnung mit dem alten Herrn dachte. Seine Wohnung war ihm zu groß geworden, deshalb hatte er einfach drei Zimmer abgesperrt und betrat sie nicht mehr. Ehe er sich auf irgendwas einließ, bot er Laura

Schnaps an und erklärte, dass er nur sehr ungern über die alten Zeiten spreche.

Immerhin ließ er sich so weit auf die Vergangenheit ein, dass er sich an den Dobler erinnerte und daran, dass der die Bewohner der Genossenschaft bespitzelt und einige an die Gestapo verraten hatte. Dann fiel ihm noch ein, dass der Dobler nach dem Krieg die besonders eifrigen Nazis an die Amerikaner verkauft hatte und auf diese Weise immer ganz gut durchgekommen war. Und er hatte noch etwas Wichtiges gesagt, der alte Herr Mayer: «Da hat jemand lang nach ihm gesucht.»

Nach dieser Begegnung hatte Laura den Fall an Peter Baumann übergeben, weil sie Commissario Guerrini Ermittlungshilfe in Siena leisten musste. Sehr zum Missfallen und zur Erheiterung mancher Kollegen. Schließlich wussten die meisten, dass Guerrini nicht nur ein Kollege, sondern auch Lauras Liebhaber war.

In der Zeit ihrer Abwesenheit hatte Karl-Otto Mayer einen Herzinfarkt erlitten. Die Ärzte wehrten seither jegliches Gespräch mit ihm nachdrücklich ab, und so ging nichts mehr weiter. Es gab nicht mehr viele Zeitzeugen. Die wenigen, die noch am Leben waren, verweigerten fast alle die Aussage oder litten an Demenz.

Laura warf den Rest des Apfels über die Balkonbrüstung in den Garten. Sie zog kurz den Kopf ein, weil sie nicht nachgesehen hatte, ob unten jemand war. Als kein Aufschrei ertönte, atmete sie auf. Karl-Otto Mayer hatte sich gemeldet. Jetzt konnte sie endlich weitermachen.

Zwei Stunden später stand sie vor dem behäbigen Mietshaus aus der Gründerzeit, in dem Karl-Otto Mayer seit beinahe siebzig Jahren wohnte. Er war nie umgezogen. Seine Kinder waren hier aufgewachsen, seine Frau hier gestorben. Die Häuser hatten viele Renovierungen erlebt, aus dem Kriegsgrau war allmählich ein freundliches Ockergelb geworden. In den Hinterhöfen wurde kein Gemüse mehr angebaut, wie nach dem Krieg, stattdessen gab es Rasenflächen, Sandkästen, Schaukeln und Blumenbeete. Das wusste Laura nicht vom alten Herrn Mayer, sondern von ihrem Vater, der ebenfalls sein ganzes Leben im Norden Schwabings verbracht hatte.

Das ist ein Fall der alten Männer, dachte sie. Kein Wunder, dass Baumann keine Lust darauf hat. Er ist zu jung. Sie zögerte kurz, ehe sie auf den Klingelknopf unter dem Namen Mayer drückte. Er erwartete sie, sie hatte ihn angerufen und gefragt, ob er heute mit ihr sprechen wolle. Regelrecht ungeduldig war er gewesen. Wo sie denn die ganze Zeit gesteckt hätte?

Der Summer ertönte, eine Schwingtür trennte den Eingangsbereich vom Treppenhaus. Drinnen roch es ganz leicht nach Bohnerwachs. Laura mochte diesen Geruch, er erinnerte sie an ihre Kindheit. Auch sie hatte mit ihren Eltern in einem Mietshaus mit Holztreppe gewohnt, und diese Treppe war ebenfalls regelmäßig gewachst und gebohnert worden, was ihren Vater sehr erboste, weil er immer wieder ausglitt und sich irgendwas prellte oder verstauchte. Er hatte es immer zu eilig, der Herr Rechtsanwalt. Langsam stieg Laura die Stufen bis in den zweiten Stock hinauf. Sie lächelte über das Schild am Geländer: «Vorsicht, frisch gebohnert!» Der Schriftzug in steiler Schönschrift sah aus, als wäre er mindestens fünfzig Jahre alt. Karl-Otto Mayer erwartete sie an seiner Wohnungstür, ein wenig dünner und zerbrechlicher als bei ihrem ersten Treffen, aber durchaus aufrecht.

«Da sind Sie ja endlich, Frau Kommissarin.»

«Ja ... warum endlich?»

«Ich wollt schon seit Wochen mit Ihnen reden, aber die Ärzte haben mich nicht gelassen, weil ich mich nicht aufregen sollte. Aber ich hab mich dauernd aufgeregt, weil sie mich nicht mit Ihnen haben reden lassen! Ich hab's dann aufgeschrieben, was ich Ihnen sagen wollt. Damit es nicht verloren geht. In meinem Alter weiß man ja nie, wann der Herrgott einen ruft.» Er geriet ganz außer Atem durch diese lange Rede.

«Jetzt bin ich da und freu mich, dass Sie mit mir reden wollen», erwiderte Laura. «Und wir haben ganz viel Zeit.»

«Haben wir das?» Er hustete, nahm ihre Hand und zog sie in den Flur seiner Wohnung. Es roch ein bisschen muffig.

«Ist lang nicht gelüftet worden», murmelte er entschuldigend. «Ich war ja wochenlang weg. Meine Kinder haben mich zweimal besucht. Es ist weit von Hamburg nach München. Da kann man nichts machen. Die wollten schon wieder, dass ich meine Wohnung aufgeb und in ihre Nähe zieh. Weil ich so krank war und so weiter. Fangen immer wieder damit an!»

«Und warum ziehen Sie nicht zu Ihren Kindern?»

«Weil ich nicht mag!» Er lachte keckernd. «Die sollen ihr Leben leben, und ich leb meins, bis es zu Ende ist. Ich brauch das Gefühl, dass ich in München bin. Nur das Gefühl, das reicht schon. Mich hat's schon ganz krank gemacht, in dieser Reha-Klinik am Starnberger See zu sein. Waren Sie schon mal in der Reha?»

Laura schüttelte den Kopf.

«Da können S' aber froh sein. Wünschen S' Ihnen des nicht. Da fühlt man sich wie in einem Luxusgefängnis!»

Er stieß die Wohnzimmertür weit auf und ließ Laura eintreten, ganz Kavalier der alten Schule, wie bei ihrer ersten Begegnung. Das Zimmer kam Laura noch vollgestopfter vor als damals. Alle Möbel waren zu groß für den Raum – das klobige Büfett aus den zwanziger Jahren des vorigen Jahrhunderts, der lange Esstisch mit der gemusterten Tischdecke, das Sofa mit den vielen Kissen, die hohen Stühle, die unzähligen Beistelltische und vor allem das monströse Gemälde in seinem bombastischen Goldrahmen: eine Kopie des Früchtekranzes von Rubens. Vielleicht lag es an der Hitze, die jede Beengung noch unerträglicher machte.

Laura wartete darauf, dass der alte Herr ihr einen Schnaps anbieten würde, wie beim letzten Mal, doch er tat es nicht, sondern setzte sich in einen riesigen grünen Sessel mit Samtbezug, in dem er noch zarter aussah als ohnehin schon. Sein Atem ging schwer, immer wieder wischte er sich mit zitternder Hand über die Stirn, dann über sein dichtes weißes Haar.

«Man schwitzt die ganze Zeit, nicht wahr? Auch wenn man gar nichts tut!» Er hüstelte nervös.

«Ja, auch wenn man gar nichts tut.» Laura wartete.

Jetzt stand er auf.

«Wollen Sie ein Glas Wasser?»

«Später vielleicht.»

Er setzte sich wieder, rieb die Handflächen aneinander und sah sie aufmerksam an.

«Was ist denn mit Ihrem Auge passiert, Frau Kommissarin?»

«Unfall beim Nahkampftraining.»

«Das sieht ja schlimm aus.»

«Ist aber nicht so schlimm.» Laura setzte ihre Sonnenbrille auf.

«Mich stört's nicht, wenn Sie deswegen die Brille aufsetzen, Frau Kommissarin.»

«Deswegen setz ich sie nicht auf.»

«Ja dann.» Er seufzte tief. «Wo soll ich anfangen ...» Er warf Laura einen ratlosen Blick zu.

«Wo Sie wollen, Herr Mayer. Ich hör einfach zu.»

«Ja, natürlich. Also, ich hatte viel Zeit zum Nachdenken im Krankenhaus und in der Reha und ... Also, ich find, dass der Dobler es nicht verdient, dass sich so viele Leute den Kopf über sein Ableben zerbrechen. So, jetzt ist es heraußen!»

Laura antwortete nicht sofort, sondern beobachtete zwei dicke Fliegen, die um die Deckenlampe kreisten. Wenn sie zusammenstießen, flogen sie wirre Kurven, kehrten aber schnell wieder in den Kreis unter der Lampe zurück, als würden sie durch ein magnetisches Feld angezogen.

«Und warum nicht?», fragte sie endlich.

«Ich hab Ihnen schon damals erzählt, dass er viele Leute verraten hat. Ein paar sind nie wiedergekommen aus Dachau oder wo sie gelandet sind.»

«Und die, die wiedergekommen sind?»

«Da lebt keiner mehr, wenn Sie auf die spekulieren. Von denen hat's keiner getan.» Er hustete, stand wieder auf und ging zu dem unförmigen Büfett. Laura wurde bewusst, dass das Wort Büfett von weit her aus ihrer

Vergangenheit aufgetaucht war. Niemand sagte heute Büfett zu einem Wohnzimmerschrank mit Aufsatz. Ihre Großmutter hatte das Wort benutzt, das war es. Karl-Otto Mayer öffnete den Schrank, nahm eine Flasche heraus und zwei kleine Gläschen.

«Jetzt brauch ich doch einen Schnaps, sonst kann ich das nicht erzählen», sagte er leise. «Sie auch, Frau Kommissarin?»

«Besser nicht», murmelte Laura, und der alte Mann nickte grimmig.

«Ich lass das Glas stehen. Kann schon sein, dass Sie später einen brauchen, Frau Kommissarin.»

Wie beim letzten Mal füllte er sein Gläschen nur halb, trank es in einem Zug leer und füllte es ein zweites Mal zur Hälfte. Dann setzte er sich wieder in den grünen Sessel.

«Wir haben damals jemanden versteckt, müssen Sie wissen. Von Ende 1943 bis ein paar Monate vor Kriegsende. Esther Maron hieß die Frau.» Er nickte vor sich hin. «Sie hatte eine kleine Tochter, die Lea. Ihr Mann war bei der Stadtverwaltung angestellt, aber dann haben sie ihn entlassen, weil er Jude war, und gleich abtransportiert. Meine Frau und ich und ein paar andere in der Genossenschaft waren mit den Marons befreundet. Als es passierte, war ich gerade auf Heimaturlaub von der Front, durfte eine Lungenentzündung auskurieren. Wir haben die Frau Maron und ihre Tochter sofort bei uns versteckt. Aber auf Dauer war das zu gefährlich, weil der Dobler und ein paar andere dauernd herumspioniert haben. Deshalb haben wir jemand gesucht, der zuverlässig war.» Er trank einen kleinen Schluck aus dem Schnapsglas und atmete tief ein. «Blieben nicht viele, das kann ich Ihnen sagen, Frau Kommissarin. Aber immerhin die Frau von unserem kleinen Lebensmittelladen, ein Gärtner in unserer Nachbarschaft und die Frau Neugebauer.»

«Die alte Frau, die nicht mit mir reden wollte? Die sagte, dass der Dobler ein schlechter Mensch gewesen sei? Deren Mann ein Nazi war und von Dobler an die Amerikaner verraten wurde?»

«Genau die! So kann man sich täuschen, Frau Kommissarin, nicht wahr!» Er nickte vor sich hin und schwieg eine Weile. Die Fliegen unter der Lampe summten laut.

«Wir haben die Frau Maron und die kleine Lea dann in der Gärtnerei versteckt. Das war ein Familienbetrieb, keine Angestellten. Nur so hat das funktioniert. Und es hat gut funktioniert, fast ein Jahr lang. Die Frau vom Lebensmittelladen hat es irgendwie geschafft, was zu essen für die Marons abzuzweigen. Gab ja alles nur auf Zuteilung. Wer keine Marken hatte, der musste hungern.» Er atmete schneller, legte eine Hand auf sein Herz und verzog das Gesicht. Besorgt beugte Laura sich vor.

«Wir können auch morgen weitermachen, wenn es Sie zu sehr aufregt.»

Er schüttelte heftig den Kopf.

«Nein, nein! Ich verlass mich nicht auf ein anderes Mal. Das muss jetzt gesagt werden und nicht später! Auch wenn's mich umbringt! Könnten Sie mir noch einen Schnaps einschenken, Frau Kommissarin?»

«Ich glaub nicht, dass es Ihnen guttut ...»

«In meinem Alter darf ich alles!», erwiderte er scharf. «Ich kann die Wahrheit sagen, und ich kann so viel Schnaps trinken, wie ich will. Das ist das einzig Gute

am Alter, Frau Kommissarin: dass man sich mehr traut!
Also, krieg ich jetzt meinen Schnaps?»

Laura zuckte die Achseln und goss sein Glas halb voll.

«So, und jetzt sag ich Ihnen, wie das weiterging. Eines Tages hat der Dobler das Versteck der Frau Maron gefunden. Bis heute hab ich keine Ahnung, wie er das geschafft hat. Er hat es dem Gauleiter gesagt, und der hat die Gestapo geschickt. Das ging so schnell, dass wir nichts mehr machen konnten. Den Gärtner und seine Frau haben sie auch gleich mitgenommen. Die haben zum Glück das KZ in Dachau überstanden. Aber die Frau Maron ist nicht mehr zurückgekommen und die kleine Lea auch nicht.» Er griff nach dem Schnapsglas, trank es leer und hustete heftig. Ein Schweißtropfen lief über seine rechte Schläfe, dann über seine Wange zum Kinn und tropfte auf sein Hemd.

«Ja, so war das», murmelte er nach ein paar langen Minuten. «So war das. Warum sagen Sie nichts, Frau Kommissarin?»

«Was soll ich denn sagen?»

«Ach, gar nichts, nichts! Sie haben ja recht. Da kann man nichts sagen.» Er zog mit zwei Fingern die Bügelfalten seiner Hose nach.

«Und Ihnen ist nichts passiert?»

Er schüttelte den Kopf, starrte auf seine Hände, die Bügelfalten.

«Nein. Wir haben es selbst nicht verstanden, haben wochenlang kaum geschlafen vor Angst. Aber niemand kam zu uns und auch nicht zur Frau Neugebauer. Die Frau vom Lebensmittelladen hat der Gauleiter verhört. Aber sie ist nicht nach Dachau gekommen, weil sie die

Einzige war, die sich mit den Lebensmittelmarken auskannte. Aber ich kann Ihnen sagen, die hat nach dem Verhör keinen Mucks mehr getan, bis der Krieg zu Ende war.»

«Wie haben Sie und Ihre Frau mit dieser traurigen Geschichte gelebt?»

Er warf Laura einen dunklen Blick aus halbgeschlossenen Augen zu und kniff die Lippen zusammen. Endlich sagte er: «Sie hat uns nie verlassen, diese Geschichte, das kann ich Ihnen versichern. Wir haben weitergelebt, unsere Kinder aufgezogen, waren auch glücklich – aber die Frau Maron und Lea, die waren so eine Art Schatten, der immer mit uns gelebt hat. Ich träum noch heut von ihnen. Und wissen Sie, was meine Frau kurz vor ihrem Tod gesagt hat? ‹Ich hoff, dass ich sie wiedersehe›, das hat meine Frau gesagt. Jetzt wissen Sie, warum es um den Dobler nicht wirklich schad ist, Frau Kommissarin. Er war ein feiger Denunziant – da war die Stasi im Osten ein Dreck dagegen. Da wurden die Menschen wenigstens nicht gleich umgebracht.»

Wieder schwiegen sie lange. Endlich stand der alte Mann mühsam auf, ging zum Fenster und zog die Vorhänge zu, um die Sonne auszusperren.

«Vielleicht hat Lea überlebt», sagte Laura leise. Sie staunte über die Heftigkeit, mit der er sie anfuhr.

«Niemals! Niemals! Wenn sie überlebt hätte, dann wäre sie zu uns gekommen. Irgendwann später. Sie hätte nach uns gesucht, ganz bestimmt. Wir haben ja auch nach ihr gesucht!» Seine Hände zitterten so sehr, dass er den Schnaps verschüttete und das Glas abstellen musste.

«Das Schlimmste im Leben ist, wenn man ohnmächtig zuschauen muss, Frau Kommissarin. Wenn man Böses nicht verhindern kann, das ist das Schlimmste! Aber das kennen Sie wahrscheinlich, bei Ihrem Beruf. Nur, damals war es noch ganz anders – und das kennen Sie nicht. Das kann sich niemand vorstellen, der es nicht erlebt hat. Damals hat einer wie der Dobler genügt, dass alle, die nicht stramme Nazis waren, um ihr Leben fürchten mussten.»

Vielleicht sollten wir den Fall wirklich abschließen, dachte Laura. Selbstmord und Akte zu, wie Baumann es vorgeschlagen hatte. Aber Mord blieb eben Mord, und etwas an der Geschichte der Marons behagte Laura nicht. Oder lag es an Karl-Otto Mayer? Sie konnte es nicht genau benennen.

«Warum haben Sie eigentlich bei unserem ersten Treffen im Juni die Marons mit keinem Wort erwähnt?», fragte sie.

«Damals ging's doch nur um den Dobler und was der für einer war.» Seine Stimme klang schwach.

«Und jetzt?»

«Ich ... ich wollt Ihnen das einfach sagen, eh ich endgültig umfall. Damit Sie sich ein klares Bild machen können. Das ist alles.» Er sah sie nicht an, faltete wieder an seinen Hosenbeinen herum.

«Ich wüsste aber gern ein bisschen mehr, Herr Mayer. Können Sie sich vorstellen, dass jemand sich an Dobler gerächt hat? Ich hab das schon einmal gefragt, und Sie sind mir damals ausgewichen. Aber ich erinnere mich genau, dass Sie sagten: Da hat jemand lang nach ihm gesucht.»

Ganz starr saß er da, mit geschlossenen Augen. Endlich sagte er: «Hab ich das gesagt? Kann mich nicht genau erinnern. Aber es könnt ja sein, oder? So was kann immer wieder passieren, bis unsere Generation unter der Erde ist. Es werden doch immer noch uralte Männer vor Gericht gestellt, weil man sie erst jetzt gefunden hat. Das wissen Sie so gut wie ich, Frau Kommissarin.»

«Natürlich weiß ich das. Mein eigener Vater hat ein paar von denen gestellt. Herr Mayer, ich brauche wirklich Ihre Hilfe. Können Sie sich vorstellen, wer so lange gesucht hat? Wer all die Jahre diesen Hass auf den Dobler mit sich herumgetragen hat?»

Der alte Mann schüttelte den Kopf.

«Ich bin kein Denunziant, Frau Kommissarin. Vielleicht war's ja einer von den alten Nazis. Die konnten gut hassen. Fragen S' doch die Frau Neugebauer. Deren Mann war ein Nazi, und der hatte viele braune Freunde. Die haben nie rausgefunden, dass die Frau Neugebauer eine Jüdin versteckt hat. Nicht einmal ihr eigener Mann! Es kommt nur auf die Intelligenz an, Frau Kommissarin, nur darauf und auf den Mut!» Das Zittern seiner Hände hatte nachgelassen, und er trank sein Schnapsglas in einem Zug leer.

«Haben Sie noch Kontakt zur Frau Neugebauer?»

«Wenig. Das ist alles so lang her. Und ihren Mann hab ich nie leiden können. Da ist keine Freundschaft draus geworden, wenn Sie das meinen. Ich muss mich jetzt hinlegen, Frau Kommissarin. Bin ja immer noch ein bisserl in Reha. Die Hitze ist nicht gut für Leute wie mich. Sie müssen sich beeilen, wenn Sie noch ein paar von unserer Generation befragen wollen.» Ein verschmitzter Zug tanzte plötzlich um seine Mundwinkel.

ALS RALF, DER STEINMETZ, an diesem Vormittag zu seinem Anhänger unter dem Friedensengel zurückkehrte, fand er den silberglänzenden Kasten mit roter und schwarzer Farbe besprüht. Eine Botschaft schienen die Wellenlinien und Kreise, die auch die Tunnelwände überzogen, nicht zu enthalten. Wahrscheinlich waren nur ein paar betrunkene Sprayer hier durchgekommen – trotzdem fühlte Ralf sich auf einmal unsicher, schaute genau nach, ob sich nicht irgendwo eine Drohung unter die planlosen Ornamente verirrt hatte. Aber er fand keine.

In einiger Entfernung von seinem Anhänger setzte er sich auf den Boden und lehnte den Rücken an die Tunnelwand. Der Anblick seines besudelten Heims machte ihn wütend und, vor allem, traurig. Es passierte ihm oft, dass seine Wut in sich zusammenfiel und er traurig wurde. Was sollte er auch mit seiner Wut anfangen? Er konnte ja doch nichts tun. Die andern waren stärker, waren immer schon stärker gewesen. Irgendwie hätte er gern die Polizei gerufen, aber das ging ja nicht. Die würden nur sagen, dass er gefälligst samt Anhänger verschwinden solle. Er kannte das. Für die auf der Straße galten andere Regeln.

Radfahrer rasten an ihm vorüber. Einige drehten sich kurz um und gafften. Jetzt würden die Schwierigkeiten überhaupt erst anfangen. Bestimmt beschwerte sich jemand über die Schmiererei, und dann würden die von der Stadt kommen. Und die würden sagen, dass es verboten sei, unterm Friedensengel zu kampieren. Und dass er die Steine nicht verkaufen dürfe, weil er keinen Gewerbeschein hätte.

Ralf lachte traurig vor sich hin. Gewerbeschein! War ja alles verboten, wenn man keinen Schein hatte. Man konnte sich gleich aufhängen. Dabei machten ihn seine Steine richtig unabhängig. Er ging ja nicht mal mehr zum Sozialamt, weil er von seinen Steinen leben konnte. Die sollten doch froh sein. Aber denen passte sowieso nichts. Einsperren wollten sie ihn – in ein Zimmer, in irgendeine stinkende Bude mit anderen Pennern. Mit Kerlen, von denen jeder eine Macke hatte. Ralf kannte all die tausend Macken, einschließlich der eigenen. In geschlossenen Räumen bekam er Platzangst. So massiv, dass er einmal beinah aus dem Fenster gesprungen wäre. Deshalb passte der Tunnel ganz gut. Der war hinten und vorne offen. Außerdem gab es noch eine breite Treppe nach oben und nachts Beleuchtung.

Allerdings zog es bei schlechtem Wetter. Ziemlich sogar. Aber es regnete nicht herein, war absolut trocken. Im Winter könnte es ungemütlich werden. Egal. Noch nie hatte Ralf im August an den Winter gedacht. Damit würde er frühestens im Oktober anfangen.

Jetzt war der Tunnel der beste Platz, den er kannte. Er schützte vor der Sonne und blieb halbwegs kühl. Ralf tastete nach dem Schlüssel, den er stets an einer Schnur um den Hals trug. War wohl besser, den Laden aufzumachen und zu frühstücken. Vom Anstarren ging die Farbe auch nicht weg.

Und jetzt?, dachte Laura, als sie wieder auf der Straße stand. Die Hitze traf sie wie ein Schlag, und das Sonnenlicht war so grell, dass sie trotz dunkler Brille unwillkürlich die Augen zusammenkniff. Wahrscheinlich war es am klügsten, sofort bei Anna Neugebauer zu klingeln. Schließlich wohnte die alte Frau nur ein paar Häuser weiter. Hoffentlich war auch die junge Nachbarin namens Marion zu Hause, die Laura damals unterstützt hatte. Anna Neugebauer war nämlich sehr misstrauisch. Bei der ersten, ziemlich fruchtlosen Kontaktaufnahme vor zwei Monaten hatte sie einfach Lauras Dienstausweis behalten und behauptet, dass jeder so was fälschen könnte.

Inzwischen war es kurz vor zwölf, und die Straßen lagen so ausgestorben da wie zur Siestazeit in südlichen Ländern. Mexiko, dachte Laura. Nicht mal ein Hund war zu sehen. Die Häuser wirkten wie Festungen gegen die Hitze. Alle Rollos waren herabgelassen, alle Vorhänge zugezogen. So sahen italienische oder spanische Städte im August aus, aber das hier war München.

Schlaff hingen die Büsche in den Vorgärten herunter, viele Pflanzen waren verdorrt. Die Stadt begann zu stinken – nicht nach Autoabgasen, sondern nach verdorbenem Müll, nach modernder Kanalisation. Neununddreißig Grad waren für heute angesagt. Es fühlte sich jetzt schon an wie mindestens fünfundvierzig.

Laura klingelte. Irgendwo im Haus fing ein Hund an zu bellen. Ganz hoch und scharf. Sonst rührte sich nichts. Schweiß lief über Lauras Rücken, ganze Bäche von Schweiß. Sie stand in der Sonne und begann, systematisch eine Klingel nach der anderen zu testen. Der Hund bellte wie verrückt.

«Ja?», sagte plötzlich eine Männerstimme aus der Sprechanlage.

«Würden Sie mir bitte aufmachen, ich muss zur Frau Neugebauer.»

«Wieso?»

Ich kann doch nicht Kripo sagen, dachte Laura. Sonst zerreißen sich alle Nachbarn das Maul über die alte Frau.

«Sozialdienst», antwortete sie laut.

«Ist das 'n neuer Trick?»

«Ein alter!»

«Haha. Ich mach auf. Aber ich komm runter und schau mir Ihren Ausweis an.»

Der Öffner summte, Laura drückte gegen die Tür, betrat das Treppenhaus und horchte. Jemand kam aus einem der oberen Stockwerke heruntergestürmt. Anna Neugebauer wohnte im ersten Stock. Als Laura die letzten Stufen nahm, wurde sie bereits erwartet. Ein junger Mann, vielleicht Anfang zwanzig, lehnte mit verschränkten Armen am Treppengeländer. Er trug ein lila Unterhemd, weiße Bermudas und war barfuß. Sein schwarzes Haar kringelte sich in feuchten Locken um seinen Kopf. Er hatte ein lustiges rundes Gesicht mit etwas zu kurzer Nase und musterte Laura von oben bis unten.

«Sie sehen nicht nach Sozialdienst aus!»

«Wie sieht Sozialdienst Ihrer Meinung nach aus?»

«Anders. Ohne Sonnenbrille und Ohrringe.»

«Warum dürfen Leute vom Sozialdienst keine Sonnenbrille oder Ohrringe tragen?»

«Dürfen schon. Aber nicht so eine Brille und nicht solche Ohrringe.»

Laura fragte sich einen Augenblick lang, welche Ohrringe sie an diesem Morgen angelegt hatte. Mit einer Hand fasste sie ans rechte Ohr. Es waren die großen silbernen Creolen, die ihr Ex-Mann Ronald ihr vor vielen Jahren geschenkt hatte.

«Was stimmt nicht mit den Ohrringen?», fragte sie.

«Zu auffällig. Wollen Sie der Frau Neugebauer aus der Hand lesen?» Sein Blick war herausfordernd.

«Interessante Vorurteile, die Sie da über Ohrringe haben, junger Mann. Sind Sie der Türsteher von Frau Neugebauer?»

«So was Ähnliches, wenn es Ihnen nichts ausmacht.»

Laura fand die Situation zwar interessant, aber es wurde ihr einfach zu heiß. Wenn es kühler gewesen wäre, hätte sie diese Unterhaltung sicher noch eine Weile fortgesetzt, so aber zog sie den Dienstausweis aus ihrem kleinen Rucksack und hielt ihn dem jungen Mann hin.

«Hauptkommissarin Laura Gottberg», murmelte er, hielt die Plastikkarte gegen das Licht, drehte sie um und rieb sie zwischen den Fingern.

«Ist echt!», sagte Laura. «Darf ich die Ohrringe anbehalten?»

«Mich stört jetzt mehr die Sonnenbrille. Oder sind Sie verdeckte Ermittlerin?»

Er war ohne Zweifel schlagfertig.

«Ich hab ein blaues Auge, wenn Sie's genau wissen wollen.»

Er hob seine Brauen, verkniff sich aber die freche Bemerkung, die Laura geradezu in seinen Augen lesen konnte.

«Was wollen Sie von der Frau Neugebauer?»

«Was geht Sie das an?»

«Patt.»

«Können Sie auch ernst sein?»

«Wenn es nötig ist.»

«Es ist nötig. Also, warum sind Sie so um die Frau Neugebauer besorgt?»

«Hier passen alle auf. Alle im Haus. Sie wäre dreimal beinahe auf Trickdiebe reingefallen, und vor zwei Monaten war eine falsche Polizistin bei ihr, die wahrscheinlich auch was klauen wollte. Die alte Frau hat sich furchtbar aufgeregt, und seitdem passen wir anderen Hausbewohner auf.» Er zuckte die Achseln. «So gut es eben geht.»

«Das ist nett. Nachbarn sollten zusammenhalten. Aber eins kann ich Ihnen sagen, Herr ...»

«Kolpy, Adrian Kolpy.»

«Gut, Herr Kolpy! Die falsche Polizistin war ich. Wer hat Ihnen das von der falschen Polizistin erzählt?»

«Die Frau Neugebauer.»

«Dann hat sie sich in diesem Fall geirrt. So, und jetzt klingeln wir gemeinsam bei der alten Dame, und Sie bleiben bitte bei mir, weil sie mich sonst wieder für eine falsche Polizistin hält.»

Wieder zuckte er die Achseln.

«Wir können's versuchen. Aber sie macht nicht immer auf. Ein paarmal haben wir schon gedacht, dass sie tot ist, weil sie nicht reagiert hat.» Er lachte auf. «Wissen Sie, was sie gesagt hat? Eine Klingel ist doch kein Befehl! Da kann man doch antworten oder nicht! Wenn ich nicht will, dann kann mich niemand zwingen, dass ich mit ihm rede oder die Tür aufmache! Das hat sie gesagt. Ist schon ein Original, die Frau Neugebauer.»

Laura schob die Sonnenbrille auf ihr Haar. Er wusste

ja jetzt, dass sie ein blaues Auge hatte, und es war ziemlich dämmrig im Treppenhaus.

«Also, ich würde vorschlagen, dass wir klopfen», sagte er. «Auf Klopfen reagiert sie eher als auf Klingeln.»

Er klopfte, horchte, klopfte heftiger. «Ich bin's, Frau Neugebauer, der Adrian.»

«Is was mit der Neugebauer?», rief eine dünne Stimme aus einem der oberen Stockwerke.

«Nein!», brüllte Adrian Kolpy zurück.

«Warum schreist dann so?»

«Weil sie mich sonst nicht hört!» Der junge Mann tippte sich an die Stirn und wies mit der Hand nach oben. «Das reinste Irrenhaus!», murmelte er und klopfte wieder an die Tür der alten Frau, lauschte.

Wahrscheinlich steht Anna Neugebauer hinter der Tür und horcht, dachte Laura und musste bei der Vorstellung lächeln. Das passte zum Irrenhaus. Als die Wohnungstür sich völlig unerwartet öffnete, wusste Laura, dass ihre Vermutung richtig gewesen war. Groß und hager wie beim letzten Mal stand Anna Neugebauer im halbdunklen Flur.

«Was ist denn los?!» Sie betonte jedes Wort einzeln und steigerte dabei die Lautstärke.

«Da ist jemand, der will mit Ihnen reden, Frau Neugebauer. Eine Kriminalkommissarin.»

Anna Neugebauer musterte Laura und verzog das Gesicht.

«Das ist keine Kommissarin, das ist eine Spionin. Die darfst du nicht reinlassen ins Haus, nie mehr!» Diesmal sprach sie ganz leise, flüsterte beinahe. «Schick sie weg!»

Der junge Mann warf Laura einen ratlosen Blick zu.

«Sie irren sich, Frau Neugebauer. Das ist eine echte Kommissarin. Und die wird Sie bestimmt nicht verhaften. Da pass ich schon auf!»

«Weg! Schick sie weg!»

Laura trat vorsichtig einen halben Schritt nach vorn.

«Frau Neugebauer, wir haben vor zwei Monaten schon einmal miteinander gesprochen. Da war Ihre Nachbarin dabei, die Marion ...»

«Weg! Gehen Sie weg!»

«Warten Sie, ich möchte Ihnen erklären ...»

«Weg!» Anna Neugebauer machte heftige Bewegungen, als wollte sie Fliegen verscheuchen. «Mit Ihnen will ich nix zu tun haben. Der Dobler schickt Sie! Das weiß ich genau! Der Dobler ist ein schlechter Mensch!»

«Das weiß ich inzwischen auch, Frau Neugebauer. Ich wüsst nur ganz gern, ob es noch mehr schlechte Menschen gibt.»

Adrian Kolpy kicherte. Anna Neugebauer aber hob langsam ihren rechten Arm, spreizte die Finger ihrer Hand und flüsterte: «Die ganze Welt ist voll davon. Lauter schlechte Menschen, man muss sich fürchten ... fürchten!»

Als Laura noch einen halben Schritt auf sie zu machte, griff die alte Frau hinter sich, hielt plötzlich eine große Vase in der Hand, warf sie und knallte beinahe gleichzeitig die Wohnungstür zu. Die Vase landete auf dem Holzboden und rollte unversehrt vor Lauras Füße.

«Wow», sagte Adrian. «So heftig war sie noch nie drauf.»

Heute scheinen alle Leute heftig drauf zu sein, dachte Laura, bückte sich und stellte die Vase auf die Türschwelle.

«Es könnte etwas mit Flüssigkeitsmangel zu tun haben», sagte sie laut. «Alte Leute trinken zu wenig. Bei dieser Hitze ist das besonders gefährlich, führt zu geistiger Verwirrung.»

«Und zum Tod durch Kreislaufversagen oder Schlaganfall», ergänzte der junge Mann.

«Genau, woher wissen Sie das?»

«Steht doch jeden Tag in der Zeitung, seit es so heiß ist. Abgesehen davon mache ich gerade eine Ausbildung zum Krankenpfleger.»

«Dann geben Sie der alten Dame mal was zu trinken, und rufen Sie mich an, wenn sie wieder klarer im Kopf ist.» Laura hielt ihm ihre Karte hin, doch er nahm sie nicht.

«Was woll'n Sie denn von ihr?», fragte er wieder. «Kann schon sein, dass sie dehydriert ist und deshalb so komisch reagiert hat. Aber irgendwas macht ihr Angst. Wer is 'n dieser Dobler, von dem sie geredet hat?»

«Das ist eine uralte Geschichte. Aber Sie könnten ihr sagen, dass der Dobler tot ist. Dann hat sie vielleicht nicht mehr so viel Angst.»

Adrian Kolpy kratzte sich am Kopf und runzelte die Stirn. «Ziemlich undurchsichtige Angelegenheit, Frau Kommissarin.»

«Ja, ziemlich undurchsichtig!», bestätigte Laura, steckte ihre Karte in den Ausschnitt seines Unterhemds, nickte ihm zu und ging.

Mittelalte Leute trinken auch zu wenig, dachte sie auf dem Weg zur U-Bahn. Sie blieb im Schatten eines Ahornbaums stehen und zog die Wasserflasche aus ihrem Rucksack. Es schmeckte nicht, war nichts als lauwarme Flüssigkeitszufuhr, die ihr leichte Übelkeit bereitete. Den Rest goss sie über eine durstige kleine Pflanze am Rand des Gehwegs.

Und jetzt? Inzwischen war es so heiß, dass es ihr schwerfiel, konkret zu handeln. Kein unangenehmer Zustand. Das wache Bewusstsein schien von einer warmen, dunklen Müdigkeitswelle zugedeckt zu werden. Laura spürte, dass sie bei geschlossenen Augen im Stehen einschlafen könnte, wusste aber trotzdem, dass sie sich unbedingt mit Anna Neugebauer unterhalten wollte. Nur war eben das Handeln mühsamer als sonst. Sie musste versuchen, die junge Nachbarin einzuschalten, die ihr vor zwei Monaten geholfen hatte. Zwar ging es Laura noch immer um Doblers Tod, mehr noch interessierte sie jedoch inzwischen, was die alte Frau erlebt hatte. Wie sie es angestellt hatte, eine Jüdin und deren Tochter zu unterstützen und gleichzeitig einen Nazi zum Mann zu haben.

Langsam kehrte Laura zum Haus von Anna Neugebauer zurück, bat auf der Rückseite einer Visitenkarte die junge Nachbarin, Marion Stadler, um einen Anruf und klingelte bei Kolpy.

«Ich bin's nochmal!», sagte sie in die Gegensprechanlage, als er sich meldete.

«Wer?»

«Gottberg. Ich muss schnell an den Briefkasten von Frau Stadler.»

Sie war froh, dass er sich eine Antwort verkniff und

einfach den Türöffner bediente. Schnell schob sie die Karte durch den Briefschlitz und genoss den halbwegs kühlen Hausflur. Als ihr Handy brummte, überlegte sie lange, ob sie den Anruf annehmen sollte, zog es endlich aus der Innentasche des kleinen Rucksacks und betrachtete das Display. Baumann. Das Handy brummte noch immer. Endlich drückte sie auf die Taste.

«Was gibt's?»

«Wo steckst du denn? Lagebesprechung mit dem Chef. Um zwei im Präsidium.»

Laura warf einen Blick auf ihre Armbanduhr. Es war zwanzig vor eins.

«Worum geht's?»

«Es gibt da ein paar unangenehme Vorkommnisse in der Stadt. Mehr hat der Chef noch nicht verkündet. Aber es ist ein großes Treffen – mehrere Dezernate. Also komm nicht zu spät! Was macht denn dein Altersheim?»

«Es ist sehr lebendig.»

«Hat der Mayer was rausgelassen?»

«Der Mayer hat.»

«Und was?»

«Später. Ich hasse substanzielle Gespräche per Handy.»

«Dann eben nicht.»

Er hatte aufgelegt. Peter Baumann machte die Hitze offensichtlich auch zu schaffen. In letzter Zeit reagierte er häufig gereizt und war schnell beleidigt.

Laura betrachtete das Handy, steckte es weg, zog es wieder hervor und rief ihren Vater an. Sie wollte sicher sein, dass er sich vor der Hitze schützte und genügend trank. Er meldete sich nicht. Aber er musste zu Hause sein. Niemals würde er bei diesen Temperaturen draußen herumlaufen. Sie versuchte es ein zweites Mal. Ließ es einfach immer weiter klingeln. Endlich hörte sie seine Stimme.

«Hallo, hallo?» Er war außer Atem.

«Wo steckst du denn? Hier ist Laura.»

«Es tut mir leid. Ich konnte das Telefon nicht finden. Früher hat man nie sein Telefon verloren. Da stand es an seinem Platz und fertig!»

«Ja.»

«Was heißt ja?» Emilio Gottbergs Stimme klang ärgerlich.

«Es heißt, dass ich dir zustimme. Wie geht es dir?»

«Wie es einem bei dieser Hitze eben geht. Ich krieche so herum. Hast du mal einer Fliege beim Sterben zugeschaut? So ähnlich.»

«Trinkst du genug?»

«Jaja. Meine Nachbarin hat auch schon gefragt. Mir fließt das Wasser bald aus den Ohren heraus.»

«Welche Nachbarin?»

«Die junge Anwältin, mit der ich ab und zu esse.»

«Ah so.»

«Sie hat mir einen Krug mit Wasser und Steinen gebracht. Das soll besondere Energie geben.» Er lachte.

«Was für Steine?»

«Amethyste.»

«Schmecken sie?»

«Ich esse sie ja nicht. Das Wasser schmeckt nach Wasser.»

«Brauchst du irgendwas? Soll ich für dich einkaufen?»

«Morgen. Heute esse ich Tomaten und Schafskäse. Das Essen auf Rädern hab ich abbestellt.»

«Wann?»

«Heute!»

«Stimmt was nicht?»

«Ich wäre lieber in Siena, wenn es dich interessiert.»

«Da ist es noch heißer.»

«Warum bist du so unerträglich realistisch? Macht das dieser Polizeidienst? Ich war von Anfang an dagegen, dass du in den Polizeidienst gehst!»

«Vater, es ist zu heiß zum Streiten.»

«Mir nicht! Du weichst aus. Ich kann es nicht leiden, wenn du mir ausweichst. Gib zu, dass du auch lieber in Siena wärst!»

«Nein.»

«Du weichst schon wieder aus!»

«Nein. Ich wäre nicht lieber in Siena, weil ich zurzeit allein sein möchte.»

«Du warst lang genug allein. Sei froh, dass du den Commissario gefunden hast.»

«Jaja. Aber zurzeit bin ich gern allein, ohne Kinder und ohne Commissario. Ich als Einzelperson. Ist das so schwer zu verstehen, Vater?»

«Werd nicht sarkastisch! Kann sein, dass ich es verstehe.»

«Danke.»

«Kannst du morgen vorbeikommen? Ich meine, wenn es dein Bedürfnis nach Einsamkeit zulässt.»

«Jetzt bist du sarkastisch. Natürlich komme ich. Vorher rufe ich an, und du sagst mir, was ich einkaufen soll. Mach dir bitte eine Liste. Ich muss jetzt los, weil wir eine wichtige Sitzung im Präsidium haben.»

«Wo bist du denn?»

«Gar nicht so weit weg von dir. Ciao, und trink viel!»

Laura drückte auf den Knopf, ehe der alte Gottberg etwas erwidern konnte. An Tagen wie diesem fand er immer einen Weg in Endlos-Gespräche, die Laura nur mit einer gewissen Brutalität beenden konnte.

Ralf, der Steinmetz, war froh über den leichten Luftzug, der durch seinen Tunnel strich. Hier unten war die Hitze auszuhalten. Seit zwei Stunden saß er auf dem alten Korbsessel neben seinem Anhänger. Mindestens fünfmal hatte er inzwischen seine bemalten und polierten Steine umgeschichtet. Man musste sich was einfallen lassen, um seine Waren zu verkaufen. Das wusste er. Marketing. Manchmal fand er den richtigen Dreh. Heute irgendwie nicht. Absolut niemand blieb bei seinen Steinen stehen. Null. Fehlanzeige. Aber es kam ja auch fast niemand vorbei. Nicht mal seine Hundedamen, auf die er sich beinahe hundertprozentig verlassen konnte. Wahrscheinlich hatte er zu lange an der Isar geschlafen. Bei dieser Hitze waren die längst durch. Wenn er bis zum Nachmittag nicht wenigstens zwei Steine verkaufen würde, dann müsste er Plan B durchziehen. Das war nicht besonders häufig der Fall. Dann würde er's im Biergarten am Wiener Platz versuchen. Da ging immer was. War aber nicht schön, im Biergarten Steine zu verkaufen. Die waren ziemlich streng. Das letzte Mal hatten ihn die Schankkellner rausgeworfen. Aber bisher hatte niemand was von Platzverbot gesagt, das nicht. Solange sie das nicht sagten, konnte er es immer wieder versuchen. War ja nicht so oft. Und es gab ja noch andere Kneipen in Haidhausen, wo Leute draußen saßen. Er brauchte nur fünf, sechs Euro, mehr nicht.

Zwei hatte er noch. Seine Wasserflaschen konnte er im öffentlichen Klo am Max-Weber-Platz auffüllen. Alles in allem standen die Dinge nicht schlecht. Jedenfalls gemessen an früheren Zeiten. Nur diese grölenden Kerle an der Isar und die rote und schwarze Farbe auf seinem Anhänger und an den Tunnelwänden waren nicht gut. Vielleicht war auch nicht gut, dass er dieser Frau ein blaues Auge verpasst hatte. Im Nachhinein fragte er sich, warum sie nicht um Hilfe geschrien hatte. Ihn hatte sie angeschrien. Vielleicht würde sie ja zum Kaffee kommen. Dann könnte er sie fragen. Aber er glaubte nicht wirklich daran. Wäre nur ganz nett. Weil er sich nicht mehr daran erinnern konnte, wann er das letzte Mal mit einer Frau Kaffee getrunken hatte.

Weil er sich an Frauen überhaupt nur ganz schlecht erinnern konnte. Nicht an Frauen im Allgemeinen, kamen ja genügend vorbei. Und mit den Hundefrauen redete er ja. Er meinte andere Frauen, solche, mit denen er was zu tun gehabt hatte. Richtig zu tun gehabt.

DIE SOGENANNTE LAGEBESPRECHUNG mit Kriminaloberrat Becker fand im kleinen Konferenzsaal statt. Als Laura den Raum betrat, erkannte sie mit einem Blick, dass praktisch alle versammelt waren: Vertreter der Dezernate, Bundesgrenzschutz, Bereitschaftspolizei, Verkehrspolizei, Kripo, und irgendwo dazwischen entdeckte sie ihren Kollegen Peter Baumann. Man hatte Ventilatoren aufgestellt, doch sie schienen die dicke Luft nur hin- und herzuschieben wie einen greifbaren Block Materie. Die Mischung von Gerüchen war überwältigend. Laura machte instinktiv einen Schritt rückwärts, weil sie kaum Luft bekam. Es roch säuerlich, nach Schweiß, zu starkem Kaffee, Männerparfüm und ausgedrückten Zigaretten, die zu lange in Aschenbechern gelegen hatten. Und das trotz des Rauchverbots im gesamten Präsidium. Eine Kollegin vom Vermisstendezernat winkte und hielt sich mit der anderen Hand die Nase zu.

Laura sah auf die Uhr. Vier Minuten nach zwei. Sie blieb in der Nähe der Tür stehen, obwohl Kommissar Baumann ihr bedeutete, dass er einen Stuhl frei gehalten hatte. Niemals würde sie sich freiwillig in die Mitte dieses überfüllten Raums begeben, an all diesen schwitzenden Männern und Frauen vorbei. Sie lehnte sich an die Wand, griff nach einer Informationsbroschüre zum

Thema «Richtiges Verhalten am Tatort», die in einem Wandregal steckte, und fächelte sich damit Luft zu.

Sieben Minuten nach zwei betrat Kriminaloberrat Becker das Konferenzzimmer, stutzte kurz, schien ebenfalls die Luft anzuhalten, bahnte sich dann aber entschlossen einen Weg zum Kopfende des längsten Tisches, wo es offenbar auch eine Art Podest gab, denn auf einmal überragte er alle anderen. Er hustete. Sein Kopf war heute noch intensiver gerötet als sonst, und er trug – ganz gegen seine sonstige Gewohnheit – keine Krawatte und kein Jackett, sondern ein kurzärmeliges Hemd mit offenem Kragen. Nach einem bedeutungsvollen Blick in die Runde räusperte er sich, hustete erneut und begann endlich zu sprechen.

«Kollegen!» Er nickte. «Kolleginnen! Es tut mir leid, dass ich Sie bei dieser Affenhitze hier zusammenpferchen muss. Deshalb mache ich es so kurz wie möglich. Eigentlich wollte der Polizeipräsident hier stehen und mit Ihnen sprechen. Er wurde allerdings zu einer wichtigen Konferenz ins BKA gerufen. Also, um zur Sache zu kommen: Mit der ungewöhnlichen Hitzewelle kommt es vermehrt auch zu ungewöhnlichen Zwischenfällen. Ich werde deshalb zusammenfassen, was die meisten von Ihnen ohnehin schon wissen.

Erstens: Besondere Aufmerksamkeit ist gegenüber alten Menschen geboten, deren Sterblichkeitsrate in den letzten Tagen enorm zugenommen hat. Bei häuslichen Todesfällen muss im Zweifelsfall eine Obduktion vorgenommen werden. Hinter angeblich hitzebedingten Todesfällen können sich auch Tötungsdelikte verbergen oder unterlassene Hilfeleistung, Vernachlässigung und so weiter. Das gilt insbesondere für Altenheime!

Zweitens: Gewalttätige Auseinandersetzungen in Zusammenhang mit Alkoholmissbrauch haben ebenfalls ein beunruhigendes Ausmaß angenommen. Der Stadtrat zieht in Erwägung, die Sperrstunde für Gaststätten und Bars vorübergehend auf elf Uhr vorzuziehen.

Drittens: Es wurden Zusammenrottungen von verschiedenen Gruppen beobachtet, die spätnachts durch die Stadt ziehen. Noch ist es dabei nur vereinzelt zu Zwischenfällen gekommen. So wurden einige Schaufensterscheiben eingeschlagen, Telefonzellen zerstört und so weiter. Im Zusammenhang mit den letzten beiden Punkten werden wir nachts verstärkt Streifen einsetzen.

Viertens: Es gibt immer mehr aggressive Überschreitungen des Fahrverbots. Einige Kollegen konnten sich nur durch einen Sprung zur Seite retten, weil Autofahrer die Aufforderung anzuhalten missachtet haben. Es ist also besondere Vorsicht geboten.

Das wäre zunächst alles. Allerdings könnten wir noch eine Terrorwarnung dazubekommen, eine Vorwarnung gibt es bereits. Es tut mir leid, Kolleginnen und Kollegen. Ich habe mir weder das Wetter ausgedacht, noch die ziemlich katastrophalen Auswirkungen. Ach, was ich vergessen habe: Ab sofort gilt eine unbegrenzte Urlaubssperre. Das wär's. Gibt es Fragen?»

Im Raum herrschte absolute Stille, bis sich ein schnauzbärtiger Kollege zu Wort meldete: «Was sagt denn der Wetterbericht, Herr Kriminaloberrat?»

Plötzlich lachten alle, geradezu hysterisch. Laura hatte das Gefühl, als würde die Luft durch dieses Gelächter noch dicker, wie zähflüssige Gelatine, die über den Köpfen waberte und sich langsam senkte. Sie stieß sich von der Wand ab und entkam durch die Tür, ehe die andern nach draußen drängten. Ihr war ein bisschen übel, und sie hatte die seltsame Vorstellung, als folgte ihr die Gelatine durch den Flur bis ins Büro ihres Dezernats.

«Geht's dir gut?», fragte Claudia und schaute Laura prüfend an.

«Es ist besondere Vorsicht geboten und außerdem Urlaubssperre!», erwiderte Laura, ging am Schreibtisch der Sekretärin vorbei zum Kühlschrank und nahm eine Flasche Mineralwasser heraus.

«Was?»

«Du hast es doch gehört!» Laura goss Mineralwasser in einen Pappbecher und trank.

«Du hast nicht zufällig einen Hitzschlag?»

«Nein, nur ein blaues Auge. Und ich mache auch keine Witze, Claudia. Was Becker verkündet hat, klang wie eine apokalyptische Vision: nächtliche Zusammenrottungen, Mordserien an Alten unter dem Deckmantel der Hitzewelle, Alkoholexzesse, Gewaltausbrüche und als Zugabe eine mögliche Terrorwarnung. Mehr kann man sich eigentlich nicht wünschen, oder?»

«Klingt eher nach L.A. oder einem amerikanischen Katastrophenfilm.»

«Ja, genau. Fehlt nur noch die Vogelgrippe, verseuchtes Trinkwasser, Tornados …»

«Noch was?»

«Im Moment nicht.»

Claudia rückte den Ventilator zurecht, der auf ihrem Schreibtisch stand. «Dein blaues Auge sieht wüst aus. Tut's weh?»

Laura schüttelte den Kopf.

«Darf ich fragen, wo du es dir geholt hast?»

«Schranktür im Dunkeln.»

Claudia runzelte die Stirn. «Liegt wahrscheinlich auch an der Hitze! Ich lauf dauernd halb bescheuert durch die Gegend. Also, ich sag dir mal eins: Vor einem Monat fand ich den Sommer noch richtig gut. Aber inzwischen macht mir dieses Wetter Angst. Ich meine, ich fühle mich richtig bedroht. Meine Kleine hatte letzte Woche schweren Durchfall. Wir schlafen schlecht, haben Kopfschmerzen, sind dauernd gereizt, leiden unter der schlechten Luft.»

«Das geht uns allen so, Claudia, und was meinst du, wie die Menschen in Afrika sich fühlen! Die haben dauernd solches Wetter.» Laura hatte keine Lust zu jammern. Sie füllte ihren Pappbecher zum zweiten Mal und prüfte, ob ihre Sonnenbrille richtig saß.

«Aber wir sind nicht in Afrika. Das hier ist Deutschland. Die Klimakatastrophe kommt nicht erst in fünfzig Jahren, sie ist schon da, Laura.»

«Natürlich. Aber das hier ist nur ein Vorgeschmack. Demnächst gibt es ein wahnsinniges Gewitter, und dann ist der Sommer vorbei. Weißt du, was wirklich gefährlich ist? Wenn alle Panik bekommen! Dann nämlich reagieren die Menschen irrational. Was Becker als Horrorszenario verkündet hat, das sind bisher nur Einzelfälle. Aber jetzt sind natürlich alle aufgeschreckt. Und aufgeschreckte Polizisten sind auch nicht gerade ungefährlich!»

«Du meinst nicht zufällig mich?», fragte Peter Baumann, der nur den letzten Satz gehört hatte.

«Nein, ich meine nicht zufällig dich, sondern uns

alle. Hallo. Wie hat Beckers Verkündigung auf dich gewirkt?»

Der junge Kommissar hob kurz den rechten Arm und betrachtete betrübt den riesigen Schweißfleck, der sich auf seinem fliederfarbenen Hemd ausgebreitet hatte.

«Es ist ein Skandal, dass dieses Haus noch keine Klimaanlage hat», murmelte er und stellte sich vor Claudias Ventilator.

«Ist das alles?»

«Bekomme ich auch ein Glas Wasser? Nein, das ist nicht alles. Mir gefällt die Sache nicht. Kommt mir vor, als würde er uns auf die Anwendung von Notstandsgesetzen einstimmen. Obwohl ... Bei mir sind letzte Nacht irgendwelche seltsamen Horden vorbeigezogen. Ich hatte Spätdienst und kam erst um zwei nach Hause. Da hab ich sie gesehen. Die haben nichts Schlimmes gemacht, sind nur mitten auf der Straße gegangen, mindestens dreißig, vierzig Leute. Es war unheimlich, weil sie ganz leise waren. Wenn ich nicht so müde gewesen wäre, hätt ich sie länger beobachtet. Ich wollte nur noch ins Bett. Aber dann konnte ich nicht schlafen.»

«Wer kann schon schlafen?», entgegnete Claudia.

«Ich nicht!», antwortete der junge Kriminaltechniker Andreas Havel, der in diesem Augenblick das Dezernatsbüro betrat. «Aber das müssen wir auch nicht mehr, weil wir in Zukunft Tag und Nacht arbeiten werden. Wenn wir nämlich jeden Todesfall von Leuten über siebzig genau untersuchen sollen, dann ist es aus mit schlafen! Wisst ihr, wie viele alte Leute in den letzten zwei Wochen gestorben sind? Ich werde es euch sagen: genau dreiundvierzig! Zum Glück sind die fast alle schon unter der Erde. Aber jetzt geht's los, das sage ich euch!»

«Sei froh, dass du kein Gerichtsmediziner bist!», grinste Baumann und nahm den Pappbecher, den Laura für ihn mit Wasser gefüllt hatte. «Deren Job möchte ich bei dieser Hitze nicht für viel Geld erledigen! Übrigens, Laura: Woher hast du eigentlich dein wunderschönes Veilchen?»

Laura betrachtete die leere Flasche und stellte sie in den Träger neben dem Kühlschrank. «Ich bin gestern Abend gegen eine offene Schranktür gelaufen. Aber abgesehen davon bin ich dafür, dass wir die Situation in aller Ruhe angehen und schlicht abwarten, was auf uns zukommt. Soweit ich sehe, ist im Augenblick gar nichts los. Also mache ich weiter mit dem Fall Dobler.»

Baumann verdrehte die Augen, und Havel grinste.

«Dann also bis später, ich muss noch ein paar Akten durchsehen.»

«He! Was hat dir denn der alte Mayer erzählt? Und warum versteckst du dich hinter einer Sonnenbrille?» Peter Baumann verschränkte die Arme und machte einen großen Schritt in die Mitte des Zimmers.

«Darüber muss ich erst nachdenken!» Laura drehte sich um und ging, schloss leise die Tür hinter sich, schloss ebenso leise die Tür ihres eigenen Büros, drehte den Schlüssel herum und ließ sich in ihren großen schwarzen Sessel fallen. Erleichtert schlüpfte sie aus ihren Schuhen. Sie schob ihre Bluse hoch, um die Kühle des Leders auf der Haut zu spüren, und nahm endlich die dunkle Brille ab. Sie war dankbar, dass ihr Zimmer nach Norden lag und der Sonne deshalb kaum ausgesetzt war. Sorgsam legte sie ihre Beine auf den Schreibtisch und schloss die Augen.

Wieder ergriff diese warme dunkle Müdigkeit von

ihr Besitz und mit ihr dieser angenehme halbbewusste Zustand. Sie fragte sich, wer wohl auf die Idee mit den Morden an alten Leuten gekommen war, die sich aufgrund der Hitzewelle mit natürlichen Todesursachen kaschieren ließen. Irgendwer im LKA, im BKA oder vielleicht Becker selbst? Irgendein Kollege, der daran dachte, seine Schwiegermutter umzubringen oder den Erbonkel, und diese Wünsche auf andere projizierte? Natürlich war es denkbar, dass die Gelegenheit Mörder machte. Den Menschen war alles zuzutrauen. Sie dämmerte kurz weg, schreckte hoch, weil ihr Stuhl nach hinten rollte und ihr rechtes Bein vom Schreibtisch rutschte. Hatte sie geträumt? Sie konnte sich nicht erinnern.

Warum hatte Karl-Otto Mayer ihr die Geschichte von Esther und Lea Maron erzählt? Um ihr zu erklären, warum Doblers Tod gerechtfertigt war und ad acta gelegt werden konnte? Was hatte er bei der ersten Vernehmung gesagt? «Da hat jemand lang nach ihm gesucht.»

Wer hat gesucht? Jemand, der sehr gelitten hat? Oder jemand, der gut hassen konnte? Ein alter Mensch oder ein junger?

Wieder ließ Laura die Geschichte der Marons an sich vorüberziehen. Was wäre, wenn sie das Konzentrationslager überlebt hätten? Oder wenn die kleine Lea überlebt hätte? Warum hatte der alte Herr so heftig auf Lauras Bemerkung reagiert, dass Lea möglicherweise nicht tot sei?

Jemand klopfte an Lauras Tür. Sehr laut und unangenehm.

«Laura?»

«Ja!»

«Die erste ältere Leiche. Kommst du?» Es war Baumanns Stimme.

«Nein, übernimm du. Ich muss nachdenken.»

«Ich will aber nicht. Ich hasse ältere Leichen!»

«Bitte geh! Die nächste übernehme ich!»

«Du bist unfair!»

«Ich bin nicht unfair, ich denke nach! Und jetzt geh endlich!»

Er ging. Jedenfalls sagte er nichts mehr. Er wird sich rächen, dachte Laura, ließ ihren Sessel leicht nach hinten kippen und schloss wieder die Augen. Es bedeutete einen Wahnsinnsaufwand herauszufinden, ob im Juni eine Lea Maron in einem Münchner Hotel gewohnt hatte oder ob sie am Flughafen angekommen war. Falls es so war, hatte sie möglicherweise einen falschen Namen benutzt oder in all den Jahren geheiratet und hieß ohnehin anders.

Das ist alles zu viel in dieser Hitze, dachte Laura. Außerdem haben wir gar nicht genügend Leute dafür. Allerdings könnte ich Claudia bitten, zumindest die Passagierlisten abzuklären und vielleicht die Hotels und Pensionen in Schwabing. Das wäre wenigstens ein Anfang.

Langsam bewegte Laura ihren Kopf von links nach rechts und wieder zurück, um ihren verspannten Nacken zu lockern. Was wäre, wenn Lea Maron tatsächlich lebte und sich zur fraglichen Zeit in München aufgehalten hätte? Wie sollte sie, Laura, sich verhalten? Einen internationalen Haftbefehl ausstellen lassen? Die Ermittlungen einstellen und alles vergessen? Lea Maron auf eigene Faust suchen und mit ihr reden?

Ich muss mit jemand darüber sprechen, dachte Laura und zuckte zusammen, als ihr Telefon zu dudeln begann.

«Es tut mir leid», sagte Claudia. «Wir haben schon wieder eine ältere Leiche, und Baumann ist auf dem Weg zur ersten.»

«Ja, und? Sind wir neuerdings das Dezernat für ältere Leichen?» Laura nahm ihre Beine vom Schreibtisch.

«Vielleicht!», lachte Claudia aus dem Telefon. «Könnte sich um Beckers Rache an deinen interessanten italienischen Fällen handeln.»

Zwanzig Minuten später stand Laura neben einer völlig aufgelösten jungen Frau. Mit Tränen in den Augen verlangte sie, bei ihrem Vater Totenwache halten zu dürfen, und wies auf zwei junge Polizeibeamte, die sich sehr breitbeinig vor einer Tür postiert hatten.

«Ich habe den Notarzt gerufen!», rief sie verzweifelt. «Und der hat die Polizei verständigt, und die hat die Tür versiegelt. Warum darf ich nicht zu meinem Vater? Was macht die Kripo hier? Was soll denn dieser ganze Wahnsinn?»

«Das ist ganz einfach, meine Dame», entgegnete einer der jungen Polizisten. «Jemand könnte dem alten Herrn ein Kissen aufs Gesicht gedrückt haben. Oder ihm zu viele Medikamente gegeben haben. Zum Beispiel. Ich habe Ihnen das schon zweimal erklärt.»

«Was?» Die junge Frau wich zurück und hielt sich eine Hand vor den Mund.

«Das», sagte Laura ruhig zu dem Kollegen, «war keine besonders zartfühlende Bemerkung.» Sie wandte sich wieder an die Tochter des Verstorbenen. «Es tut mir wirklich leid, und ich entschuldige mich für diese schreckliche Prozedur. Können wir uns vielleicht irgendwo in Ruhe unterhalten?»

«In Ruhe? Sie haben Nerven!» Die Frau brach in lautes Schluchzen aus, öffnete aber gleichzeitig eine Tür und ging voraus in eine geräumige Küche mit Wintergarten. Angriffslustig drehte sie sich um und hielt sich mit beiden Händen an einer Stuhllehne fest.

«Was geht hier vor? Erklären Sie's mir! Ich verstehe das nicht! Mein Vater ist gestorben, und ich werde behandelt wie eine Mörderin.»

«Sie haben ja völlig recht. Es ist grausam. Sie konnten ja nicht wissen, dass es die Pflicht jedes Notarztes ist, bei einem häuslichen Todesfall die Polizei einzuschalten. Wenn Sie Ihren Hausarzt gerufen hätten, dann wäre das vermutlich nicht passiert. Es sei denn, der Hausarzt hätte Verdacht geschöpft, dass sein Patient nicht auf natürliche Weise aus dem Leben geschieden ist.»

Die junge Frau starrte Laura an. Tränen liefen über ihr Gesicht.

«Glauben Sie im Ernst, dass Menschen an so was denken, wenn sie einen lieben Menschen verlieren? Ich wollte meinem Vater helfen, deshalb habe ich den Notarzt gerufen. Ich dachte, dass es vielleicht noch Rettung gibt!»

«Natürlich», murmelte Laura und wünschte sich weit weg.

«Was – was machen Sie eigentlich hier?», fragte die Frau mit kleiner Stimme. «Sie sind doch Hauptkommissarin. Das ist ziemlich ernst, oder?»

«Nicht so ernst, wie Sie meinen. Reine Routine.»

Laura überlegte kurz, ob sie die Sonderbestimmungen für ältere Tote aufgrund der extremen Hitze erklären sollte, ließ es aber bleiben. Die Sache mit dem Notarzt reichte schon, und die galt immer, auch bei kaltem Wetter. Allein diese Bestimmung hatte sicher schon unzählige Schrecken noch schrecklicher gemacht, Trauer noch tiefer, Abschiede noch schwerer.

«Erzählen Sie mir einfach, was geschehen ist, und dann lasse ich Sie in Ruhe. Vielleicht kann ich erreichen, dass Sie einige Zeit mit Ihrem Vater verbringen können.» Jäh sah Laura sich selbst in dieser Situation. Man verweigerte ihr den Abschied von ihrem eigenen Vater, weil er ein Opfer der Hitze wurde und sie ihn gefunden hatte. Vermutlich würde sie um sich schlagen. Plötzlich verabscheute sie das grundsätzliche Misstrauen ihres Berufsstandes gegenüber allen Mitmenschen.

«Ich habe meinem Vater heute Morgen das Frühstück gebracht, aber er hatte keinen Hunger, trank nur seinen Tee. Sonst war er ganz normal ... fragte, ob ich gut geschlafen hätte, und jammerte ein bisschen über die Hitze. Er wollte die Zeitung lesen und dann noch ein bisschen dösen. Aber als ich später nach ihm schaute, da ...» Ihre Stimme brach. Die Knöchel ihrer Hände traten weiß hervor, so fest umklammerte sie die Stuhllehne.

Laura ließ ihr Zeit, ließ sich selbst Zeit, ging zu einem der hohen Fenster und schaute in den winzigen Garten hinaus. Eine Amsel badete in einer Tonschale, schüttelte ihr Gefieder und versprühte funkelnde Brillanten im Sonnenlicht.

«Ich bin bei ihm geblieben, bis der Notarzt kam. Vielleicht hätte ich ihn beatmen sollen, aber ... Ich konnte einfach nicht. Ich saß einfach neben ihm und hielt seine Hand. Und dann kam der Arzt, sagte, dass mein Vater tot sei, und rief die Polizei.»

Laura schaute noch immer der Amsel zu, die jetzt auf einem Mäuerchen saß, ihre gespreizten Flügel hängen und sich von der Sonne trocknen ließ.

«Wohnen Sie bei Ihrem Vater, oder ist das Ihr Haus?», fragte sie leise.

«Es ist unser Haus. Es gehört mir und meinem Mann. Wir haben meinen Vater zu uns genommen, seit er ein Pflegefall ist.»

«Wie lange ist er schon ein Pflegefall?»

«Seit acht Monaten – ungefähr. Er hatte einen Schlaganfall und konnte kaum noch laufen. Warum wollen Sie das alles wissen?»

«Es tut mir wirklich sehr leid, dass ich solche Fragen stellen muss. Sehen Sie, ich habe auch einen alten Vater, ich könnte sehr leicht in eine ähnliche Situation geraten, obwohl ich Hauptkommissarin bin.» Laura löste ihren Blick von der Amsel und drehte sich zu der jungen Frau um.

«Wirklich?»

«Ja, wirklich. Wie alt ist Ihr Vater?»

«Vierundachtzig.»

«Haben Sie einen Hausarzt, der Ihren Vater regelmäßig betreut?»

«Ja, natürlich. Doktor Jansen.»

«Dann rufen Sie ihn an und sagen Sie ihm, dass er herkommen soll. Wenn er bestätigt, dass Ihr Vater jederzeit einen neuen Schlaganfall bekommen konnte oder an Herzschwäche litt, dann wird sich die Situation schnell beruhigen. Wo ist übrigens Ihr Mann?»

«Auf Montage in Dubai. Seit zwei Wochen schon. Er ist Ingenieur.» Sie hielt sich ein Taschentuch vor ihre Nase. «Zweimal am Tag kommt der Pflegedienst», schluchzte sie.

«Geben Sie mir die Nummer Ihres Hausarztes, dann rufe ich an», sagte Laura. «Ruhen Sie sich ein bisschen aus.»

Jetzt werde ich meinen verehrten Chef aus seiner Ruhe aufschrecken, dachte Laura, als sie ins Polizeipräsidium zurückkehrte. Ohne Umwege eilte sie zum Büro von Kriminaloberrat Becker, missachtete die hochgezogenen Augenbrauen seiner Sekretärin sowie ihre abwehrenden Armbewegungen, klopfte kräftig an seine Tür und stand gleich darauf vor ihm. Blitzschnell zog er seine Beine unter den Chefsessel, um zu verbergen, dass er seine Schuhe ausgezogen hatte.

«Was gibt's denn?»

«Die Sache mit den häuslichen Todesfällen bei älteren Menschen ist so nicht durchführbar! Man kann nicht alle Angehörigen mit Mordverdacht konfrontieren. Und außerdem ist das keine Aufgabe für die Kripo. Solange ein Notarzt oder Hausarzt keinen konkreten Verdacht äußert, haben wir bei solchen Todesfällen nichts verloren.»

«Weshalb regen Sie sich denn so auf, Laura? Die Anweisung gilt nur für die derzeitige Ausnahmesituation. Haben Sie sich das blaue Auge bei einem Einsatz geholt?» Der große Ventilator neben seinem Schreibtisch brachte Bewegung in Beckers Haare und in ein paar Zeitungsblätter. Die besorgte Anteilnahme in seinem Gesicht wirkte aufgesetzt, mit der rechten Hand bemühte er sich, seine fliegenden Haare zu bändigen.

«Nein. Von wem stammt diese Anweisung?»

«Vom LKA.» Seine Stimme klang vage.

«Mir ist es egal, von wem sie stammt! Ich jedenfalls werde nur noch in konkreten Verdachtsfällen ermitteln. Ich weigere mich, ganze Familien in Panik zu versetzen. Sie werden doch nicht im Ernst davon ausgehen, dass unzählige Leute da draußen nur auf diese Hitzewelle gewartet haben, um endlich ihre Alten loszuwerden.»

Becker lachte auf die ihm eigene, etwas unangenehme Art. «Ich mag es, wenn Sie sich aufregen, Laura. Und ich hoffe natürlich, dass niemand seine Alten umbringt. Aber wir können nicht davon ausgehen. Sie sind Kriminalbeamtin und kennen sich ziemlich gut mit unseren Mitmenschen aus, nicht wahr?»

«Aber ich leide nicht unter Paranoia. Im Augenblick leide ich unter Kopfschmerzen und werde deshalb nach Hause gehen. In Notfällen bin ich über mein Handy zu erreichen. Einen schönen Abend!»

Ihr Abgang war akzeptabel, aber keinesfalls so stark, wie sie gehofft hatte.

LAURA NAHM DEN ELEKTROBUS nach Hause und duschte zum zweiten Mal an diesem Tag. Wieder ganz kurz, nur um den Schweiß abzuwaschen. Sie hatte keine Kopfschmerzen. Im Gegenteil, es ging ihr sogar ziemlich gut. Deshalb holte sie ihr Fahrrad aus dem Hinterhof und radelte zur Isar. Da war noch die Einladung zum Kaffee unterm Friedensengel. Noch nie hatte ein Obdachloser sie zum Kaffee eingeladen, und sie hatte nichts vor.

Allmählich schien sich dieser merkwürdige Zustand innerer Lähmung aufzulösen, unter dem sie seit einer Woche litt. Natürlich wusste sie genau, was mit ihr los war. Sie kannte die typischen Symptome ihres persönlichen Burn-outs. Nach sechsundvierzig Jahren war sie mit sich selbst vertraut und wusste, dass sie funktionierte, solange sie musste. Die Schwierigkeiten fingen immer erst dann an, wenn sie auf einmal Luft hatte, wenn die Anforderungen abnahmen. Erst dann konnte sie stundenlang vor sich hinstarren, erst dann durften ihre Albträume lebendig werden, erst dann begann die Zeit des Nicht-Wollens, der schwarzen Löcher. Was andere als Depression bezeichneten, war für Laura eine Zeit des Atemschöpfens, des leeren Raums, der sich ganz von selbst irgendwann wieder mit Bildern füllen würde.

Jetzt gerade entwickelte sich ein Bild: Kaffee mit einem Obdachlosen, der ihr ein blaues Auge geschlagen hatte. Ein wunderbares Bild. Es würde auch Angelo Guerrini gefallen und vermutlich ihrem Vater Emilio, der skurrile Situationen ganz besonders liebte.

Gegenüber der Sandbank, auf der am Morgen die denkwürdige Begegnung stattgefunden hatte, hielt sie ihr Fahrrad an. Im Schatten der Bäume lagen ein paar Leute in Badeanzügen herum wie schlaffe rosige Seehunde. Lange nicht so viele wie in normalen Zeiten. Niemand setzte sich inzwischen freiwillig der Sonne aus. Niemand badete in der Isar, die sich allmählich in einen Fluss der Unterwelt verwandelte. Schwer und gelblich hing der Himmel über der Stadt. Biblische Plagen, dachte Laura. Mein Froschtraum passt auch dazu.

Sie fuhr weiter, sann der Hitze nach, die ähnlich wehrlos machte wie große Kälte, sich anfühlte wie ein übermächtiger Feind, eine ungreifbare Bedrohung, die Menschen aufzulösen schien, sie in übelriechende, ständig feuchte Wesen verwandelte.

Laura erreichte die Wiese unterhalb des Maximilianeums und ließ sich im Schatten der hohen Buchen bis zum Eingang des Tunnels am Fuß des Friedensengels rollen, dessen goldene Schwingen über den Baumkronen leuchteten. Dort stieg sie ab, sie wollte sich nicht zu schnell nähern, schließlich hatte sie nicht die geringste Ahnung, was sie erwartete. Langsam schob sie ihr Rad in die Unterführung hinein, nahm die groben roten Farbmuster an den Wänden wahr, den angenehmen Luftzug. Der Tunnel beschrieb eine sanfte Kurve, und genau in dieser Kurve parkte der silberne Anhänger, ungefähr zweieinhalb Meter hoch, eineinhalb Meter breit, vier Räder. Die Seitenwände waren herausgeklappt.

Ein paar Meter vor dem Anhänger stand ein großes Schild: «Isarsteine – das ideale Geschenk für alle! Auch Sonderangebote!»

Die Schrift war krakelig, die Farbe an ein paar Stellen verwischt. Laura war gerührt von diesem ungeschickten Versuch, den Geschäftsleuten im anderen Leben nachzueifern. Gleich darauf sah sie ihn. Er trug einen breiten Strohhut mit vielen Federn drauf und wanderte vor sich hin murmelnd hinter seinem Anhänger auf und ab.

Zögernd ging Laura auf ihn zu, vor den liebevoll drapierten Steinen blieb sie stehen. In allen Farben lagen sie da, große, kleine, flache und runde, bemalte, polierte, unbehandelte. Wie oft hatte sie selbst gemeinsam mit ihren Kindern an der Isar Kiesel gesammelt. Laura legte einen flachen schwarzen Stein auf ihre Handfläche. Er fühlte sich wunderbar glatt an, war beinahe rund und ungewöhnlich groß.

«Was kostet der Stein?», fragte sie, als der unruhige Wanderer wieder hinter seinem Anhänger auftauchte. Wie vom Donner gerührt blieb er stehen, schob seinen Strohhut in den Nacken und starrte sie an.

«Nix!», stammelte er endlich. «Der is so schwarz wie dein Veilchen! Das passt!»

«Mein Veilchen ist lila, aber das kann man hier nicht sehen, weil es zu dämmrig ist. Krieg ich einen Kaffee?»

«Kaffee ... ja klar! Komm rüber. Hier kannste dich hinsetzen. Ich mach den Kaffee!» Er rückte ihr einen Rohrsessel zurecht, der deutlich tiefer sank, als Laura sich behutsam niederließ.

«Mann!», murmelte er, «Mann, Mann, Mann!» Er begann wie wild in seinem Anhänger herumzukramen und förderte eine große zerbeulte Thermoskanne und zwei Plastikbecher zutage. Irgendwo fand er Pulvercappuccino. Er arbeitete verbissen daran, ein halbwegs präsentables Getränk herzustellen.

«Mir tut das echt leid, das mit deinem Auge!» Er reichte ihr einen der Plastikbecher und setzte sich halb in den Anhänger.

«Ist nicht so schlimm.» Vorsichtig trank Laura einen Schluck. Der Cappuccino war lauwarm und grauenvoll süß.

«Hätt nicht gedacht, dass du kommst.» Er schnitt eine verlegene Grimasse.

«Wieso?»

Er zuckte die Achseln und zog den Kopf zwischen die Schultern.

«Das sieht gut aus mit den Steinen. Verkaufst du viele?»

«Geht so.»

Lauras Korbsessel senkte sich Millimeter um Millimeter, seine Beine rutschten nach außen weg. Als sie besorgt nach unten schaute, sagte er: «Der hört bald auf. Das macht er bei mir auch.»

«Wie heißt du denn?», fragte sie.

«Ralf.» Er ließ den Steinmetz weg. Kam sich plötzlich blöd vor.

«Sonst nichts?»

«Reicht doch, oder?»

«Vielleicht.»

«Wie heißt du denn?»

«Laura.»

Er nickte vor sich hin, lachte plötzlich laut und schlug sich auf den Oberschenkel.

«Ich komm echt nicht drüber weg, dass du mit mir Kaffee trinkst.»

«Wieso denn?»

«Du kannst Fragen stellen. Ist einfach nicht normal!»

«Wenn du meinst.»

Eine Weile lang schwiegen sie, dann räusperte sich Laura.

«Wie lang wohnst du schon hier im Tunnel?»

Er zuckte die Achseln.

«Keine Ahnung. Hab kein Gefühl für Zeit. Aber 'n Monat isses sicher.»

«Hat niemand was dagegen?»

«Bis jetzt nich. Zwei Bullen warn mal da und haben gesagt, dass so was nicht geht. Aber die sind nich wiedergekommen.» Er grinste schief, zeigte seine Zahnlücke. «Man muss nur gute Nerven haben und clever sein, weißte! Nur dann kommste durch. Nerven und Köpfchen! Das isses!»

Wer hatte heute schon einmal so etwas Ähnliches gesagt? Karl-Otto Mayer. Er nannte es Mut und Intelligenz. Überleben in Extremsituationen. Sie konnte diesen Kaffee nicht trinken. Er schmeckte wie Trinkschokolade, vertrug sich einfach nicht mit dieser Hitze.

«Reicht das? Nerven und Köpfchen?»

«Na ja ... und man muss natürlich wissen, wann man abhauen muss. Das ist auch wichtig. Rechtzeitig abhauen!» Er nickte heftig vor sich hin, drehte den Strohhut in seinen Händen und zupfte an den Federn herum. Es waren Hühner- und Krähenfedern. Laura fragte nicht, wie lange er schon auf der Straße lebte. Fand es zu vertraulich. Aber sie hätte gern gefragt. Er machte sie neugierig.

«Da hat wohl einer zu viele Spraydosen gehabt», sagte sie stattdessen und wies auf den Anhänger und die Tunnelwände.

«Is letzte Nacht passiert. War zum Glück nich da. Man kann ja nie wissen, was das für Kerle sind. Heut Nacht pass ich auf, das kann ich dir sagen. Und dann zeig ich die an, da kannste dich drauf verlassen!» Seine Stimme war immer lauter geworden, doch dann brach er plötzlich ab, als würde ihm in diesem Augenblick bewusst, dass er niemanden anzeigen konnte, dass sein Zorn im Nichts verpuffte. «Der Kaffee is scheiße!», murmelte er stattdesssen mit einem Blick auf Lauras vollen Becher. «Lass ihn stehen. Ich schütt ihn weg. Weiß nich, warum die so 'n süßen Dreck herstellen.»

«Macht nichts. Wasser ist bei dem Wetter sowieso besser.»

«Willste Wasser?» Er griff nach einer zweiten großen Thermoskanne. Laura nickte, und er füllte einen Becher für sie.

«Hab leider keine Eiswürfel. Is kein Luxusrestaurant hier unten, was?» Er drehte sich auf ähnliche Weise um sich selbst wie am Morgen auf der Sandbank.

«Hättst du gern eins?»

«Was?» Er hielt inne.

«Ein Luxusrestaurant.»

«Nee!» Er lachte. «Bin nich gern drinnen, musste wissen. Ich brauch Luft.»

«Wo kommst du eigentlich her? Mal redest du fast bayrisch, dann wieder wie ein Berliner.»

Er setzte sich auf seine Anhängerkupplung, stützte

beide Arme auf seine Knie und betrachtete Laura prüfend, dann schaute er schnell wieder weg.

«So was darfste nich fragen. Is wie heut Morgen. Nich von hinten an die Leute rangehen und anfassen und nich zu viele Fragen stellen. Aber das kannste nich wissen.»

«Du hast aber gesagt, dass man anfassen darf, wenn man sich kennt. Ist das mit dem Fragen anders?»

«Ja.»

«Du hast mich aber auch was gefragt. Ob ich zum Kaffee kommen will, zum Beispiel.»

Er schaukelte auf seiner Kupplung hin und her. «Ja, aber das is was anderes. Kaffee is was anderes. Ich frag dich aber nich, wo du herkommst oder so was.»

«Und warum nicht?»

«Weil ... Mann, du bringst mich ganz durcheinander mit deiner Fragerei. Pass auf, ich versuch's dir zu erklären. Du sitzt jetzt da in dem Korbsessel. Das bist du. Was du woanders bist, is völlig wurscht. Was du mal warst, auch. Is doch vorbei, oder? Jetzt sitze in dem ollen Sessel, und das reicht völlig.» Er sprang auf und drehte sich wieder um sich selbst, während Laura den schwarzen Stein in ihrer Hand betrachtete.

«Vielleicht», murmelte sie endlich. «So hab ich die Dinge noch nie gesehen.»

Es stimmt nicht, dachte Laura, als sie wieder zu Hause war und über Ralfs Philosophie nachdachte. Nichts ist vorbei. Nur in dem kurzen Augenblick einer ersten Begegnung gibt es keine Vergangenheit. Aber die Begegnung darf sich nicht vertiefen, denn dann holt die Vergangenheit jeden von uns wieder ein, und dann wird es sehr wichtig, was man woanders war oder ist.

Der gute Ralf würde wahrscheinlich einen Schock bekommen, wenn er wüsste, dass ich Hauptkommissarin der Kripo bin. Und trotzdem hat er auch wieder recht, denn solange wir nichts voneinander wissen, sind wir ganz unbefangen. Wir trinken Kaffee in seinem Tunnel – ganz egal, wer was ist oder nicht.

Beim Gedanken an die abschließende Diskussion über die Bezahlung von fünf Steinen musste sie lächeln. Er wollte absolut kein Geld von ihr annehmen, sie bestand darauf. Zuletzt steckte sie zehn Euro unter einen besonders großen Stein und flüchtete. Als sie sich am Ende der Unterführung noch einmal umsah, stand er da, schwenkte seinen Hut und rief: «Morgen kauf ich richtiges Kaffeepulver!» Seine Stimme hallte von den Wänden wider. Das war die nächste Einladung.

Nein, sie wollte keine Fortsetzung dieser ungewöhnlichen Bekanntschaft. Ein Penner hatte ihr gerade noch gefehlt. Obwohl ... es bedeutete auch eine neue Erfahrung. In ihrem Beruf hatte sie schon häufig mit Obdachlosen zu tun gehabt, aber noch nie auf eine freundschaftliche Weise.

Auf der anderen Seite hatte sie nur dieses bisschen Luft, das die Sprachferien ihrer Kinder gewährten. Die knappe Freizeit reichte ja nicht einmal dazu aus, alte Freundschaften zu pflegen. Wie lange hatte sie ihre Schulfreundin Barbara nicht angerufen, geschweige denn gesehen. Ein Jahr? Zwei Jahre? Barbara hatte ihre Kontaktversuche irgendwann aufgegeben. «Ich bin da, wenn du was von mir willst!», hatte sie bei ihrem letzten Gespräch gesagt.

Ich werde sie anrufen, dachte Laura. Ich werde diese Wochen nutzen. Aber das war schon wieder der falsche Ansatz. Die freien Wochen nutzen bedeutete, sie zu füllen. Und Angelo? Eine Woche für ihn? Natürlich. Sie wünschte sich mindestens eine Woche mit ihm. Aber sie hatte Urlaubssperre. Er würde auf sie warten müssen. Das war nun schon häufig so gewesen. Gut war das nicht.

Plötzlich wünschte sich Laura ein Jahr ihres Lebens nur für sich selbst. Ein Jahr, um alte Papiere durchzulesen, all die Briefe, Tagebücher. Ein Jahr, um Fotos zu betrachten, ein Jahr, um das eigene Leben zusammenzukratzen und neu zu ordnen, um Dinge wegzuwerfen, die sie nicht mehr brauchte. Vielleicht würde ein halbes Jahr genügen – das andere halbe könnte sie mit Angelo verbringen, wenigstens teilweise. Sie könnte ausprobieren, ob sie ihn länger als ein paar Wochen aushielt. So viele Wochen waren es bisher nicht gewesen. Immer nur Tage. Seit vier Tagen hatten sie nicht telefoniert. Es war an ihr anzurufen. Sie rief viel zu selten an. Fast immer kam er ihr zuvor. Es machte ihn ärgerlich, das hatte er inzwischen deutlich gezeigt.

Er lebte allein. Sie hatte Kinder. Das waren verschiedene innere und äußere Verfassungen. Und genau das hatte sie beide eingeholt nach der ersten Begegnung vor über einem Jahr. Die erste Begegnung hatte sich ein bisschen so angefühlt, wie Ralf es beschrieben hatte – nur Gegenwart, keine Vergangenheit. Und es hatte sehr geschmerzt, diese kostbare Gegenwart aufzugeben und wieder in die Vergangenheit zurückzukehren.

Laura schaute auf die Uhr. Zehn nach sechs. Wenn nichts Ungewöhnliches passiert war, dann könnte

Angelo zu Hause sein. Aber wahrscheinlich saß er vor irgendeiner Bar oder einem Café in Siena. Dachte er an sie, oder war er ganz zufrieden mit sich und seinem relativ freien Leben?

Entschlossen griff sie zum Telefon und wählte seine Nummer. Seine Stimme auf dem Anrufbeantworter war fremd, so distanziert und arrogant italienisch, dass sie keine Nachricht hinterließ.

Sie trank ein Glas Wasser, wanderte durch alle Zimmer ihrer großen Wohnung, kehrte zum Telefon zurück und tippte seine Handynummer ein.

«Buona sera, Laura.»

Seine Antwort kam so schnell, dass sie nur ein heiseres «Ciao, Angelo» zustande brachte. Diese verdammten Displays.

«Wie geht es dir?» Stimmengewirr im Hintergrund.

«Ich weiß nicht genau», antwortete sie.

«Che cosa hai detto? Ich versteh dich kaum, hier ist es ziemlich laut.»

«Wo bist du denn?»

«Ich sitze mit Dottor Salvia, Tommasini, seiner Frau und seinem Bruder vor dem Aglio e Olio und warte darauf, dass endlich die Sonne untergeht.»

«Habt ihr noch einen Stuhl für mich?»

«Natürlich!»

«Geht's dir gut?»

«Ja, sehr gut. Es ist nur zu heiß. Wir hatten heute einundvierzig Grad. Ich bin zu meinem Vater umgezogen, weil ich es in meiner Wohnung unterm Dach nicht mehr aushalte. Bei euch ist es doch ähnlich!»

«Ja, es ist schrecklich.»

Was reden wir da eigentlich, dachte Laura. Irgendwer am anderen Ende in Siena machte eine Bemerkung, und sie hörte Gelächter, hatte die Bemerkung aber nicht verstanden.

«Bist du noch da, Laura?»

«Wer lacht denn da?»

«Ach, das waren die Leute am Nebentisch. Hatte irgendwas mit einem geschmolzenen Eis zu tun.»

«Ist wohl kein guter Augenblick, oder?»

«Ich stehe gerade auf und suche einen ruhigen Platz. Aspetti ...»

Laura versuchte, ihm akustisch zu folgen, hörte Geschirrklappern, Rufe, Türen, die sich öffneten oder schlossen, dann Stille.

«Bist du noch da?» Plötzlich war er ganz klar zu verstehen, seine Stimme hallte ein wenig.

«Jaja. Wo bist du denn jetzt?»

«Auf der Herrentoilette. Da ist es ruhig und kühl. Oder ist dir das unangenehm?» Er lachte leise.

«Nein, solange du nicht pinkelst, während wir uns unterhalten!»

Er lachte laut.

«Das würde ich nie wagen. Wie geht es dir, Laura?»

«Ich weiß es nicht. Ich habe ein blaues Auge, trinke Kaffee mit Obdachlosen, grabe in der Vergangenheit und verweigere die Notstandsverordnungen von durchgeknallten Vorgesetzten. Außerdem träume ich von Fröschen.»

«Klingt ziemlich ernst. Ma io ti casco sempre ... Ich falle immer auf dich herein. Was von alldem ist wahr?»

«Alles!»

«Wieso hast du ein blaues Auge?»

«Weil ein Penner mir einen Schlag versetzt hat.»

«Warum hat er das gemacht?»
«Weil ich ihn angefasst habe.»
«Und warum hast du ihn angefasst?»
«Weil ich dachte, dass er krank sein könnte.»
«Offensichtlich war er nicht krank, oder?»
«Nein.»
«Hast du zurückgehauen?»
«Nein. Ich habe Kaffee mit ihm getrunken.»
Das Geräusch einer Toilettenspülung ertränkte Lauras Antwort.
«Was hast du?»
«Ich habe Kaffee mit ihm getrunken.»
«Dove? In einer Bar?»
«Nein. Wir haben Cappuccino in einem Fußgängertunnel getrunken, da wohnt er nämlich. Der Cappuccino war schrecklich.»
«Ist alles in Ordnung mit dir?»
Laura lachte.
«Es klingt absurd, nicht wahr? Aber genau so war es. Ich dachte, die Geschichte würde dir gefallen.»
«Wirst du ihn wiedersehen?»
«Ma, Angelo! Geht's dir noch gut? Du wirst doch nicht auf einen Obdachlosen eifersüchtig sein!»
«Natürlich bin ich eifersüchtig auf ihn. Ganz einfach, weil er mit dir Cappuccino trinken kann und ich nicht. Was ist mit den Fröschen?»
«Das ist eine andere Geschichte. Die kann ich dir nicht am Telefon erzählen. Aber der Obdachlose ist ein Philosoph, Existenzialist im weitesten Sinn.»
«Bene.»
«Sì, bene!»
«Du hast nicht zufällig einen Schwips?»

«Nein, viel zu heiß für Alkohol.»
«Was ist dann los?»
«Ich grabe alte Geschichten aus, und die stinken. Außerdem weiß ich nicht genau, was ich mit diesen Geschichten machen soll. Darüber möchte ich in Ruhe mit dir reden – aber nicht auf dem Klo vom Aglio e Olio. Kannst du mich später anrufen?»
«Alle nove?»
«Alle nove. Ciao, Angelo.»
«Ciao, amore.»

Als Commissario Guerrini zu seinen Kollegen und Freunden zurückkehrte, fühlte er sich ein wenig deprimiert, sogar ärgerlich. Das Gespräch mit Laura hatte ihn unruhig gemacht. Natürlich – er besaß viel Sinn für absurde Dialoge, und sie hatte wirklich ein Talent dafür. Aber dieses Telefonat war anders gewesen. Hinter ihren Worten steckte mehr als nur die Lust an bizarren Sätzen. Am liebsten wäre er sofort losgefahren, um sie zu sehen. Aber sie würde ärgerlich werden. Wenn sie ihn brauchte, würde sie ihn rufen. Oder? Er wusste es nicht. Hoffte es nur. Vielleicht brauchte sie ihn auch nicht. Er konnte nicht fahren, ehe sie ihn nicht darum bat. Bisher hatte sie ihn noch nie darum gebeten.

Brauchte er sie? Er ließ seinen Blick über den kleinen Platz vor dem Lokal wandern, nahm die bunten Fahnen an den Häusern wahr, die alte Dame mit dem Pekinesen, die beide vor Hitze kaum Luft bekamen. Er schaute auf all die schwatzenden, gestikulierenden Menschen an den Tischen vor dem Restaurant. Tommasini winkte ihm zu, wies auf die Schüssel mit *fagioli con tonno*, die der Kellner in Guerrinis Abwesenheit auf den Tisch gestellt hatte. In Gedanken setzte Guerrini Laura zwischen den Sergente und Dottor Salvia. Sie würde sehr gut in diese Runde passen, und es wäre gut, zu ihr hinzuschauen, ihr zuzulachen. Salvia würde mit ihr flirten, und sie würde ein bisschen mitmachen, um zu kaschieren, dass sie die Geliebte des Commissarios war – oder weil sie überhaupt gern flirtete. Er würde ein bisschen eifersüchtig werden und gleichzeitig stolz auf sie sein.

Aber es ging auch ohne sie. Vor ihrem Anruf hatte er nicht an sie gedacht, sondern mit dem Gerichtsmediziner über die neuesten politischen Skandale in Italien diskutiert. Über den wahnwitzigen Wahlbetrug in Palermo, wo manche Menschen ihre Stimme für ein Handy oder ein paar Packungen Pasta verkauften. Es machte Spaß, mit Salvia zu reden.

Auf dem Weg zum Restaurant hatte Guerrini allerdings an Laura gedacht, weil er mit ihr zum ersten Mal im Aglio e Olio gegessen hatte. Vor etwas mehr als zwei Monaten, ganz zu Beginn der Hitzewelle. Damals hatten sie gemeinsam an dem höchst unklaren Fall des deutschen Schriftstellers Giorgio Altlander gearbeitet, der tot in seinem Landhaus bei Siena aufgefunden worden war. Noch jetzt empfand Guerrini so etwas wie ein Triumphgefühl, dass er es geschafft hatte, Laura als Ermittlungshilfe anzufordern und auch zu bekommen. Aber den Fall Altlander hatten sie nur höchst unbefriedigend gelöst. Eigentlich gar nicht, wenn er ehrlich war. Altlanders Tod wurde inzwischen offiziell zum Selbstmord durch Lachgas erklärt. Aber je länger Guerrini darüber nachdachte, desto weniger glaubte er an einen Selbstmord.

Altlander hatte eine Menge Material über die Verstrickung der China-Mafia mit der italienischen Modeindustrie zusammengetragen. Ganz besonders über eine Firma namens Moda più alta, die wiederum einem Schulfreund von Guerrini gehört hatte. Einem, der früher Revolutionär gewesen und dann zum Kapitalisten mutiert war und sich vor Guerrinis Augen erschoss, als dieser ihm unangenehme Fragen stellte: Paolo Montelli. Der mit den lustigen Augen, wie Guerrinis Vater ihn genannt hatte.

Ein ehemaliger Lebensgefährte Altlanders hatte dieses Material über Montelli und seine Firma auf einer Festplatte gespeichert und der Polizei übergeben. Der schöne Engel, Raffaele Piovene, ebenfalls Dichter, wohnhaft in Rom und seit vielen Jahren von Altlander getrennt. Seither laborierte die Finanzpolizei an der Festplatte herum, vielleicht auch die Anti-Mafia – behutsam vermutlich, wie Guerrini den Laden so kannte. Man wollte schließlich die italienische Modebranche nicht in Schwierigkeiten bringen.

Was hatten Guerrini und Laura erreicht? Letztlich saßen bisher nur zwei Chinesen in Gewahrsam, die eine Amokfahrt in Siena versucht hatten. Doch die sagten nichts, ebenso wenig wie die chinesischen Geschäftspartner der Firma Moda più alta.

Und dann war da noch die engste Freundin Altlanders, die Malerin Elsa Michelangeli, die von den Chinesen angefahren worden war und bis vor wenigen Wochen im Koma gelegen hatte. Auch ihre Rolle in dem verworrenen Spiel war weder Guerrini noch Laura wirklich klar geworden.

Eigentlich mochte Guerrini Ermittlungen dieser Art,

denn sie führten nach einiger Zeit in die Tiefe und zeigten die wahren Zustände. Vorausgesetzt natürlich, man wurde nicht von den Obrigkeiten daran gehindert, was in Italien durchaus üblich war. Ein gewisser Ministerpräsident hatte es sogar fertiggebracht, Gesetze zu ändern, wenn ihm die Staatsanwälte zu sehr auf den Leib rückten. Und er selbst, Guerrini, hatte einen höchst aussichtsreichen Posten in Florenz verloren, weil er einem korrupten Politiker zu nahe gekommen war.

Der Commissario schob eine Gabel voll *fagioli con tonno* in den Mund und griff nach der Pfeffermühle. Das Gericht schmeckte perfekt – bis auf die Prise frischen Pfeffer, die eindeutig fehlte. Er würde sich Zeit lassen, beobachten, Fragen stellen und nicht aufgeben. Jetzt, da die Malerin Elsa Michelangeli wieder in ihr Landhaus zurückgekehrt war, würde er sie hin und wieder besuchen. Den Dichter Raffaele Piovene konnte er in Rom treffen, den Mann, der Altlanders Landhaus geerbt hatte und seinen gesamten literarischen Nachlass. Er war sowieso schon viel zu lange nicht mehr in Rom gewesen.

Laura hatte einmal zu ihm gesagt, dass sie unbedingt einmal den bayerischen Papst mit seinen wunderbaren roten Schuhen sehen wolle. Mit Laura nach Rom zu fahren wäre besser als allein. Aber allein wäre es auch möglich. Er hatte noch ein paar Studienfreunde in Rom. Seine Ex-Frau Carlotta lebte ebenfalls in Rom. Aber Guerrini war sich nicht sicher, ob er sie treffen wollte.

Vielleicht sollte er doch besser nach München fahren. In Siena war ohnehin nichts los. Alle potenziellen Verbrecher der Provinz schienen in den Hitzestreik getreten zu sein.

Plötzlich erschreckte ihn der Gedanke, dass Laura ganz gut ohne ihn auskommen konnte. Zumindest so gut wie er ohne sie. Ganz sicher war er sich in diesem Augenblick nur des Gefühls, dass ihre Existenz für ihn wichtig war. Ihre Existenz und die Aussicht darauf, sie irgendwann wiederzusehen. Nachdenklich betrachtete Guerrini seinen Bohnensalat und schüttelte abwesend den Kopf, als Dottor Salvia sagte: «Haben Sie das Neueste von Berlusconi gehört?»

UM HALB SIEBEN schloss Ralf, der Steinmetz, seinen Anhänger. Außer Lauras zehn Euro hatte er weitere vier Euro und fünfzig Cent aus dem Verkauf von drei kleinen Steinen eingenommen. Das machte vierzehn Euro fünfzig, zwei hatte er noch. An diesem Abend konnte er also ein bisschen besser essen als sonst. Vielleicht vietnamesisch oder chinesisch. Er wollte in Gesellschaft essen – vielleicht am Johannisplatz, da war immer viel los, oder ganz woanders –, richtig fein, am Odeonsplatz zum Beispiel, auf der Treppe der Feldherrnhalle mit Blick auf den Platz, die Kirche und die königliche Residenz. Ganz in der Ferne würde das Siegestor leuchten, wie der Triumphbogen auf den Champs-Élysées. Den hatte er nur auf Bildern gesehen, war aber nie nach Frankreich gekommen. Nie nach Paris, obwohl er da immer hinwollte, weil es die Heimat der Clochards war. Clochards waren für Ralf so was wie der Adel der ewigen Wanderer, die das ganz normale Leben nicht aushielten. Allerdings kannte er keinen Clochard, besaß nur einen zerrissenen Zeitungsausschnitt, in dem was über Clochards stand. Dass sie nicht nur in der Stadt lebten, sondern übers Land wanderten. Ralf hatte das auch mal probiert, aber die deutschen Bauern mochten Penner noch weniger als die Leute in der Stadt. Hunde hatte man auf ihn gejagt, ihm mit Mistgabeln gedroht.

Einmal war er von einem Traktor verfolgt worden. Funktionierte wohl nur in Frankreich.

Dabei war er gern auf dem Land, wanderte viel lieber über Felder und durch den Wald als durch stinkende Straßen. Gab mehr Luft da draußen, mehr Freiheit. Vielleicht könnte er ein Pferd vor seinen Anhänger spannen und so herumziehen. Das wirkte wahrscheinlich anders als ein Mann mit einem Rucksack und ein paar Plastiktüten. Eindrucksvoller.

Aber er hatte kein Pferd und auch keine Ahnung, woher er eins kriegen könnte. Außerdem kannte er sich mit Pferden nicht aus. War ja nur so eine Idee gewesen. Eine seiner vielen Geschäftsideen. So schlecht war sie gar nicht. Wenn er den ganzen Anhänger voller Steine hätte – alle bemalt und richtig schön –, dann könnte er die überall verkaufen und hätte immer was zu essen für sich und sein Pferd. Einen Hund könnte er dann auch noch mitnehmen. Er mochte Hunde. Hatte mal einen gehabt. Einen großen mit langem Fell, wie eine Wärmedecke. Der war überfahren worden. Danach wollte er keinen mehr, weil er es nicht ausgehalten hatte, als der Hund tot auf der Straße lag. Gelaufen war er danach, tagelang. Irgendwohin, immer weiter. Und getrunken hatte er, bis zur Besinnungslosigkeit. Damals hatte er noch getrunken.

War wohl keine gute Idee, das mit dem Pferd und dem Hund. Die konnten sterben, oder man würde sie ihm wegnehmen. Ralf schlüpfte mit seinem Kopf durch die Schnur, an der sein Anhängerschlüssel hing, und ging langsam Richtung Lukaskirche. Auf den Kiesbänken am Fluss fingen sie schon wieder an zu grillen. Es roch nach Holzkohlefeuer, gebratenen Würsten, Knoblauch. Und nach fauligem Flusswasser. Die Isar begann zu stinken.

Auf der Mariannenbrücke lehnte er sich eine Weile ans Geländer, schaute zu, wie sie Bierträger ans Flussufer schleppten und zur Kühlung ins Wasser stellten. Dabei war die Isar inzwischen auch schon lauwarm. Der Himmel schimmerte beinahe lila an diesem Abend, und aus der Lukaskirche klang Orgelmusik herüber. Ralf lauschte und folgte nach einer Weile den Klängen, wartete ungeduldig an der Fußgängerampel, überquerte endlich die Straße und setzte sich auf die Stufen vor der großen Kirche. Von hier aus konnte er das Konzert gut hören. Er wusste nicht, wer diese Musik komponiert hatte, solche Dinge waren ihm sowieso egal. Für ihn war nur wichtig, dass die Musik stimmte. Und sie stimmte. Eine Stunde lang hockte er vor dem hohen Portal und lauschte. Irgendwann überkam ihn ein Gefühl, als trügen ihn die brausenden Klänge davon – über die Straße, über den Fluss und über die Bäume am Hochufer hinweg, mitten in diesen lilafarbenen Himmel hinein. Dann wieder kamen ihm die Töne wie Wasserwirbel vor, die kreisten und kreisten, bis sie ihn nach unten zogen, auf den Grund des Flusses.

Als die Musik aufhörte, fühlte er sich traurig und glücklich zugleich. Er rappelte sich auf, ehe die Zuhörer aus der Kirche strömten, und machte sich auf den Weg zu einer der vietnamesischen Straßenküchen in der Innenstadt. Er hatte sich entschlossen, sein Abendessen am Odeonsplatz einzunehmen, ganz nah bei den gewaltigen steinernen Löwen vor der Feldherrnhalle.

Um halb acht rief Lauras Tochter Sofia an und erzählte begeistert von ihrer ersten Woche in England. Viermal fiel der Name Patrick.

«Wer ist Patrick?», fragte Laura.

«Der älteste Sohn meiner Gasteltern. Sie haben drei Kinder: Elsa, Bella und Patrick. Eigentlich sind sie Iren und keine Engländer. Sie sind auch katholisch, aber nicht sehr, und ...»

«Wie alt ist Patrick?»

«Sechzehn. Wieso?»

«Nur so. Ich freu mich, dass es dir so gut gefällt.»

«Die haben super Discos, und Patrick tanzt richtig gut. Morgen fahren wir mit seiner Pfadfindergruppe nach Stonehenge. Das wird sicher total cool.»

Pfadfindergruppe, dachte Laura. Zu Hause fand Sofia Pfadfinder total uncool.

«Wie ist das Essen?», fragte Laura, weil ihr im Augenblick nichts anderes einfiel.

«Ziemlich schrecklich. Aber es gibt Schlimmeres. Woanders müssen die Menschen hungern.»

«Was?»

«Ich meine, solange man überhaupt was essen kann, ist das doch schon viel!»

Laura überlegte, was diese revolutionären Ideen in Sofia ausgelöst haben könnte. Vermutlich Patrick. Zu Hause jedenfalls war Sofia mit dem Essen ziemlich wählerisch, und der Hinweis auf Hungernde hätte vermutlich einen Wutanfall provoziert.

«Bist du noch da, Mama?»

«Jaja. Wie geht es Luca?»

«Dem geht's auch super. In seiner Schule ist was Irres gelaufen mit Nazis und so. Genau weiß ich es nicht, aber er wird es dir bestimmt erzählen. Jedenfalls hat er die Sache ganz cool hingekriegt.»

«Was sagst du da? Mit Nazis? Könntest du dich ein bisschen klarer ausdrücken?»

«Ich weiß auch nichts Genaues. Du kennst doch Luca und seine Geheimnisse. Außerdem muss ich gleich los. Die andern warten schon auf mich!»

«Schon gut. Pass auf dich auf, Sofi!»

«Klar. Ciao, Mama!»

Schon war sie weg. Bald vierzehn, dachte Laura. Patrick ist sechzehn. Besser, ich vergesse das einfach.

Ihre Wohnung unterm Dach war inzwischen so heiß wie ein Backofen. Vor ihr lag ein freier Abend. Es war kurz vor acht. Angelo würde sich nicht vor neun melden. Sie konnte also tun, was sie wollte. Ein Buch lesen, ihre Freundin Barbara anrufen, vor sich hin starren, Tagebuch schreiben, ein Tomatensandwich essen, versuchen, ihren Sohn Luca zu erreichen ... Aber all das wollte sie nicht. Genau jetzt wollte sie am liebsten vor dem Ristorante Aglio e Olio in Siena sitzen, mit Angelo und den anderen. Das war schlicht die Wahrheit. Plötzlich fühlte sie sich wie abgeschnitten vom wirklichen Leben.

Langsam schlenderte Laura ins Wohnzimmer, legte sich auf die große grüne Couch mit dem Sonnenblumenmuster und starrte an die Decke. Natürlich ging es auch ohne Angelo. Es ging sogar ohne ihre Kinder. Aber es war nicht so schön. Eher still. Ein bisschen sehr still sogar. Wenigstens in diesem Augenblick.

Fast zwei Stunden lang saß Ralf, der Steinmetz, auf den Stufen unter den riesigen steinernen Löwen, die den

Aufgang zur Feldherrnhalle bewachten. Er wartete, bis die Scheinwerfer eingeschaltet wurden, die Siegestor und Theatinerkirche beleuchteten. Als die ockerfarbenen Türme der Kirche und das helle Tor am Ende der Ludwigstraße in der Dämmerung aufstrahlten, fühlte er sich ein bisschen wie ein König. Zum Beispiel wäre er gern auf einen der Löwen geklettert, hätte die Arme ausgebreitet und eine Rede gehalten. Aber er wusste nicht, worüber er reden sollte, und deshalb ließ er es bleiben. Außerdem hätte ihn die Polizei sofort von dem Löwen heruntergejagt, denn in letzter Zeit gab es überall in der Stadt versteckte Kameras, die alles überwachten.

War ohnehin schon ein Wunder, dass er seine chinesischen Nudeln mit Gemüse und Rindfleisch in Ruhe hatte essen können. Vielleicht lag das an den amerikanischen Touristen, die in seiner Nähe riesige Mengen Pommes aus großen Tüten verdrückten. Einer von denen fragte ihn, ob er ein Foto von den Pommesfressern machen könnte. Machte er doch glatt. Gab kein Geld dafür, aber das Gefühl, ein bisschen dazuzugehören. War manchmal nicht schlecht, dieses Gefühl. Obwohl er nicht wirklich dazugehören wollte. Er war ganz zufrieden mit sich und seinen Steinen und dem Anhänger unterm Friedensengel.

Sorgsam verstaute er seine leer gegessenen Plastikschüsseln im Abfalleimer am Rand des Odeonsplatzes und machte sich auf den Heimweg. Im Hofgarten roch es nach Rosen, und auf einer der Bänke spielte jemand Gitarre. Der Park selbst war dunkel, außen herum leuchtete alles: die Kuppel der Staatskanzlei, die königliche Residenz, das Prinz-Karl-Palais, das Haus der Kunst. Ralf gefiel das. Wieder kam er sich vor wie ein kleiner

König, breitete die Arme aus und drehte sich um sich selbst. War kein schlechter Tag gewesen. Und er hatte Besuch bekommen – von einer Frau! Ralf dachte nur in Tagen, in guten und schlechten. Nie weiter. Es lohnte sich nicht.

Jetzt war er müde. Die Hitze setzte auch ihm zu. Aber Hitze war besser als Kälte. Bei Hitze konnte er überall schlafen. Bei Kälte war das anders. Er überquerte die große Kreuzung des Altstadtrings und lief entlang der Prinzregentenstraße auf den goldenen Engel zu. Seinen Engel. Es war wirklich nicht schlecht, unter einem Engel zu wohnen. An einem Fluss unter einem Engel mit goldenen Flügeln. Auch wie ein König. Ralf hüpfte ein paar Meter auf einem Bein, fiel beinahe hin und dachte: Übermut tut selten gut! Das hatte sein Vater immer gesagt, wenn der kleine Ralf sich zu sehr freute.

«Übermut tut verdammt gut!», schrie er und machte ein paar Luftsprünge. Es war niemand da, der ihn blöd hätte anreden können. Nicht mal Autos auf der Straße. Gar nichts. Jetzt hatte er schon die Isarbrücke erreicht und freute sich auf sein Bett ganz oben auf dem silbernen Anhänger.

Doch mit der Brücke stimmte was nicht. Auf seinen Instinkt konnte Ralf sich verlassen. Es war nur so ein Gefühl, eine Ahnung. Er konnte es riechen, noch nicht einmal hören, kauerte sich hinter einen der steinernen Pfosten und spähte vorsichtig um die Ecke.

Dann sah er sie kommen. Die gesamte Breite der Brücke nahmen sie ein, marschierten nebeneinander. Nicht Arm in Arm, nur nebeneinander. Schwarze Gestalten, die marschierten. Sie sagten nichts, sangen nicht, marschierten einfach. Ralfs Herz begann zu rasen. Er schaute sich um, suchte mit den Augen nach einem sicheren Versteck. Die durften ihn nicht sehen. Er wusste es einfach. Wenn die ihn entdeckten, wäre er verloren. Taumelnd sprang er von einem Pfosten zum anderen, erreichte die dunkle Allee hoher Bäume, lief weiter, schaute sich nicht um, bis er die Lukaskirche erreichte, flüchtete in ihre tiefen Schatten und wagte erst jetzt zurückzuschauen. Alles war still. Sie waren nicht mehr da.

Ralf hockte sich in eine der dunklen Nischen, versuchte ruhig zu atmen, nachzudenken. Vielleicht waren sie gar nicht da gewesen. Nein, nein, er durfte sich nichts vormachen. Sie waren da gewesen. Er konnte nicht zu seinem Anhänger zurück. Nicht heute Nacht. Besser blieb er hier, in dieser dunklen Nische an der Kirchenmauer. Er wusste, dass ihm am Morgen alle Knochen wehtun würden. Der Boden fühlte sich verdammt hart an. Aber wenigstens war es warm und halbwegs sicher. Trotzdem schlief er nicht und dachte stundenlang darüber nach, wohin er umziehen könnte.

Laura fand es bemerkenswert, dass Kriminaloberrat Becker noch nicht angerufen hatte. Er ließ sie in Ruhe, es fragte sich nur, warum. Vielleicht war ihr Abgang doch stärker gewesen, als sie gedacht hatte. Plötzlich nervte es sie, dass der Tag so lang war und die Dunkelheit endlos auf sich warten ließ. Kurz nach zehn, und noch immer spürte man die Sonne, obwohl sie längst nicht mehr zu sehen war. Laura lag ausgestreckt auf der Couch im Wohnzimmer und blätterte zerstreut im Tagebuch eines polnischen Reporters, das Emilio Gottberg ihr vor ein paar Tagen geschenkt hatte. Halblaut las sie:

Sartre sagt in seinem Stück «Bei geschlossenen Türen»: «Die Hölle – das sind die anderen.» Aber ebensogut kann man sagen: «Die Hölle – das bin ich.» Die Hölle ist in mir, manchmal schlafend, manchmal aktiv. Aber sie ist – unser inneres, immanentes Wesen.
Eine Methode, die Hölle einzuschläfern: jeden Gedanken zu unterdrücken und zu verwerfen, der nur eine Spur Aggression, ein Körnchen Böses enthält. Diesen Gedanken nicht fortzuführen, ihn nicht Besitz ergreifen zu lassen von uns, sondern sich gleich zurückzuziehen, das Thema der Reflexion zu ändern, diese in eine Richtung zu lenken, die Welt und Menschen in günstigem Licht erscheinen lässt.

Laura ließ das Buch sinken und lehnte sich noch tiefer in die Kissen zurück.

«Und was ist mit der Hölle der anderen?», fragte sie laut. «Was mache ich, wenn die über mich hereinbricht? Darf ich dann auch nicht aggressiv werden? Mein Beruf ist nicht besonders geeignet zum Gutmenschentum. Ich bin ständig mit sämtlichen Höllen beschäftigt: meinen eigenen und denen der anderen!»

Trotz ihrer Müdigkeit und der Hitze hätte sie genau jetzt gern mit Ryszard Kapuściński, dem Verfasser dieser Gedanken, geredet. Aber er lebte nicht mehr, und selbst wenn er noch lebte... Laura lächelte über sich selbst. Mit sich selbst konnte sie auch ganz gut diskutieren, oder mit ihren Kindern, mit Baumann, mit ihrem Ex weniger gut, mit ihrem Vater, mit Angelo... Wieso rief er eigentlich nicht an? Es war bereits weit nach zehn! Sie zuckte leicht zusammen, als in diesem Augenblick das Telefon neben ihr klingelte. Sie schaute nicht auf das Display.

«Pronto!»

«Es tut mir leid, wenn ich dich enttäuschen muss, aber ich bin nicht der Commissario!», sagte der alte Gottberg. Laura atmete tief ein, erwiderte nichts.

«Was ist denn? Bist du noch da?»

«Ja, Vater. Aber ich warte auf Angelos Anruf.»

«Das könntest du auch auf meinem Balkon machen. Es ist sehr angenehm auf meinem Balkon. Vom Englischen Garten her weht ein kleines Lüftchen. Ich trinke gespritzten Weißwein und finde es schade, dass die Zeit der Glühwürmchen schon vorbei ist.»

«Was?»

Lauras Vater brach in Gelächter aus.

«Jetzt habe ich dich doch aus der Ruhe gebracht, nicht wahr? Das gelingt mir immer noch ganz gut!»

«Könntest du an meiner Stelle antworten, Vater?»

«Natürlich. Ich würde antworten: Das konntest du immer schon sehr gut, Babbo. Manchmal finde ich es lustig, und manchmal könnte ich aus der Haut fahren, wie meine Mutter.»

«Sehr gut, Babbo.»

«Na und?»

«Was und?»

«Na, was machst du heute Abend?»

«Gar nichts.»

«Bist du krank, Laura?»

«Nur müde. Außerdem lese ich gerade in dem Buch deines philosophischen Reporters.»

«Das ist gut! Dann können wir uns demnächst darüber unterhalten. Kommst du morgen?»

«Natürlich. Das haben wir doch heute ausgemacht!»

«Ja, aber bei dir kann man nie sicher sein, Laura. Dann wird wieder jemand umgebracht, und die Lebendigen sind wieder vergessen. Ich finde immer noch, dass dieser Beruf nicht für eine Frau ...»

«Vater. Lassen wir das, ja? Ich habe keinen anderen und damit Schluss.»

Der alte Gottberg kicherte, und Laura konnte kaum fassen, dass sie schon wieder auf ihn hereingefallen war.

Erleichtert hörte sie, dass ein Anrufer anklopfte.

«Du hast gewonnen, Babbo! Aber jetzt werfe ich dich aus der Leitung! Schlaf gut!» Sie drückte auf den Knopf.

«Pronto.»

«Laura?»

«Sì.»

«Fa molto caldo e sono molto ubriaco.»

«Du bist betrunken?»

«Sì! Dottor Salvia und ich haben ein sehr fröhliches Gespräch über Berlusconi und Prodi gehabt. Und dann kam noch Professore Granelli dazu, und der war heute Abend besonders unterhaltsam, und dann haben wir alle drei zu viel getrunken.»

«Wo bist du denn?»

«In der Küche meines Vater, und ich mache mir gerade einen starken Espresso, außerdem habe ich Kopfschmerzen.»

«Schade.»

«Warum ist das schade? Es war ein guter Abend. Dafür muss ich eben bezahlen!»

«Es ist schade, weil ich etwas mit dir besprechen wollte. Etwas, das ich nicht mit einem Betrunkenen besprechen kann.»

«Oh là là, die Signora Commissaria ist sehr ernst. Aber ich sage dir, du hättest diesen Abend außerordentlich genossen. Es war wunderbar ... die Sterne über Siena, die blaugelbe Stunde, die Fahnen im Wind, die Mauersegler ...»

«Es reicht, Angelo. Leider sitze ich hier in meiner Wohnung und denke darüber nach, ob ein junger Ire namens Patrick meine Tochter Sofia verführen wird und ob ein uralter Mann Opfer seiner längst vergangenen Sünden wurde.»

«Können wir uns morgen darüber unterhalten? Ich bin heute Abend nicht mehr besonders gut im Lösen komplizierter Angelegenheiten. Aber ich würde mir an deiner Stelle mehr Sorgen um Sofia machen als um den alten Mann. Ich meine, er ist tot, oder? Sofia ist sehr lebendig.»

«Du klingst heute Abend wie mein Vater, Angelo. Ist das dein Ernst?»

«Nein, aber ich finde es gut.»

«Was findest du gut?»

«Das mit Sofia und dem alten Mann. Was ich gerade gesagt habe. Das finde ich gut!»

«Du bist wirklich betrunken!»

«Naturalmente, aber es ist ziemlich angenehm ... bis auf die Kopfschmerzen. Penso che ti amo, Laura. Nimm die Dinge nicht so ernst. In deinem Kopf tickt es schon wieder! Immer dieses verdammte deutsche Pflichtbewusstsein. Es ist spät. Trink ein Glas Wein und schlaf dich aus. Morgen reden wir weiter. Dormi bene! Ciao, amore!»

Er hatte aufgelegt. Laura kam sich in diesem Augenblick sehr deutsch vor, sehr nüchtern, sehr unbeholfen.

Und sehr allein mit ihren Gedanken über die Hölle, den Frosch und eine Frau und ihr kleines Mädchen, die an die Nazis verraten wurden.

Nazis! Sie fuhr auf und schaute auf die Uhr. Kurz nach elf. Zu spät, um ihren Sohn Luca in England anzurufen. Sie konnte sich nicht vorstellen, was Sofia mit ihrer Bemerkung über Nazis und Lucas englische Schule gemeint haben könnte. Und was hatte Angelo gerade gesagt? Penso che ti amo. Ich denke, dass ich dich liebe. Was für eine seltsame Liebeserklärung.

AM NÄCHSTEN MORGEN betrat Laura das Dezernat genau in dem Moment, als Streifenbeamte den Fund einer männlichen Leiche gemeldet hatten. Der Tote sei von Fischern aus der Isar gezogen worden. Kurz vor dem großen Stauwehr in Oberföhring.

«Der Mann ist mit Sicherheit nicht ertrunken! Soll ich ausrichten!», sagte Claudia. «Ihr sollt alles mitbringen, was ihr aufbieten könnt!»

«Na, dann mach mal!», nickte Laura der Sekretärin zu. «Bring auf Trab, was wir zu bieten haben.»

«Schon geschehen. Die Jungs von der Spurensicherung sind unterwegs. Doktor Reiss ebenfalls.»

«Gut. Ich fahre dann mit Baumann raus.»

Claudia hob die Augenbrauen und gleichzeitig die Schultern. «Er hat vor zehn Minuten angerufen, dass er später kommt, weil er noch zur Gerichtsmedizin will. Mit seiner älteren Leiche von gestern scheint was nicht in Ordnung zu sein.»

«Na gut, dann hole ich ihn dort ab.»

Claudia legte beide Hände flach vor sich auf den Schreibtisch und richtete die Augen zur Decke.

«Was jetzt?», fragte Laura.

«Jetzt habe ich gelogen.»

«Und warum?»

«Weil Peter manchmal sehr charmant sein kann.»

«Ach!»

«Ja, ach!»

«Und wo ist er?»

«Ich weiß es nicht.»

Laura griff nach dem Telefon auf Claudias Schreibtisch und wählte Kommissar Baumanns Handynummer. Es meldete sich die Mailbox.

«Hat er eine neue Freundin?»

«Weiß ich nicht.»

«Warum fängst du nichts mit ihm an, dann wüssten wir wenigstens, wo er sich aufhält!»

«Na, du hast Ideen!» Claudia schüttelte ihre kurzen Locken, die sie seit ein paar Wochen sehr rot färbte.

«Wieso? Du hast selbst gesagt, dass er charmant sein kann. Er sieht nicht schlecht aus, ist ziemlich intelligent, hat einen halbwegs sicheren Job und ist ständig auf der Suche nach der richtigen Frau.»

Claudia verzog das Gesicht.

«Du kannst ihn ja nehmen!»

«Ich bin erstens zu alt, und zweitens habe ich bereits einen Freund, wie inzwischen nahezu alle in diesem Haus wissen.»

«Und ich habe ein Kind und überhaupt keinen Bock auf einen Kerl. Alles klar?»

Laura lächelte. «Natürlich. Ich wollte nur eine deutliche Antwort. Keine schlechte Einstellung, die du hast. Also, wenn Baumann sich meldet oder auftaucht, dann schickst du ihn bitte per Express zum Fundort der Leiche.»

Claudia nickte.

«Ach, übrigens, Laura. Der Chef will dich sprechen. Er klang sauer. Hast du Ärger mit ihm?»

«Vielleicht.»

«Soll ich ihm sagen, dass du dich bei ihm meldest, wenn du zurück bist?»

Laura nickte. «Aber du kannst ihm auch sagen, dass ich nicht weiß, wann ich zurück sein werde.»

«Ist es ernsthafter Ärger?»

«Nicht besonders. Übrigens: Bitte überprüf doch mal beim Flughafen, ob vor ungefähr zweieinhalb bis drei Monaten eine Lea Maron auf einer Passagierliste stand. Bei den Hotelbuchungen könntest du auch anfragen.»

«Wer ist Lea Maron?»

«Ich weiß es nicht. Vielleicht gibt es sie auch gar nicht. Vielleicht heißt sie auch anders. Aber es könnte sie geben, und dann würde der Fall Dobler allmählich interessant.»

«Du lässt nicht locker, was?» Claudia lachte leise.

«Warum sollte ich?»

Claudia zuckte die Achseln. «Dein Auge sieht übrigens schlimm aus. Warst du beim Arzt?»

«Es ist ein Veilchen, Claudia. Ein schlichtes Veilchen. So was sieht immer schlimm aus. Also, ich geh jetzt. Schick Baumann hinterher.»

Als Laura die goldenen Flügel des Friedensengels über den Baumkronen leuchten sah, dachte sie plötzlich an Ralf. Gleichzeitig lief ein winziger scharfer Schmerz über ihre Wirbelsäule. Sie gab Gas, fuhr bei Gelb über die Kreuzung und überholte einen Lastwagen. Der Schmerz und der Gedanke an Ralf hatten etwas miteinander zu tun. Laura fürchtete, dass der Tote am Stauwehr Ralf sein könnte. Aber weshalb sollte er es sein?

Es war dieser verdammte Frosch, der solche Vorstellungen in ihr hervorrief. Sie folgte mit ihrem Dienstwagen der Isarparallele und bog Richtung Hirschau ab. Die schmale Teerstraße endete zwischen ein paar einsamen Häuserblocks, doch der Schlagbaum, der sonst die Weiterfahrt in den Englischen Garten verhinderte, war offen. Ein uniformierter Kollege stand dort und winkte sie zur Seite.

«Guten Morgen. Wo ist es?» Sie hielt ihren Dienstausweis aus dem Wagenfenster.

«Geradeaus und dann rechts. Sie können es nicht verfehlen, Frau Hauptkommissarin. Ist alles abgesperrt, und die arbeiten schon.»

«Haben Sie den Leichenfund gemeldet?»

Der junge Polizist schüttelte den Kopf. «Ich steh hier nur, damit keine Unbefugten reinfahren.»

Laura nickte ihm zu und ließ den Wagen weiterrollen. Nach der Schranke begann ein breiter sandiger Weg, und obwohl sie besonders langsam fuhr, wirbelte ihr Fahrzeug helle Staubwolken auf. Die Büsche links und rechts des Wegs waren weiß gepudert.

Kurz vor dem großen alten Wehr parkten die Polizeifahrzeuge ordentlich aufgereiht unter den hohen Weidenbäumen am Ufer. Ein Leichenwagen war auch dabei. Laura rückte ihre große Sonnenbrille zurecht und betrachtete sich kurz im Rückspiegel. Mit der dunklen Brille ging es einigermaßen. Am Morgen hatte sie einen besonders kräftigen Lippenstift aufgelegt, um von ihrem blauen Auge abzulenken.

Idiotisch, dachte sie. Da liegt einer tot im Wasser, und ich sorge mich um mein Aussehen. Aber sie sorgte sich nicht wirklich darum. Es war nur ein Ausweichmanöver. Sie kannte sich. Besser in den Spiegel sehen, als jemanden wie Ralf zu identifizieren. Irgendwas tun, das normal war, ehe die alltägliche Hölle wieder ausbrach. Plötzlich war sie ganz sicher, dass er es war, und der Schmerz in ihrer Wirbelsäule zog sich bis in die Rippen. Sie stieg aus, schlug die Wagentür zu und schlüpfte unter dem rot-weißen Plastikband durch, das den Tatort absperrte. Erst jetzt bemerkte sie die kleinen Grüppchen neugieriger Spaziergänger und Radfahrer, die in einiger Entfernung herumstanden und sich leise unterhielten.

Die Kollegen von der Spurensicherung nickten ihr zu. Muss schrecklich heiß sein in diesen weißen Overalls, dachte Laura. Wieder ein Ablenkungsmanöver. Sie war froh, als sie Andreas Havel erkannte, der seine weiße Kapuze zurückschob und sich Luft zufächelte.

«Er liegt da unten», sagte er mit seinem weichen böhmischen Singsang. «Der Doktor ist bei ihm. Schau ihn dir an. Ist nicht so schlimm, er hat nicht lange im Wasser gelegen.»

«Nett, dass du das sagst.»

«Na ja, ich finde Wasserleichen auch nicht besonders angenehm. Ich denke dann immer, wie es wäre, wenn ich eines Tages so enden würde. Wie eine dieser Figuren von Botero, kennst du die? Wie aufgeblasen sehen die aus.»

«Mir ist im Moment nicht nach Scherzen.»

«Oh, entschuldige. Ich scherze nur ... na ja, weil ... Was soll ich denn sonst tun?»

Laura versetzte ihrem Kollegen mit der Schulter einen sanften Schubs.

«Wie alt ist er?» Wieder ein Manöver. Einkreisen des Opfers.

«Ich schätze ungefähr sechzig. Einer von der Straße. Ein Penner. Schau ihn dir an, dann kommen dir sicher ein paar Ideen.»

«Ideen?»

«Ja, Ideen. Mehr sag ich nicht. Du bist die Kommissarin, oder?»

Sechzig, dachte Laura. Wenn er sechzig ist, dann kann es nicht Ralf sein. Langsam ging sie auf die Gruppe von Kollegen zu, die sich über den leblosen Körper auf den grauen Betonplatten am Ufer beugten. Laura sah weiße halblange Haare, tätowierte Arme, ein zerschmettertes Gesicht, Hämatome auf dem nackten Brustkorb, blauschwarz, rötlich schimmernd.

Es war nicht Ralf. Das war die einzig positive Erkenntnis.

«Er ist nicht ertrunken, das können Sie unschwer selbst erkennen, nicht wahr!» Doktor Reiss richtete sich seufzend auf. «Außerdem lag er nicht länger als maximal sechs Stunden im Wasser. Schauen Sie ihn an, Laura, dann nehmen wir ihn mit. Wir sind hier eigentlich fertig.»

Laura ging um den Toten herum, die andern traten zurück. Sie betrachtete den geschundenen Körper und sah immer wieder den Frosch, sah die blauschwarz geschwollenen Lippen des Toten und die Eingeweide des Frosches. Die äußeren und inneren Bilder wechselten sich ab, als würden sie übereinandergeblendet. Sie schrieb es der Hitze zu, der stickigen flirrenden Luft über der Stadt, die selbst hier im Park das Durchatmen schwer machte.

«Das war nicht nur einer!», sagte der Gerichtsmediziner und trat neben sie. «Da waren ein paar Kerle mit kräftigen Stiefeln und Schlagringen zugange. Das sind Fälle, die mir wirklich Angst machen. Ich habe mich immer vor bestimmten Männergruppen gefürchtet. Bin ihnen stets aus dem Weg gegangen – so gut ich konnte.» Er schaute auf den Toten und verzog das Gesicht, als litte er Schmerzen. «Einer wie der hatte nicht die geringste Chance. Man kann nur hoffen, dass er besoffen war, dann hat er es nicht so mitgekriegt. Wir werden das ja bald wissen.» Scharf stieß er die Luft aus. «Übrigens sollte man sich bei diesem verdammten Wetter möglichst in geschlossenen Räumen aufhalten. Diese Luft ist der reinste Killer.»

Er konnte es nicht lassen, gesundheitliche Ratschläge zu erteilen.

«Drinnen hält man es auch nicht aus», murmelte Laura abwesend.

«Wie?»

«Ach nichts. Wurde bei dem Toten irgendwas gefunden?»

«Na, gar nichts.» Andreas Havel, der dazugekommen war, schüttelte leicht den Kopf. «Was sollte man auch finden. Er hatte wahrscheinlich nichts.»

«Nein, wahrscheinlich hatte er nichts», bestätigte der Arzt. «Können wir ihn jetzt mitnehmen?»

Laura nickte. Sie dachte an die rote und schwarze Farbe an Ralfs Anhänger und an den Wänden der Unterführung am Friedensengel, und ihr kam sein Satz über irgendwelche Säufer weiter flussaufwärts in den Sinn. Sie musste mit ihm reden. Aber damit würde auch ihre Begegnung außerhalb jeder Vergangenheit zu Ende sein. So war es eben. Ein bisschen schade, dass seine Theorie so schnell widerlegt wurde.

«Wo sind denn die Leute, die den Toten rausgefischt haben?»

«Die haben ihre Aussage den Kollegen von der Streife zu Protokoll gegeben und durften dann gehen.»

Andreas Havel fuhr mit gespreizten Fingern durch sein schweißnasses Haar.

«Welchen Kollegen?»

«Denen da oben, unter dem dicken Weidenbaum.»

«Sag mal, *ist* das alles so zäh, oder kommt es mir nur so vor?»

Der junge Kriminaltechniker lachte auf. «Es ist so zäh, weil es so heiß ist. Da geht gar nichts schnell, Laura. Alles ist sehr mühsam, das Denken, das Bewegen, alles.»

Laura stieg zu den beiden Polizeibeamten hinauf, die im Schatten der alten Weide neben ihrem Wagen standen. Sie waren sehr jung, und Laura hatte sie noch nie gesehen. Um die Sache zu vereinfachen, zeigte sie deshalb ihren Ausweis und fragte nach dem Protokoll der Zeugenaussagen.

«Es tut mir leid, Frau Hauptkommissarin», sagte der größere der beiden. «Das ist ein sehr kurzes Protokoll. Die Zeugen haben den leblosen Körper der besagten Person um sechs Uhr achtundvierzig nahe dem Ufer vor dem Wehr treiben sehen. Es gelang ihnen, den Körper an Land zu ziehen und dort zu lagern. Danach haben die Zeugen mit ihrem Handy die Polizei gerufen. Das waren wir. Wir haben danach alles Weitere veranlasst.»

«Na wunderbar!», sagte Laura, nickte den beiden zu und kehrte zu ihrem Wagen zurück. Die beiden jungen Polizisten starrten ihr hinterher.

«Irgendwas von Baumann gehört?», fragte Laura im Dezernat an. Sie saß in ihrem Dienstwagen, einem ziemlich neuen BMW, der in der Hitze unangenehme Gerüche nach saurer Milch ausdünstete.

«Nichts», antwortete Claudia. «Was war denn das für ein Toter an der Isar?»

«Wir wissen es noch nicht. Ein Obdachloser vermutlich. Er wurde übel zugerichtet. Ich fahre deshalb zu einem seiner Kollegen. Vielleicht finde ich was raus.»

«Zu einem Kollegen?»

«Ja, klar. Ich habe ihn zufällig gestern kennengelernt. Netter Typ.»

«Ist alles in Ordnung mit dir?»

Laura lachte auf und beendete das Gespräch. «Nein!», sagte sie sehr laut. «Nichts ist in Ordnung. Ich halte es immer noch nicht aus, erschlagene Menschen zu sehen, dabei bin ich jetzt lange genug in diesem Scheißjob. Ich krieg so eine wahnsinnige Wut, dass ich irgendwas kaputt hauen könnte, und gleichzeitig macht es mir totale Angst!» Sie war froh, dass Baumann nicht bei ihr war. Zurzeit mochte sie Selbstgespräche lieber als Dialoge. Die Selbstgespräche waren ehrlicher. Aber dieser Wagen stank erbärmlich. Sie öffnete alle Fenster, um den Fahrtwind hineinzulassen.

Es war nicht weit bis zum Friedensengel. Laura stellte den BMW auf dem Gehsteig am Eingang des Parks ab und lief hinunter zur Unterführung. Wieder spürte sie diesen ziehenden Schmerz im Rücken. Froschalarm! Der silberne Anhänger stand an seinem Platz, abgeschlossen wie eine große Schatzkiste auf Rädern. Aber keine Spur von Ralf. Fehlalarm.

Laura umkreiste Ralfs Heim und folgte mit einem Finger den roten Farblinien. Plötzlich nahm sie intensiven Uringeruch wahr und entdeckte halb eingetrocknete Pfützen rund um den Anhänger. Mindestens ein halbes Dutzend Männer mussten das Gefährt angepinkelt haben. Sie bückte sich. Die Reifen waren platt. Laura lehnte sich an die Wand der Unterführung, schloss die Augen und dachte nach. Warum hatten sie den Anhänger nicht umgeworfen oder in die Isar gekippt? Aber es war ja klar: Wer auch immer sie sein mochten, ihr Ziel war es, Schrecken zu verbreiten und ihn allmählich zu steigern. Oder war das nur ihre eigene Vorstellung? Hatte die rote Farbe nichts mit der Pisse zu tun, mit den zerstochenen Reifen?

Das ganz normale Elend eines Penners, würde Peter Baumann sagen. Wahrscheinlich stimmte das. Sie selbst hatte es oft genug gesehen. Aber nie zuvor hatte ein Obdachloser ihr ein blaues Auge geschlagen und sie dann zum Kaffee eingeladen.

«Werd nicht sentimental, Laura!», sagte sie halblaut vor sich hin. «Nicht sentimental werden. Klar?»

Nichts war klar. Sie wollte Ralf finden, weil sie Fragen an ihn hatte. Als sie die Augen wieder aufmachte, standen zwei Frauen und zwei Hunde vor ihr. Ein sehr kleiner Hund mit einer Schleife zwischen den Ohren und ein großer Golden Retriever. Die beiden Frauen waren etwa gleich groß und eher ältlich. Eine von ihnen hatte sehr schwarz gefärbte Haare und sehr große goldene Ohrringe, die im Halbdunkel der Unterführung glänzten.

«Was machen Sie denn da?», fragte die Schwarzhaarige in einem spitzen Münchnerisch, das sich als Hochdeutsch tarnte. «Des is der Anhänger vom Ralf, damit

Sie's nur wissen. Ach du meine Güte. Des schaut ja aus hier. Na, der wird eine Freud haben, der Ralf!»

Der große helle Hund bellte zweimal und hob sein Bein am Anhänger. Die zweite Frau packte ihn am Halsband und zerrte ihn weg. Doch der Hund pinkelte ungerührt weiter und hinterließ eine nasse Zickzackspur auf dem Boden.

«Also, ich wüsst wirklich gern, was Sie hier machen. Und wo ist eigentlich der Ralf?» Die Schwarzhaarige machte einen Schritt auf Laura zu und reckte den Kopf vor. Ihre Augen waren kleine harte Punkte, es ging etwas Raubvogelartiges von ihr aus.

«Ich hab keine Ahnung, wo der Ralf ist», entgegnete Laura. «Ich such ihn selber.»

«Und wer hat diese Schweinerei g'macht? Die rote Farb und die Bieslerei? Der Ralf ist ein ganz netter Kerl, und so was hat der nicht verdient, des sag ich Ihnen!» Sie atmete heftig ein, die zweite Frau nickte und hielt noch immer den großen Hund am Halsband fest.

«Wenn es Sie beruhigt, ich bin hier, um herauszufinden, wer das gemacht hat – die rote Farbe und den Rest. Ich bin von der Kripo.»

«Was Sie nicht sagen! Jetzt hat der arme Ralf schon die Kripo am Hals. Dabei tut der keiner Fliege was zuleide, des sag ich Ihnen! Lassen S' gefälligst den Ralf in Ruhe!»

«Geh, Veronika, vielleicht geht's ja gar nicht um den Ralf...», sagte leise die zweite Frau.

«Natürlich geht's um ihn, um was denn sonst. Immer auf die Kleinen!»

Laura verbiss sich ein Lächeln. Sie mochte diese Münchnerin, die sicher in höchst komfortablen Umständen lebte und sich trotzdem für einen Obdachlosen einsetzte.

«Es geht nicht um Ralf», erwiderte sie deshalb. «Ich brauche ihn nur als Zeugen. Was hier geschehen ist, finde ich auch schlimm, und es tut mir leid für Ralf.»

Die Schwarzhaarige starrte sie an, atmete hörbar ein und beugte sich zu ihrem kleinen Hund hinunter, der höchst interessiert an den menschlichen Pfützen schnupperte.

«Pfui, Sissi! Pfui, sag ich!» Sie griff nach dem Hündchen und nahm es auf den Arm. «Schleck mich ja nicht ab, du Schweindl!» Sie reckte ihr Gesicht weit von der Hundeschnauze weg. «Übrigens! Könnt ich Ihren Ausweis sehn! Kripo kann ja jeder sagen, oder?»

«Natürlich.» Laura hielt der Schwarzhaarigen ihren Dienstausweis hin, sie fand ihre Widerborstigkeit ganz in Ordnung.

«Des hilft mir gar nix! Ohne meine Lesebrille könnten Sie mir Klopapier hinhalten!» Plötzlich lachte sie. «Kripo, soso. Ich glaub's Ihnen ja schon.»

«Danke.»

«Wolln S' was wissen?»

«Wenn Sie so frei sind und mir ein paar Fragen erlauben.»

«Fangen S' schon an. Sind Sie eine Kommissarin?»

«Hauptkommissarin.»

«Was Besseres, soso.»

«Ihnen fällt immer was ein, oder?», lächelte Laura.

«Na, des möcht ich doch meinen!»

«Gut, dann erzählen Sie mir doch bitte, wie lange Sie den Ralf schon kennen.»

«Wieso? Ich denke, es geht nicht um den Ralf. Außerdem ist das meine Angelegenheit. Warum wolln Sie das überhaupt wissen?»

Sie hat recht, dachte Laura. Wieso will ich das überhaupt wissen? Irgendwie bin ich nicht so richtig auf der Höhe meiner geistigen Kräfte. Was will ich überhaupt von ihr wissen?

Sie nahm sich zusammen.

«Entschuldigung. Ich wollte Sie etwas ganz anderes fragen. Ist Ihnen bei Ihren Spaziergängen an der Isar und im Park in der letzten Zeit etwas Ungewöhnliches aufgefallen? Irgendwelche Typen, die sonst nicht hier herumlaufen, irgendwer, der den kleinen Besitz eines Obdachlosen zerstören könnte?»

Die Schwarzhaarige drückte den kleinen Hund fest an sich und nickte vor sich hin, ehe sie antwortete.

«Jaja, jetzt wird's schon besser. Ich selber hab nichts g'sehen, weil ich nur in der Früh in den Park geh. Fast immer mit meiner Freundin.» Mit einer Kopfbewegung wies sie auf die andere Frau. «Aber wir haben was gehört, ned wahr, Gisela! In der Nacht muss es hier ziemlich zugehen. Da ist allerhand G'schwerl unterwegs, das können S' glauben.»

«Und was für G'schwerl?»

«Ja, so genau kann ich des auch nicht sagen. B'soffene halt und solche, die Lieder singen, die man nicht gern hört.»

«Was für Lieder?»

«Jetzt kommen S' mir nicht so! Sie wissen ganz genau, was für Lieder ich mein.»

«Solche Lieder?»

«Genau solche Lieder!»

«Von wem haben Sie das gehört?»

«Hundebekanntschaften. Hier im Park kennen wir einander, aber das heißt noch lang nicht, dass wir unsere Namen kennen oder wissen, wo wir wohnen. Man kennt die Hunde und ein bisserl die Menschen. Und man redet miteinander, gell, Gisela!»

Gisela nickte heftig.

«Können Sie sich erinnern, wer das mit den Liedern gesagt hat?»

«Ah, gehn S', Frau Kommissarin. Des is schon ein paar Tag her. Es warn ein paar, die das erzählt haben. Solche, die auch in der Nacht ihre Hunde in den Park führen. Das sind die Jüngeren. Die Alten machen so was nicht. Die sind vorsichtiger. Nie im Leben tät ich in der Nacht an der Isar herumlaufen. Und ich könnt nie in diesem Tunnel schlafen, wie der Ralf. Ich tät vor Angst sterben, das kann ich garantieren!»

«Und wie kommen Sie zum Ralf?»

«Ah, jetzt ham S' mich wieder am Wickel. Der Ralf ist zu uns gekommen, wenn Sie's genau wissen wollen. Auf einmal war er da, mitsamt seinem Anhänger. Und dann wollt er unsere Fahrräder reparieren. Dabei waren die gar nicht kaputt.» Sie lachte laut auf. «Danach hat er mit den Steinen angefangen. Das war eine gute Idee, und wir haben gedacht, wenn er noch einen Second-Hand-Laden für gebrauchte Kleidung anschließt, dann könnt noch was aus ihm werden. Wissen S', in unseren Schränken hängt so viel Zeug rum, das wir nie anziehen. Gute Sachen, kein G'lump!»

«Aber Sie wissen natürlich, dass Ralf mit Sicherheit nicht sehr lange hierbleiben wird. Mich wundert sowieso, dass meine Kollegen ihn noch nicht abgeschleppt haben.»

«Ja so was! Jetzt glaub ich Ihnen, dass Sie von der Kripo sind!» Angriffslustig reckte sie ihren Kopf. «Warum soll er denn nicht dableiben, der Ralf? Er tut doch keinem was, und Dreck macht er auch nicht. Verhaften S' lieber die Saubär'n, die seinen Anhänger angebieselt und seine Reifen zerstochen haben!»

«Die werden wir sicher finden.» Laura fühlte sich flau, schämte sich beinahe für das «Wir», das sie der kämpferischen Dame wie einen Schutzschild entgegenhielt.

«Des werden wir ja sehn! Viel Erfolg. Komm, Gisela, wir gehen jetzt. Heut Nachmittag fahr ich mit dem Rad herunter und schau nach dem Ralf!» Sie nickte Laura zu, packte ihr Hündchen fester und eilte mit schnellen Schritten dem nördlichen Ausgang der Unterführung zu. Ihre Freundin folgte, hatte aber Mühe, den großen Retriever hinter sich herzuzerren, der nicht von den menschlichen Duftmarken lassen wollte.

Laura fand Ralf bei den kleinen Wasserfällen unterhalb des Maximilianeums. Die Ellenbogen auf den Knien, den Kopf auf die Fäuste gestützt, saß er auf einem Betonquader und starrte vor sich hin. Zwei der Federn auf seinem Hut waren abgeknickt. Als sie sich schweigend neben ihn stellte, warf er ihr aus den Augenwinkeln einen kurzen Blick zu und starrte dann weiter auf den Fluss. Unterhalb der Fälle schäumte die Isar, als hätte jemand Waschmittel ins Wasser gestreut.

«Sauerei!», sagte Ralf nach langen Minuten.

«Der Schaum oder dein Anhänger?»

«Alles!»

«Mhm.»

Wieder schwiegen sie lange. Eine fette Spinne hing in einem riesigen Netz zwischen zwei Geländerstangen.

«Hast es gesehen, was?»

Laura nickte.

«Wolltest 'n Kaffee, eh?»

«Ich bin zufällig vorbeigekommen. Hab heute frei.» Laura beschloss, sich nicht als Polizistin zu zeigen.

«Ach so.» Er sah sie noch immer nicht an.

«Wer hat denn das gemacht?»

Er zuckte die Achseln.

«Warst du nicht dabei?»

«Zum Glück nicht!»

«Wo warst du denn?»

Er verzog das Gesicht.

«Heut haste wieder die Frageritis, was?»

«Ja, wenn du nichts sagst!»

«Was soll ich 'n sagen? Ändert ja doch nix.»

Laura verbot sich selbst die nächste Frage. Wenn er etwas sagen würde, dann musste es von ganz allein kommen. So viel hatte sie inzwischen verstanden. Aber das Schweigen fiel ihr schwer, und nach ungefähr fünf Minuten versuchte sie es mit einer anderen Taktik.

«Eigentlich könnte ich dich heute zum Kaffee einladen. Oben am Johannisplatz.»

Er reagierte nicht.

«Wetten, dass du noch nicht gefrühstückt hast?»

Langsam wandte er den Kopf und sah sie lange an.

«Dein Veilchen wird jetzt doch schwarz!», murmelte er endlich.

«Was hat mein Veilchen mit Frühstück am Johannisplatz zu tun?» Laura wurde ungeduldig.

«Warum willste eigentlich dauernd was tun. Ich find das anstrengend. Kannste nich einfach hier stehen und das Wasser anschaun?»

«Davon werden aber deine platten Reifen auch nicht heil!»

«Vom Frühstücken auch nich!»

«Na, dann eben nicht!» Laura drehte sich um und ging Richtung Maximilianeum. Es dauerte nicht lange, und er folgte ihr.

«Biste jetzt sauer?»

Laura ging einfach weiter.

«Was is'n los?»

«Jetzt fragst du auf einmal. Ich dachte, dass man nicht so viel fragen darf!»

Er machte ein paar schnelle hüpfende Schritte, bis er sie einholte und neben ihr ging.

«Frauen sind kompliziert, was?»

Laura zuckte die Achseln.

«Auch nicht komplizierter als du, zum Beispiel.»

Zum ersten Mal an diesem Tag lachte er ein bisschen.

«Also dann, Frühstück?»

Er nickte, sagte aber nichts mehr, bis sie sich unter einem Sonnenschirm vor dem Johanniscafé niedergelassen hatten. Ohne die Speisekarte zu beachten, lehnte er sich zurück und schien das Gestänge des Schirms zu studieren. Danach wanderte sein Blick zum hohen roten Turm der Johanniskirche und noch weiter hinauf in den milchig blauen Himmel. Die Kellnerin musterte Ralf abschätzig. Sie wartete und räumte ein bisschen auf dem Nebentisch herum.

«Also, ich nehm einen grünen Tee und ein Käsebrot», sagte Laura sehr deutlich.

«Und der Herr?» Die Kellnerin musterte Ralf zum zweiten Mal und ließ ihren Blick danach etwas zu lange auf Lauras blauem Auge ruhen.

«Einen Kaffee, ein Schinkenbrot und eine Nussschnecke!» Diesmal kam Ralfs Antwort wie aus der Pistole geschossen.

«Nussschnecken haben wir heute nicht, nur Rosinenschnecken, Apfelstrudel oder Käsekuchen.»

Ralf rückte seinen Strohhut zurecht und seufzte tief. «Dann eine Rosinenschnecke.»

Laura hoffte, dass er den Blick der Kellnerin nicht gesehen hatte. Sie war sicher, dass die Frau ihr Veilchen und Ralf in Zusammenhang brachte, aber in einen anderen als den tatsächlichen. Die Situation war beinahe amüsant.

«Gestern Abend hab ich am Odeonsplatz gegessen», sagte er plötzlich.

«War's gut?»

«Chinesische Nudeln mit Gemüse und Rindfleisch. War sehr gut.»

Laura fragte nicht weiter. Sie war inzwischen sicher, dass er von selbst erzählen würde, was er wusste. Aber das Warten machte sie ungeduldig. Heimlich schaute sie auf die Uhr. Sie musste zurück ins Präsidium. Vielleicht war es doch ein Fehler gewesen, die Anonymität aufrechtzuerhalten.

Tee und Kaffee wurden gebracht, die Rosinenschnecke, die belegten Brote.

«Kann ich gleich kassieren, ich werd nachher abgelöst!» Das war ein Befehl, und Laura hatte ein gewisses Verständnis dafür. Vermutlich war die Kellnerin schon ein paarmal um die Zeche geprellt worden. Deshalb zahlte sie, ohne zu protestieren. Dann begannen sie zu essen, und Ralf schwieg noch immer. Als er – nach einem Schluck Kaffee und nachdem er sich den Mund mit dem Handrücken abgewischt hatte – gerade so aussah, als würde er etwas sagen wollen, brummte Lauras Handy.

«Entschuldige!» Schnell stand sie auf und ging ein paar Schritte. «Ja?»

«Laura?»

Es war Claudia.

«Am Apparat.»

«Kannst du nicht reden?»

«Nicht gut.»

«Ich wollte dir nur sagen, dass Peter den ganzen Tag ausfällt. Er hat irgendein Virus.»

«Ach.»

«Hab ich auch gesagt. Wann kommst du denn zurück? Becker hat schon zweimal nach dir gefragt.»

«Ungefähr in einer Stunde. Bis gleich.»

Laura kehrte zu Ralf zurück, der genüsslich seine Rosinenschnecke abrollte.

«Ich brauch kein Handy!», sagte er mit vollem Mund.

«Dein Glück.»

«Eigentlich brauch ich auch keinen Anhänger.»

«Wieso?»

«Ballast!», murmelte er. «Alles Ballast!»

«Wie man's nimmt. Das Geschäft mit den Steinen macht dich doch unabhängig.»

«Das kann ich auch ohne Anhänger. Der is voll! Du hast ja keine Ahnung, wie voll der ist! Das Zeug kommt von überall her, und ich steck es in den Anhänger. Es wird immer mehr! Wenn man 'n Haus hat, isses wahrscheinlich genauso. Oder mit 'ner Wohnung. Wenn du mit 'nem Rucksack unterwegs bist, dann ist das eine klare Sache. Da passt nur 'ne ganz bestimmte Menge rein, und das war's. Aber so ...» Er machte eine vage Handbewegung, und auch in seinem Gesichtsausdruck lag etwas Unklares.

Er will aufgeben, dachte Laura. Das ist wahrscheinlich sein Problem. Wenn's schwierig wird, dann gibt er auf und macht sich davon. Sie sah ihm zu, wie er sich den Zuckerguss von den Fingern leckte.

«Aber du bist doch auch stolz auf deinen Anhänger!»

«Teilweise. Besitz belastet!»

«Wieso denn plötzlich?»

Er grinste und schob seinen Hut in den Nacken. «Ganz einfach. Ich hab letzte Nacht nachgedacht, weil ich nich schlafen konnt. Und da bin ich draufgekommen. Wenn du nix hast, dann willste unbedingt was. Und wenn du was hast, dann haste Angst, dass es dir einer wegnimmt. So isses doch. Besser nix haben und nix wollen!»

«Du bist ja ein richtiger Philosoph.»

Laura ermahnte sich zur Selbstdisziplin und fragte nicht weiter. Sie spürte die Sonnenhitze auf ihrer Haut. Obwohl sie unter dem großen Schirm saß, war sie schon wieder schweißnass. Der Boden erbebte, als die Straßenbahn vorüberrumpelte.

Ich muss Ralf sagen, dass ich Polizistin bin, dachte Laura und wollte schon den Mund öffnen, als er sich räusperte.

«Letzte Nacht hab ich neben der Lukaskirche geschlafen. War nich sehr bequem. Aber da waren schlimme Kerle unterwegs.»

«Kerle?»

«Ja, Kerle. Marschierten in der Mitte der Prinzregentenstraße und kamen vom Friedensengel. Ich dachte, wenn die mich erwischen, dann schlagen die mich tot. Hätten sie vielleicht nich gemacht, aber es war so mein Gefühl. Ich verlass mich immer auf mein Gefühl. Da bin ich abgehauen, und sie haben mich nicht gesehen.»

«Meinst du, dass die deinen Anhänger angepinkelt haben?»

«Na, einer allein wird's wohl nicht gewesen sein! Kamen mir irgendwie bekannt vor, die Typen. Könnten zu den Sängerknaben gehören, die am Deutschen Museum rumhängen. Braunes Gesindel. Dachte, die gibt's nur im Osten!»

«Sängerknaben», murmelte Laura. «Wie kommst du denn auf so was?»

Ralf lachte bitter auf. «Na, die singen, wenn sie besoffen sind. Ich geh ab und zu vorbei und schau mir das an. Man muss aufpassen, wenn man auf der Straße lebt. Das hab ich dir doch gesagt!»

«Warum lebst du eigentlich auf der Straße?» Laura hätte sich am liebsten auf die Zunge gebissen.

Ralf lehnte sich zurück und wippte mit dem Stuhl.

«Das, Mädchen, geht dich gar nichts an. Möchtest wohl gern die Geschichte vom armen Ralf hören, was? Die gibt's aber nich. Ich bin Ralf, und du bist Laura. Wir sitzen hier und frühstücken. Das ist es. Reicht doch, oder?»

Laura verzog das Gesicht, schob ihre Sonnenbrille auf die Stirn und berührte leicht ihr blaues Auge. «Dafür hätte ich aber ein bisschen mehr verdient, findest du nicht?»

Ralf schüttelte den Kopf.

«Wie du meinst. Ich muss jetzt weg. Die brauchen mich doch in der Firma. Das war der Anruf von eben. Aber ich wollt dir noch was sagen, und das ist eigentlich auch der Grund, warum ich dich heute Morgen gesucht habe.»

«Ach, gab also doch 'n Grund!» Er guckte fragend.

«Ja, es gab einen Grund. Ich habe heute Morgen im Radio gehört, dass ein toter Obdachloser aus der Isar gefischt wurde. Oben am Stauwehr. Er ist nicht ertrunken, er wurde erschlagen. Deshalb wollte ich dich warnen und außerdem nachsehen, ob alles in Ordnung ist.»

Ralf starrte sie mit halboffenem Mund an.

«Mann, Mann, Mann!», murmelte er.

«Na ja, das wär's dann für heute. Ich muss jetzt wirklich weg.» Als Laura aufstand, fiel ihr ein, dass der Dienstwagen noch immer auf dem Bürgersteig am Friedensengel wartete, beinahe hätte sie die Straßenbahn genommen.

«Danke», sagte Ralf, als sie ihm zunickte. «Man sieht sich!»

Es klang ganz lässig, und er lüftete seinen Hut dabei. Die Federn wippten, auch die beiden abgeknickten. Laura wandte den Kopf, um ihr Lächeln zu verbergen, und eilte Richtung Max-Weber-Platz davon. Ralf bestellte sich eine große Apfelschorle, er hatte noch vier Euro und siebzig Cent in der Tasche und wollte das außerordentliche Gefühl, in einem Café zu sitzen, noch ein bisschen länger auskosten. Vielleicht könnte er seine Steine künftig am Odeonsplatz verkaufen, da war mehr los als im Tunnel. Mehr Touristen und so. Aber dann fielen ihm die Überwachungskameras wieder ein, und er verwarf diese neue Geschäftsidee. Vielleicht wäre es das Beste, die Steine und sein Werkzeug abzuholen und den Anhänger einfach stehen zu lassen.

Na ja, er hatte viel Zeit zum Nachdenken. Und der Tote in der Isar? Vielleicht wäre es sicherer, eine Weile flussaufwärts zu gehen, Richtung Flaucher oder ganz raus aus der Stadt. Aber dann würde diese Laura ihn nicht mehr finden. Wär echt schade. Und sein Anhänger wäre endgültig weg. Gestern hatte alles noch ganz anders ausgesehen.

IM PARK HINTER dem Maximilianeum versuchte Laura Kommissar Baumann zu erreichen, aber es ging nur die Mailbox dran. Sie konnte ihn ja verstehen, wollte selbst nicht ständig erreichbar sein. Trotzdem machte es sie wütend. Wahrscheinlich hatte er wieder Ärger mit irgendeiner Freundin und ließ es an ihr aus. Hin und wieder neigte er zu solchen Aktionen.

Sie steckte das Telefon in die Außentasche ihres kleinen Rucksacks. Zwischen den großen Bäumen am Hochufer der Isar konnte sie über die Stadt schauen. Wie gelblicher Nebel hing der Smog über den Häusern, reichte weit hinauf. Keine Wolke am Horizont. Nur die Sonne, verhangen, grell und bösartig.

Sie wird zur Feindin, dachte Laura. In anderen Ländern ist sie das schon lange. Langsam ging sie zwischen den Bäumen auf ihren Wagen zu. Auch der stand inzwischen in der Sonne. Sie öffnete die Beifahrertür und ließ den ersten Hitzeschwall entweichen. Aber es war ohnehin egal, Leinenbluse und Hose klebten schon lange an ihrem Körper.

Ich brauche Baumann, dachte Laura. Wir müssen diese Sängertruppe beobachten, von der Ralf gesprochen hat.

«Nein, er wird nicht so schnell wiederkommen», sagte Claudia. «Sein Hausarzt hat ihn für mindestens vier Tage krankgeschrieben.»

«Aber gestern war er doch noch ganz fit! Und was sollte diese Ausrede von heute Morgen, dass er noch zur Gerichtsmedizin muss?» Laura ging ungeduldig vor Claudias Schreibtisch auf und ab.

«Könntest du bitte stehen bleiben! Mir bricht der Schweiß aus, wenn ich dir nur zusehe.»

«Nein, ich kann nicht stehen bleiben», erwiderte Laura ruhig. «Ich warte auf eine Erklärung.»

Claudia rieb ihre Handflächen aneinander und senkte den Kopf.

«Das mit der Gerichtsmedizin war meine Idee. Peter hat nur gesagt, dass er später kommt. Ohne Erklärung. Ich dachte, es wäre vielleicht besser für ihn, wenn er eine Ausrede hätte. Wegen der Urlaubssperre und so und wegen Becker.»

«Was ist denn in dich gefahren?»

«Gar nichts! Für dich hätte ich das genauso getan! Du und Peter, ihr habt auch schon für mich gelogen, wenn ich wegen meiner Tochter zu spät gekommen bin. Hast du das vergessen?»

«Nein, natürlich nicht. Und ich werde es sicher wieder tun, wenn's nötig ist.» Laura schwieg einen Moment. «Der Unterschied ist nur: Du hast *mich* angelogen, Claudia. So, als wäre *ich* Becker und du müsstest Peter vor mir beschützen. Das ist es, was ich nicht verstehe.»

Claudia betrachtete ihre Handflächen. Plötzlich sah sie Laura herausfordernd an. «Na ja, ihr beide habt in letzter Zeit immer wieder Krach. Und außerdem bist du doch seine Vorgesetzte, oder?»

Laura blieb stehen und sah ihre Kollegin ungläubig an. Es dauerte eine Weile, ehe sie antworten konnte.

«Also, ich bin seine Vorgesetzte. Aber ich bin auch deine Vorgesetzte, und über mir und uns allen steht Becker und darüber der Präsident und über ihm das BKA und der Innenminister und so weiter und so weiter. Bisher war unser Dezernat ein Team, was ist also los?»

Claudia schob einen Ordner auf ihrem Schreibtisch hin und her.

«Vielleicht hält er es nicht so gut aus, dass du seine Chefin bist. Er ist immerhin ein Mann. Du brauchst jetzt nicht denken, dass ich Mitleid mit ihm habe. Ich finde, dass Männer sich daran gewöhnen müssen, eine Frau als Chefin zu haben. Aber sie haben sich noch nicht daran gewöhnt, Laura. Und manchmal bist du ziemlich heftig.»

Entgeistert starrte Laura die junge Sekretärin an.

«Sag mal, hast du das falsche Buch gelesen, oder macht das die Hitze? Wir Frauen haben seit Jahrhunderten Männer als Vorgesetzte und haben es ausgehalten. Dann sollen die es gefälligst auch aushalten. Nicht mehr und nicht weniger. Bisher hat Baumann es ganz gut ausgehalten! Und ich denke nicht, dass ich ihn überfordere!»

«Aber du warst in letzter Zeit nicht besonders freundlich zu ihm. Entschuldige, wenn ich das so deutlich sage.»

«Aber er war auch nicht besonders kooperativ. Wieso verteidige ich mich eigentlich? Und warum verteidigst du Peter Baumann?»

Claudia stieß einen Seufzer aus.

«Ich verteidige ihn ja gar nicht. Ich versuche nur zu

verstehen, warum er sich in letzter Zeit ein bisschen komisch verhält.»

«Gut, vielleicht hast du recht. Aber wenn ihm was nicht passt, dann muss er das selber sagen. Im Allgemeinen ist er nicht besonders schüchtern. Was mich im Augenblick mehr interessiert: Wo bekomme ich einen Ersatz für ihn her. Ich brauche dringend einen fähigen Kollegen, der die Beobachtung einer Gruppe von Verdächtigen koordiniert.»

«Peng!», sagte Claudia. «Das ist Laura. Siehst du, was ich meine?»

«Natürlich! Schließlich kenne ich mich schon länger als du! Wenn mich jemand sucht, ich bin beim Chef!»

Laura drehte sich um und verließ das Zimmer. Auf dem langen Flur wimmelte es nur so von Kollegen. Laura rückte ihre große Sonnenbrille zurecht und versuchte, möglichst unerkannt die Toilette zu erreichen. Beinahe hatte sie es geschafft, als der Kriminaltechniker Andreas Havel ihr zuwinkte. Laura winkte zurück, doch er steuerte genau auf sie zu.

«Leider gibt es ganz und gar nichts, was auf den oder die Mörder des Toten aus der Isar hinweist.» Er sah bekümmert aus.

«Das hab ich mir schon gedacht.»

«Wenn wir den Ort des Verbrechens kennen würden, wäre es leichter, aber so.» Er zuckte die Achseln.

«Morgen wird die Sache in der Zeitung stehen, und vielleicht melden sich Zeugen, die irgendwas gesehen haben.»

«Ja, aber er war ein Penner. Da sind die Leute nicht so wild darauf, sich zu engagieren.»

«Kann sein. Aber ich bin wild darauf!» Laura lächelte

ihm zu und verschwand in der Damentoilette. Dort streifte sie ihre nass geschwitzte Bluse ab, wusch am Waschbecken Gesicht, Arme und Oberkörper und bearbeitete ihre Achseln mit einem Deostift. Zum Glück hatte sie am Morgen ein frisches T-Shirt in ihren Rucksack gesteckt. Mit gespreizten Fingern lockerte sie ihr feuchtes Haar und betrachtete sich nachdenklich im Spiegel.

«Manchmal ganz schön heftig, was?», murmelte sie, zog ihre Lippen nach und setzte ihre Sonnenbrille wieder auf. Ja, natürlich! Wenn der Alltag ihr auf die Nerven ging, die ewig gleichen Verhaltensweisen der Kollegen, wenn sie einen dieser Anfälle von Lebenshunger hatte, die immer auch Überdruss an ihrem Leben, so, wie es war, bedeuteten. Irgendwann würde sie alles hinschmeißen und etwas völlig anderes anfangen.

Ein paarmal hatte sie schon mit dem Gedanken gespielt, zu Angelo Guerrini nach Italien zu ziehen. Es waren nur ihre Kinder, die sie davon abhielten. Aber in zwei, drei Jahren ...

In zwei Jahren würde Luca Abitur machen und davonsegeln. Sofia wäre dann erst sechzehn – kein gutes Alter, um eine Tochter mit ihrem Vater allein zu lassen. Noch dazu mit Ronald und seiner Großzügigkeit, die vor allem eine Tarnung seiner Unzuverlässigkeit war. Nein, in der nahen Zukunft würde es keinen Absprung geben können. Außerdem war da noch ihr Vater. Den könnte sie allerdings mitnehmen. Der alte Gottberg hätte sicher nichts dagegen, seine späten Jahre in Italien zu verbringen, für ihn wäre es vermutlich wie eine Heimkehr ins Paradies.

Lächerliche Gedanken! Angelo Guerrini hatte sie

noch nie gefragt, ob sie bei ihm bleiben wolle. Noch immer umkreisten sie sich gegenseitig, als misstrauten sie beide dem Zusammenleben. Und so war es doch auch.

Als Laura sich von Ronald getrennt hatte, stand für sie fest, dass sie nie wieder mit einem Mann zusammenleben wollte. Und jetzt? Sie wusste es nicht. Es spielte in diesem Augenblick auch keine Rolle. Sie musste einen Ersatz für Baumann finden, und sie musste zum Chef. Sie machte sich Sorgen um Ralf. Ein Besuch bei ihrem Vater stand auf dem Programm, ein Anruf bei ihrem Sohn Luca und ein weiterer Versuch, die alte Frau Neugebauer zu einem halbwegs vernünftigen Gespräch zu bewegen.

Das reichte eigentlich, um bei dieser Hitze ein bisschen «heftig» zu werden!

«Ich habe ein gewisses Verständnis für Ihren Auftritt von gestern, Laura.» Kriminaloberrat Becker hatte offensichtlich einen seiner unvorhersehbaren Anfälle von Freundlichkeit gegenüber Mitarbeitern. «Auch mir erscheint diese Anweisung vom BKA etwas übertrieben. Trotzdem müssen wir wachsam sein und den Hinweisen von Ärzten genau nachgehen.»

«Natürlich. Bei Hinweisen von Ärzten ist das durchaus sinnvoll. Aber sonst nicht!» Laura lächelte ihren Vorgesetzten ermunternd an.

«Wie schaffen Sie es eigentlich, so frisch auszusehen?», ergriff dieser sogleich die Gelegenheit, etwas zu persönlich zu werden.

«Wenn Sie's unbedingt wissen wollen: Ich habe mich gerade auf der Toilette umgezogen. Davor sah ich etwas anders aus! Ich war nämlich im Fall des Toten aus der Isar unterwegs. Könnte sein, dass eine Gruppe von Rechtsradikalen etwas mit diesem Mord zu tun hat. Die Leute treffen sich angeblich beinahe jeden Abend am Isarufer beim Deutschen Museum.»

«Das mit dem Umziehen ist eine gute Idee. Ich werde mir morgen auch ein paar Reservehemden mitbringen.»

«Das ist sicher nicht schlecht!», nickte Laura mit einem kurzen Blick auf die enormen Schweißflecke unter Beckers Armen. «Aber um fortzufahren: Ich brauche eine Soko – keine große, aber immerhin vier oder fünf Leute. Ich möchte diese Gruppe an der Isar wenigstens zeitweise unter Beobachtung stellen. Und mein Problem ist, dass Kommissar Baumann erkrankt ist.»

«Ach, was fehlt ihm denn?»

«Irgendein Virus.»

«Ist es schlimm?»

«Ich weiß nicht, hatte noch keine Gelegenheit, mit ihm persönlich zu sprechen.»

«Aber das sollten Sie tun, Laura. Er lebt doch allein, wenn ich mich recht erinnere.»

«Ja, er lebt allein, und ich werde später bei ihm vorbeifahren, wenn Sie das beruhigt. Könnten wir trotzdem über die Arbeit sprechen?»

«Wenn Sie darauf bestehen ...» Becker lachte auf etwas unangenehme Weise. «Mehr als zwei Leute kann ich Ihnen aber nicht geben. Unsere Reserven sind im Augenblick sehr knapp, und davon abgesehen ... Ich meine, wir kennen doch unsere Sandler, Penner und ewigen Wanderer. Wahrscheinlich hatten sie eine Schlägerei, und die ist schlecht ausgegangen. Sie sollten sich erst einmal bei den Herrschaften selbst umhören, ehe

Sie den Verdacht auf andere Gruppen ausdehnen. Übrigens, meinetwegen können Sie die Sonnenbrille abnehmen. Ich weiß, dass Sie ein Veilchen haben.»

Laura brach der Schweiß aus, diesmal allerdings nicht wegen der Hitze.

«Aber für die Überprüfung häuslicher Todesfälle haben wir genügend Personal?», entgegnete sie scharf und ignorierte die Bemerkung über ihr Veilchen.

«Auch nicht. Das wissen Sie genau. Jetzt fangen Sie schon wieder an, Laura. Meine Geduld hat Grenzen. Ich werde zwei Leute für Sie abstellen, und damit ist diese Diskussion beendet. Ermitteln Sie eigentlich immer noch in der Angelegenheit Dobler? Für solche Geschichten haben wir nun wirklich keine Zeit.»

«Nein!» Laura stand auf. «Ich ermittle im Fall einer kriminellen terroristischen Vereinigung, die es auf alte Männer und Obdachlose abgesehen hat. Das ist doch heutzutage die ideale Begründung für dringende Ermittlungen, nicht wahr?»

Heftig, dachte sie. Schon wieder ganz schön heftig. Sie unterdrückte ein Lächeln.

«Was?!» Kriminaloberrat Becker starrte sie an. «Sagen Sie das nochmal!»

«Kann ich nicht bei dieser Hitze. Der Satz war zu lang!»

«Sie nehmen sich ganz schön was raus, Laura.»

«Ach, wissen Sie, unsere Arbeit ist nicht einfach, und ich versuche, sie einigermaßen gut zu erledigen. Wenn jemand umgebracht wurde, dann ist es mir egal, ob es sich um einen Penner handelt oder um den Bundeskanzler. Ich will wissen, warum jemand umgebracht wurde, und ich will die Mörder finden, denn es gehört bestraft, andere zu misshandeln und zu töten. Und bei dieser Arbeit hätte ich gern die volle Unterstützung meines Vorgesetzten – das ist alles.»

Kriminaloberrat Becker erwiderte zunächst nichts, starrte Laura nur düster an. Endlich strich er mit einer Hand nervös über seine Stirn und atmete tief ein.

«Haben Sie im Fall Dobler irgendetwas in der Hand?»

«Es entwickeln sich konkrete Verdachtsmomente.»

«Könnten Sie sich noch ein bisschen unklarer ausdrücken?»

«Ich kann noch nicht darüber sprechen.»

«Warum nicht?» Jetzt brüllte Becker. «Ich bin weder verdächtig noch befangen, ich bin nicht in diesen Fall verwickelt, sondern Ihr Vorgesetzter, Hauptkommissar Gottberg. Warum also können Sie mir gegenüber nicht über Ihre Erkenntnisse sprechen?»

Laura versuchte ruhig zu atmen und gelassen zu bleiben. Aber sie musste zugeben, dass Becker sie mit seinem Wutausbruch ein bisschen erschreckt hatte. Er brüllte nicht sehr oft.

«Weil es sich um eine außerordentlich heikle Geschichte handelt, die bis ins Dritte Reich zurückführt. Es geht um den Verrat an jüdischen Mitbürgern. Mehr kann ich dazu wirklich nicht sagen.»

«Ich habe es geahnt!» Becker brüllte immer noch. «Wann hört das endlich auf! Der Krieg ist seit über sechzig Jahren vorbei. Hat diese Generation denn das ewige Leben? Und warum müssen ausgerechnet Sie auf so einen Fall stoßen?»

«Ich weiß es nicht», murmelte Laura. «Es tut mir leid. Bekomme ich meine Mini-Soko?»

«Zwei Leute, mehr nicht. Und Sie halten mich täglich auf dem Laufenden, Hauptkommissar Gottberg.»
«Danke.»

Laura verließ Beckers Büro und flüchtete zum zweiten Mal auf die Damentoilette, ließ kühles Wasser über ihre Hände laufen und betrachtete im Spiegel ihr blaues Auge.

«Hallo, Hauptkommissar Gottberg!», murmelte sie und dachte: Irgendwann steige ich aus! Trotzdem empfand sie nachträglich ein gewisses Vergnügen an dem bizarren Dialog mit ihrem Vorgesetzten.

Was jetzt?, dachte Ralf, der Steinmetz, als er das Johanniscafé verließ und sich zögernd Richtung Friedensengel bewegte. Der Geruch von Dönerkebab an der Ecke zum Max-Weber-Platz bereitete ihm Übelkeit. Ralf verabscheute Kebab. Er war mehr für Leberkässemmel, Fischsemmel, Fleischpflanzerl oder ein halbes Grillhendl. Das zusammengequetschte Zeug am Spieß war ihm nicht geheuer, und es hatte einen speziellen Geruch, den er einfach nicht ausstehen konnte. Er erinnerte sich daran, dass sein Anhänger samt Tunnel seit letzter Nacht nach Pisse roch, und ihm wurde noch ein bisschen schlechter.

Als er über den Fußgängerübergang am Max-Weber-Platz lief, dachte er, dass er mit einem großen Gartenschlauch die Pisse wegspülen könnte. Aber er hatte keinen Schlauch, und es gab auch keinen Wasseranschluss da unten. Er würde Wasser von der Isar heraufschleppen müssen – eimerweise. Und was war mit den Reifen? Wie viele waren es? Sechs. Zwei Einzelreifen und hinten doppelte. Er hatte nicht die geringste Ahnung, woher er Ersatz bekommen könnte. Es gab Schrotthändler, die so was rumliegen hatten. Aber welche? Ralf verspürte wirklich keine Lust, die Schrotthändler der Stadt nach Reifen abzuklappern. Sein wunderbarer silberner Anhänger wurde langsam zum Problem.

Ganz in Gedanken hatte er das Denkmal von Ludwig II. erreicht, das zwischen den Bäumen hindurch über die Stadt blickte. Ralf blieb stehen und schaute zu dem starren gusseisernen König hinauf. Er folgte seinem Blick und musste plötzlich lachen. Der König schaute nicht auf das Nymphenburger Schloss, wie es wohl einst geplant war, sondern auf ein Heizkraftwerk.

«So kann's gehen!», sagte Ralf vor sich hin. «So kann's gehen.» Er blieb auf der Bank neben dem König sitzen und schaute mit ihm gemeinsam über die Stadt. Das war im Moment besser als sein Anhängerproblem. Er brauchte Zeit.

ZUR GLEICHEN ZEIT nahm Commissario Angelo Guerrini zwei Kopfschmerztabletten und trank einen starken Kaffee. Obwohl er anschließend Magenschmerzen hatte, bedauerte er den langen Abend im Aglio e Olio keineswegs. Er hatte viel gelacht, vor allem, als Dottor Salvia, der junge Gerichtsmediziner, auf umwerfende Weise den Ministerpräsidenten Berlusconi nachmachte.

Salvia hatte sogar gewisse Ähnlichkeit mit Berlusconi, war von etwas gedrungener Statur und besaß diesen kräftigen Bauernschädel mit sich lichtenden dunklen Haaren. Er konnte auch Romano Prodi nachmachen und den ein oder anderen Provinzpolitiker aus dem Norden – nicht schlecht, aber Berlusconi war eindeutig seine Stärke.

Als er auch noch Leoluca Orlando aufs Korn nahm, den edlen Kämpfer gegen die Mafia in Palermo, der gerade seine Wiederwahl zum Bürgermeister verloren hatte, da allerdings hatte sein Vorgesetzter, Professore Granelli, ihn zur Ordnung gerufen.

«Lassen Sie Orlando in Ruhe. Er ist ein großer, mutiger Mann.»

«Ja, das finde ich auch!», hatte Sergente Tommasini zugestimmt. «Über solche Männer sollten wir uns nicht lustig machen! Gibt nicht so viele davon in unserem Land!»

Dottor Salvia hatte eine Weile geschwiegen, nachdenklich einen Schluck Wein getrunken und dann geantwortet: «Ich achte Ihre Meinung, Signori. Aber auch der ehrenwerte Leoluca liebt die Macht. Es gibt keine Engel, und wir sollten uns hüten, Politiker zu Engeln zu machen! Hat er nicht genug erreicht? Gibt es auf der Welt nicht noch ein paar andere Dinge als die Macht?»

«Ja, durchaus!», hatte Granelli geantwortet. «Aber wir brauchen auch Vorbilder. Und Orlando hat etwas von einem dunklen Ritter aus einem Fantasy-Roman. Er ist ein Vorbild, und davon hat dieses Land wirklich nicht viele, da hat Tommasini ganz recht!»

«Ich denke, das ist ein allgemeines Problem – nicht nur in unserem vereinigten Europa!» Guerrini erinnerte sich genau an seine Worte. «Orlando ist ein Vorbild, aber er ist auch ein tragischer Held. Wer so viel erreicht hat wie er, der sollte sich auf die Position des weisen, erfahrenen Beraters zurückziehen.»

«Beh, sei doch nicht so abgeklärt, Guerrini! Du bist noch nicht mal fünfzig. Das steht dir nicht!» Granellis meckerndes Lachen hallte von den hohen dunklen Häusern wider.

Abgeklärt? Guerrini schaute prüfend in den Spiegel über dem antiken Waschbecken in seinem Büro. Der Spiegel zeigte ein paar blinde Flecken, verästelte Ornamente, die Flechten glichen oder Vergrößerungen von Einzellern unter dem Mikroskop. Außerdem zeigte er bernsteinfarbene Augen mit dunklen Schatten, dunkle Augenbrauen und eine steile Falte oberhalb seiner Nasenwurzel. Er hatte sich nicht gut rasiert an diesem Morgen, und seine Haare waren ein bisschen zu lang, schienen mehr silberne Strähnen zu haben als gestern. Trotzdem gefiel er sich eigentlich ganz gut, fand sich durchaus erotisch und keineswegs abgeklärt. Und er war noch immer der Meinung, dass Leoluca Orlando ein tragischer Held war, wie jeder Italiener, der den Kampf gegen die dunkle Seite seiner Landsleute aufnahm.

Davon abgesehen war er überzeugt, dass die Gegenseite mit allen Mitteln Wähler gekauft oder bedroht hatte. So war das eben im Süden. In der Toskana ging es zivilisierter zu, und die Dinge waren nicht so offensichtlich. Trotzdem durfte man den wichtigen Leuten nicht zu nahe kommen – schon gar nicht als Polizist, Staatsanwalt oder Richter. Aber das war auch in Mailand nicht besser. Guerrini kam es manchmal so vor, als lieferten sich die Vertreter der Exekutive einen mehr oder weniger offenen Krieg mit denen der Legislative. Und zwischen beiden Lagern existierte die schwammige Masse der Bestechlichen, der Ratlosen und derer, die einfach taten, was ihnen persönlich die meisten Vorteile brachte.

Und er selbst? Wo stand er eigentlich selbst? Meistens war es sehr klar: immer auf Seiten derer, die korrupte Politiker und Wirtschaftsbosse zu Fall brachten ... oder es zumindest versuchten. Im Grunde seines Herzens war er Anarchist, genau wie sein Vater. Wie alle anderen Bürger hasste er die unerträgliche Bürokratie seines Landes. Aber er stellte sich auch die Frage, wie es möglich war, dass dieses Land so ein Monster hatte erschaffen können, wenn alle es hassten. Er hatte den Verdacht, dass es einfach daran lag, dass niemand Interesse daran hatte, das Monster zu kontrollieren.

Vielleicht, weil die Mehrzahl der Italiener eine anarchistische Seele besaß und ihr Leben irgendwie um all die staatlichen Instanzen herumlavierte, einfach machte, was sie wollte.

Noch immer schmerzte sein Kopf. Trotzdem fragte er sich, wie wohl die nationale Krankheit der Deutschen aussah. Er musste Laura danach fragen, ob seine vage Vorstellung von einem diffusen Selbsthass, gepaart mit dem Bemühen, alles gut und richtig zu machen, die innere Verfassung des Nachbarlandes einigermaßen richtig erfasste. Was hatte Laura einmal gesagt? «Die Deutschen haben ein tiefes Verlangen danach, geliebt zu werden.»

«Und wir?», fragte er den Spiegel. «Wir haben ein tiefes Verlangen danach, ernst genommen zu werden!»

Guerrini beschloss, am Mittag in sein Lieblingslokal, das Cacchiera, zu gehen, um einen Teller Minestrone zu essen. Sie würde seinen Magen wieder in Ordnung bringen. Danach wollte er die Malerin Elsa Michelangeli besuchen, die vor einer Woche wieder in ihr Landhaus südlich von Siena zurückgekehrt war. Es gab da noch ein paar Fragen, die Guerrini ihr stellen wollte. Behutsam natürlich, sie war gerade erst halbwegs genesen, und er hatte ja Zeit. Es wäre auch gut, nochmal mit Laura darüber zu reden, allerdings hatte sie, im Gegensatz zu ihm, nie mit Elsa Michelangeli gesprochen.

In diesem Augenblick wurde ihm auf sehr unangenehme Weise bewusst, dass er sich nicht an den Inhalt des Telefongesprächs erinnern konnte, das er vergangene Nacht mit Laura geführt hatte. Es stand zu befürchten, dass er lauter dummes Zeug geredet hatte.

Guerrini warf einen letzten Blick in den Spiegel und schloss an seinem dunkelblauen Polohemd den zweiten Knopf von oben – den obersten ließ er offen, der Hitze wegen und weil es besser aussah. Dann machte er sich auf den Weg zum Questore, der ausgerechnet heute mit ihm über den Fall Altlander/Montelli reden wollte. Vielleicht konnte er seinen Vorgesetzten dazu bringen, diese Besprechung ins Cacchiera zu verlegen.

Laura telefonierte. Fragte die Kollegen des zuständigen Polizeireviers, ob ihnen regelmäßige Treffen von singfreudigen Neonazis an der Isar aufgefallen seien. Die Auskünfte waren nicht sehr befriedigend. Ja, schon ... Irgendwas hätte man bemerkt, und ein paar Spaziergänger und Anwohner hätten sich auch beschwert. Aber bisher sei nichts vorgefallen, was ein Einschreiten der Polizei gerechtfertigt hätte. Es sei ja auch gar nicht bewiesen, dass es sich um Neonazis handele, könnte ja auch alles ganz harmlos sein.

«Die einen singen, die andern trommeln!», sagte der Kollege und lachte ein bisschen angestrengt.

«Kommt aber drauf an, was die singen!», erwiderte Laura. «Vielleicht habt ihr noch nicht genau hingehört!»

«Wir haben in diesen Tagen alle Hände voll zu tun, Frau Hauptkommissarin. Da ist keine Zeit, die Lieder der vielen Isarpartys auf ihre Verfassungstreue zu überprüfen!» Wieder lachte er.

Grußlos beendete Laura das Gespräch. Ein paar Minuten blieb sie still an ihrem Schreibtisch sitzen und spürte dem Lachen und ihren eigenen Empfindungen nach. Sie mochte nicht, was mit den Hitzeschwaden aus der Stadt aufstieg. Mochte das Gefühl der Bedrohung nicht, ihre Vorahnungen und Träume, verabscheute den Gestank. Am allerwenigsten ertrug sie den dicken Frosch, den Toten aus der Isar und grölende Neonazis.

Als es kräftig an ihrer Tür klopfte, schrak sie zusammen. Sie zählte bis fünf, ehe sie «Ja, bitte!» rief.

Den großen dunkelhaarigen Mann, der mit verlegenem Lächeln eintrat, kannte sie vom Sehen. Er war ähnlich jung wie die Kollegin, die hinter seinem Rücken auftauchte. Sie allerdings war blond und rosig.

«Bader, Florian, Kriminalhauptmeister», murmelte der Dunkelhaarige. «Der Chef hat gesagt, dass Sie Unterstützung brauchen. Das ist Kriminalmeister Braun.»

«Braun, Ines», fügte die junge Frau hinzu und verschränkte die Hände auf dem Rücken.

«Setzen Sie sich doch. Ich freue mich, dass Sie beide hier sind, ich brauche tatsächlich Ihre Hilfe. Es könnte für Sie beide ganz angenehm werden ... zum Beispiel müssten Sie an der Isar grillen oder Picknick machen, nachts spazieren gehen, was ja zur Zeit leichter ist als tagsüber. Außerdem sollten Sie Augen und Ohren offen halten.»

«Observierung also», stellte Florian Bader sachlich fest. «Wen?»

Zurückgelehnt und mit verschränkten Armen lauschte er Lauras Worten. Lange dunkle Wimpern verdeckten beinahe gänzlich seine Augen, weil er auf einen Punkt am Boden starrte, der irgendwo zwischen Lauras Schreibtisch und dem Stuhl lag, auf dem er saß.

Seine Kollegin dagegen beugte sich vor, die Ellenbogen auf die Knie gestützt, und schien Lauras Gesicht zu studieren.

«So angenehm wird's wohl nicht werden», sagte er bedächtig, als Laura zum Ende gekommen war. «Ich kann diese Art von Leuten nicht leiden.»

«Ich auch nicht», erwiderte Laura. «Heute Abend, wenn ihr beide ein paar Würstchen oder sonst was grillt, werde ich kurz vorbeikommen. Einfach auf ein Bier, wie das an der Isar üblich ist.»

Bader nickte, richtete jetzt doch seinen Blick auf Laura. Seine Augen waren von einem warmen Braun.

«Und wenn die uns wegekeln wollen?»

«Dann murrt ein bisschen, lasst euch aber auf keine ernsthaften Auseinandersetzungen ein, sonst ist die Observierung hinfällig. Versucht erst mal, jeden direkten Kontakt zu vermeiden. Es wäre außerdem sinnvoll, wenn wir uns mit Vornamen anreden würden, das macht es einfacher. Ich heiße Laura.»

Gegen zwei Uhr antwortete Kommissar Peter Baumann endlich auf Lauras Anruf.

«Nett, dass ihr alle so besorgt um mich seid.» Seine Stimme klang heiser. «Claudia hat dich allerdings um Meilen geschlagen. Ihre Nummer steht ungefähr zehnmal auf dem Display, deine nur dreimal.»

«Ich glaube kaum, dass wir im Wettstreit um dein Wohlergehen liegen. Wie geht es dir?»

«Nicht besonders. Aber das ist eigentlich normal, wenn man vom Klo nicht mehr runterkommt.»

«Hast du Medikamente?»

«Ich glaube kaum, dass die Zeit hätten zu wirken. Was immer ich zu mir nehme, ist blitzschnell wieder draußen.»

«Hast du einen Arzt angerufen?»

«Nein. Ich trinke Tee.»

«Was für Tee?»

«Na, keinen Abführtee.»

«Sehr witzig. Fühlst du dich zittrig, oder hast du Krämpfe in den Beinen?»

«Ich schwitze, Mama, und mir ist sauschlecht.»

«Kannst du nicht einen Moment ernst sein? Hier in der Stadt sterben Leute an Brechdurchfall und Dehydrierung. Außerdem haben wir einen neuen Mordfall, und du fehlst!»

«Doch nicht etwa einen häuslichen Todesfall eines älteren ...»

«Nein!», unterbrach ihn Laura. «Es ist ein älterer Penner, der erst erschlagen und dann in die Isar geworfen wurde. Aber davon abgesehen: Mit einem Kommissar, der ständig aufs Klo muss, kann ich nichts anfangen. Brauchst du was? Soll ich vorbeikommen?»

«Wir sind ja nicht in der ehemaligen DDR. Soziale Kontrolle von Vorgesetzten ist bei uns nicht üblich. Ich danke dir, meine Freundin wird sich um mich kümmern. Jetzt entschuldige bitte, es geht wieder los!»

Diesmal wurde Laura weggedrückt, und sie dachte ein paar Minuten lang darüber nach, ob sie die Sache mit dem Brechdurchfall glauben sollte oder nicht.

Und: Hatte er überhaupt eine Freundin? Eigentlich war ihr beides ziemlich egal. Jedenfalls im Moment, denn ihr Handy klingelte. Marion Stadler, die junge Nachbarin von Frau Neugebauer, war dran. Sie sagte, dass die alte Dame möglicherweise zu einer Aussage bereit sei.

«Aber garantieren kann ich gar nichts, Frau Kommissarin. Die Frau Neugebauer ändert ihre Meinung innerhalb von Minuten. Also kommen Sie schnell.»

Genau dreizehn Minuten später klingelte Laura bei Marion Stadler. Der BMW mit mobilem Blaulicht hatte seine Vorteile, auch wenn er etwas streng roch. Zu Lauras Erstaunen saß Anna Neugebauer in der Wohnküche ihrer Nachbarin und trank gekühlten Tee. Es sah nicht so aus, als würde sie wieder mit Blumenvasen um sich werfen, aber sie grüßte nur kurz und vermied es, Laura direkt anzusehen.

Marion Stadler bemühte sich um eine harmlose, heitere Atmosphäre, schenkte Laura ein Glas Tee ein, plauderte über das Wetter und sagte, dass man viel trinken müsse.

«Jaja! Reden S' nur g'scheit daher!», sagte die alte Frau plötzlich. «Wer keinen Durst hat, der trinkt nix, und damit basta!»

«Aber man wird wirr im Kopf, wenn man nicht genügend trinkt. Ich kann dann gar nicht mehr richtig denken und werde furchtbar müde.» Die junge Frau lachte.

Anna Neugebauer runzelte die Stirn und warf ihrer Nachbarin einen strengen Blick zu.

«Mir ist es wurscht, wenn ich nicht richtig denken kann. Manchmal ist das besser. Aber jetzt hör auf mit deinen Sprüchen, Marion. Die Kommissarin hält uns sonst beide für deppert!»

Sie ist also sehr klar im Kopf, dachte Laura und lächelte. Laut sagte sie: «Sie klingen wie mein Vater.»

Anna Neugebauer schnaufte verächtlich.

«Dass die Leut sich immer anbiedern müssen. So als wären wir Alte komische Viecher, mit denen man vorsichtig umgehen muss. Jetzt sagen Sie schon, was Sie wollen, und dann sag ich Ihnen, ob ich was weiß!»

Marion Stadler, die gerade hinter ihrer alten Nachbarin stand, hob die Augenbrauen und einen Daumen.

«Sie klingen immer noch wie mein Vater», gab Laura zurück. «Der lässt sich nämlich auch nicht wie ein komisches Tier behandeln. Außerdem wollt ich das auch gar nicht. Aber kommen wir zur Sache, wie Sie das gefordert haben. Der Dobler ist tot. Vor dem brauchen Sie sich nicht mehr zu fürchten. Er könnte Ihnen eh nichts mehr anhaben. Aber ich kenne inzwischen die Geschichte der Marons, und deshalb verstehe ich Ihre Wut ganz gut, Frau Neugebauer.»

Plötzlich sank die alte Frau in sich zusammen und atmete schwer. Als Marion Stadler sich erschrocken über sie beugte, machte sie eine abwehrende Handbewegung und richtete sich mühsam auf.

«Wer hat Ihnen das erzählt?»

«Der Herr Mayer.»

«Wie kommt der dazu? Ich mein ... da geht die ganze Geschichte wieder von vorn los! Aber ich will nicht, dass sie wieder losgeht! Keiner soll mehr irgendwas verraten! Und ich sag gar nichts, weil ich nichts weiß.» Wieder sank sie in sich zusammen.

«Frau Neugebauer, ich möchte Sie nicht aufregen. Was ich inzwischen weiß, das macht Sie zu einer Heldin. Ich bewundere Sie sehr. Und ich wüsste gern, wie

Sie das durchgestanden haben, damals und auch hinterher.»

Die alte Frau schüttelte heftig den Kopf. «Hören S' auf! Sagen S' nix mehr! Ham Sie mich verstanden?»

«Soll ich rausgehen?» Marion Stadler stand schon an der Tür.

«Du bleibst da!» Anna Neugebauer hob den Kopf. «Kannst es ruhig hören. Dann können die hinterher nicht das Gegenteil behaupten. Das machen die nämlich immer. Die von der Gestapo, und die von der Polizei werden auch nicht besser sein!»

Marion Stadler lehnte sich mit dem Rücken gegen die Tür. «Also, die Gestapo gibt's schon lang nicht mehr, Frau Neugebauer! Und die Kommissarin will Ihnen bestimmt nicht die Worte verdrehen!»

«Gibt auch keine Worte! Ich weiß nix über die Marons. Die sind damals verschwunden. Und der Dobler war auch irgendwann weg. Aus!»

«Gut. Das ist die eine Geschichte», sagte Laura leise. «Aber da ist noch eine andere. Sie haben eine jüdische Familie versteckt, obwohl Ihr Mann offensichtlich ein Nazi war. Hat er es eigentlich jemals rausbekommen?»

Anna Neugebauer legte beide Hände flach auf den Tisch und betrachtete sie so erstaunt, als hätte sie sie nie zuvor gesehen. Dann hob sie den Kopf und reckte ihr Kinn vor.

«Bilden Sie sich nix ein, Frau Kommissarin! Damals waren alle Nazis. Jedenfalls offiziell! Niemand wollt nach Dachau! Ihr könnt das gar nicht beurteilen, ihr Jungen. Überhaupt nicht!»

Marion Stadler blickte zur Decke und verzog das Gesicht.

«Ich wollte eigentlich nur wissen, ob Ihr Mann etwas von Ihrer Heldentat gewusst hat.» Laura drehte das Teeglas hin und her.

«Wieso, was geht Sie mein Mann an? Der is schon vor zwanz'g Jahr g'storben!»

«Mich hätt nur interessiert, was er dazu gesagt hat, dass Sie die Frau Maron und ihre Tochter versteckt haben.»

«Der hat nix g'sagt.»

«Und auch nichts g'wusst?»

«Natürlich nicht!»

«Und warum haben Sie es ihm nie gesagt? Ich meine, nach dem Krieg? Wollten Sie nicht? Ich meine, in all den Jahren ...»

Anna Neugebauer schlug zweimal heftig auf die Tischplatte und kicherte plötzlich.

«Wenn man was weiß, was ein anderer nicht weiß, dann gibt das Kraft. Wenn er sich aufg'manndlt hat, dann hab ich an die Marons gedacht. Dann war ich stärker! Innerlich!»

«Auch beim Dobler?»

Anna Neugebauer schloss die Augen und machte eine seltsame Grimasse.

«Der Dobler war ein feiger Denunziant. Nie wieder will ich von dem hören. Verstehen S'? Nie wieder. Gut, dass er hin ist. Hat eh zu viele überlebt.»

«Genau deshalb frage ich Sie, ob Sie sich vorstellen können, dass jemand so einen Hass auf den Dobler hatte, dass er ihn vergiftet hat!»

Anna Neugebauer keuchte.

«Da hat's so viele gegeben! Die finden Sie nie, niemals. Da können Sie lang suchen, Frau Kommissarin.

Ich sag jetzt nix mehr. Ich will heim!» Sie zog sich am Tisch hoch, schwankte und stand dann aufrecht.

«Bring mich heim, Marion! Ich sag nix mehr, nie mehr!»

Marion Stadler sah Laura fragend an, und Laura nickte.

«Nur noch eine Frage, Frau Neugebauer. Glauben Sie, dass Lea Maron zurückgekommen ist?»

«Nie!», schrie die alte Frau und schien plötzlich zu wachsen. «Nie mehr kommt sie zurück! Gehen Sie weg! Sie sind so schlecht wie der Dobler! Weg! Und kommen Sie nie wieder!»

SIE IST ZURÜCKGEKOMMEN, dachte Laura. Lea Maron ist zurückgekommen. Karl-Otto Mayer hat sie gesehen und Anna Neugebauer auch. Genau deshalb regen sich beide so auf. Das könnte auch der Grund für den Herzinfarkt des alten Herrn sein. Möglicherweise jedenfalls. Und ich weiß jetzt überhaupt nicht mehr weiter. Also was mache ich? Keine Ahnung.

Sie stand vor dem großen Mietshaus unter einem Akazienbaum, von dem es goldgelbe Blätter regnete, und sah ratlos auf die Uhr. Beinahe fünf. Ihre Mini-Soko würde ab halb neun vor dem Deutschen Museum grillen. Sie wollte den beiden gegen halb zehn einen Besuch abstatten. Es war also noch Zeit.

Laura rief Andreas Havel an, doch der meldete sich nicht. Sie rief in der Gerichtsmedizin an. Dort gab man ihr die Auskunft, dass Dr. Reiss bei einer Besprechung mit Kriminaloberrat Becker sei und die Obduktion des Obdachlosen aus der Isar erst morgen durchgeführt würde. Sie rief Claudia an und fragte, ob sie bei den Nachforschungen über Lea Maron weitergekommen sei. Sie war nicht weitergekommen.

Laura sperrte den BMW auf, wartete zwei Minuten und ließ sich auf den heißen Sitz fallen. Dann stand sie wieder auf und rief ihren Vater an.

«Kannst du mir deine Einkaufsliste durchgeben, dann komm ich gleich bei dir vorbei, und wir essen gemeinsam zu Abend.»

«Warte!»

Es dauerte ein paar Minuten, ehe Emilio Gottberg ans Telefon zurückkehrte. Die Liste war lang, begann bei Äpfeln, Melonen und Bananen, wanderte von Schafskäse, Mozzarella, Milch und Butter zu Tomaten, Basilikum, Bohnen und Schinken, Hühnerbrust und Brot, Haferflocken, Rotwein und Klopapier.

«Hast du Gäste?», fragte Laura, nachdem sie alles aufgeschrieben hatte.

«Ich habe Essen auf Rädern abbestellt, das sagte ich dir bereits gestern. Ich bin nämlich nicht bereit, an Salmonellen einzugehen.»

«Das verstehe ich vollkommen. Bis gleich!»

«Keine Einwände?»

«Nein.»

«Warum nicht?»

«Weil es sehr heiß ist.»

Der alte Gottberg lachte. Laura stieg in ihren Dienstwagen und machte sich auf die Suche nach dem nächsten Supermarkt.

«Ich hab dir auch Aprikosen mitgebracht. Die isst du doch so gern. Sie sind wunderbar reif und süß.» Laura stand in Emilio Gottbergs kleiner Küche und packte ihre Einkäufe aus. Ihr Vater saß auf einem Stuhl und sah ihr zu. Erschöpft und sehr dünn wirkte er in seinem kurzärmeligen hellblauen Polohemd.

Wie ein gebadeter Kater, dachte Laura zärtlich und

musste über diesen Vergleich lächeln. Sie hielt die Melone hoch.

«Essen wir Schinken mit Melone?»

«Meinetwegen. Aber wenig. Ich hab bei dieser Hitze überhaupt keinen Hunger. Meistens auch keinen Durst. Ich trinke nur, weil meine Nachbarin überall Zettel angeklebt hat, auf denen groß TRINKEN!!! steht. Mit dickem rotem Filzstift. Sie hat gesagt, wenn ich nicht trinke, dann werde ich erst total bescheuert, und dann krieg ich einen Schlaganfall. Findest du das nett?»

Laura lachte laut.

«Ich finde das hervorragend. Außerdem stimmt es! Ich würde sie wirklich gern kennenlernen, deine tolle junge Rechtsanwältin, mit der du geheime Verabredungen zu köstlichen Mahlzeiten hast. Und das auch noch in ihrer Wohnung!»

«Manchmal auch in meiner», erwiderte der alte Gottberg verschmitzt. «Und damit du beruhigt bist: Sie kocht nicht so gut wie deine Mutter, aber sie gibt sich Mühe.»

«Ach, Babbo. Du musst Mama nicht in Schutz nehmen. Ich bin froh, dass du eine so nette Nachbarin hast. Und ich bin überhaupt nicht eifersüchtig, falls du das befürchtest. Sieh mal, wenn sie die Zettel mit dem roten Filzstift nicht in deiner Wohnung verteilt hätte, dann müsste ich das tun. Und bei mir würdest du bestimmt wütend werden!»

«Na ja, zurzeit werde ich überhaupt nicht wütend. Ich trinke brav und bin froh, dass dieses Wetter mich noch nicht umgebracht hat. Zwei Todesanzeigen habe ich diese Woche schon bekommen. Alte Kollegen. So ist das.»

«Traurig?»

«Ach …» Emilio Gottberg fuhr mit der Handfläche über den Tisch. «Nein, ich kann nicht sagen, dass ich wirklich traurig bin. Es ist nur so, dass die Welt immer enger wird – ein bisschen wie ein Tunnel, und am Ende gibt es nur einen einzigen Ausgang. Das ist nicht schlimm – und wir Menschen wissen es ja. Wir glauben es nur nicht so richtig.» Plötzlich kicherte er. «Soll ich dir was verraten? Wir glauben alle an die eigene Unsterblichkeit, solange es geht. Ich habe lange Zeit gedacht, dass deine wunderbare Mutter und ich unsterblich wären. Erst sehr spät nicht mehr. Und dann dachte ich, dass ich ohne sie nicht weiterleben könnte. Aber jetzt tu ich es doch. Meistens fehlt sie mir – aber manchmal lebe ich einfach gern weiter. So wie im Juni, als wir in Siena waren und ich mich mit dem Vater von deinem Commissario angefreundet habe. Und als mich die Cousine von Angelo mit ihrem köstlichen Essen verwöhnte und als ich auf dem Campo sitzen durfte, solange ich wollte.»

«Ja», murmelte Laura und legte die Melone in den Kühlschrank.

«Sag nicht einfach *ja*. Es klingt so, als würdest du dich nicht im Geringsten für meine Einsichten interessieren!»

Laura drehte sich zu ihrem Vater um.

«Natürlich interessieren mich deine Einsichten! Und ich finde es sehr schön, dass du wieder gern lebst. Schreibst du all das für deine Enkel auf?»

«Natürlich, für dich übrigens auch, weil wir viel zu wenig Zeit haben, um über die wichtigen Dinge des Lebens zu reden.»

«Ich finde, wir reden ziemlich viel miteinander.»

«Nicht genug, Laura. Eines Tages ist alles vorbei, und dann reden wir nie wieder. Würdest du mir bitte ein Glas Weißwein einschenken. Angelos Vater hat mir einen Karton Bianco di Pitigliano geschickt. Er ist hervorragend. Im Kühlschrank steht eine angebrochene Flasche. Und sag nicht, dass Alkohol bei dieser Hitze schlecht für mich ist!»

Laura nahm zwei Gläser aus dem Küchenschrank und goss ein wenig Wein hinein.

«Gespritzt oder pur?»

«Pur! Aber wenig. Du kannst übrigens allmählich deine Sonnenbrille absetzen. So hell ist es in meiner Küche wirklich nicht.»

«Ich behalte sie aber lieber auf.»

Laura mischte ihren eigenen Wein mit Mineralwasser. «Bleiben wir hier, oder setzen wir uns auf den Balkon?»

«Lass uns lieber ins Wohnzimmer gehen. Da ist es noch am kühlsten. Auf dem Balkon kann man nur nachts sitzen.» Mühsam erhob er sich und folgte Laura über den Flur.

«Wieso willst du die Sonnenbrille aufbehalten? Wahrscheinlich hast du dich bei deinem schrecklichen Beruf wieder irgendwo verletzt und willst mich nicht aufregen. Aber ich rege mich nicht auf! Solange du lebendig bist, rege ich mich nicht auf!»

«Also gut!» Laura nahm die Brille ab. «Ich habe ein Veilchen. Ich wollte einen Obdachlosen retten, und der hat ausgeschlagen wie ein Pferd.»

Der alte Gottberg brach in schallendes Gelächter aus. «Na, da hast du wieder was gelernt. Rette nie jemanden, der nicht gerettet werden will. Nettes Veilchen.»

«Das kann man sagen. Aber davon abgesehen: Ich möchte auch mit dir reden, nicht nur du mit mir.» Sie ließen sich in die tiefen Sessel sinken und prosteten sich zu. «Allerdings nicht über das Leben als solches, sondern über ganz konkrete Fragen.»

«Und welche?»

«Was wäre, wenn eine Jüdin ihre Mutter rächen würde und deshalb einen uralten Mann mit einem Pflanzenschutzmittel vergiftet hätte. Würdest du diese Frau verfolgen? Ich frage dich jetzt als Rechtsanwalt und als Mensch.»

Der alte Gottberg nahm einen kräftigen Schluck und nickte vor sich hin.

«Das sind zwei ganz verschiedene Dinge: Rechtsanwalt und Mensch. So geht das nicht, Laura. Als Rechtsanwalt muss ich mich nach dem Gesetz richten. Da ist ein Mord ein Mord und damit basta. Manchmal gibt es mildernde Umstände. Manchmal kann man einen Totschlag daraus machen, manchmal Notwehr. Das ist alles. Als Mensch kann ich einem Mörder viel mehr Verständnis entgegenbringen. Geht es um den Fall Dobler, von dem du neulich erzählt hast? Wie kommst du auf die Jüdin, die ihre Mutter rächen will?»

Laura erzählte ihrem Vater von dem Gespräch mit Karl-Otto Mayer und der alten Frau Neugebauer. Emilio Gottberg hörte sehr genau zu und verlangte dann nach einem zweiten Glas Weißwein, gespritzt diesmal.

«Ein schwieriger Fall», sagte er endlich leise. «Ich würde ihn ruhenlassen. Ja, ich denke, dass dein Staatsanwalt gar nicht so dumm ist. Selbstmord – und lass ihn in Frieden ruhen. Was im Dritten Reich passiert ist, das hat bis heute Wirkung, selbst nach über sechzig Jahren. Nur sind sich viele dessen nicht bewusst. Was würdest du tun, Laura, wenn so ein feiges Schwein dich und deine Mutter ins KZ gebracht hätte? Wenn du überlebt hättest und deine Mutter wäre ermordet worden? Würdest du ihn suchen? Könntest du ihm verzeihen? Was wäre, wenn diese Wunde nie verheilt ist? Wenn du von irgendwem erfahren würdest, dass genau dieser Verräter uralt geworden ist und noch heute ein komfortables Leben führt? Würdest du es einfach vergessen? Oder würde es an dir nagen? So lange, bis du plötzlich aufstehst und diesen Kerl suchst ... Ja, und dann ist alles möglich, oder?»

Laura ließ die Fingerspitzen über den vertrauten weichen Bezug des Sessels gleiten und schloss die Augen.

«Ja, dann ist wohl alles möglich», wiederholte sie langsam. Eine Zeit lang schwiegen sie. Irgendwo in der Nähe war jemand mit einer elektrischen Heckenschere am Werk. Das Rauschen des Eisbachs vermischte sich mit dem Rauschen der Schnellstraße, die den Englischen Garten durchschnitt.

«Still ist es selten auf dieser Welt», lächelte Emilio Gottberg, der ebenfalls lauschte. «Lass uns etwas essen. Ein Blättchen Schinken und einen Spalt Melone werde ich schon runterkriegen.»

«Warte, Babbo. Ich will sie gar nicht vor Gericht bringen ... ich meine, *falls* sie es war. Ich möchte nur wissen, *ob* sie es war. Und ich würde sie gern sehen. Ich würde gern hören, was sie dabei empfunden hat, als sie den alten Mann dazu brachte, das Gift zu schlucken. Und wie sie es angestellt hat, dass er es schluckte. Ich wüsste auch gern, wie sie sich jetzt fühlt. Ob sie zufrieden ist oder Schuld empfindet.»

«Jaja, das ist meine Tochter Laura. Was macht dich

eigentlich so sicher, dass Lea Maron diesen Dobler umgebracht hat? Verbeiß dich nicht in diese Vorstellung. Es kann auch ein ganz anderer gewesen sein. Meistens haben wir nicht genügend Phantasie für die seltsamen Fügungen dieses Lebens.»

«Warum bist du heute Abend eigentlich so weise, Vater? Ist alles in Ordnung mit dir?»

«Ich hatte vor, mit dir über die wichtigen Dinge des Lebens zu reden. Das kann man in jedem Zusammenhang. Deshalb frage ich dich jetzt, warum dein Commissario noch nicht hier ist? Worauf wartest du eigentlich, Laura? Dass er dir wegläuft? Dass eine hübsche Polizistin in sein Kommissariat versetzt wird? Deine Kinder sind in England, und du spielst die einsame Prinzessin im Turm.»

Laura stand auf, nahm die beiden Gläser und kehrte wortlos in die Küche zurück. Der alte Gottberg folgte ihr, sah zu, wie sie Schinken aus dem Kühlschrank nahm und die Melone aufschnitt.

«Also, was ist?», fragte er mit etwas unsicherer Stimme. Laura schaute nicht auf, sondern schälte das saftige orangefarbene Fruchtfleisch von der Melonenschale.

«Du bist wirklich sehr klug, Vater, aber manche Dinge verstehst auch du nicht. Zum Beispiel, dass Frauen manchmal Zeit für sich selbst brauchen.»

Der alte Gottberg akzeptierte diese Antwort, und während des einfachen Mahls unterhielten sie sich freundlich über die gemeinsame Reise nach Siena und mieden für den Rest dieses Abends die wesentlichen Dinge des Lebens.

Es war schon beinahe dunkel, als Ralf, der Steinmetz, sich endlich aufraffte. Wozu, wusste er nicht genau. Er wusste auch nicht, wie viele Stunden er neben dem Denkmal von Ludwig II. gesessen hatte. Durstig war er inzwischen, deshalb wandte er sich nach kurzem Zögern Richtung Max-Weber-Platz und fuhr mit der Rolltreppe ins erste Untergeschoss der U-Bahn-Station. Dort trank er aus dem Wasserhahn in der öffentlichen Toilette und wusch Gesicht und Hände. Weil gerade niemand da war, zog er sein Hemd aus und wusch auch den Oberkörper. Die Kamera an der Decke war ihm egal. Es war ja nicht verboten, sich zu waschen, oder? Na ja, man konnte nie wissen. Vielleicht war es nur erlaubt zu pinkeln und sich danach die Hände ein bisschen nass zu machen.

Er roch an seinem Hemd. Es stank nach Schweiß. Eigentlich wollte er heute ein frisches anziehen, aber das lag in seinem Anhänger, und da konnte er nicht hin. Irgendwas hinderte ihn daran. Es war so, wie wenn einer einem das Bein abhackt, und dann kann man nicht hinschauen, weil man es nicht aushält, dass das Bein nicht mehr da ist.

Ballast, murmelte er. Verdammter Ballast. Aber ein Bein war kein Ballast. Sein Anhänger war kein Bein. Ein Bein war wichtiger als ein Anhänger. Und trotzdem konnte er nicht hinschauen. Jedenfalls heute noch nicht. Vielleicht morgen. Vielleicht würde er neue Reifen suchen und den Dreck wegspülen. Und dann?

«Ach, Scheiße!», sagte er laut. Seine Stimme hallte im Toilettenraum wider. «Scheiße!», schrie er. «Scheiße, Scheiße!»

Jemand machte die Tür auf, steckte den Kopf herein

und verschwand wieder. Ralf lachte und streckte die Zunge heraus, streckte sie sich selbst im Spiegel heraus und nochmal in Richtung Kamera. Dann zog er sein Hemd wieder an, trank nochmal aus dem Wasserhahn, füllte die alte Plastikflasche in seinem Rucksack und wandte sich der Tür zu. Als er gerade die Hand nach dem Griff ausstreckte, knallte ihm die Tür beinahe an den Kopf. Ralf duckte sich und flog gegen ein Waschbecken, weil der Wachmann ihm einen Schlag gegen die Brust versetzt hatte.

Ralf ergab sich ohne jeden Widerstand. Wachmänner kannte er. Mit denen war nicht zu spaßen. Die waren viel schlimmer als Polizisten, fühlten sich so stark mit ihren schwarzen Uniformen und den Knüppeln. Ralf hob beide Hände über den Kopf und wartete.

«Hier wird nicht randaliert, klar!», herrschte der Wachmann ihn an. Ralf nickte. Es hatte keinen Sinn, etwas zu antworten oder gar zu widersprechen. Man musste die Leute ins Leere laufen lassen – aber nicht zu sehr. Man musste auch wissen, wann eine Antwort nötig war, damit sie nicht zu wütend wurden. Wütende Wachleute waren ganz schlecht.

«Raus hier!»

Ralf nickte und bewegte sich vorsichtig Richtung Tür. Den Wachmann streifte er nur mit einem Seitenblick. Groß und dünn war der. Hatte einen Backenbart und schmale Lippen. Neben der Tür stand ein zweiter. Eine Frau. Eher klein und dick. Breitbeinig stand sie da, deutete mit dem Schlagstock und hielt die Tür auf.

«Raus! Aber dalli!»

Ralf schlüpfte durch die Tür, seinen Rucksack hielt er fest umklammert. Erst langsam, dann immer schneller ging er zur Rolltreppe, die nach oben führte. Schaute sich erst um, als er schon auf dem Weg nach oben war, konnte die Wachleute zum Glück nicht mehr sehen. Sie ließen ihn gehen. Er fühlte sich zittrig.

Es war schon fast dunkel, der Himmel über den Häusern von einem durchsichtigen Blauschwarz. Ralf überquerte den Max-Weber-Platz und lief Richtung Isar. Nicht zu seinem Anhänger am Friedensengel. Er nahm die andere Richtung.

Es war Zeit, die Kerle auf der Kiesbank vor dem Deutschen Museum zu beobachten. Erst danach konnte er entscheiden, was zu tun war.

Als Laura ihren Dienstwagen auf dem Bürgersteig in der Lilienstraße parkte, war es bereits Nacht. Sie war länger bei ihrem Vater geblieben, als sie beabsichtigt hatte. Wenn er seine Anfälle von Lebensweisheit hatte, dann machte sie sich stets besondere Sorgen um ihn. Allerdings beruhigte es sie, dass er gelegentlich wieder gern lebte. Seit dem plötzlichen Tod ihrer Mutter vor fünf Jahren schien es lange Zeit so, als wartete er nur darauf, sich zu verabschieden und seiner Frau zu folgen.

Sie warf die Wagentür zu, ging ein paar Schritte und drückte auf den elektronischen Schlüssel.

Vor der Kneipe an der nächsten Straßenecke waren alle Tische voll besetzt. Leise Jazzmusik klang herüber, Gemurmel, Lachen.

Laura hörte ein paar Sekunden lang zu, dann bog sie in die schmale Querstraße ein, die zum Fluss führte. Unter den hohen Bäumen am Hochufer blieb sie stehen und schaute auf das Kiesbett hinaus. Ein großes

Feuer loderte da unten, und eine Menge Leute hingen dort herum. Nicht zu nah am Feuer, denn es war viel zu heiß. Sie wirkten eher wie dunkle Silhouetten, deren Schatten ab und zu auf die Büsche und die Mauer des Museums am anderen Ufer fielen. Dann wurden sie zu Giganten.

Eine Weile beobachtete Laura dieses Schattenspiel, dann suchte sie endlich mit den Augen nach einem zweiten Feuer oder Licht, das ihr den Weg zu ihren Kollegen weisen würde.

Sie fand es dicht am Ufer, in der Nähe der Ludwigsbrücke. Dort war es nicht so dunkel wie vor dem Museum. Die Neonlichter der Brücke und die Lampen des Kinos an der Ecke beleuchteten das Flussbett. Laura kannte das Isarufer sehr gut und wusste, dass sie nur über eine Treppe weiter links hinunterkommen würde. Dann aber müsste sie nahe am Lagerfeuer der verdächtigen Gruppe vorbei. Sie entschloss sich, den Kontakt mit ihren Kollegen zunächst von oben aufzunehmen, vom Fuß- und Radweg aus.

Schon immer war es ihr unangenehm gewesen, dass der Fluss in Mauern gefangen war, eingesäumt von tosenden Straßen. Die Isar war eine Art Fremdkörper in der Stadt, wurde wie ein wildes Tier auf Distanz gehalten. Erst seit kurzer Zeit näherte man sich dem wilden Tier auf andere Weise. Man gewährte ihm mehr Freiheit, schenkte ihm Kiesberge zum Spielen, befreite es aus Betonkanälen.

Während Laura sich den kleinen Lichtern näherte, die vermutlich zum Lager ihrer Kollegen gehörten, schaute sie immer wieder zu den Schattengestalten hinüber. Offensichtlich hatten sie einen CD-Player dabei, denn plötzlich erklang eines dieser offiziell verbotenen Lieder. Rechtsrock. Vom Text konnte man nur wenig verstehen, aber dass er nicht freundlich war, wurde allein durch die Stimmen und den Sound deutlich.

Den Refrain brüllten alle mit, so laut, dass die Fußgänger auf der Brücke stehen blieben. Nur die Worte *Sieg* und *Kampf* und *Draufhaun* lösten sich halbwegs klar aus dem Gegröle. Was hatten die Kollegen vom Revier gesagt? Bisher kein Anlass zum Einschreiten...

Anlass genug, dachte Laura. Die haben bloß keine Lust, sich mit denen anzulegen. Sie beugte sich über das Geländer. Ihre beiden Kollegen saßen in einer kleinen Bucht zwischen hohem Schilfgras. Sie hatten kein Feuer gemacht, sondern nur ein paar dicke Kerzen in den Kies gesteckt.

«Habt ihr ein Bier für mich?», rief Laura, doch ihre Stimme kam gegen das Gebrüll der Sängertruppe nicht an. Also nahm Laura ihr Handy und rief die junge Polizeimeisterin Ines an.

«Wie komm ich denn zu euch runter, ohne gesehen zu werden? Ich steh hier auf der Mauer bei den Museumslichtspielen.»

«Von der anderen Seite der Brücke, vom Volksbad her. Dann müssen Sie nicht an denen vorbei, Frau Hauptkommissarin.»

«Laura. Einfach Laura. Bin gleich da!»

Ihre Kollegen drehten sich um und schauten zu ihr herauf. Florian Bader hob kurz die Hand. Langsam ging Laura weiter, sie folgte dem Weg unter der Brücke hindurch, an der öffentlichen Toilette vorbei, die früher Treffpunkt von Homosexuellen gewesen war.

Der dicke, grüne Frosch sprang wieder durch Lauras Gedanken, leerte seine Eingeweide aus. Verschwinde, dachte sie. Verschwinde und komm nicht wieder! Vielleicht ist der Dobler für die Frau Neugebauer so etwas wie mein Frosch. Deshalb schreit sie immer wieder, dass ich verschwinden soll, weil jetzt ich für sie der Frosch bin.

Sie lief den schmalen Weg am Müller'schen Volksbad entlang, stieg an seinem Ende zum Flussbett hinunter und wandte sich wieder der Brücke zu. Während sich auf den Kiesbänken Richtung Maximilianeum viele Menschen versammelt hatten, leise Gesänge und Gitarrenklänge herüberklangen, gab es auf Lauras Weg nur ein paar verstreute kleine Gruppen, meist dicht am Wasser. Unter der Brücke kam sie an drei Pennern vorbei, die Rotwein aus der Tüte tranken, aber noch nicht ganz hinüber waren.

«Wo willst'n hin?», fragte einer, dessen Kopf von verfilzten Rastalocken umrahmt war.

«Auf die andere Seite.»

«Bleib lieber hier, Mädchen. Die andere Seite is nich gut. Da is Feindesland. Da sin' die andern, die ... die Scheißkerle. Da gehste besser nich hin!»

Die drei Männer starrten Laura an, ihre Gesichter nur halb beleuchtet von einer Straßenlaterne, ihre Augen dunkle Höhlen.

«Lass doch! Is wahrscheinlich eine von denen. Bring dich nich in Schwierigkeiten, Carlo!»

Grobe Gesichter mit harten Schatten. Schwaden billigen Weins.

«Was soll ich sein? Eine von denen? Von welchen? Könnt ihr mir das erklären?»

«Ach nö! Jetzt kommste uns dumm, was? Und wenn wir was sagen, dann rückste mit deiner Schlägerbande an, was? Nö! So blöd sind wir nich!»

«Und warum sitzt ihr hier, wenn ihr Angst vor der Schlägerbande habt? Gibt's euch 'n Kick, wenn die kommen?»

Der mit den Rastasträhnen erhob sich halb und schüttelte die Faust.

«Schleich dich, aber schnell. Das hier ist unser Platz, und er bleibt's auch. Verstanden?! Von deinen Germanenhorden lassen wir uns nich vertreiben! Alles klar? Verpiss dich gefälligst!»

«Ich geh ja schon.» Laura unterdrückte die Fragen, die sie hatte stellen wollen. Es hatte keinen Sinn. Nicht jetzt. Die würden ihr nicht glauben, und mit der Polizei wollten sie ganz sicher nichts zu tun haben. Vielleicht hätte sie als Reporterin eine bessere Chance. Aber dazu war es jetzt zu spät. Nächstes Mal. An diesem Abend war sie nicht schnell genug gewesen. Sie stolperte über große Steinbrocken unter der Brücke, die Verwünschungen der drei Obdachlosen hallten in dem Gewölbe wider. Kriminalhauptmeister Bader kam ihr entgegen.

«Alles in Ordnung?»

«Jaja.»

«Hatten Sie Probleme mit denen?» Er wies mit dem Daumen seiner rechten Hand flussabwärts.

«Nein. Wir haben nur geredet. Was gibt's denn bei euch?»

«Na ja!» Er lachte kurz auf. «Absingen verbotener Lieder, Anpöbelung zweier Polizeibeamter. Wir sind nämlich von der andern Seite gekommen. Die haben ein richtiges Theater mit uns aufgeführt. Schaurig, das kann ich Ihnen sagen, Frau Hauptkommissarin.»

«Laura!», sagte Laura. «Sagen Sie einfach Laura zu mir. Was für ein Theater?»

«Die haben uns eingekreist, gefragt, was wir hier wollten? Ob wir nicht wüssten, dass dieser Strand besetztes und befreites Gebiet ist.»

«Toll!»

«Ja, toll! Wir haben gesagt, dass wir nur ein bisschen am Fluss sitzen wollen, was trinken und essen und so. Die haben uns mit Taschenlampen ins Gesicht geleuchtet. Es war echt widerlich. Dann hat einer von denen gesagt, dass wir wie anständige Deutsche aussehen und dass wir heute Abend unter ihrem Schutz stehen. Die haben uns sogar noch Bierdosen angeboten. Irgendwie war es nicht ganz real, wenn Sie wissen, was ich meine, Frau ... äh, Laura. War wie im Kino.»

«Ich weiß sehr gut, was Sie meinen, Florian.»

«Ich dachte, so was gibt's nur im Osten. Haben Sie eine Ahnung, wo die plötzlich herkommen? Ich arbeite schon seit sechs Jahren in München, aber von solchen Aktionen hab ich noch nie was gehört!»

«Es gab mal eine Gruppe, die plante einen Anschlag bei der Grundsteinlegung des jüdischen Museums. Aber die sitzen fast alle im Knast. Natürlich gibt's rechte Gruppen, und die treffen sich auch. Aber das hier ist wirklich neu. Wie lange seid ihr denn schon hier?»

«Knappe Stunde.»

Die junge Polizistin erwartete Laura mit einer Dose Zitronenlimo. «Oder wollen Sie lieber Bier? Haben wir alles in unserer Kühlbox. Ich dachte, mit Kühlbox und

Kerzen wirken wir ziemlich echt: Liebespaar beim Picknick.»

«Liebespaar!», knurrte Florian Bader. «Erzähl das ja nicht rum unter den Kollegen. Sonst hört das irgendwann meine Frau.»

«Ist die so eifersüchtig?»

«Und wie!»

«Na, von mir erfährt sie nichts.»

«Ich nehm die Limo!», unterbrach Laura die beiden. «Und ich möchte, dass ihr die Gruppe beobachtet, bis sie sich auflöst. Falls einige zusammenbleiben, dann folgt ihnen. Aber seid vorsichtig. Wir brauchen außerdem Fotos zur Identifizierung, vielleicht könnt ihr euch morgen darum kümmern. Die treffen sich doch, wenn's noch hell ist. Ich werde morgen beim Verfassungsschutz anfragen, ob die etwas über eine neue rechtsradikale Gruppe wissen.»

Drüben am großen Feuer war es jetzt ruhig.

«Die essen wahrscheinlich gerade.» Florian Bader stieg auf einen Sandhügel und schaute zu den andern hinüber. «Jaja, die essen. Aber wenn die singen, das ist eine echte Strafe. Das sind richtige Hasslieder. Vorhin hatte ich mal das Gefühl, dass die gleich losrennen und alles plattmachen, was ihnen in den Weg kommt.»

«Komm lieber da runter, sonst merkt noch einer, dass du zu ihnen rüberschaust.» Ines wirkte besorgt. «Ich finde, wir brauchen noch ein paar Kollegen in der Nähe, die uns unterstützen, falls wir Schwierigkeiten bekommen.»

«Leider haben wir nicht genügend Leute. Ihr beide seid Beckers letztes Aufgebot. Das hat er jedenfalls behauptet. Wir können nur hoffen, dass mein Kollege Baumann schnell gesund wird, dann sieht es ein bisschen besser aus.»

Sie wurden wieder laut, drüben am großen Feuer. Aber sie sangen nicht, redeten nur so, als wünschten sie, dass andere hörten, was sie sagten. Laura sah auf ihre Armbanduhr. Zwanzig vor zwölf. Wieder hatte sie nicht bei Luca in England angerufen, und wieder war es zu spät.

Warum habe ich es vergessen?, dachte sie. Ich wollte ihn von Vater aus anrufen und habe es vergessen. Ich begreife das nicht.

«Da gehen schon welche», sagte Ines.

«Was?» Laura schüttelte ihre Gedanken ab.

«Da gehen ein paar von unseren Freunden. Sollen wir ihnen folgen?»

«Bleibt ihr mal da. Das übernehme ich und melde mich später bei euch.»

Florian Bader hob einen Isarkiesel auf, warf ihn hoch und fing ihn wieder auf. «Also, mir ist nicht ganz wohl dabei. Ich finde es nicht gut, wenn Sie allein diese Typen beschatten.»

«Nett von Ihnen. Aber ich werde mich völlig im Hintergrund halten. Die werden mich nicht sehen. Das verspreche ich euch. Und anschließend gehe ich nach Hause, weil ich morgen Frühdienst habe.»

«Aber Sie melden sich garantiert, ja?»

«Garantiert!» Laura lächelte den beiden Kollegen zu, duckte sich unter eine mächtige Schierlingsstaude und folgte einem schmalen Trampelpfad im Schilfgras. Sie kannte die Flussufer sehr gut, hatte sie alle mit ihren Kindern erkundet. Abenteuer gab es überall – auch mitten in der Großstadt.

Sie kam schnell voran, sah vier, fünf Gestalten über das freie Kiesbett zur Treppe gehen. Es war wohl besser, sich anzuschließen, als gehörte sie dazu. Das würde weniger auffallen. Laura schaute zum Feuer hinüber. Da sprangen ein paar zu Oi-Musik herum, führten eine Art Kriegstanz auf.

Laura verließ den Schutz des hohen Schilfs und ging ruhig auf die Treppe zu. Es war sehr dunkel im Schutz der hohen Bäume, die hinter der Mauer oben an der Straße aufragten. Nur einmal fiel der Lichtschein einer Straßenlaterne auf ihr Gesicht.

Seit zwei Stunden schlich Ralf oben an der Mauer herum und schaute zum großen Feuer hinüber. Er hatte gesehen, wie die Kerle zwei junge Leute aufhielten, sie mit Taschenlampen anleuchteten. Die hatten sie laufenlassen, die jungen Leute. Weiß der Teufel, warum. Danach war es ziemlich ruhig geworden. Er wollte gerade gehen, da kamen ein paar zur Treppe. Obwohl Ralf nicht besonders mutig war, blieb er, presste sich eng an den Baumstamm und bewegte sich langsam um ihn herum, immer so, dass die andern ihn nicht sehen konnten. Hoffentlich.

Er wusste, dass es gefährlich war, was er wagte. Dachte an die eiserne Faust, die ihn vor ein paar Tagen gepackt hatte. Aber die Kerle entdeckten ihn nicht. Sie gingen vorbei, rangelten ein bisschen, waren wohl gut drauf oder besoffen. Jetzt konnte er abhauen. Sie waren alle durch. Bis auf einen. Einer war noch unterwegs da unten, zwischen den Schatten. Dann kam dieser Lichtschein, als hätte jemand einen Scheinwerfer angeknipst, extra für Ralf. Und er fiel beinahe um, taumelte gegen den Stamm.

Da unten ging Laura.

Es konnte nicht sein. In Ralfs Kopf drehte sich ein Karussell, und ihm wurde schwindlig. Laura war eine von denen? Vielleicht spionierte sie ihn nur aus, damit die ihn umbringen konnten, wie den anderen Kumpel, von dem sie ihm erzählt hatte. Auf einmal passte alles zusammen: Seit er Laura kannte, war die Scheiße mit seinem Anhänger passiert. Ganz genau, seit er sie kannte. Da gab es keinen Zweifel!

Er riss sich zusammen, versuchte ganz ruhig zu werden. Ganz ruhig.

Sie kam die Treppe herauf und schaute sich um. Dann folgte sie den andern Richtung Reichenbachbrücke. Der Fall war völlig klar! Sie war eine von denen! Was für ein Idiot er doch war. Was für ein Trottel! Und er hatte sich eingebildet … Wieso sollte auch jemand wie sie ausgerechnet mit ihm einen Kaffee trinken wollen. Ganz ohne Grund. Einfach nur, weil sie mit ihm einen Kaffee trinken wollte. Wär ja auch wie im Märchen gewesen.

Ralf atmete ein paarmal tief durch. Jetzt volle Konzentration! Heute hatten sie es offensichtlich nicht auf seinen Anhänger abgesehen, weil sie in die entgegengesetzte Richtung liefen. Aber er würde ihnen auf den Fersen bleiben. Falls die wieder einem Kumpel an die Wäsche wollten. Er, Ralf, würde das verhindern! Er war stärker, als die alle glaubten. Und er würde es diesem verlogenen Weibsstück heimzahlen!

Er blieb im Schatten der Bäume und folgte Laura in einem Abstand von etwa zwanzig Metern. Sie dagegen ging ganz normal auf dem Fußweg, tat so, als machte sie einen Spaziergang, weil sie wegen der Hitze nicht schlafen konnte. Aber darauf fiel Ralf nicht herein. Er nicht!

LAURA LIEF SCHNELLER. Der Abstand zwischen ihr und den jungen Männern war größer geworden. Wieder lag eine Fußgängerunterführung vor ihr. Sie schaute sich um. Kein Mensch war unterwegs. Vielleicht sollte sie die Sache auf sich beruhen lassen und nach Hause gehen. Aber sie wollte es wissen. Wollte wissen, warum die plötzlich so schnell waren, als hätten sie ein Ziel.

Sie mochte den leeren, schwachbeleuchteten Tunnel nicht und beschloss, den Weg oben über die Straße zu nehmen. Dann hätte sie auch einen besseren Überblick. Von der Straße aus konnte man in den Park schauen, an dem die Isar entlangführte.

Sie beeilte sich, wollte den andern keinen zu großen Vorsprung lassen.

Als sie die Straße überquerte, hatte sie plötzlich das Gefühl, als folgte ihr jemand. Doch als sie sich umdrehte, war alles ruhig, kein Mensch, kein Hund, kein Auto. Nur der gelbliche Schein der Straßenlaternen und Wolken von Insekten, die sich im Licht fingen.

Langsam ging sie weiter. Sie verharrte im Schatten eines Baums und wartete, bis ihre Augen sich wieder an die Dunkelheit gewöhnt hatten. Die andern waren schon weit weg, ihr Lachen klang in der Ferne. Dieses angestrengte, zu laute Lachen, das zeigen sollte, dass man dazugehörte, dass man lustig fand, was die andern lustig fanden. Dieses entfremdete Lachen, das Menschen Angst macht, die nicht dazugehören.

Laura bewegte sich langsam vorwärts, mied den Weg und nutzte Bäume und Büsche als Deckung. Jetzt hielten die andern an. Drüben bei dem großen Schachspiel. Sie warfen sich gegenseitig die Schachfiguren zu. Laura blieb nahe an der Straße, erstarrte neben einem Baum, als wenige Meter vor ihr zwei der Burschen in hohem Bogen auf den Rasen pinkelten. Wieder dieses hysterisch-aggressive Lachen. Es machte auch Laura angriffslustig.

Gegenübertragung, dachte sie. Ich weiß es, und trotzdem funktioniert es wie auf Knopfdruck. Unzählige Male hatten sie das mit den Polizeipsychologen durchgearbeitet: Wer mit der Aggression eines anderen konfrontiert wird, erfährt seine eigene Aggression.

Die beiden jungen Männer kehrten zu ihren Kumpels zurück. Dann trotteten alle in Richtung Maria-Hilf-Platz davon, plötzlich still und seltsam gesittet. Die Schachfiguren lagen auf dem vertrockneten Rasen und in den Büschen herum wie Opfer eines Massakers.

Laura bückte sich nach einem Pferd und stellte es aufrecht hin. Sie hob einen Turm auf, hielt aber in der Bewegung inne, denn sie wusste in diesem Augenblick, dass jemand hinter ihr stand. Sie war sicher, dass man sie entdeckt hatte, sie einkreiste. Es war ihr Körper, der es wusste, der die nahende Gefahr erkannte. Ihr war, als könnte sie den Angreifer riechen, seine Körperwärme spüren, als sähe sie seinen erhobenen Arm.

Sie holte aus und schlug mit aller Kraft hinter sich, traf irgendwas, hörte einen Aufschrei, wirbelte herum und trat gegen den Unterleib des Unbekannten. Der krümmte sich zusammen und fiel um. Laura ließ den Blick über Schatten, Büsche und Baumstämme wandern. Lauschte. Aber es blieb still, obwohl sie sicher war, dass die andern nicht nur diesen einen auf sie angesetzt hatten.

Der Mann am Boden stöhnte und tastete mit einer Hand suchend auf dem Boden herum. Laura stellte ihren Fuß auf seine Hand – nicht sehr fest, nur so, dass die Hand fixiert war.

«Sag mal, spinnst du?» Er sagte es sehr leise, trotzdem erkannte Laura sofort seine Stimme und zog ihren Fuß zurück.

«Ich glaube, du spinnst! Hier draußen niemals von hinten an jemanden herangehen. Hast du mir das nicht beigebracht?»

«Ich hab dich nich angefasst.» Er setzte sich mühsam auf.

«Aber du wolltest mich anfassen!»

«Verflucht, ich hab Nasenbluten!»

Laura zog ein Taschentuch aus ihrem kleinen Rucksack und hielt es ihm hin. Er griff danach und presste es an seine Nase.

«Was machst du hier eigentlich?» Laura richtete den Kegel ihrer Taschenlampe auf ihn. Er hatte wirklich starkes Nasenbluten.

«Könnt ich dich auch fragen!», antwortete er undeutlich.

«Ich hab aber dich gefragt!»

Auf der Straße neben den Anlagen fuhr langsam ein

Streifenwagen der Polizei vorbei. Sie duckten sich beide, als der Wagen auf ihrer Höhe noch langsamer wurde.

Fahrt weiter, dachte Laura. Bitte keine Komplikationen! Fahrt einfach weiter.

Sie fuhren weiter, allerdings nur bis zur nächsten Ampel, dort wendeten sie. Irgendwas war ihnen wohl aufgefallen.

«Wir müssen hier weg, da kommen die Bullen!» Laura griff nach Ralfs Rucksack und half ihm hoch. «Los, komm schon!» Er taumelte ein bisschen, folgte ihr aber schnell zur Brücke und in die Unterführung. Laura warf einen Blick zurück. Der Streifenwagen hielt tatsächlich in der Nähe des Schachspiels an, seine Scheinwerfer leuchteten ins Gebüsch. Offensichtlich entdeckten die Kollegen gerade die weitverstreuten Figuren. Ralf lehnte an der Wand. Das Taschentuch, das er auf seine Nase drückte, war rot, Blut tropfte auf sein Hemd. Laura gab ihm noch ein paar frische Papiertaschentücher.

«Komm weiter! Mein Wagen parkt nicht weit von hier!»

Auf der anderen Seite der Unterführung hörten sie diesmal keine Gesänge, doch das Feuer loderte noch immer hoch. Laura konnte nicht genau erkennen, was da unten vor sich ging. Aus der Ferne, zwischen all den Schatten und flackernden Lichtern, wirkte es wie eine Versammlung, als konzentrierten sich alle auf etwas, das Laura nicht sehen konnte.

Wenn ich allein wäre, dann würde ich da runtergehen, dachte sie. Plötzlich empfand sie heftigen Zorn auf Ralf und hätte ihn am liebsten stehenlassen. Aber sie wollte wissen, warum er sie verfolgt hatte, außerdem musste sich jemand um seine Nase kümmern. Und das konnte in dieser Situation nur sie selbst sein. Natürlich könnte sie einen Krankenwagen rufen. Einen Moment lang erwog sie diese Möglichkeit, aber es würde zu viel Aufsehen erregen.

«Wir bewegen uns jetzt ganz normal, klar? Wir gehen über die Straße, in die Seitengasse gegenüber, und an der nächsten Ecke steht mein Auto.»

Ralf murmelte etwas Unverständliches, folgte ihr aber, ohne Widerstand zu leisten. Als sie den Dienstwagen erreicht hatten, holte Laura eine Decke aus dem Kofferraum und legte sie über den Beifahrersitz.

«Versuch dein Blut möglichst nicht im ganzen Wagen zu verteilen.»

Er machte keinerlei Anstalten einzusteigen, trat von einem Fuß auf den andern.

«Was ist denn?»

«Ich steig nich ein! Hältst mich wohl für blöd, was?»

«Wieso sollte ich dich für blöd halten?»

«Wenn ich einsteige, dann haste mich. Ich hab dich vorhin gesehen. Du warst unten bei denen. Ich bin euch nachgegangen.»

«So.»

«Ja, genau!»

«Und was is jetzt?»

«Ich weiß es nicht!» Er lehnte sich mit dem Rücken an den Wagen und beugte den Kopf nach hinten. «Mannomann, ich glaub, ich verblute!»

Laura öffnete den Erste-Hilfe-Koffer, rollte aus Mullbinden zwei Tampons und stellte sich neben Ralf.

«Hier! Steck dir in jedes Nasenloch eins. Und dann setz dich endlich hin und beweg dich nicht mehr!»

Er gehorchte wortlos. Mit den weißen Enden der Tampons, die bis über seine Oberlippe ragten, sah er aus wie ein Walross. Er ließ sich auf den Beifahrersitz sinken und schloss die Augen. Aber der Augenblick der Entspannung währte nicht länger als eine halbe Minute, dann saß er wieder aufrecht, mit aufgerissenen Augen.

«Fahr ja nicht los!»

«Doch, ich fahr jetzt los, und du machst die Tür zu!»

«Ich kann die Tür nich zumachen!» Seine Stimme klang höher als sonst.

«Warum denn nicht?» Laura ließ den Motor an.

«Ich krieg Platzangst, verstehst du! Platzangst!»

«Wir machen alle Fenster auf. Außerdem fahren wir nicht weit!»

«Es geht nicht!»

Laura stieg aus, lief um den Wagen herum und knallte die Beifahrertür zu.

«Das ist kein Witz, Ralf! Wir müssen hier weg! Vergiss deine blöde Platzangst und mach die Augen zu, bis wir wieder anhalten!»

Er schluckte und umklammerte mit beiden Händen seinen Rucksack. Laura fuhr los, nahm aber nicht den direkten Weg nach Hause, sondern fuhr einen kleinen Umweg über die Parallelstraßen zur Isar. Von der Schlägertruppe war nichts mehr zu sehen. Als sie nach zehn Minuten vor Lauras Haus hielten, hatten sich die beiden Tampons in Ralfs Nasenlöchern rot gefärbt, er selbst war in einen Zustand der Erstarrung gefallen.

Während Laura erleichtert feststellte, dass ihre kleine Seitenstraße still und menschenleer war, überlegte sie, was geschähe wenn ihr türkischer Nachbar sie mit Ralf im Treppenhaus sehen würde. Die andern im Haus würden es ohne Probleme hinnehmen, aber nicht Ibrahim Özmer. Sie musterte Ralf, der wie ein Standbild neben ihr saß, erwog, ihn in einer Obdachlosenunterkunft abzugeben, verwarf diesen Einfall aber wieder. Er würde es nicht aushalten. Aber sie konnte ihn in diesem Zustand auch nicht auf die Straße entlassen. Erst musste die Blutung zuverlässig gestillt werden.

Ihr Handy schnurrte. Sie zog es aus der Gürteltasche.
«Ja?»
«Florian hier. Ist alles in Ordnung?»
«Jaja. Bin schon fast zu Hause.»
«Gut. Wir bleiben noch hier. Da tut sich was.»
«Seid vorsichtig.»
«Natürlich. Wir melden uns.»
«Bis später.»

Sie lehnte sich kurz zurück, dachte: Jetzt! Steh auf und bring ihn irgendwie in deine Wohnung. Auch wenn es schwachsinnig sein mag. Das ist genau das, was du jetzt machst, Laura Gottberg!

«Gut. Ich weiß, was Platzangst bedeutet. Wir lassen alle Türen offen, die Wohnung ist groß, die Zimmerdecken sehr hoch. Du kannst dir aussuchen, wo du schlafen willst, und du wirst hier nicht eingesperrt! Morgen früh kannst du wieder abhauen.»

«Ich will aber nich schlafen. Ich halt das nich aus!»
«Dann schlaf auf dem Balkon!»

Ralf antwortete nicht. Er saß nahe der offenen Balkontür auf einem von Lauras blaulackierten Küchenstühlen, eine Packung Eis im Nacken, ein Glas Wasser vor sich. Sie hatte ihm frische Tampons für seine Nase gerollt und erleichtert gesehen, dass die Blutung allmählich versiegte.

«Du kannst duschen», sagte sie. «Deine blutigen Klamotten ziehst du besser aus und lässt sie im Bad. Ich leg dir frische Sachen von meinem Sohn hin. Der hat ungefähr deine Größe. Deine Sachen schmeißen wir in die Waschmaschine.»

«Mann!», murmelte er wieder. «Mannomann! Sagst du immer allen, wo's langgeht? Ganz schön heftig!»

Laura stand gerade vor dem Kühlschrank, als er das sagte, wollte nachsehen, was sie essen könnten. Bei seinen Worten vergaß sie, was sie vorhatte.

Wieder heftig, dachte sie. Zum zweiten Mal an diesem Tag sagt mir jemand, dass ich zu heftig bin. Interessant. Ralf kennt meinen Beruf nicht, und trotzdem erfasst er instinktiv, dass ich jemand bin, der Anweisungen gibt. Ob Sofia und Luca sie auch so erlebten? Und Angelo?

Langsam drehte sie sich zu Ralf um, setzte sich auf einen zweiten blaulackierten Stuhl und legte beide Hände auf den Küchentisch.

«Ich bin müde», sagte sie leise und griff nach der halbvollen Rotweinflasche. Sie stand auf, um ein Glas aus dem Schrank zu nehmen, setzte sich wieder, schenkte sich ein und trank einen Schluck. Dabei war ihr die ganze Zeit bewusst, dass Ralf jede ihrer Bewegungen beobachtete.

«Was hast 'n du da unten gemacht?», fragte er so unvermutet, dass sie erschrocken aufsah. Seine Stimme war heiser und wegen der verstopften Nase undeutlich. Er räusperte sich ein paarmal. Obwohl sie genau wusste, was er meinte, fragte sie: «Wo unten?»

«Na, bei den Sängerknaben!»

«Du wirst es nicht glauben, aber ich wollte wissen, wer die sind und was die so machen.»

«Und wieso? Ich meine, du bist 'ne Frau. Da geht man doch nich einfach zu solchen Typen. Mitten in der Nacht. Nee, das glaub ich dir nicht!»

Laura drehte das Weinglas zwischen ihren Händen.

«Und was glaubst du?»

Ralf legte den Kühlbeutel auf den Tisch und massierte seinen Nacken. Er ließ sich Zeit, wie immer, und Laura spürte schon wieder Ungeduld in sich aufsteigen. Warum eigentlich? Warum konnte sie nicht einfach hier sitzen und warten, bis sich die Angelegenheit zwischen ihnen auf die eine oder andere Weise klärte?

«Ich weiß nich», sagte er langsam. «Erst hab ich gedacht, dass du eine von denen bist. Liegt ja nahe, was? Aber jetzt hab ich keinen Schimmer. Ich weiß nur, dass du gut zuschlagen kannst, 'nen BMW fährst. Mannomann, 'nen dunkelblauen BMW! Und 'n Sohn hast.»

«Und dass ich allen sagen kann, wo's langgeht, nicht wahr?»

Ralf grinste verlegen.

«Na ja, ist mir eben aufgefallen. Kann ich diese verdammten Dinger endlich rausnehmen?» Er wies auf die Tampons in seinen Nasenlöchern.

«Ganz vorsichtig!»

Ralf zog behutsam erst den rechten, dann den linken Tampon aus seiner Nase. Die Blutung hatte aufgehört. Laura gab ihm eine kleine Plastiktüte. Erleichtert packte er die blutigen Mullbinden hinein und knüllte die Tüte zusammen.

«Mannomann, jetzt krieg ich wieder Luft!»

Laura lächelte ihm zu.

«Hast du Hunger?»

Er schüttelte den Kopf.

«Nur Durst.»

Ein großer Nachtfalter umkreiste die Lampe über dem Küchentisch. Sie sahen ihm beide zu, bis Ralf ihn mit einer schnellen Bewegung einfing, auf den Balkon trug und dort freiließ.

«Mit offener Tür geht's», sagte er.

«Was?»

«Die Platzangst.»

«Mhm.»

Er setzte sich vorsichtig und nahm zwei große Schlucke aus seinem Wasserglas. Laura sah auf die Uhr. Es war halb zwei. Sie hatte Frühdienst und musste spätestens um sieben im Präsidium sein.

«Wenn du willst, kannst du dir eine Matratze in die Küche legen, vor die offene Balkontür.»

«Könnte gehn.»

«Ich zeig sie dir. Weißt du, ich muss ziemlich früh aufstehen und zur Arbeit. Wär ganz gut, wenn ich langsam ins Bett käme.»

Er nickte, ruckelte ein bisschen nervös auf seinem Stuhl.

«Ich könnt ja auch gehn. Meine Nase ist wieder wie neu!»

«Musst aber nicht. Mir wär's lieber, wenn du hier schläfst. Ist irgendwie nicht so gut da draußen zurzeit.»

Er nahm seinen Strohhut, der auf dem Stuhl neben ihm lag, und glättete die Federn.

«Wieso bist du denen eigentlich nachgegangen?»

«Ich wollte wissen, was die vorhaben.»

«Aber das is doch nich normal, oder?»

«Warum denn nicht?»

«Mach mir doch nix vor, Laura. Das is nich normal! Und jetzt sagst du mir, warum du denen nachgegangen bist. Sonst kann ich nich hier schlafen.»

«Ist dir eigentlich aufgefallen, dass auf einmal du die Frageritis hast? Man soll doch nicht zu viele Fragen stellen, oder?»

Er zog eine der Federn durch seine Finger und schaukelte auf seinem Stuhl vor und zurück.

«Manchmal muss man vielleicht doch fragen. Ich meine, manchmal.»

Ich komm nicht drum herum, dachte Laura. Ich muss es ihm sagen. Ade, Ralf und Laura, Menschen ohne Vergangenheit und Geschichte.

«Du bist ein ziemlich guter Beobachter, Ralf», sagte sie leise. «Und du hast es auch beinahe schon rausgekriegt. Es fehlt nur der letzte Schritt, den du nicht machen willst, weil er dir nicht gefällt.» Sie machte eine Pause, suchte noch immer nach einem Ausweg, fand aber keinen. Endlich sagte sie: «Ich bin Polizistin. Ich bin bei der Kripo. Den Sängerknaben bin ich nachgegangen, weil ich rauskriegen will, ob sie was mit dem Tod des Obdachlosen zu tun haben, der gestern aus der Isar gefischt wurde.»

Er antwortete lange nicht, zupfte nur weiter an den Federn auf seinem Hut, so heftig, dass eine sich löste.

«Jaja», murmelte er endlich. «Hab's schon geahnt. Konnt ja nich anders sein, was? Macht doch keiner was ohne Grund auf dieser Welt, oder?»

«Was meinst du denn?»

«Ach nix. Gar nix.»

«Das stimmt doch nicht, natürlich meinst du was!»

Ralf steckte die lose Feder in das Geflecht seines Strohhuts zurück und verzog das Gesicht.

«Jetzt fängst du wieder mit den Fragen an.»

«Ja, und ich hör auch nicht auf, ehe ich eine Antwort kriege!»

«Und wenn ich müde bin?»

«Ist mir gleich!»

«Wo ist denn die Matratze?»

«Die kriegst du erst, wenn ich meine Antwort habe!»

«Verhör, was?»

«Nein. Gespräch unter Freunden.»

Er lachte auf.

«Egal. Ist ja nix dabei: Ich hab nur gedacht, dass du wirklich mit mir 'n Kaffee trinken wolltest. Einfach nur mit mir.» Sorgsam legte er den Strohhut wieder auf den Stuhl neben sich. Er sah Laura nicht an.

«Das wollt ich auch. Da gab es doch noch gar keinen anderen Grund. Denk doch mal nach!»

Er zuckte die Achseln.

«Krieg ich jetzt die Matratze?»

Laura stand auf.

«Komm mit, ich zeig sie dir. Wenn du Hunger hast, geh einfach an den Kühlschrank. Und duschen kannst du entweder jetzt oder morgen. Ich brauch nur fünf Minuten im Bad, dann geh ich sofort ins Bett. Übrigens ... eine Frage habe ich doch noch. Warum hast du dich so nah an mich rangeschlichen? Was hattest du eigentlich vor?»

Er zuckte wieder die Achseln.

«Weiß nich. Erst hatt ich 'ne Wut auf dich, weil ich dachte, dass du eine von denen bist. Aber dann war ich mir nich sicher. Ich wollt dich erschrecken, glaub ich.»

«So, erschrecken. Noch 'n blaues Auge?»

«Nee.» Er lachte verlegen.

«Na dann, gut Nacht. Jetzt sind wir ja quitt.»

Als Laura zehn Minuten später in ihrem Bett lag, stand sie noch einmal auf und schloss ihre Schlafzimmertür ab. Danach fühlte sie sich wesentlich entspannter. Trotzdem schämte sie sich ein bisschen, war doch eigentlich sicher, dass sie Ralf vertrauen konnte. Eine Weile hörte sie ihn noch umherwandern, doch er kam nie an ihre Tür.

Es tat ihr leid, dass sie so ahnungslos in Ralfs Hoffnungen und Wünsche hineingestolpert war. Und es tat ihr leid, dass sie ihn verletzt hatte. Sie konnte sich gut seine Freude vorstellen, wenn eine Frau zu ihm kam und mit ihm Kaffee trinken wollte.

Das Einschlafen fiel ihr schwer, sie dachte an den Frosch, litt an der schweren Luft. Später träumte sie von Luca, der vor einer Horde Skinheads flüchtete, und als sie aufwachte, war sie schweißgebadet und wusste nicht genau, wo sie war. Draußen vor ihrem offenen Fenster dämmerte es bereits. Eine Amsel warnte mit diesem durchdringenden schrillen Ton, der besser funktionierte als jeder Wecker. Fünf Uhr. Die Nacht hatte kaum Abkühlung gebracht.

Als der Traum allmählich verblasst war, schob Laura das Laken zur Seite und stand auf. Sie wankte zur Tür und stutzte, als sie nicht aufging. Erst dann fiel ihr der Übernachtungsgast wieder ein. Sie griff nach ihrem

Morgenmantel, streifte ihn über, drehte den Schlüssel um und öffnete leise die Tür.

Er schnarchte. Sie musste gar nicht in die Küche gehen, um sich davon zu überzeugen, dass er noch da war. Auf Zehenspitzen schlich sie zur Toilette, danach ins Bad, wo sie kühles Wasser über ihre Arme laufen ließ und sich das Gesicht wusch. Sie hatte das Gefühl, als schwelle ihr Körper in der Hitze allmählich auf.

Laura sah sich um. In einer Ecke lagen tatsächlich Ralfs schmutzige Klamotten. Ein benutztes Handtuch hing über der Badewanne. Offensichtlich hatte er geduscht und sich umgezogen.

Sie bürstete ihr Haar, ohne sich dessen bewusst zu sein, legte die Haarbürste wieder weg, füllte ihren Zahnputzbecher und trank ihn leer. Auf dem Weg in ihr Schlafzimmer griff sie nach dem Telefon. Dann schloss sie wieder die Tür und setzte sich aufs Bett. Sie hatte das dringende Bedürfnis, mit Angelo zu reden. Jetzt, um zehn nach fünf. Noch nie hatte sie ihn zu einer so ungewöhnlichen Stunde angerufen. Wieso eigentlich? Wieso wollte sie ihn jetzt, um zehn nach fünf, aus dem Schlaf holen? Es gab überhaupt keinen Grund.

Doch, es gibt einen, dachte sie. Ich habe Sehnsucht nach ihm. Den zweiten Grund drängte sie weg, aber sie kannte ihn trotzdem. Sie fühlte sich seltsam verloren, ganz und gar nicht wie jemand, der weiß, wo es langgeht, und überhaupt nicht heftig. Sie fürchtete sich davor, ihn anzurufen, ihm zu erklären, warum sie ihn um zehn nach fünf sprechen musste.

Bis fünf vor halb sechs schaute sie das Telefon an, dann ließ sie sich rückwärts aufs Bett fallen, schloss die Augen und schlief sofort ein.

COMMISSARIO ANGELO GUERRINI wachte um halb sechs auf, weil er aus einem der Nachbarhäuser eine keifende Frauenstimme hörte. Er lag im sogenannten Gästezimmer seines Vaters, das nichts anderes war als sein ehemaliges Kinderzimmer. Guerrini schlief nicht besonders gut in diesem Zimmer. Zu viele Erinnerungen hingen in den Wänden und Möbeln. Nicht nur schlechte allerdings. Trotzdem bedrängten ihn seltsame Stimmungen, seit er vor einer Woche zum alten Fernando Guerrini gezogen war, weil er die Hitze in seiner Dachwohnung nicht mehr aushielt.

Mit einem gewissen Grauen dachte er zum Beispiel daran, dass seine Mutter fest daran geglaubt hatte, er würde nach der Trennung von seiner Frau Carlotta wieder nach Hause ziehen – in das ehemalige Kinderzimmer.

Fünf Beispiele aus befreundeten Familien hatte sie aufgezählt. Überall kehrten die Söhne wieder nach Hause zurück, wenn es mit den Frauen nicht klappte. Warum also er nicht? War er was Besonderes? Er würde regelmäßig was zu essen bekommen, seine Kleidung würde in Ordnung gehalten – das sei für einen Commissario schließlich besonders wichtig.

«Du wirst doch nicht etwa selbst waschen?», hatte sie ihn voll Entsetzen gefragt. «Und bügeln?! Willst du selbst den Boden wischen? Das Klo putzen? Einkaufen, kochen? Kannst du überhaupt kochen?»

Guerrini hatte sie nie davon überzeugen können, dass es auf dieser Welt auch Haushälterinnen gab, die nicht darauf aus waren, ihre Arbeitgeber zu bestehlen oder gar zu heiraten. Dass Carlotta und er während ihrer Ehe eine Haushaltshilfe beschäftigt hatten, weil Carlotta ebenfalls berufstätig war, hatte seine Mutter nie hinnehmen können.

Nein, Guerrini hatte niemals die Neigung gehabt, ein «Mammone» zu werden, wie viele seiner männlichen Landsleute. Sein Stellvertreter Lana war so einer, im Grunde eine lächerliche Figur mit seinen gestärkten Hemden, Bügelfalten und polierten Schuhen. D'Annunzio wohnte auch noch zu Hause bei Mamma, dabei war er schon vierundzwanzig. Dottor Salvia, der Gerichtsmediziner, war gerade von zu Hause ausgezogen. Ein bisschen spät zwar, fand Guerrini, denn Salvia war immerhin schon zweiunddreißig, allerdings hatte er in Florenz studiert und war nur vorübergehend bei seinen Eltern in Siena untergeschlüpft. Das war etwas anderes.

Während Guerrini flach auf dem Rücken lag und die alte Deckenlampe anstarrte, die er schon in seiner Kindheit angestarrt hatte, wenn er nicht schlafen konnte – es waren drei hellblaue Glasschalen in der Form großer Fische –, dachte er über seine Mutter nach, die sein Vater stets *la strega*, die Hexe, genannt hatte.

Sie war eine widersprüchliche Frau gewesen. Erst spät hatte Guerrini begriffen, dass sie neben seinem Vater ein völlig unabhängiges Leben lebte. Sie ließ Fernando in Ruhe und er sie, meistens jedenfalls. Wenn er in ihr Revier eindrang, jagte sie ihn wieder hinaus. Sie hatte viele Freundinnen, die Guerrini ein wenig seltsam fand, und sammelte Heilkräuter mit ihnen und alte Heilrezepte. Sein Vater behauptete bis heute, dass Guerrinis Mutter Leute verhexen konnte. Angeblich hatte jeder, dem sie auf die Schwelle spuckte, innerhalb weniger Tage einen Unfall.

«Ich könnte dir jede Menge Beispiele nennen!», sagte er immer wieder. Aber er tat es nicht, behielt die Beispiele für sich.

Stets war etwas Geheimnisvolles um diese Mutter gewesen, obwohl sie sich meistens wie alle anderen Mütter verhielt ... ihn ein bisschen zu sehr kontrollierte, verwöhnte und ein bisschen überbesorgt war. Aber sie kleidete sich anders als die Damen des Sieneser Mittelstands, eher wie eine Bäuerin, trug dunkle Kleider mit langen Röcken und ging sehr aufrecht. Meist hingen große Creolen an ihren Ohren, und sie hatte sehr dichte schwarzbraune Haare, die sie zu einem Knoten steckte. Die bernsteinfarbenen Augen hatte Guerrini von ihr geerbt. Er erinnerte sich daran, dass die Leute auf der Straße seiner Mutter häufig nachgesehen hatten.

Trotz ihrer Fürsorge hatte sie ihrem Sohn auch viele Freiheiten gelassen, ihm Bücher hingelegt, die sein Vater niemals gelesen hätte. Und sie sagte nie: Du musst das lesen, Angelo. Sie legte die Bücher nur hin, und irgendwann wurde er neugierig und fing an, *Die göttliche Komödie* von Dante zu lesen, *Der Leopard* von Lampedusa, alle möglichen Gedichtbände, moderne Kurzgeschichten. Später ließ sie ihn ohne Schwierigkeiten gehen, beklagte sich nicht, als er in Rom studierte, dann nach Florenz zog und bald darauf Carlotta heiratete.

Erst im Alter hätte sie ihn gern zurückgehabt, kämpfte sogar um ihn, allerdings nie offen, immer im Stillen. Guerrini war sicher, dass sie sich plötzlich einsam fühlte, neben seinem Vater, der so ganz in seinem Leben aufging, in der Jagd, in seinem Stadtviertel, der contrada, den Geschäftsfreunden, seinem Handel mit toskanischer Keramik. Bis zu ihrem Tod hatte sie den Kampf um ihren Sohn nicht aufgegeben. Guerrini war ziemlich sicher, dass sie es auch mit Hexerei versucht hatte.

Sie war ganz überraschend gestorben, obwohl sie immer als sehr gesund galt, hatte einen Schlaganfall, den sie nur um eine Woche überlebte. Ihren Sohn ließ sie mit einer Mischung aus Trauer, Schuldgefühlen und Erleichterung zurück. Ja, tatsächlich Erleichterung, Guerrini war sich selbst gegenüber ehrlich genug, um das zu wissen.

Seither ging es ihm besser. Auch das war eine Tatsache. Aber er liebte seine Mutter auf neue Weise und steckte ab und zu eine Rose auf ihr Grab. Immer wieder empfand er Trauer darüber, dass er sie nie wirklich kennengelernt hatte. Heute hätte er viele Fragen an sie.

Er hatte einmal einen Spruch gehört, den er damals merkwürdig gefunden hatte. Es war ein alter Pfarrer gewesen, der nach einer Beerdigung gesagt hatte: «Wenn die Alten sterben, kommen die Jungen in ihre Kraft!»

Hatte er mehr Kraft seit dem Tod seiner Mutter? In gewisser Weise ja, er konnte auch anders lieben. Aber vielleicht lag das eher an seiner Lebenserfahrung. Seine Frau Carlotta hatte er als sehr fordernd erlebt, er hatte sich verpflichtet gefühlt, ein guter Ehemann zu sein.

Besser als sein Vater jedenfalls. Es hatte nicht besonders gut funktioniert.

Bei Laura war das anders. Er wünschte sich inzwischen sogar, dass Laura mehr von ihm forderte. Doch noch immer hielt sie sich sehr zurück. Manchmal machte ihn das wütend, meistens eher unsicher.

Vielleicht sollte er sie einfach fragen, ob sie zu ihm nach Siena kommen wolle. Aber sie hatte einen guten Job, zwei Kinder. Vermutlich würde sie ihn ansehen, als hätte er den Verstand verloren. Sie mit diesem Wunsch konfrontieren, das konnte er allerdings. Es würde die Dinge zwischen ihnen ehrlicher und klarer machen.

Entschlossen sprang er aus dem Bett und stolperte über den alten Jagdhund Tonino, der sich vor seiner Schlafzimmertür zusammengerollt hatte, sich jetzt mühsam aufrappelte und entschuldigend wedelte. Guerrini kraulte den Kopf des Hundes, ging dann in die Küche und setzte die Espressomaschine in Gang, die er seinem Vater geschenkt und die dieser vermutlich noch nie benutzt hatte. Inzwischen war es kurz nach sechs.

Guerrini wusch sich nur flüchtig wegen des Wassermangels. Beim Rasieren dachte er über das Gespräch nach, das er gestern mit seinem Vorgesetzten, dem Questore, geführt hatte. «Da entwickelt sich so etwas wie ein Staat im Staat», hatte der Questore gesagt und die Chinesen in Prato, dem Zentrum der italienischen Modeindustrie, gemeint. «Da geht es nicht um Einwanderung oder Integration. Diese Menschen kommen ausschließlich nach Italien, um Geld zu verdienen, und leben im Ghetto. Sie lassen sich auf geradezu unglaubliche Weise ausbeuten. Viele bekommen gerade mal einen oder zwei Euro pro Stunde, manche gar nichts. Sie leben in schrecklichen Umständen und arbeiten wie Roboter. Aber sie halten unsere Modeindustrie am Leben, und deshalb müssen wir bei unseren Ermittlungen sehr vorsichtig sein. Es haben sich schon drei wichtige Politiker besorgt geäußert. Natürlich nur intern, nicht in der Öffentlichkeit. Denken Sie nur an die Geschichte mit den tiefgefrorenen chinesischen Leichen, die auf verschiedenen Schiffen entdeckt wurden, die nach China auslaufen sollten. Erst gab es ein Riesengeschrei, dann hörte man nichts mehr davon. War ja auch alles ganz harmlos: Chinesen müssen in der Heimaterde begraben werden, deshalb muss man sie eben irgendwie zur Heimaterde bringen, wenn sie in der Fremde sterben. Was so gut wie verschwiegen wurde: Die eingefrorenen Chinesen hatten natürlich keine Papiere. Und was dann vermutet, aber nie nachgewiesen wurde: Mit den Papieren der Toten konnten lebendige Chinesen nach Italien einreisen oder illegale Einwanderer legal gemacht werden.»

«Und das alles hat der tote deutsche Schriftsteller Altlander dokumentiert?», warf Guerrini ein.

«Sehr gut hat er das dokumentiert. Und die Sache stinkt zum Himmel. Sie stinkt von allen Seiten: von unserer, weil wir die Chinesen ja wollen und gern ausbeuten, und von chinesischer Seite her, weil deren Bosse sich bereichern und die eigenen Leute wie Dreck behandeln.»

«Ja, so sehe ich das auch», hatte Guerrini gesagt. «Was also machen wir? Immerhin haben wir zwei Chinesen in Untersuchungshaft, denen versuchter Mord vorgeworfen wird.»

Der Questore hatte sich eine Zigarette angezündet.

«Wir machen erst mal gar nichts, Guerrini. Die Warnblinkanlagen sind überall aktiviert, deshalb Vorsicht! Aber es wäre schön, wenn Sie sich ein bisschen umhören würden. Natürlich ganz diskret und sozusagen unabsichtlich. Falls Sie etwas herausfinden, dann sagen Sie es ausschließlich mir, Commissario.»

Das war's. Guerrini schabte entschlossen die Bartstoppeln samt Rasierschaum von Wangen und Kinn. Eigentlich hatte er nicht die geringste Lust, sich mit den Chinesen einzulassen. Wozu gab es schließlich Polizisten in Prato. Er war Commissario in Siena, und ihn interessierte im Augenblick viel mehr, wie es Elsa Michelangeli ging, der alten Freundin des toten deutschen Schriftstellers.

Er trocknete sein Gesicht, kehrte in die Küche zurück und schenkte sich Kaffee ein. Tonino stand hechelnd vor ihm.

«Auch Durst?» Guerrini füllte die Wasserschüssel des Hundes. Tonino wedelte und soff mit unflätig lautem Schlabbern. Es war gut, dass Fernando Guerrini sich auf seine alten Tage zum Langschläfer entwickelt hatte. So konnten sie diese Zwangswohngemeinschaft ganz gut ertragen. Der alte Mann war nämlich nicht besonders begeistert gewesen, als er seinen Sohn als Hitzeflüchtling aufnehmen musste.

Während Guerrini sich anzog, beschloss er, nicht in der Questura vorbeizuschauen, sondern gleich zu Elsa Michelangeli hinauszufahren. Inzwischen galt es nämlich, das Büro ebenso zu meiden wie seine Wohnung. Beide Orte hatten sich in Brutöfen verwandelt.

Laura wachte um fünf nach sieben auf und begriff augenblicklich, dass sie verschlafen hatte und längst im Präsidium sein sollte, aber es war nicht zu ändern und deshalb egal. Stärker als für ihre Verspätung interessierte sie sich für das Telefon, das neben ihr auf dem Bett lag. Sie wusste, dass sie zu feige gewesen war, Angelo anzurufen. Jetzt sofort würde sie das nachholen und ihm sagen, dass sie gern bei ihm wäre. Langsam wählte sie seine Nummer, löschte sie aber wieder, weil ihr einfiel, dass er im Moment bei seinem Vater wohnte. Das war komplizierter, denn sie wollte nicht mit dem alten Guerrini reden, trotzdem versuchte sie es. Niemand meldete sich. Zuletzt rief sie Guerrinis Handy an, aber das war abgeschaltet, und sie brachte es nicht fertig, auf seine Mailbox zu sprechen.

So legte sie das Telefon zum Aufladen zurück, stopfte Ralfs Kleider in die Waschmaschine, schloss das Badezimmer von innen ab und duschte länger als sonst, trotz Wassermangels. Sie hatte eindeutig eine Niederlage gegen sich selbst erlitten.

Kritisch betrachtete sie ihr Spiegelbild. Das Veilchen tendierte inzwischen zu einem kränklichen Grüngelb. Auch das war nicht vorteilhafter als Lila oder Blauschwarz. Deshalb entschloss sie sich zu einem knallgrünen Leinenkleid mit weitem halblangem Rock. Immerhin passte es zu ihrem Auge.

Ralf schnarchte nicht mehr, rührte sich aber nicht. Lauschend blieb Laura vor der Küchentür stehen, klopfte dann, obwohl die Tür offen stand.

«Kann ich reinkommen? Ich brauche dringend einen Tee. Danach bin ich gleich weg. Muss zur Arbeit!»

«Na klar!»

Er saß im Schneidersitz auf dem kleinen Balkon und hatte seinen Federhut auf. Lucas T-Shirt passte ihm tatsächlich und die Jeans offensichtlich auch. Laura war sicher, dass ihr türkischer Nachbar Ralf längst entdeckt hatte, und vermutlich nicht nur er.

«Willst du auch Tee?» Sie hängte einen Teebeutel in ihre größte Tasse.

«Haste vielleicht 'n Kaffee?»

«Klar. Wie war die Nacht?»

«Gar nich so schlecht.»

«Du hast geschnarcht.»

«Das liegt an meiner Nase, die is immer noch dick!»

«Tut mir leid.»

«Halb so wild.»

Laura goss heißes Wasser in die Tassen.

«Mit Milch und Zucker?»

«Wenn's geht.»

«Es geht.»

Er kam nicht in die Küche, um seinen Kaffee abzuholen, sondern blieb sitzen, wandte ihr den Rücken zu und schaute in Richtung Alpen, die aber aufgrund des zähen Smogs nicht zu sehen waren.

«Dein Kaffee ist fertig.»

«Danke.»

«Ich muss jetzt weg, Ralf.»

«Ja.»

«Wenn du Hunger hast, im Kühlschrank findest du schon was. Deine Klamotten sind noch in der Waschmaschine. Wenn du Lust hast, kannst du hierbleiben. Ansonsten sehen wir uns bei deinem Anhänger.»

«Und wenn nich?»

«Dann nicht!»

Sie griff nach ihrem Rucksack, schloss ihre Schlafzimmertür diesmal von außen ab und schloss sie dann wieder auf. Sie ging das Risiko ein, warum, wusste sie selbst nicht genau. Und sie rief nicht im Präsidium an, um zu sagen, dass sie später kommen würde.

Commissario Guerrini wusste selbst nicht genau, warum er an diesem Morgen doch zum Kommissariat ging, obwohl es wenig zu tun gab und er eigentlich zu Elsa Michelangeli fahren wollte. Aus schierer Gewohnheit und Gedankenverlorenheit stand er plötzlich vor der Questura. Eigentlich hatte er zu seinem Wagen gehen wollen, der in der Nähe seiner eigenen Wohnung geparkt war.

Nicht gut, dachte er. Aber weil er schon einmal da war, betrat er die vertrauten Gänge. Natürlich traf er auf D'Annunzio, der offensichtlich immer Dienst hatte (was wohl seine Mutter dazu sagte?). Der junge Mann wirkte sehr munter an diesem Morgen, ungewohnt munter. Er begrüßte den Commissario geradezu überschwänglich und teilte ihm in verschwörerischem Ton mit, dass sie Verstärkung bekommen hätten, eine Frau, Sergente wie Tommasini. Weil doch zwei Kollegen ausgefallen seien – einer wegen eines Autounfalls, der andere aus Altersgründen.

Ja, natürlich. Jetzt erinnerte sich Guerrini, dass es ein Rundschreiben gegeben hatte. Aber er hatte es nur überflogen und war davon ausgegangen, dass der neue Kollege ein Mann sein würde. Bisher arbeiteten nur wenige Frauen in der Questura von Siena.

Eine Frau also. Dann gab es ja künftig eine Menge zu

tun für Vicecommissario Lana. Von nun an würde er vermutlich nicht mehr arbeiten, sondern nur noch gockeln. Voraussetzung war natürlich, dass die Frau gut aussah und nicht zu alt war. Als Sergente konnte sie jedes Alter zwischen Ende zwanzig und fünfzig haben. Na ja, ihm konnte es egal sein.

«Und, wie ist sie?» Er fragte D'Annunzio mehr aus Freundlichkeit, denn dieser schien vor Mitteilungsdrang zu platzen.

«Was soll ich sagen, Commissario? Capponi hat gemeint, dass sie eine Bombe ist. Ich finde, sie sieht gut aus ... wirklich gut.»

«Soso, eine Bombe, sagt Capponi.» Guerrini hob die Augenbrauen. «Wo ist sie denn jetzt, die Bombe?»

«Sie räumt gerade ihren Schreibtisch ein. Hat das Zimmer neben Ihnen, Commissario. Zusammen mit Tommasini, der hat aber heute frei. Bitte, Commissario, sagen Sie nichts zu Capponi. Ich meine wegen der Bombe.»

«Nein, natürlich nicht. Aber du bist ein bisschen geschwätzig, D'Annunzio, pass nur auf, dass du nicht an den Falschen gerätst.»

Der junge Polizist wurde rot, und Guerrini grinste.

«Trotzdem danke ich dir, dass du mich vorgewarnt hast. Ich meine, wenn ich plötzlich vor einer Bombe stehe ... Man weiß ja nie, was dann passiert.»

D'Annunzio zog eine Grimasse, die er für lässig hielt, aber der Commissario hatte sich bereits abgewandt und war auf dem Weg zu seinem Büro, getrieben von einer gewissen Neugier.

Vor seinem Zimmer verharrte er und horchte auf die Geräusche, die aus Tommasinis Büro herüberklangen.

Dann ging er kurz entschlossen hinüber und schaute durch die halboffene Tür.

«Tommasini!», rief er und kam sich völlig albern vor – beinahe so schlimm wie sein Stellvertreter Lana.

«Tommasini hat heute frei.» Ihre Stimme war klar, nicht zu hoch. Es rumpelte. «Kommen Sie doch rein!»

Guerrini schob die Tür auf und machte zwei Schritte vorwärts.

«Dieser Schreibtisch ist eine wahre Antiquität!» Sie richtete sich auf, lachte und wies auf eine klemmende Schublade.

Sie *war* eine Bombe. Guerrini starrte sie ein paar Sekunden zu lange an, dann senkte er seinen Blick zur Schublade und versuchte seiner Stimme einen völlig normalen Klang zu geben.

«Meiner auch. Ich bin übrigens Ihr Zimmernachbar, Guerrini, Commissario Guerrini. Und Sie sind?»

«Sergente Primavera.» Sie grüßte und streckte ihm die Hand entgegen. Er nahm sie und betrachtete sie dabei: kurze dichte Locken, dunkelblond, sehr dunkle große Augen, kräftig geschminkt, leicht gebräunter Teint, voller Mund. Sie hatte ein Grübchen, war schlank und ungefähr dreißig. Die Uniform – das leichte Sommerhemd und die Hose – stand ihr ausgesprochen gut.

«Dann sind Sie wohl mein Vorgesetzter, Commissario.»

«Es sieht so aus, Signora ... oder Signorina?»

«Signora. Aber das ist wohl nicht so wichtig.»

«Nein, wahrscheinlich nicht.»

«Seltsam, dass es diese Unterscheidung bei Männern nicht gibt, finden Sie nicht, Commissario?»

«Doch, das finde ich auch.»

«Wirklich?»

Guerrini begann zu lachen. «Was wollen Sie von mir, Sergente? Ich habe diese merkwürdigen gesellschaftlichen Regeln nicht geschaffen.»

«Aber Sie wollten wissen, ob ich eine Signorina oder eine Signora bin.»

«Nun, einen männlichen Kollegen hätte ich vermutlich gefragt, ob er verheiratet ist oder nicht.»

«Aber dabei bliebe er immer noch ein Signore.»

«Ja, ich kann es nicht bestreiten. Woher kommen Sie, Signora?»

«Aus Rom.»

«Ah.»

«Da sind sie auch nicht weiter als hier, wenn Sie das meinen, Commissario.»

Guerrini überging diese Bemerkung.

«Arbeitet Ihr Mann auch in Siena?»

«Nein, er ist in Rom geblieben. Ich bin ja nur zur Aushilfe hier, und er hat einen ziemlich guten Job.»

«Bene. Dann machen Sie es sich bequem inmitten der Antiquitäten. Der Vicequestore wird sich sicher bei Ihnen melden, um Sie kennenzulernen. Der Vicecommissario vermutlich auch. Ich selbst habe heute Vormittag auswärts zu tun und bin erst am Nachmittag zurück. Wenn Sie irgendwelche Fragen haben, wenden Sie sich an D'Annunzio. Buongiorno, Sergente.»

Guerrini kehrte in sein Büro zurück und schloss die Tür hinter sich. Interessant, dachte er und konnte sich ein Schmunzeln nicht verkneifen. Es wird nicht leicht für Vicecommissario Lana werden. Mit Gockeln wird er bei dieser Dame nicht besonders weit kommen.

Er überprüfte seine E-Mails, fand aber vor allem

lange Rundschreiben der übergeordneten Behörden und machte sich auf den Weg zu Elsa Michelangeli. Zuvor aber trank er am Rand des Campo noch einen Cappuccino und aß ein Hörnchen. Dabei drängte sich die Signora Primavera in seine Gedanken. Sie war sehr hübsch, die neue Kollegin, und intelligent. Jedenfalls hatte er bisher noch nie einen so ungewöhnlichen Dialog mit einem männlichen Kollegen geführt, der neu im Amt war. Eine Bombe, in jeder Beziehung, da hatte Capponi schon recht. Ihre Anwesenheit beunruhigte ihn auf einer tieferen Ebene, mit der er sich in diesem Augenblick nicht befassen wollte.

ES GAB KEINE besonderen Neuigkeiten, als Laura kurz nach acht im Präsidium ankam. Außer Claudia hatte niemand bemerkt, dass sie nicht pünktlich zum Frühdienst erschienen war. Kommissar Baumann war noch immer krank, und ihre kleine Soko hatte sich bisher nicht sehen lassen. Claudia äußerte Erstaunen über Lauras knallgrünes Sommerkleid und murmelte etwas wie: «Hoffentlich gibt's keinen Einsatz.»
Laura ließ ein Ferngespräch auf Privatkosten registrieren und rief die Nummer der Gasteltern ihrer Kinder in England an. Es meldete sich die Mutter.
«Yes, they are fine. You have lovely children, Missus Gottböörg.»
Nein, Laura konnte ihre Kinder nicht sprechen, sie waren natürlich in der Schule, um Englisch zu lernen.
«Wie geht's Patrick?», fragte Laura.
«Very fine.»
«Any problems?»
«Nothing. Everything is fine.»
«Also with Luca?»
«Oh, Luca is perfect.»
Laura bedankte sich und beendete das Gespräch. Everything fine and perfect. Sie hatte keine Ahnung, wie es ihren «lovely children» wirklich ging. Wieder fühlte sie sich verloren. Sie streckte die Hand nach

dem Telefon aus, um es noch einmal bei Angelo zu versuchen. Doch irgendwer kam ihr zuvor, es klingelte so schrill, dass sie zusammenzuckte.

«Gottberg.»

«Frau Hauptkommissarin, es gibt einen neuen Leichenfund. Wieder ein Obdachloser und wieder an der Isar.»

«Wo?»

«Ungefähr auf Höhe der Müllverbrennungsanlage Thalkirchen.»

«Links oder rechts der Isar?»

«Rechte Seite. Ein Hundebesitzer hat ihn gefunden.»

«Ich komme. Übrigens, habt ihr schon mal angerufen?»

«Nein, Frau Hauptkommissarin. Der Mann ist gerade erst gefunden worden. Die Spurensicherung haben wir schon angefordert.»

«Gut. Bis gleich.»

Langsam legte Laura das Telefon zurück, klopfte mit dem Fuß einen nervösen Rhythmus, ohne sich dessen bewusst zu sein.

Ich hätte den Kerlen nachgehen sollen! Ich wäre ihnen nachgegangen, wenn Ralf nicht dazwischengekommen wäre. Er hat wirklich ein besonderes Talent, zur falschen Zeit am falschen Ort zu sein. Aber noch ist alles unklar. Vielleicht ist er eines natürlichen Todes gestorben, vielleicht war er betrunken und ist gestürzt, vielleicht hatte er eine Rauferei mit einem Kumpel ... Sie glaubte sich selbst nicht, stand auf, schaute an sich hinunter. Ausgerechnet heute trug sie dieses Leinenkleid. Normalerweise zog sie nie Kleider oder Röcke an, wenn sie im Dienst war. Ausnahmen bildeten nur

Anlässe, bei denen sie irgendwelche Vorgesetzten irritieren wollte.

Aber warum eigentlich kein knallgrünes Leinenkleid? Andere Hauptkommissare erschienen im dunklen Anzug, um Leichen zu besichtigen. Also los. Es grauste ihr vor diesem Tag, der nicht besonders gut begonnen hatte und besonders heiß zu werden schien. Sie wies Claudia an, ihre neue Mini-Soko aus dem Bett oder sonst woher zu holen und so schnell wie möglich hinter ihr herzuschicken. Dann machte sie sich auf den Weg.

Er lag mit ausgebreiteten Armen am abschüssigen Ufer und starrte mit aufgerissenen Augen in den Himmel. Gestockte Blutlachen hatten sich in den Falten seiner Kleidung gesammelt, schwarzrote Tümpel, an deren Rändern sich Fliegenschwärme sammelten. Ein seltsamer Geruch schien über dem Toten zu hängen, wie im Schlachthaus, süßlich, warm, ekelerregend. Aber Laura war sicher, dass niemand außer ihr diesen Geruch wahrnahm. Sie schrieb ihn den Bildern zu, die in ihr aufstiegen. Bildern von ausblutenden Tierkadavern. Man hatte ihm die Kehle durchgeschnitten. Alle Hypothesen, die sie im Präsidium aufgestellt hatte, waren hinfällig.

«Aber nicht sofort», sagte Dr. Reiss, der alte Gerichtsmediziner, mit dem Laura schon seit Jahren zusammenarbeitete und der sie an diesem Morgen mehr denn je an eine Krähe erinnerte, die nur darauf wartete, wieder eine Leiche zu zerlegen. Plötzlich war sie froh über ihr knallgrünes Leinenkleid. Es setzte einen lebendigen Akzent gegen den Schlachthausgeruch, die rot-weißen Absperrbänder, die Kollegen in den weißen Overalls und gegen das spitzschnabelige Gesicht des Gerichtsmediziners, den sie eigentlich mochte – nur an diesem Morgen nicht.

«Wie?»

«Sie haben ihm nicht sofort die Kehle durchgeschnitten!»

«Vorher haben sie mit ihm gespielt, nicht wahr? Wie mit einer Schachfigur.» Laura ließ den Blick über die blutigen Schleifspuren im Gras wandern. «Dann wollten sie ihn in den Fluss werfen, aber irgendwer hat sie dabei gestört, und dann sind sie abgehauen.»

«Nicht schlecht», erwiderte der Arzt. «Aber wieso Schachfigur?»

«Weil ich letzte Nacht ein paar Kerle beobachtet habe, die nicht weit von hier mit Schachfiguren um sich geworfen haben. Kerle, von denen ich annehme, dass sie mit dieser Sache etwas zu tun haben könnten.»

Der Arzt musterte sie nachdenklich von der Seite. «Sie waren doch nicht etwa allein unterwegs, Laura?»

Sie schüttelte den Kopf. Bloß keine besorgten Ermahnungen!

«Was macht Ihr Auge? Darf ich es mir kurz ansehen?»

«Es ist so grün wie mein Kleid und wird demnächst gelb sein.»

«Meine Güte, es ist doch nicht ehrenrührig, ein blaues Auge zu haben. Seien Sie doch nicht so kratzbürstig. Sagen Sie mir lieber, ob Sie Sehstörungen haben, Punkte sehen oder ein Flimmern?»

«Nein. Es flimmert nicht, und ich leide auch nicht unter Kopfschmerzen. Es ist schlicht und ergreifend ein

Veilchen und bald wieder vorbei. Erzählen Sie mir lieber etwas über diesen armen Teufel hier.»

Der Arzt rieb seine Handflächen aneinander, was einen seltsamen Ton ergab, denn seine Hände steckten in Latexhandschuhen.

«Nun gut. Todeszeit etwa vier Uhr morgens. Massive Hämatome am ganzen Körper, schwere Kopfverletzungen und eine tiefe Schnittverletzung im Bereich des Kehlkopfs mit Durchtrennung der linken Halsschlagader. Ich nehme an, dass das Opfer da bereits nicht mehr bei Bewusstsein war. Es handelt sich also meiner Ansicht nach um eine besonders schwere und grausame Tat mit eindeutiger Tötungsabsicht.»

«Und es gibt noch etwas!», mischte sich Andreas Havel, der Kriminaltechniker, ein. «Neben ihm lag ein Zettel, auf dem stand: ‹Ungeziefer wird vernichtet!›» Havel machte eine Pause, er stieß mit dem Schuh gegen einen Isarkiesel, der daraufhin ins Wasser rollte und versank. «Außerdem nehme ich an, dass sie ihn angepinkelt haben.»

«Ja, auch das könnte sein», murmelte Laura. «Es würde passen.»

Oben an der Absperrung wurde es laut. Eine Gruppe Obdachloser bedrängte die Polizeibeamten, die Neugierige fernhielten. Laura kletterte den Hang hinauf. «Was gibt's denn?»

«Die wollen den Toten sehen!», antwortete einer der Kollegen. «Sie wollen wissen, wer es ist.»

«Dann sollten sie ihn wohl auch sehen! Damit wäre er gleich identifiziert. Außerdem ist es einer ihrer Kumpel, und das wissen sie. Lassen Sie die Leute durch.»

Der Beamte sah Laura zweifelnd an und löste das

weiß-rote Band erst, als sie eine heftige unterstützende Bewegung mit der Hand machte. Sie war sicher, dass ihr Kleid diesen Autoritätsschwund verursachte. Eine interessante Erkenntnis.

Die Männer liefen an ihr vorbei, erst schnell, dann hielten sie an und näherten sich scheu dem Toten. Dr. Reiss hatte ihm inzwischen die Augen geschlossen, doch auch so war der Anblick schlimm genug. Im Halbkreis blieben die Männer stehen, eine bizarre Trauergesellschaft. Einem von ihnen, einem kleinen dünnen mit gelblicher Gesichtsfarbe, wurde schlecht. Er drehte sich um und übergab sich. Die andern starrten stumm.

Laura wartete ein paar Minuten, ehe sie die Männer ansprach, dann fragte sie, ob sie den Toten kannten. Beinahe gleichzeitig fuhren sie herum, starrten jetzt sie an, sagten aber nichts. Der kleine dünne Mann erbrach sich ununterbrochen. Sein Würgen machte die Situation noch unerträglicher, als sie ohnehin schon war, und auch Lauras Magen begann leise zu rebellieren. Noch immer hatte sie diesen entsetzlichen Schlachthaus geruch in der Nase.

«Lasst uns ein paar Schritte hinter die Absperrung gehen. Da redet es sich leichter.» Sie drehte sich um und ging voraus. Die Männer folgten ihr zögernd. Laura atmete vorsichtig ein und aus, um ihren Magen zu beruhigen. Zum Glück kam von Süden her plötzlich kräftiger Wind auf, heißer Wind, aber er blies den Schlachthausgeruch davon.

Sie schlüpften unter den Plastikbändern der Absperrung durch, und Laura hielt erst bei einer Gruppe von Weidenbüschen an, die etwas Schatten spendeten. Der kleine dünne Mann kletterte zum Flussufer hinunter und wusch sich das Gesicht, spülte sich den Mund aus, spuckte. Laura schaute weg.

«Vielleicht ist es besser, wenn wir uns hinsetzen. Dann haben wir mehr vom Schatten», sagte sie.

Die Männer setzten sich, bis auf einen, der Laura misstrauisch musterte, das Kinn vorstreckte und die Backen aufblies.

«Wer bist 'n du überhaupt?»

«Das wollte ich gerade erklären. Mir war nicht besonders gut – wie eurem Kollegen, deshalb mache ich es erst jetzt.»

«Ja, und?» Er stand noch immer. Zottiges Haar, blaurotes Gesicht vom Alkohol und Bluthochdruck, aber sehr aufrecht und zornig.

«Ich bin hier, um herauszufinden, wer euren Kollegen so zugerichtet hat. Wahrscheinlich wisst ihr schon, dass er nicht der erste ist. So was spricht sich schließlich schnell rum.»

Alle nickten, auch der Wortführer.

«Also, ich bin von der Kripo, Kommissarin, und ich wäre euch dankbar, wenn ihr mir meine Fragen beantworten würdet.»

Die meisten Männer starrten sie noch immer an, verstohlen einige, andere ganz offen, und Laura wurde erneut schmerzlich bewusst, dass es auch ihr verdammtes grünes Leinenkleid war, das diese Barriere schuf. Sie beschloss, sich einfach zwischen sie ins ausgedörrte Gras zu setzen, vielleicht half das, die Barriere zu überwinden. Sie rückten ein bisschen beiseite, als wäre ihnen das zu nah.

Einige der Gesichter kannte Laura von Spaziergängen an der Isar. Seit Jahren wohnten diese Männer unter den

Brücken. Ab und zu schwemmte der Fluss ihre kleine Habe weg, dann vertrieb sie mal wieder die Stadtverwaltung, aber sie kamen immer wieder, unterstützt von Spaziergängern, die Decken und Matratzen spendeten, Geld, Lebensmittel und Weihnachtsgeschenke. Einmal hatte der Oberbürgermeister sogar Betten aufstellen lassen, sehr zum Entsetzen der Oppositionspartei im Stadtrat.

Jetzt lagen und saßen sie im Schatten der Weidenbüsche wie eine Gruppe von Flüchtlingen aus einem fernen Land.

«Habt ihr ihn erkannt?», fragte Laura nach einer Weile.

«Das ist Benno.» Irgendeiner von ihnen sagte das, und alle nickten und murmelten. «Ja, Benno ist das, der alte Benno.»

Der kleine dünne Mann sprang wieder auf und wankte zum Fluss, um sich erneut zu übergeben.

«Seid ihr sicher?»

«Ganz sicher!»

«Hat er sonst noch einen Namen?»

Sie schüttelten die Köpfe. Unter den Brücken und auf der Straße brauchte man nur einen Namen. Ralf hieß ja auch nur Ralf.

Benno also.

«War er einer von eurer Gruppe?»

Ich mache einen Fehler nach dem anderen, dachte Laura. Sie sind keine Gruppe, sondern eine Ansammlung von Einzelwesen, die ganz zufällig zusammen unter einer Brücke leben, weil Menschen instinktiv die Nähe anderer suchen. Aber sie bekam eine Antwort, die sie nicht erwartet hatte.

«Jaja, er war einer von uns. Seine Matratze liegt neben meiner. Schon seit zwei Jahren. War 'n feiner Kerl, der Benno. Hat immer mit andern geteilt, wenn er was hatte. Ist nicht bei allen so. Die meisten klaun dir noch was, selbst wenn sie was haben.» Ein Rothaariger sagte das. Die andern murrten ein bisschen.

«Und wo liegen eure Matratzen?»

«Da, unter der Brücke, der Wittelsbacher.»

«Hat einer von euch letzte Nacht etwas gesehn oder gehört?»

Die meisten verneinten, einer sagte:

«Da hört man schon öfters mal was, hier bei den Brücken. Aber das bedeutet nichts. Wir sind alle ein bisschen daneben, Frau Kommissarin. Und dann ist da noch die Eisenbahnbrücke. Wenn da ein Güterzug drüberfährt, dann hört man fünf Minuten lang gar nichts. Da kann einer so laut schrein, wie er will, Frau Kommissarin.»

«Aber hat einer von euch vielleicht eine Gruppe von jungen Männern gesehen, die euch bedroht hat oder einfach nur randalierte?»

Sie schauten weg, zuckten die Achseln.

«Denkt doch mal nach. Es geht um euch! Alles, was ihr gesehen habt, ist wichtig.»

Der Rothaarige schluckte, kaute auf seiner Unterlippe herum und schlug plötzlich mit der Faust auf die Erde. «Er hat hundert Euro gehabt gestern, der Benno. Und er hat sie rumgezeigt, und ich hab ihm noch gesagt, dass er das lassen soll!»

Die andern fuhren auf, fluchten, einer schlug sogar nach dem Rothaarigen.

«Hey!» Laura stand auf. «Reißt euch ein bisschen zusammen, ja!»

In diesem Augenblick kam Andreas Havel vom Ort des Verbrechens herüber.

«Übrigens», sagte er. «In der Hosentasche des Toten habe ich gerade hundert Euro gefunden. Hat jemand eine Ahnung, wo er die herhatte?»

Aufatmen. Aber noch immer böse Blicke auf den Rothaarigen. Der kleine Dünne erbrach sich schon wieder.

Bei den Einsatzfahrzeugen und den rot-weißen Absperrungen tauchten Florian Bader und Ines Braun auf. Laura ging ihnen entgegen.

«Guten Morgen. Nehmt bitte die Aussagen der Herren hier auf. Und zwar einzeln. Vielleicht fällt doch noch dem einen oder anderen etwas ein. Bisher war es jedenfalls nicht viel. Und lasst euch die Matratze des Toten zeigen. Irgendwo unter der Wittelsbacher Brücke. Wenn ihr damit fertig seid, möchte ich mich mit euch in meinem Büro zusammensetzen und die weiteren Schritte besprechen. Ruft mich auf dem Handy an, wenn ihr so weit seid.»

Die beiden Kollegen nickten, wirkten ein bisschen schuldbewusst.

«Es tut uns leid, dass wir erst jetzt kommen. Aber wir haben die Gruppe bis drei Uhr früh beobachtet. Bisschen Schlaf braucht der Mensch.»

«Ja, sicher. Fragt mal, wer von denen den Toten aus der Isar identifizieren könnte. Vielleicht gibt es ja Freiwillige. Und seid nett zu ihnen. Die haben Angst.»

«Natürlich, Frau Haupt...»

«Laura. Bitte nur Laura. Das wird uns bei den Ermittlungen helfen. Und auch menschlich könnten wir weiterkommen.»

Florian Bader schluckte, Ines dagegen lächelte.

Laura war schon auf dem Weg zu ihrem Dienstwagen, als ihr der dünne Mann noch einmal in den Sinn kam, der sich ständig übergeben musste. Sie kehrte um und fand ihn ziemlich weit weg von den andern am Ufer der Isar.

«Das war kein guter Anblick, nicht wahr?», sagte sie vorsichtig und stellte sich neben ihn. Er antwortete nicht, schien schon wieder gegen seine Übelkeit anzukämpfen.

«Kannten Sie Benno?»

Der kleine Mann nickte, strich nervös über sein glattes Haar, das wie angeklebt auf seinem Schädel lag und im Nacken lang war.

«Wir wollten weg», flüsterte er. «Nach Süden. Benno und ich. Ans Meer ... Wir wollten eine Hütte aus Treibholz bauen und zwei Hunde und eine Ziege und Gemüse und Kaninchen vielleicht und Hühner!» Plötzlich schrie er: «Hühner und Kaninchen!» Immer wieder. Dann würgte er, aber es kam nichts mehr. Die andern starrten zu ihnen herüber. Florian Bader machte ein paar Schritte auf sie zu, Laura winkte ab.

«Es tut mir leid», sagte sie leise. Mein Gott, wie oft hatte sie diesen Satz schon gesagt! Und er stimmte nicht mal. Es tat ihr nicht leid, es tat ihr weh, schnitt in ihr Herz. Am liebsten hätte sie mit ihm geschrien.

«Sie machen einem alles kaputt», flüsterte er heiser. «Immer machen die einem alles kaputt.»

Laura wartete eine Weile, bis er ruhiger atmete.

«Wer sind die?»

Er senkte den Kopf und schloss die Augen.

«Alle», murmelte er. «Alle da draußen.»

«Haben Sie was gesehen?»

Er schüttelte den Kopf. Seine Arme hingen schlaff herunter. Laura schaute auf seine rechte Hand, die so kraftlos aussah, streckte ihre eigene aus und drückte die seine – ganz vorsichtig. Ein, zwei Minuten standen sie so, hielten sich fest. Dann zog Laura ihre Hand zurück.

«Meine Kollegen werden Ihnen noch ein paar Fragen stellen ...»

«Jajajaja!», schrie er so unvermutet, dass sie heftig zusammenzuckte, dann würgte er wieder.

Laura wandte sich um und ging. Plötzlich war der Frosch wieder da. Der dicke grüne Frosch, den sie gemeinsam getötet hatten. Weil er sich nicht wehren konnte und nicht tat, was sie von ihm wollten. Als sie den Wagen erreichte, war ihr ebenfalls schlecht.

Er war weg. Nur seine Kleider in der Waschmaschine waren noch da. Laura konnte es nicht fassen. Sie sah in allen Räumen nach, fand aber keine Spur von ihm. Besonders aufmerksam inspizierte sie ihr Schlafzimmer. Er schien es nicht einmal betreten zu haben. Nichts hatte sich verändert, nichts fehlte. Hatte er etwas gegessen? Ja, er hatte. Ein Teller und ein Messer lagen, sorgfältig gereinigt, neben dem Spülbecken, und auf dem Küchentisch fand sie einen Zettel.

Musste weiter. Ralf

Wohin er wohl musste, dachte Laura. Zu seinem Anhänger? Seine innere Unruhe einholen? Weglaufen, weil alles zu schwierig wurde?

Laura zog das grüne Kleid aus und ließ es einfach auf den Boden fallen. Dann stellte sie sich zum zweiten

Mal an diesem Tag unter die Dusche, nur kurz, aber sie musste diesen Schlachthausgeruch abwaschen, den sie noch immer zu spüren meinte. Danach zog sie eine schwarze Leinenhose und ein weißes Baumwollhemd an und fühlte sich wieder halbwegs eins mit sich. Sie befestigte die großen silbernen Creolen an ihren Ohrläppchen und zog sich die Lippen nach. Ohne Sonnenbrille sah sie noch immer aus wie ein Schreckgespenst.

Als das Telefon klingelte, hoffte sie auf einen Anruf ihrer Kinder. Aber es war die alte Frau Neuner aus dem ersten Stock. Lauras Kinder kauften ab und zu für sie ein.

«Is der Luca da, Frau Gottberg?»

«Der Luca ist in England, Frau Neuner. Es sind doch Ferien, und er wollte unbedingt Englisch lernen. Um was geht's denn?»

«Ah, so ... in England is er. Ja mei. Wissen S', es is so ... also, des is mir jetzt peinlich, Frau Gottberg.»

«Was denn?»

«Ich wollt Sauerkraut zum Mittagessen machen. Und ein Wammerl.»

«Ja?»

«Ja, und jetzt krieg ich die Dose nicht auf.»

«Können Sie noch fünf Minuten warten, Frau Neuner? Dann komm ich zu Ihnen runter und mach die Dose auf.»

«Täten Sie das echt, Frau Gottberg?»

«Tät ich echt. Also in zehn Minuten.»

Laura betrachtete den Hörer und dachte, wie absurd das Leben sein konnte. Eine alte Frau wollte bei nahezu vierzig Grad Außentemperatur Sauerkraut und Wammerl essen und bekam die Dose nicht auf. Gleichzeitig brach unten an der Isar einem Obdachlosen das Herz, weil er einen Traum verloren hatte. Von einer Hütte am Meer und Hühnern und Kaninchen und einem Freund, der bei ihm blieb.

Sie versuchte es noch einmal in England, aber diesmal meldete sich nur der Anrufbeantworter. Danach überlegte sie kurz, ob sie bei Guerrini in der Questura anrufen sollte, ließ es aber bleiben. Im Moment fehlte ihr die Kraft dazu.

GUERRINI WAR auf dem Weg zum Landhaus der Malerin Elsa Michelangeli. Wie stets – außer spätnachts – war der Verkehr rund um Siena völlig chaotisch, knäuelten und verkeilten sich die Fahrzeuge, entluden sich Fahrer in verzweifelten Hupkonzerten, sprangen aus den Wagen und vollführten seltsame Pantomimen. Aufgrund der extremen Hitze verschärfte sich die Situation natürlich, und Guerrini steckte das blaue Blinklicht auf das Dach seines Lancia, um zu entkommen. Selbst mit Blinklicht und einem etwas kläglich jaulenden Sirenenton dauerte es fast eine halbe Stunde, ehe er die ruhigen Landsträßchen Richtung Asciano und Monte Oliveto erreicht hatte.

Die großen Getreidefelder der Crete waren bereits abgeerntet, und die ausgetrocknete Erde wirkte mehr grau als braun, sah aus, als hätte jemand Salz auf ihr verstreut. Jede Luftbewegung ließ Staubfahnen aufsteigen, ab und zu jagten Windhosen über die Hügel wie Minitornados. Schutzlos war der nackte Boden der Sonne ausgesetzt, die seit Wochen Tag um Tag auf ihn herabbrannte. Und alle Menschen wussten, dass irgendwann wahnwitzige Regenströme kommen, die Erde aufreißen und mit sich schwemmen würden. Aber man konnte nichts dagegen tun, musste warten und es auf sich nehmen.

Als Guerrini in den Feldweg einbog, der zum Haus

der Malerin führte, fragte er sich, warum sie in diese glühende Einöde zurückgekehrt war. Warum sie sich nicht bei Freunden in Rom oder Florenz ausruhte. Sie war irritiert gewesen, als er an diesem Morgen sein Kommen angekündigt hatte. Es sei alles gesagt, meinte sie. Was er noch von ihr wissen wolle?

«Ich würde Sie nur gern sehen», hatte Guerrini geantwortet. «Vielleicht einfach, weil ich wissen will, ob es Ihnen wieder gutgeht, Signora.»

«Dann kommen Sie.» Damit hatte sie aufgelegt.

Guerrini lenkte seinen Wagen durch einen Olivenhain, der in die kurze Zypressenallee vor dem Haus der Malerin überging, und parkte im Schatten einer Pinie. Haus und Hof wirkten weniger freundlich als noch im Juni. Die Hitze setzte den Pflanzen zu. Viele Rosen hingen verdorrt an den Sträuchern, selbst die Oleanderbüsche, Überlebenskünstler in der heißen Zeit, rollten die Blätter zusammen und warfen ihre Blüten ab. Guerrini blieb neben seinem Wagen stehen und ließ dieses Bild auf sich wirken. Er atmete den intensiven Geruch der Piniennadeln ein und horchte auf das Knistern der Rinde und der Zapfen, die sich in der Hitze ausdehnten und platzten.

Die Nacht, als er Elsa Michelangeli halb tot auf einem Feld in der Nähe gefunden hatte, wurde wieder in ihm lebendig. Unbekannte hatten zuvor ihr Haus durchsucht und verwüstet, offensichtlich auf der Suche nach dem Laptop des toten deutschen Schrifstellers Altlander. Doch da hatte sie den Computer längst an Altlanders ehemaligen Lebensgefährten Raffaele Piovene weitergegeben, der wiederum später eine Kopie der Festplatte Guerrini übergab.

Alles schien also klar zu sein – auf der Festplatte befanden sich Altlanders Recherchen über die Aktivitäten der italienischen Modeindustrie und ihre Vernetzungen mit der China-Mafia.

Elsa Michelangeli hatte Beweismaterial gesichert und wäre dafür beinahe umgebracht worden. Eine Heldin also. Und doch ... Sowohl er als auch Laura hatten Zweifel empfunden. Beide waren sie zu erfahren, um relativ einfache Lösungen hinzunehmen, ohne sie zu hinterfragen.

Langsam ging Guerrini auf das Haus zu, betätigte erst den Türklopfer, drückte außerdem noch kurz auf die Klingel und wartete. Der ockerfarbene Sandstein der Hausmauer wirkte wie ein Heizstrahler. Guerrini trat zwei Schritte zurück und fächelte sich Luft zu. Erst jetzt entdeckte er den schwarzen einäugigen und einohrigen Kater, der ihm auch bei seinen früheren Besuchen aufgefallen war. Hechelnd wie ein Hund lag das Tier im Schatten eines Oleanderbuschs. Sein Schwanz bewegte die trockenen Blätter, und leises Grollen drang aus seiner Kehle.

«Du bist ein gefährlicher Bursche, was?» Guerrini beugte sich zu ihm hinunter. Der Kater zog die Lefzen hoch und zeigte seine spitzen Fangzähne.

«Das ist Diavolo», sagte Elsa Michelangeli. Sie hatte die Tür geöffnet und stand in der halbdunklen Eingangshalle.

«Passender Name.»

«Er ist gar kein Teufel, wenn Sie das meinen, Commissario. Manchmal liegt er stundenlang auf meinem Schoß und schnurrt wie ein kleines Kätzchen. Er hat mich sehr vermisst, sagt meine Haushälterin. Suchte mich jeden Tag.»

«Was ist mit seinem Auge passiert?»

«Ein Auto hat ihn angefahren. An der Straße nach Asciano. Ich habe ihn gefunden und wieder aufgepäppelt. Das ist zwei Jahre her. Aber jetzt sind wir noch enger verbunden, Diavolo und ich. Jetzt, nachdem auch ich im Graben gelegen habe, genau wie er.»

Sie trat zurück und machte eine einladende Geste.

«Kommen Sie aus der Hitze, Commissario.»

Guerrini folgte ihr ins Haus und schaute sich erstaunt um. Von den Verwüstungen des nächtlichen Überfalls war nichts mehr zu sehen. Alle Möbel standen wieder an ihrem Platz, die Bücher waren ordentlich in die Regale geräumt, Sofas und Sessel neu bezogen. Guerrini erinnerte sich, dass alle Polster damals aufgeschlitzt worden waren. Auch die Gemälde von Elsa Michelangeli hingen wieder an den Wänden. Bei einigen allerdings war die Leinwand zusammengeklebt. Pflaster bedeckten die Schnittstellen. Die Malerin bemerkte Guerrinis Blick und nickte grimmig.

«Ich habe die Verletzungen ins Bild integriert. So ist etwas Neues entstanden, etwas sehr Stimmiges. Oder erscheint es Ihnen zu aufgesetzt, Commissario?»

Er schüttelte den Kopf.

Sie stand jetzt vor ihm, Licht fiel aus einem gelbgetönten Seitenfenster und ließ ihr weißes Haar aufleuchten, zeichnete die tiefen Linien in ihrem Gesicht weich. Sie stützte sich auf einen Stock mit silbernem Griff und erschien leicht gebeugt, nicht mehr so aufrecht wie vor dem Anschlag auf ihr Leben.

«Es ist beinahe wieder so wie früher, nicht wahr?» Langsam ließ sie ihren Blick durch den Raum wandern. «Äußere Schäden kann man reparieren. Die inneren nicht so leicht. Kommen Sie in die Küche, Commissario. Wir machen uns Kaffee, wie beim letzten Mal, und essen *panforte* – meine Haushälterin hat es selbst gemacht. Es ist nicht so schwer wie das gekaufte.»

Nachdenklich folgte Guerrini ihr. Elsas Ton war ungewohnt vertraulich. Bisher hatte er sie vor allem distanziert erlebt, allerdings großartig im Inszenieren dramatischer Auftritte.

«Ich habe inzwischen eine Kaffeemaschine», fuhr sie fort. «Alles, was die Dinge des Lebens erleichtert, ist mir neuerdings willkommen. Ich bin noch nicht ganz so gut repariert wie mein Haus.»

«Das kann ich mir denken. Wie geht es Ihnen, Signora?»

«Jeden Tag anders. Meistens habe ich Schmerzen, manchmal nicht.»

Sie füllte Espressopulver und Wasser in die Kaffeemaschine, schaltete sie ein und wies auf einen Teller mit kleinen Stücken des Sieneser Mandelkuchens. «Würden Sie das bitte ins Wohnzimmer tragen, Commissario? Auf der Terrasse können wir nicht sitzen. Diese Hitze hat etwas Unheilvolles. Ich habe gar kein Wasser mehr hier oben. Der Gärtner bringt es in Tanks aus Buonconvento. Ich wasche mich nur noch in einer kleinen Schüssel und spare jeden Tropfen. Das Waschwasser gieße ich auf die Pflanzen oder in die Toilette. Ist es nicht eigenartig, dass Wassermangel uns Menschen ein Stück Würde nimmt? Ich meine, wenn man seine Ausscheidungen nicht mehr fortspülen kann, dann ist das sehr unangenehm. Stellen Sie sich vor, das geschieht in den Städten. Ich denke, wir sind nicht mehr weit davon entfernt.»

Aus dem ersten Stock drangen Schritte. Jemand ging dort herum, genau über ihren Köpfen. Fragend sah Guerrini die Malerin an.

«Das ist meine Freundin und Schülerin Michela. Sie ist der Meinung, dass ich unmöglich allein hierbleiben kann. Also spielt sie Krankenschwester und Assistentin. Nun ja, Georgia O'Keeffe hatte auch einen Assistenten, als sie älter wurde. Ihren Lieblingsschüler. Kennen Sie Georgia O'Keeffe, die berühmte amerikanische Malerin? Ich habe viel von ihr gelernt. Sie hat das Wesentliche einer Landschaft erfasst, das Wesentliche der Erde. Deshalb ist sie in die Wüste von Neumexiko gezogen. Die Toskana hat in dieser Gegend auch etwas von einer Wüste. Deshalb lebe ich hier. Woanders kann ich nicht arbeiten.»

Guerrini nickte. «Ich habe einen Bildband mit Gemälden von Georgia O'Keeffe. Sehr beeindruckend.» Und er dachte: Wohin führt unser Gespräch, weshalb ist sie so anders? Hat das Koma sie verändert? Das Trauma des schwarzen Geländewagens, der auf sie zuraste und sie anfuhr? Der Tod ihres platonischen Lebensgefährten Altlander?

Er stellte sich vor ein riesiges Gemälde, das einen Teil der Wand einnahm, die Eingangshalle und Wohnbereich trennte. Das Bild zeigte die kahlen Hügel der Crete, verwandelte sie in dunkle Meereswogen, die sich in der Unendlichkeit verloren. Auch auf diesem Bild war ein gezackter Riss zu sehen, der verklebt und blutrot übermalt worden war.

«Verwundetes Bild einer verwundeten Landschaft, geschaffen von einer verwundeten Malerin!» Elsa Michelangeli stampfte mit ihrem Stock auf den Steinboden und lachte bitter auf. «Ich muss Ihnen danken, Commissario. Wenn Sie mich nicht gefunden hätten da draußen, wäre ich gestorben. Das haben die Ärzte gesagt, als ich wieder anfing zu denken. Kommen Sie, Commissario. Trinken Sie Kaffee mit mir!»

Sie tranken bitteren schwarzen Espresso und aßen dazu den süßen schwarzen Kuchen. Guerrini wählte das kleinste Stück. Er vertrug *panforte* nicht besonders gut. Was hatte sie gesagt? Ich muss Ihnen danken! Nicht: Ich möchte Ihnen danken oder: Ich bin Ihnen dankbar. Vielleicht wollte sie gar nicht gerettet werden. Vielleicht wäre sie Altlander gern gefolgt, jetzt, da sie wieder darüber nachdenken konnte.

Irgendwann, vor den Fenstern herrschte inzwischen eine Art Sandsturm, fand er es an der Zeit, seine Fragen zu stellen. Er begann vorsichtig, erzählte Elsa von der Zeit ihres Komas, dass er sie besucht, immer wieder neben ihrem Bett gesessen hatte. Sie nickte nur und versuchte dann, das Gespräch auf den Sandsturm zu lenken, den Klimawandel, der Italien möglicherweise in eine Halbwüste verwandeln würde, in ein *wasteland*. Um ihren Mund zuckte es, *wasteland* hieß der Landsitz ihres Freundes Altlander.

«Bene», murmelte Guerrini, «es ist gut möglich, dass all diese schrecklichen Voraussagen eintreffen, aber mich interessiert im Augenblick etwas ganz anderes: Warum haben Sie mir eigentlich damals verschwiegen, dass Ihr Wagen in der Reparatur war und Sie mit einem kleinen Fiat unterwegs waren. Genau dieser Fiat ist nämlich vor dem Haus Altlanders gesehen worden, und das war zwölf Stunden bevor Sie den Tod Ihres Freundes der Polizei meldeten.»

«Ach, hören Sie auf. Das hat Ihnen Raffaele Piovene erzählt, nicht wahr?» Sie wies auf die Terrassentür, wo der einäugige Kater aufgetaucht war und mit ausgefahrenen Krallen an der Scheibe kratzte. «Könnten Sie Diavolo hereinlassen!»

Guerrini stand auf und öffnete die Tür einen Spaltbreit, um nicht zu viel Staub ins Haus zu lassen. Diavolo schlüpfte an ihm vorbei und verschwand in der Küche.

«Könnten Sie mir noch einmal beschreiben, wie Sie Giorgio Altlander vorgefunden haben?»

«No, Commissario! Ich habe es vergessen. Das Koma hat meine Erinnerung daran zerstört. Als ich aufwachte, wusste ich nicht einmal mehr, dass Giorgio tot war. Mi dispiace molto ... Es tut mir wirklich sehr leid, aber ich kann Ihnen überhaupt nicht helfen.» Ihre Stimme klang abweisend und müde.

Als hätte sie nur auf ihr Stichwort gewartet, stand plötzlich die Frau namens Michela im Raum.

«Buongiorno, Commissario», sagte sie und warf mit einer schnellen Kopfbewegung ihre langen schwarzen Haare zurück. «Ich fürchte, dass dieses Gespräch ein bisschen zu viel für die Signora wird. Sie ist noch lange nicht wieder gesund und sollte sich nicht aufregen.»

«Natürlich, das verstehe ich vollkommen!» Guerrini erhob sich. So wie Michela könnte eine junge Elsa ausgesehen haben, dachte er. Dieselben dunklen Augen, der Gesichtsschnitt, sogar die Größe.

Michela warf ihm einen kurzen Blick zu, und als hätte sie seine Gedanken gelesen, sagte sie: «Ich bin eine Nichte der Signora. Eine Nichte und Freundin.»

Sie begleitete Guerrini nicht hinaus, sondern nickte

ihm nur zu. In der Eingangshalle lag der Kater Diavolo auf einem Sessel und schickte dem Commissario sein Tigergrollen hinterher.

Später, als er seinen Wagen langsam durch den Sandsturm lenkte, der noch immer die Erde der ausgedörrten Felder davontrug, erinnerte Guerrini sich daran, dass Giorgio Altlanders Liebhaber, Enzo Leone, voller Hass über Elsa gesprochen hatte. «Die alte Hexe» hatte er sie genannt. Das kannte Guerrini von seinem Vater.

«Sie hat Altlander geliebt, die alte Hexe!» An diesen Satz von Leone konnte Guerrini sich genau erinnern. Und er entsprach sicher der Wahrheit, dieser Satz. Jahrzehntelang hatte sie ihn geliebt, und Altlander benutzte sie als Vertraute, Mutter, Muse, aber er missachtete die liebende Frau, weil er nur Männer liebte.

Was wäre, wenn Elsa am Morgen von Altlanders Tod in sein Arbeitszimmer getreten wäre, um ihm zum tausendsten Mal in versteckter Form ihre Liebe zu offenbaren, und er – vertieft in seine Arbeit – war unfreundlich, vielleicht verletzend? Vielleicht hatte sie es an diesem speziellen Morgen aus irgendeinem Grund nicht länger ertragen.

So weit war die Geschichte schlüssig. Aber wie hätte sie es dann geschafft, Altlander so viel Lachgas einatmen zu lassen, dass er daran starb? Gut, Altlander war süchtig nach dem Zeug. Aber er wusste es zu dosieren. Es hatte kein Kampf stattgefunden. Guerrini wich einer kleinen Sanddüne aus, die bis in die Mitte der Straße reichte wie eine Schneeverwehung.

Vielleicht hatten sie gestritten, Elsa war zornig und

aufgelöst aus dem Zimmer gelaufen. Altlander hatte daraufhin in seiner Aufregung zu viel Lachgas eingeatmet und das Bewusstsein verloren. Das konnte leicht passieren, schon ein bisschen zu viel wirkte wie eine leichte Narkose. Das hatte ihm Dottor Salvia erklärt. Wie also weiter? Vielleicht so: Als Elsa zurückkehrte, fand sie Altlander hilflos, drückte die Atemmaske auf sein Gesicht und ließ ihn das Gas einatmen, bis er starb. Danach tippte sie den letzten Satz in seinen Laptop: *Es geht nicht mehr!* Dieser Satz passte im Fall eines Selbstmords, aber auch im Fall eines Mordes aus verzweifelter Liebe.

Unter der Maßgabe, sein Werk zu retten, nahm sie den Laptop mit. Die Atemmaske rieb sie ab, und das war's. Dass gewisse Spuren der Malerin – wie Haare oder Fingerabdrücke – in Altlanders Arbeitszimmer zu finden waren, konnte niemanden überraschen. Sie war schließlich seine engste Vertraute.

Nicht schlecht, dachte Guerrini. Es klingt wirklich überzeugend. Nur werde ich es Elsa Michelangeli nicht nachweisen können, wenn sie es nicht selbst gesteht. Und dann stellte sich noch die Frage, ob ihre Liebe wirklich so schnell in tödlichen Hass umschlagen konnte. Er wusste es nicht. Aber er hielt es für möglich, wie er unter Menschen nahezu alles für möglich hielt.

Ihre Bilder gingen ihm nicht aus dem Kopf, die verwundeten Gemälde. Und der einäugige Kater namens Diavolo.

Erst kurz vor Siena legte sich der Sandsturm. Im Süden türmte sich, zum ersten Mal seit zwei Monaten, eine schwarze Wolkenwand auf.

Jetzt kommt die Sintflut, dachte Guerrini und fuhr

schneller. Immerhin lag Siena auf einem Hügel. Dort waren die Menschen halbwegs sicher. Er dankte den Vorfahren für ihre Weisheit, und während er seinen Lancia diesen weisen Hügel hinauflenkte, dachte er, dass es nur höflich und fair wäre, wenn er die neue Kollegin an diesem Abend zum Essen einladen würde.

KURZ VOR DEM PRÄSIDIUM fiel Laura die verschlossene Sauerkrautdose ihrer Nachbarin wieder ein. Nachdem ihre Mini-Soko sich noch nicht gemeldet hatte, wendete sie den Wagen und kehrte nach Hause zurück. Als sie die Haustür aufsperrte, stand sie Ibrahim Özmer gegenüber. Er lächelte breit, verbeugte sich leicht und hielt ihr die Tür auf.

«Kinder nicht da, eh?»

«Nein. Sie haben Ferien.»

«Du Besuch?»

«Ja, Besuch. Ist schon wieder weg. Cousin aus Amerika.»

«Ah, Amerika.» Er nickte und grinste noch breiter.

«Wie geht's der Familie, Herr Özmer?»

«Familie gut, alles gut, ja!»

«Das ist schön. Auf Wiedersehen!» Laura ließ ihn stehen und eilte die Treppe zum ersten Stock hinauf. Natürlich hatte er Ralf auf dem Balkon gesehen. Und sie selbst hatte nichts Besseres zu tun, als sich zu rechtfertigen und einen Cousin aus Amerika zu erfinden, um ihre Ehre zu retten. Noch einen vermeintlichen Liebhaber würden die Özmers nicht verkraften. Mit Angelo Guerrini hatten sie sich inzwischen abgefunden, obwohl auch seine Existenz Lauras Ehre zumindest ankratzte. Die soziale Kontrolle ihrer türkischen Nachbarn funktionierte ganz gut.

Es dauerte ein paar Minuten, ehe Terese Neuner auf Lauras Klingeln die Tür öffnete.

«Mei!», rief sie aus. «Jetzt hab ich gedacht, dass Sie mich vergessen haben, Frau Gottberg. Ich wollt des Wammerl schon kalt essen. Mit Brot. Is ja eh so warm.»

«Soll ich Ihnen die Dose trotzdem aufmachen, Frau Neuner?»

«Ja, wenn S' schon da sind. Dann mach ich mir einen Krautsalat mit Wammerl. Mögen S' auch einen?»

«Nein, danke. Ich muss sofort wieder weiter.»

«Jaja, ich weiß schon. Sie ham's immer eilig! Wann kommt er denn wieder, der Luca?»

«In zwei Wochen.»

Laura mühte sich mit einem vorsintflutlichen Dosenöffner ab und schaffte es endlich, die Dose wenigstens so weit aufzubiegen, dass man das Kraut mit einer Gabel herausholen konnte. Schon wieder stand Schweiß auf ihrer Stirn, liefen ein paar Tropfen mit unangenehmem Kitzeln über ihren Rücken.

«Er geht mir schon arg ab, der Luca. Bei der Hitz kann ich gar nicht aus dem Haus.»

«Wenn Sie mir eine Einkaufsliste schreiben, dann kauf ich morgen früh schnell für Sie ein. Stecken Sie mir die Liste in den Briefkasten.»

«Falls nicht einer umgebracht wird, ned wahr, Frau Gottberg!» Die alte Frau lachte.

«So ist es!» Laura legte den Dosenöffner weg, winkte Terese Neuner zu und lief zur Tür.

«Dankschön auch, Frau Gottberg!»

«Gern geschehen! Und trinken Sie viel bei der Hitze!» Laura war schon wieder im Treppenhaus, schloss schnell ihren Briefkasten auf, wühlte sich durch einen Packen Werbung und fand eine Postkarte aus England. Ihr Herz klopfte ein bisschen schneller, so freute sie sich.

Hi, Mummy,
hier ist es prima. Kann schon viel besser Englisch. Das Wetter ist toll. Am Wochenende waren wir alle zusammen am Meer. War fast wie Italien mit Palmen und ganz warmem Wasser. Ich hab dich lieb!
Sofia
See you and love from Luca
PS: Don't work too much!

Auf dem Foto war eine Robbe am Strand von Bath zu sehen. Auf der Briefmarke das unvermeidliche Bild der Queen.

Postkarten sind schrecklich, dachte Laura. Alles, was man wissen will, erfährt man nicht, nur die üblichen Postkartensätze. Aber alles ist gut, es geht ihnen prima. Wenn es ihnen schlechtginge, würden sie mich anrufen oder eine E-Mail schicken – hoffentlich. Kein Wort über Patrick. Natürlich nicht, auf einer Postkarte, die auch ihr Bruder unterschrieb. Ich werde heute Abend in England anrufen. Der heilige Patrick möge mir beistehen, dass sie dann zu Hause sind!

Laura rückte die Sonnenbrille zurecht und trat auf die Straße hinaus. Neben ihrem Dienstwagen stand Ibrahim Özmer und lächelte schon wieder.

«Neu Auto, ha?»

«Ja, ganz neu!» Laura hatte keine Lust, ihm irgendwas zu erklären.

«Alter Mercedes noch da, ja!» Er wies auf Lauras Privatwagen, ihren geliebten alten Mercedes, der fünfzig Meter weiter parkte. «Du verkaufen? Ich kaufe!»

«Nein, Herr Özmer. Das hier ...», Laura wies auf den blauen BMW, «das ist mein Dienstwagen. Gehört der Polizei. Nicht mir.»

Sie öffnete die Fahrertür. Schon wieder hatte der Wagen in der Sonne gestanden und verströmte unangenehmen Geruch. Laura spürte wieder diese Übelkeit, die sich aus der Erinnerung an Schlachthäuser, Sauerkraut und anderen Schrecklichkeiten zusammensetzte. Ibrahim Özmer sah enttäuscht aus.

«Aber wenn verkaufen Mercedes, ich kaufen, ja!»

«Ja!», sagte Laura und gab Gas.

Die Mini-Soko wartete bereits auf Laura und mit ihr Kriminaloberrat Becker. Claudias Gesicht drückte Besorgnis aus, eine bessere Alarmanlage als die Dezernatssekretärin gab es nicht.

«Wo stecken Sie denn?» Becker betrachtete Laura aus leicht zusammengekniffenen Augen.

«Ich habe einen wichtigen Zeugen gesucht, den ich letzte Nacht traf, als ich einer Gruppe von Neonazis folgte.»

«Und warum schalten Sie Ihr Handy ab, warum das Funkgerät im Dienstwagen?»

«Weil ich nicht gestört werden will, wenn ich gerade mit jemandem rede! Klingelnde Handys zerstören Beziehungen, die man gerade mühsam aufgebaut hat!» Es stimmte zwar, aber in diesem Fall war es eine Ausrede, denn Laura hatte ihr Handy eher aus Versehen ausgeschaltet.

«Und das Funkgerät?»

«Was ist das hier? Ein öffentliches Verhör? Wenn Sie es genau wissen wollen: Ich schalte das Funkgerät meistens gar nicht ein, weil ich ohnehin kaum etwas verstehe und es außerdem abgehört werden kann. In diesem speziellen Fall möchte ich aber nicht abgehört werden! Wenn wir endlich ein sicheres Funksystem haben, dann schalte ich es auch ein!»

In Claudias Gesicht war deutlich zu lesen, dass Laura möglicherweise etwas heftig geworden war. Becker sog hörbar die Luft ein, Florian Bader und Ines Braun schauten betreten auf ihre Schuhe.

«Tut mir leid», murmelte Laura. «Diese brutalen Morde gehen mir ziemlich an die Nieren.»

«Verständlich!» Becker nickte vor sich hin. «Und mit dem Funksystem haben Sie nicht so unrecht, leider. Das muss ich zugeben. Aber das zu ändern liegt nicht in meiner Macht. Jetzt kommt mal alle mit in mein Büro, und dann reden wir über diese Morde.»

Lauras Blick wanderte zu Claudia. Die verdrehte kurz die Augen und setzte eine Art Clownslächeln auf. Das bedeutete: Becker in Hochform.

Laura folgte ihrer Mini-Soko und bat Claudia leise herauszufinden, ob Kommissar Baumann noch immer auf der Toilette saß.

Es wurde nicht so schlimm. Die Unterredung mit Kriminaloberrat Becker erwies sich als äußerst sachlich. Er hatte auch Andreas Havel und Dr. Reiss dazugebeten und hörte sich alle Berichte und Überlegungen genau an. Vier Ventilatoren bewegten die Luft, sie tranken Wasser mit Eisstückchen und versuchten, kreativ und intelligent zu sein. Florian Bader erzählte von der Gruppe an der Isar und den Beobachtungen der vergangenen Nacht. Kurz nach zwölf wären vier Männer aufgetaucht, von denen einer eine Rede gehalten hätte – aber so leise, dass sie nichts verstehen konnten. Später hätten alle gemeinsam Lieder der verbotenen Gruppen «Landser», «Lunikoff-Verschwörung» und «Hungrige Wölfe» gehört und mitgesungen. Gegen zwei Uhr hätte sich die Gruppe in Bewegung gesetzt und sei durch die Corneliusstraße bis zum Gärtnerplatz marschiert. Ein paarmal hätten sie «Schwule raus aus München!» gerufen und noch ein paar weniger zitierbare Sprüche. Ein Ziegelstein sei auf das Fenster eines Sexshops für Homosexuelle geflogen. Aber die hätten inzwischen Sicherheitsglas, und deshalb sei nichts passiert. Am Gärtnerplatz löste sich die Gruppe auf. Keiner sei Richtung Isar gegangen. Alle wirkten hundemüde und ziemlich angetrunken.

«Ziemlich schlaffe Truppe!» Florian Bader grinste.

«Die andern waren nicht so schlaff», erwiderte Laura. «Sie haben mit Schachfiguren um sich geworfen, Wettpinkeln veranstaltet und sind Richtung Maria-Hilf-Platz verschwunden.»

«Und dann?» Becker sah sie fragend an.

«Dann habe ich sie aus den Augen verloren.»

«Warum?»

Weil ein misstrauischer Penner mir eins über die Rübe hauen wollte, ich ihm aber zuvorgekommen bin, dachte Laura. Laut antwortete sie: «Weil die Gruppe sich nach allen Seiten aufgelöst hat. Es sah so aus, als würden die Jungs nach Hause gehen.»

«Haben Sie diese Observierung allein durchgeführt?»
Laura nickte.

«Sie wissen, dass so etwas gegen die Dienstvorschriften verstößt!»

«Und was soll ich machen, wenn ich nicht genügend Leute bekomme? Die Ermittlungen einstellen?»

Becker klopfte mit dem Zeigefinger einen kurzen schnellen Rhythmus auf seinen Schreibtisch.

«Konzentriert ihr euch nicht zu sehr auf diese angeblichen Neonazis? Sind die nicht einfach zu auffällig, um solche Morde zu begehen?»

«Das glaube ich nicht.» Andreas Havel, der junge Kriminaltechniker aus Tschechien, richtete sich ein wenig auf und strich seine halblangen blonden Haare zurück. «Die sind doch immer stolz auf solche Sachen. Bei uns in Tschechien auch. Die bilden sich ein, dass sie im Namen des Volkes handeln, weil sie das Land sauber halten. So ist das!»

«So sehe ich das auch!», nickte Florian Bader.

Becker starrte an die Decke, klopfte wieder mit dem Zeigefinger. «Trotzdem dürfen wir auch andere Möglichkeiten nicht ausschließen. Es könnte sich doch auch um einen Einzeltäter handeln, einen, der in der Hitze durchgeknallt ist. Der das allgemeine Chaos nutzt.»

«Nein.» Dr. Reiss schüttelte den Kopf. «Nein, das glaube ich nicht. Beide Opfer waren derart zugerichtet, dass ich von mehreren Tätern ausgehe.»

«Aber einen Betrunkenen kann doch auch ein Einzeltäter zusammentreten.» Becker war hartnäckig.

«Ja, schon», erwiderte der Arzt, «das erste Opfer hatte tatsächlich Alkohol getrunken, das zweite aber nicht. Dieser Benno hatte keinen Tropfen Alkohol im

Blut. Das haben wir schon untersuchen können. Der Rest folgt noch. Ich werde ihn mir heute Nachmittag ansehen und den andern auch. Zu dem bin ich noch nicht gekommen. Nur die Blutuntersuchung wurde durchgeführt.»

In diesem Augenblick klopfte es kräftig an die Tür, und Claudia trat ins Zimmer.

«Was gibt es denn?» Beckers Stimme klang ungehalten.

«Ich muss dringend die Frau Hauptkommissarin sprechen!»

«Und warum?»

«Das kann ich nur der Frau Hauptkommissarin sagen.»

«Na, so weit ist es gekommen! Gehen Sie schon, Frau Hauptkommissarin!» Den Dienstgrad so ironisch zu betonen, wäre nicht nötig gewesen, fand Laura.

Laura folgte Claudia auf den Flur hinaus und schloss leise die Tür hinter sich.

«Was ist denn?» Plötzlich fürchtete sie, dass ihren Kindern etwas zugestoßen sein könnte oder ihrem Vater. Ihr Magen krampfte sich leicht zusammen.

«Dieser alte Herr, Karl-Otto Mayer. Du weißt schon ... Er hat gerade angerufen und gesagt, dass du sofort kommen sollst, es ginge um Leben und Tod!»

«Was?»

«Ja, und dann hat er aufgelegt.»

«Sonst hat er gar nichts gesagt?»

«Nein, nur diesen Satz.»

«Mist! Ich bin schon unterwegs! Sag den andern Bescheid und sag ihnen, dass ich nur dann Unterstützung brauche, wenn ich mich melde! Was ist mit Baumann?»

«Sitzt noch auf der Toilette!»

«Demnächst hole ich ihn da persönlich runter. Bitte richte ihm das aus!»

«Ich ... es tut mir leid, wenn ich Ihnen Schwierigkeiten mache, Frau Kommissarin. Kommen Sie doch herein, bitte.» Karl-Otto Mayer schien noch ein wenig schmaler geworden zu sein, seit Laura ihn vor ein paar Tagen gesehen hatte.

«Ich bin mit Blaulicht gekommen, Herr Mayer. Wenn Sie einen Alarmruf loslassen, dass es um Leben und Tod geht, dann ist das kein Spaß!»

«Aber es geht um Leben und Tod!» Er hustete und schwankte ein wenig. Laura griff nach seinem Arm.

«Danke, danke. Kommen Sie ins Wohnzimmer. Ich muss mich hinsetzen!»

Er ließ sich in seinen grünen Samtsessel fallen und holte ein paarmal mühsam Luft, ehe er wieder sprechen konnte.

«Ich muss Ihnen etwas Wichtiges sagen, Frau Kommissarin. Etwas sehr Wichtiges ...» Er schluckte schwer, sein Gesicht war blass, beinahe wächsern. Mit beiden Händen umklammerte er die Armstützen des Sessels. Er senkte den Kopf und sagte endlich leise: «Ich war das. Ich hab den Dobler vergiftet. Ich bin derjenige, der lange nach ihm gesucht hat. Und jetzt verhaften Sie mich bitte, dann ist die Sache vorbei.»

Laura antwortete nicht, schaute ihn einfach an, diesen blassen alten Mann. Ihr wurde schon wieder schlecht. Deshalb ging sie zu dem riesigen Büfett, nahm zwei Schnapsgläser und die Flasche mit Himbeergeist heraus, füllte die kleinen Gläschen zur Hälfte und hielt ihm eines davon hin.

Unsicher sah er zu ihr auf. «Warum sagen S' denn nichts, Frau Kommissarin?»

«Weil mir nicht gut ist und ich erst einmal einen Schnaps mit Ihnen trinken will, Herr Mayer.»

«Sie glauben mir nicht. Aber es ist die reine Wahrheit. Und er hat es verdient wegen der Frau Maron und der Lea und wegen dem Herrn Maron und weil meine Frau nie drüber weggekommen ist und ich auch nicht und die Frau Neugebauer auch nicht!»

«Ja, aber jetzt trinken Sie erst einmal einen Schluck.»

Mit zitternden Händen griff er nach dem Gläschen. Er verschüttete ein paar Tropfen, schlürfte schnell ein wenig und stellte das Glas wieder weg.

«Sie nehmen mich nicht ernst. Weil ich zu alt bin? Weil ich krank bin? Sagen Sie's. Aber Sie irren sich gewaltig, Frau Kommissarin. Wir Alten können mehr, als Sie glauben!»

Ich liebe ihn, dachte Laura. Wenn er nicht aufhört, fange ich bald an zu weinen. Er ist ein richtiger Held!

«Ich nehme Sie sehr ernst, und ich bewundere Sie, Herr Mayer. Sie sind sehr mutig.»

«Nein!» Er schüttelte heftig den Kopf. «Ich bin überhaupt nicht mutig. Ich fürcht mich vor dem Gefängnis.»

«Das kann ich verstehn. Es ist nicht schön im Gefängnis, und es gibt auch keinen Himbeergeist.»

Er fuhr auf.

«Sie nehmen mich immer noch nicht ernst! Ich war es wirklich. Ich bin hingegangen und hab ihn vergiftet.»

«Wie haben Sie das gemacht, Herr Mayer?»

«Wir haben zusammen Kaffee getrunken und über

alte Zeiten geredet. Dann ist er in die Küche gegangen, und ich hab schnell das Gift in seine Kaffeetasse getan.»

«Was für ein Gift?»

Er rang seine Hände.

«Rattengift.»

«Rattengift also.»

«Ja, Rattengift!» Er trank den Rest des Himbeergeists.

«Und wo hat der Dobler gewohnt?»

«In der Veterinärstraße.»

«Mhm.»

«Also, dann verhaften Sie mich jetzt.»

«Nein, das werde ich nicht machen, Herr Mayer. Der Dobler ist nämlich nicht mit Rattengift, sondern mit E 605 vergiftet worden. Und das ist ein Pflanzenschutzmittel, oder besser: ein Ackergift. Außerdem, können Sie mir bitte erklären, wie Sie den Dobler dazu gebracht haben, den Kaffee zu trinken? Den mit dem Gift? E 605 schmeckt entsetzlich. Das trinkt niemand freiwillig!»

«Ich hab ... ich hab eine Pistole auf ihn gerichtet.»

Schweiß lief über seine Wangen.

«Und wo haben Sie die Pistole her?»

«Die hab ich aus dem Krieg mitgebracht. Damals sind wir einfach abgehauen, nach Hause. Unser Offizier hat gesagt, dass wir verschwinden sollen, wenn wir nicht in Gefangenschaft wollen. Und wir sollen bloß nicht so blöd sein und weiterkämpfen!»

«Kann ich die Waffe sehen?»

«Ich hab sie weggeworfen. In den Eisbach.»

Laura schloss kurz die Augen und lehnte sich in ihrem Stuhl zurück. Ihre Übelkeit nahm von Minute zu Minute zu. Entschlossen kippte sie den Himbeergeist hinunter. Sie schüttelte sich vor Abscheu, aber er half. Wenigstens in diesem Augenblick.

«Herr Mayer, ich bewundere Sie sehr. Sie nehmen ein ganz großes Risiko auf sich, um jemanden zu schützen, den Sie lieben. Um jemanden zu beschützen, den Sie vor langer Zeit nicht beschützen konnten. So ist es doch, nicht wahr?»

Seine Augen weiteten sich vor Entsetzen. Schweiß tropfte auf sein Hemd, doch er achtete nicht darauf.

«Nein! Niemals! Es ist alles falsch, was Sie sagen ...» Plötzlich brach er in Tränen aus. Er hielt beide Hände vors Gesicht. Laura rückte ihren Stuhl neben seinen Sessel und legte behutsam eine Hand auf seine Schulter.

«Machen Sie sich keine Sorgen, Herr Mayer. Es ist nicht gut für Ihr Herz.»

Er weinte lautlos, weinte nach innen, nicht nach außen. Laura wartete. Sie hörte die altmodische Standuhr ticken, die mit Hilfe von dünnen Ketten und zwei eisernen Tannenzapfen angetrieben wurde. Sie empfand ein merkwürdiges Gefühl von Gleichzeitigkeit, so, als wäre das Gestern ganz gegenwärtig und das Heute nicht ganz wirklich.

Der alte Mann trocknete mit dem Handrücken seine Augen und schluchzte auf. «Mein Herz ist nicht so wichtig, Frau Kommissarin. Ich hab eh nicht mehr viel Zeit. Ich will nur nicht, dass noch einmal ein Unrecht geschieht!»

«Und dieses Unrecht wäre, dass man Lea Maron des Mordes am Dobler bezichtigt.»

Er nickte.

«Sie war hier, nicht wahr? Bei Ihnen und bei der Frau Neugebauer. Sie wollte sich für Ihre Hilfe bedanken.»

Wieder nickte er.

«Da wussten Sie schon, dass der Dobler vergiftet worden war, weil wir miteinander geredet hatten und mein Kollege Baumann ein paarmal bei Ihnen war.»

Er seufzte tief.

«Da hatten Sie die Befürchtung, dass Lea Maron ihre Mutter gerächt haben könnte, nicht wahr? Und das hat Sie so aufgeregt, dass Sie einen Herzinfarkt erlitten haben.»

Wieder schluchzte der alte Mann auf. Er griff nach Lauras Hand.

«Und als Sie halbwegs genesen waren, haben Sie mir die Geschichten vom Dobler erzählt, damit klar wurde, dass er ein Denunziant war und dass wahrscheinlich einer der alten Nazis ihn umgebracht hat, die er nach dem Krieg verpfiffen hat.»

«Aber ich hätt die Geschichte von der Lea und ihrer Mutter nicht erzählen sollen.»

«Es war gut, dass Sie diese Geschichte erzählt haben, Herr Mayer. Es hat meinen Glauben an die Menschheit ein bisschen stabilisiert, der wackelt nämlich manchmal. Und jetzt lassen Sie uns beide einfach mal nachdenken. Glauben Sie wirklich, dass Lea Maron zurückgekommen ist, um den Dobler umzubringen? Trauen Sie ihr das zu? Dieses erbarmungslose Auge um Auge, Zahn um Zahn?»

Er erschauerte und bat um ein Glas Wasser. Laura holte es aus der Küche. Langsam trank er einige Schlucke und stellte das Glas auf den Tisch.

«Nein», flüsterte er. «Aber ich war mir nicht sicher.»

«Und deshalb wollten Sie die Tat auf sich nehmen, Sie wunderbarer Held.»

Wieder nickte er, und wieder liefen Tränen über sein Gesicht.

«Wissen eigentlich Ihre Kinder, was für einen ganz besonderen Vater sie haben?»

Er zuckte die Achseln.

«Haben Sie Ihren Kindern die Geschichte der Marons erzählt?»

«Nein. Sie sind der erste Mensch, dem ich sie erzählt habe.»

«Und warum?»

«War ja keine Heldentat, ist ja alles schiefgegangen.»

«Aber diese Geschichten müssen Kinder erfahren, Herr Mayer. Die sind ganz wichtig. Dann können Kinder verstehen, warum ihre Eltern manchmal traurig sind. Und sie können stolz auf ihre Eltern sein! Es gibt nicht so viele glorreiche Geschichten aus dieser Zeit!»

Er weinte still vor sich hin.

«Wo ist Lea Maron?»

Er sank in sich zusammen.

«Ist sie noch in Deutschland?»

«Ich weiß es nicht ...» Seine Stimme zitterte. «Ich habe sie nur einmal getroffen.»

«Kennen Sie ihren Wohnort?»

«Nein. Ich kenne gar nichts. Ich war nur froh, dass sie lebt und dass es ihr gutgeht. Sie hat Kinder bekommen und ist schon Großmutter. Aber selbst, wenn ich wüsste, wo sie lebt, würde ich es Ihnen nicht sagen, Frau Kommissarin. Lieber würd ich sterben.»

Er umklammerte Lauras Hand.

«Könnten Sie sich vorstellen, dass ich Lea Maron gar nicht finden will?»

«Aber wenn sie es getan hätte?»

Laura lächelte und drückte seine Hand. «Wie schön, dass Sie es nicht waren, Herr Mayer. Vielleicht war es auch Lea Maron nicht. Es sieht nach einer sehr professionellen Tat aus, und ich glaube nicht, dass Lea eine professionelle Mörderin ist.»

«Nein, nein, das ist sie sicher nicht.»

«Ich denke, Sie sollten sich jetzt gut ausruhen und vielleicht Ihren Arzt rufen. Oder soll ich das tun? Diese Aufregung war nicht besonders gut für Sie, nicht wahr?»

Der alte Mann richtete sich ein wenig auf und sah Laura zum ersten Mal direkt an. «Doch! Es war sehr gut für mich. Wenn ich das nicht getan hätt, dann wär es so gewesen wie damals, als ich nicht helfen konnte. So ist es besser. Aber Angst um die Lea hab ich trotzdem.»

«Sehen Sie, deshalb würde ich gern mit ihr reden. Einfach, um sicher zu sein. Das mit Auge um Auge funktioniert nämlich nicht. Dann hört es nie auf.»

«Ich weiß nicht, wo sie ist. Das müssen Sie mir glauben, Frau Kommissarin. Und die Frau Neugebauer weiß es auch nicht. Vielleicht war es nur ein Zufall, dass sie genau in der Zeit nach München gekommen ist, als der Dobler umgebracht wurde. Es gibt doch solche Zufälle, oder?»

«Natürlich gibt es solche Zufälle.» Laura drückte seine Hand und nickte. Er nickte auch, zaghaft, nur halb von ihrer Ermutigung überzeugt.

Eine Stunde später saß Laura in ihrem Büro und versuchte die Ereignisse dieses Tages zu ordnen. Es gelang ihr nicht besonders gut, deshalb rief sie ihre Mini-Soko zusammen und ließ sich berichten, was die Befragung der Obdachlosen ergeben hatte. Viel war nicht dabei herausgekommen. Keiner konnte sich daran erinnern, ob und wann er Benno zuletzt gesehen hatte. Nicht einmal sein Freund, mit dem er in den Süden wollte, konnte genaue Angaben machen. Aber sie alle hatten Angst vor jungen Männern, die unvermutet auftauchten, sie beschimpften und schlugen. Dreimal schon hätten die ihr Lager unter der Wittelsbacher Brücke verwüstet.

«Und warum erfahren wir nichts davon?», fragte Laura gereizt.

Florian Bader seufzte und zuckte die Achseln. «Weil die Penner uns auch nicht trauen. Sie denken, dass die Polizei ganz froh ist, wenn andere die Arbeit für sie tun. Das haben sie alle mehr oder weniger deutlich gesagt. Und so unrecht haben sie nicht, wenn ich mir diese Bemerkung erlauben darf.» Er presste die Lippen zusammen. «Zwei von denen waren übrigens bereit, sich den Toten vom Stauwehr anzusehen und eventuell zu identifizieren.»

«Wir haben außerdem eine Anfrage beim BKA und beim Verfassungsschutz gemacht, wegen der Gruppe, die wir beobachten. Es ist noch keine Antwort da, müsste aber bald kommen», ergänzte Ines Braun.

«Danke. Bleibt bitte dran. Schaut heute Abend nach, ob die sich wieder treffen. Und versucht, Namen zu bekommen, Namen und Adressen. Ich bin sicher, dass die beim Verfassungsschutz jede Menge davon haben. Außerdem will ich wissen, wer der Anführer ist. Die arbeiten zwar inzwischen alle dezentral, aber einen Anführer gibt's meistens doch. Vielleicht existieren irgendwelche Anhörprotokolle. Möglicherweise haben wir sogar

V-Männer in der Gruppe. Und seid vorsichtig! Geht heute Abend nicht so nah ran wie gestern. Zweimal funktioniert das nicht.»

Als die beiden Kollegen das Zimmer verlassen hatten, kippte Laura ihren wunderbaren Ledersessel zurück, legte die Beine auf ihren Schreibtisch und schloss ein paar Minuten lang die Augen. Der Fall des vergifteten alten Mannes und die beiden erschlagenen Obdachlosen verschmolzen in ihrem Bewusstsein, eiskalt und furchterregend. Diesmal wurde ihr richtig schlecht. Sie sprang auf und schaffte es gerade noch zur Toilette. Sie würgte lange, obwohl ihr Magen so gut wie leer war.

Baumanns Virus, dachte sie, als sie sich den Mund spülte und das Gesicht wusch. Ich will ihn nicht haben! Wieder in ihrem Büro, fühlte sie sich zittrig und schwach. Als Claudia ein paar Akten auf ihren Schreibtisch legte, bat Laura um eine Kanne Kamillentee.

«Du auch?» Claudia zog die Brauen hoch.

«Es sieht so aus.»

«Havel hat auch gesagt, dass ihm schlecht ist. Das kann ja heiter werden. Ich bring dir gleich den Tee!»

«Warte! Hast du irgendwas über diese Lea Maron herausgekriegt?»

Claudia schüttelte den Kopf und schloss leise die Tür hinter sich, als wüsste sie, dass Laura im Augenblick keinen Lärm ertragen konnte. Laura dachte darüber nach, wie ein paar Bakterien innerhalb kurzer Zeit das gesamte Lebensgefühl auf den Kopf stellen konnten.

Als die Einsatzzentrale wieder einen unklaren Todesfall eines alten Menschen meldete, verwies sie die Angelegenheit an die Besatzung des Streifenwagens zurück.

«Die sollen das selbst aufnehmen. Wir sind hier hoffnungslos unterbesetzt!»

Laura sandte eine SMS an ihren Sohn und bat ihn, am Abend anzurufen. Anschließend schaute sie die Zeitung durch und überflog die kleine Meldung über den Toten aus der Isar. Einspaltig, zehn Zeilen. Wenn es sich um einen Prominenten gehandelt hätte, dann wäre es der Aufmacher im Lokalteil gewesen.

Beim Weiterblättern fiel ihr auf, dass die Zahl der Todesanzeigen gewaltig angewachsen war, und ihr Blick blieb bei einem unauffälligen Kasten am Ende der Seite hängen. Dort waren die Namen Verstorbener aufgelistet, die offensichtlich ganz allein auf der Welt waren. Die Friedhofsverwaltung bat Verwandte oder Bekannte, sich zu melden. Elf Namen standen da. Vier Frauen und sieben Männer.

Von Benno wissen wir bisher noch nicht einmal den Familiennamen, dachte Laura. Vom ersten Toten gar nichts. Karl-Otto Mayer gesteht einen Mord, den er nicht begangen hat, Lea Maron ist ein Phantom, Ralf verschwunden, und mir ist schlecht. Dabei ist der Tag noch nicht mal zu Ende.

DIE SCHWARZE WOLKENWAND erreichte Siena genau in dem Augenblick, als Commissario Guerrini in den Hof der Questura fuhr. Eine gewaltige Bö erfasste sämtliche losen Gegenstände und wirbelte sie umher, Krachen und Scheppern erfüllte die Luft. Von Süden näherte sich ein orgelndes Brausen, Donner rollte über die Stadt hinweg wie Meeresbrandung, die schließlich an Felsen zerschellt. Von Westen her beleuchteten noch ein paar Sonnenstrahlen dieses Inferno, tauchten Gebäude und Türme in unwirkliches Licht.

Angelo Guerrini sprang aus dem Wagen und rannte zum Eingang der Questura, er musste sich gegen die schwere Tür stemmen, so stark war der Wind, und schaffte es mit Mühe hindurchzuschlüpfen, ehe sie hinter ihm so heftig zuknallte, dass der Fußboden erzitterte und die Fensterscheiben klirrten.

«Beh!», rief D'Annunzio. «Da haben Sie aber Glück gehabt, dass Sie nicht nass geworden sind, Commissario!»

«Eher, dass ich nichts auf den Kopf gekriegt hab. Gibt's was Neues?» Vorsichtig rieb Guerrini sein rechtes Auge, das eine Ladung umherfliegenden Sand abbekommen hatte.

«Niente, Commissario. Nur Capponi hat nach Ihnen gefragt. Er hat irgendwelche CDs für Sie.»

«Hat er sonst noch was gesagt? Ich meine über Bomben?»

D'Annunzio wurde rot.

«Er hat nur gesagt, dass es manchmal schade sei, dass man verheiratet ist. Und ich solle mir das genau überlegen, das mit dem Heiraten.»

Guerrini brach in Gelächter aus.

«Und? Was hast du dann gesagt?»

«Nichts, Commissario. Ich war ja noch nie verheiratet.»

Draußen brach das Unwetter los. Blitze und Donnerschläge gingen ohne Pause ineinander über, es war ein einziges Krachen, Zischen, Knattern. Zuckende Lichter drangen durch die Fenster, und D'Annunzio bekreuzigte sich verstohlen, als der Commissario sich umdrehte, weil eine Tür knallte. Obwohl es erst später Nachmittag war, herrschte draußen tiefe Nacht, die nur von den Blitzen erhellt wurde.

«Ist Sergente Primavera noch da?», fragte Guerrini.

«Wer?»

«Sergente Primavera, unsere Neue!»

«Ach so! Sie muss noch da sein. Jedenfalls habe ich sie nicht weggehen sehen, und sie hat außerdem bis sieben Uhr Dienst, Commissario!»

«Bene. Ich bin in meinem Büro, wenn etwas passieren sollte.»

Guerrini ging bewusst langsam und überlegte, ob es klug sei, Sergente Primavera zum Abendessen einzuladen. Als er sein Büro beinahe erreicht hatte, war er zu dem Ergebnis gekommen, dass es zwar nicht besonders klug sei, er aber trotzdem Lust dazu hatte. Gerade wegen dieser tieferen Beunruhigung, die er beim Anblick der Signora Primavera gespürt hatte. Deshalb ging er weiter zu Tommasinis Zimmer, das jetzt auch ihres war, und klopfte leise, denn die Tür war geschlossen. Als er keine Antwort bekam, klopfte er ein zweites Mal, wartete kurz und öffnete dann die Tür.

Signora Primavera kauerte auf dem Stuhl vor ihrem Schreibtisch und hielt sich die Ohren zu. Bei jedem Donnerschlag zuckte sie zusammen. Guerrinis Anwesenheit bemerkte sie erst, als er eine Hand auf ihre Schulter legte, denn sie hatte ihre Augen fest geschlossen.

«Sergente!» Guerrini schüttelte sie leicht.

Sie starrte ihn kurz an, kniff dann die Augen wieder zusammen.

«Signora Primavera!» Guerrini schüttelte sie leicht. «Was ist denn los? Geht es Ihnen nicht gut?»

Sie brachte nur ein Krächzen hervor, räusperte sich lange, ehe sie endlich flüsterte: «Ich fürchte mich schrecklich vor Gewittern. Das hier hört sich an wie das Ende der Welt.»

«Da haben Sie recht, Signora. Aber es ist nur ein Gewitter. Es wird vorübergehen, und hinterher ist die Toskana frisch gewaschen, und alle sind glücklich. Ich versichere Ihnen außerdem, dass Siena seit Hunderten von Jahren unzählige solcher Gewitter überstanden hat, außerdem die Pest, diverse Kriege, die Einfälle der Florentiner, die Faschisten, die Deutschen, die Amerikaner, die Democrazia Cristiana und die Regierung Berlusconi. Sie können sich also ziemlich sicher fühlen!»

Sie machte die Augen wieder auf und versuchte zu lachen, sah gleichzeitig aber noch sehr erschrocken aus. Ein hübscher Kontrast, fand Guerrini. Sie lockerte mit den Fingern ihr Haar und setzte sich aufrecht hin.

Doch beim nächsten Donnerschlag sank sie wieder zusammen und hielt sich die Ohren zu.

«Der Donner ist nicht gefährlich, es sind die Blitze, Signora.»

«Jaja, ich weiß. Aber ich fürchte mich trotzdem vor dem Donner.»

«Ich schlage Ihnen jetzt eine Therapie vor: Ich bringe Ihnen ein paar Akten, mit denen Sie sich in einen interessanten ungelösten Fall einarbeiten können. Und um sieben Uhr gehen wir essen ... als Einstand sozusagen. Was halten Sie davon?»

Sie hob den Kopf und lächelte. «Bringen Sie schon die Akten, Commissario!»

Guerrini lächelte zurück, ging in sein Zimmer und griff nach dem Fall Altlander – warum, wusste er selbst nicht genau. Es war eine dicke Akte und nur die erste von mittlerweile vieren. Als er den Ordner auf Sergente Primaveras Schreibtisch gelegt hatte, fühlte er sich nicht mehr so wohl. Es war sein Fall, eine Geschichte, die nicht nur Altlander, sondern auch seinen ehemaligen Schulfreund Montelli das Leben gekostet hatte, und es war auch Lauras Fall. Er redete sich ein, dass es nichts schaden konnte, wenn eine außenstehende Person sich die Sache ansah. Trotzdem fühlte er sich ein bisschen wie ein Verräter, er zuckte zusammen, als ein greller Blitz sein Zimmer in weißes Licht tauchte und der Donner selbst seinen Körper erschütterte.

Um sieben Uhr hatte sich das Gewitter ausgetobt. D'Annunzio war von einem jungen Wachtmeister namens Calabresi abgelöst worden, und so gelang es

Guerrini, seine Begleiterin ohne besonderes Aufsehen aus der Questura und in seinen Wagen zu bringen. Sie bestand darauf, sich umzuziehen und nicht in Uniform auszugehen. So fuhr er sie zu ihrer kleinen Wohnung, die zum Glück nur ein paar Minuten entfernt in der Altstadt lag. Guerrini wartete im Wagen, hatte die Fenster heruntergelassen und genoss die kühle frische Luft. Die Stadt glänzte nass im Abendlicht, das am Rand der schwarzen Wolkenberge hervorbrach. Die bunten Fahnen hingen schlaff herab oder hatten sich grotesk um ihre Masten gewickelt und an Fensterläden verhakt. Allerlei Müll lag auf den Straßen und Gassen herum, Tonnen waren umgekippt und Blumenkübel von Balkonen gestürzt. Im Norden wuchs aus dem Gewirr der Dächer und Kirchtürme langsam ein Regenbogen empor, wurde immer kräftiger und bunter, stieg immer höher hinauf und glich schließlich einem direkten Weg in den Himmel.

«Guarda l'arcobaleno!», sagte sie in diesem Augenblick, öffnete die Beifahrertür und setzte sich neben ihn. Ihr Parfüm war ein bisschen kräftig, aber nicht schlecht. Sie trug ein enges schwarzes Leinenkleid, das an der Seite geschlitzt war und ziemlich viel Bein zeigte. Um ihre Schultern lag ein grüner Spitzenschal, der auf beinahe zufällige Weise ihr Dekolleté freigab. Guerrini fragte sich, worauf er sich da eingelassen hatte.

Auf gar keinen Fall würde er sie ins Aglio e Olio ausführen, das er gemeinsam mit Laura entdeckt hatte. Außerdem gehörte es Tommasinis Bruder. Er musste irgendwohin, wo er sicher sein konnte, dass keiner seiner Kollegen auftauchte, entschloss sich blitzschnell für L'Osteria. Das war schlicht und gut und lag ein bisschen abseits. Außerdem war er noch nie mit Laura dort gewesen.

Als sie das Lokal betraten, wandten alle Männer die Köpfe und sahen zu ihnen hinüber ... zu ihr, der Signora Primavera, natürlich. Guerrini konnte zu seiner Erleichterung kein bekanntes Gesicht entdecken und steuerte einen Tisch in einer dämmrigen Ecke an.

«Warum sind Sie eigentlich so nervös?», fragte sie, als er bereits die Speisekarte studierte.

«Bin ich das?»

«Ja. Ich finde, dass Sie nervös sind, Commissario.»

«Es ist meine Art, nervös zu sein, Signora. Vor allem, wenn ich mit Ermittlungen nicht weiterkomme und es so heiß ist wie in den letzten Wochen.»

«Ausreden!» Sie betrachtete ihn nachdenklich, mit einem kleinen Lächeln um ihre Lippen, die Guerrini plötzlich zu voll erschienen und ihn an den Mund von Angelina Jolie erinnerten. Von ihrer Angst vor dem Gewitter war nichts mehr zu spüren.

«Wie Sie meinen! Ich nehme ein *bistecca alla brace con insalata mista* und Sie?»

«Ich schließe mich an.»

«Weißwein oder Rotwein?»

«Wasser. Ich trinke nicht.»

«Wie traurig.»

Sie lachte. Guerrini bestellte ein Viertel Hauswein, rot, für sich und eine Flasche Mineralwasser. Das Gespräch stockte, und er hatte plötzlich keine Lust, sich sonderlich anzustrengen. Als sie ihn schließlich fragte, was ihn nach Siena verschlagen hätte, empfand er das beinahe als Beleidigung und gab die Frage postwendend zurück. Danach erzählte sie von der Polizeiarbeit in Rom und dass sie endlich mal aus der Stadt heraus und in einer ruhigeren Umgebung arbeiten wollte. Außerdem sei ihre Ehe im Augenblick nicht so ganz in Ordnung und deshalb eine zeitweilige Trennung nicht das Schlechteste ... Und so ging es weiter und weiter, während sie die *bistecche* aßen, die wunderbar waren, gewürzt mit einer Mischung aus frischem Thymian, Salbei, Rosmarin und Knoblauch. Guerrini hörte nach einer Weile nur noch mit halbem Ohr zu und erinnerte sich plötzlich an den ersten Abend mit Laura in Serafinas Osteria in Buonconvento. Sie hatten eine völlig andere Konversation geführt, sich mit Worten umkreist, und die erotische Spannung zwischen ihnen war atemberaubend gewesen.

Während er sich die Lippen mit der Serviette abtupfte, beobachtete er die junge Frau neben sich. Sie sprach, lächelte, war nicht unsympathisch, und doch ... Irgendwie fand zwischen ihnen kein Austausch statt. Sie redete die ganze Zeit von sich selbst. Normalerweise machen das nur Männer, dachte Guerrini und musste über diesen Gedanken lächeln. Auf Frauen wirkt das vermutlich ähnlich erotisch wie umgekehrt. Diese Erkenntnis muss ich Laura erzählen.

Sergente Primavera nahm Pistazieneis zum Nachtisch, Guerrini bestellte einen Espresso. Der Abend zog sich hin. Gegen halb zehn wusste er alles über ihren Werdegang, ihre Familie, die Großeltern in Apulien, den Vater, der sich sein Leben lang mit schwererziehbaren Kindern in den Außenbezirken Roms abgeplagt hatte, die Mutter, die einen Gemüseladen betrieb, den Bruder, der bei der Armee ... Irgendwann konnte Guerrini nicht mehr zuhören.

Um halb elf spürte er Signora Primaveras Bein an seinem. Eine Weile ließ er sie gewähren, fand sie nicht ungeschickt und hatte trotzdem keine Lust, das Spiel mitzuspielen. Vielleicht ... wenn sie nicht gleichzeitig so viel geredet hätte. Er beglich die Rechnung und mahnte so charmant wie möglich zum Aufbruch. Sie folgte ein bisschen widerwillig, sagte: «Ich könnte nächtelang in solchen alten Osterie sitzen.»

Und reden, dachte Guerrini. Laut erwiderte er: «Ja, zum Glück gibt es noch ein paar schöne in diesem Land.»

Erstaunlicherweise war während des gesamten Unwetters und auch hinterher der Strom nicht ausgefallen. Die Kuppeln und Türme der Stadt erstrahlten wie jeden Abend, die Luft war weich und frisch. Als Guerrini vor dem Haus der Signora Primavera hielt, zögerte sie, lächelte und sagte leise: «Falls Sie ein wenig Unordnung nicht stört, dann würde ich Sie gern noch auf einen *caffè* oder *digestivo* einladen, Commissario. Ich bin erst seit gestern hier und noch nicht fertig eingerichtet.»

Beim Aussteigen zeigte sie ihr tadelloses linkes Bein bis zum Oberschenkel, und ihre Zähne blitzten geradezu. Guerrini wusste, dass er diese Beine und den Rest an diesem Abend haben konnte. Und er musste vor sich selbst zugeben, dass er vor ein paar Stunden durchaus Lust auf die Signora Primavera gehabt hatte. Aber jetzt wollte er sie nicht mehr – nicht die Beine und nicht den Rest. Die Beunruhigung auf tieferer Ebene, die er früher am Tag empfunden hatte, war weg. Für ihn hatte Sergente Primavera sich nicht als Bombe erwiesen. Darüber empfand er eine leichte Enttäuschung, aber auch Erleichterung. Deshalb stieg er aus, verbeugte sich und entschuldigte sich mit einem dringenden Besuch bei seinem kranken alten Vater. Sie warf den Kopf in den Nacken und lachte ein bisschen zu laut. «Aber natürlich, Commissario. Das kann ich gut verstehen.»

Guerrini ging davon aus, dass sie gar nichts verstand und ihn als verlorenen Abend und taube Nuss abhaken würde. Diesen Triumph gönnte er ihr nicht, deshalb gab er ihr noch einen Satz mit auf den Weg: «Wissen Sie, Sergente, in unserem Beruf sollte man gewisse Grenzen einhalten. Das erleichtert die Arbeit und sichert allen Beteiligten eine größere Unabhängigkeit. Ich wünsche Ihnen eine gute Zeit bei uns in Siena. Der Abend war mir ein Vergnügen. Buona notte.»

Sie drehte sich einfach um und ging. Offenbar hatte sie verstanden.

Langsam fuhr Guerrini weiter, kurvte noch eine Weile durch die Gassen, dachte über sich, die Beine der Signora Primavera und über Laura nach. Jetzt, am Ende dieses Abends, fühlte er sich missgelaunt und unzufrieden mit sich selbst. Er beschloss, Laura anzurufen, noch in dieser Nacht.

TROTZ IHRER ÜBELKEIT blieb Laura im Präsidium und versuchte zu arbeiten. Das BKA meldete, dass eine rechtsradikale Gruppe namens «Schwabinger Sturm», die sich SS abkürzte, bereits seit längerer Zeit in gewissen Abständen observiert werde. Anführer sei ein gewisser Michael Geuther, neunundzwanzig Jahre, ehemaliger Bundeswehrangehöriger, jetzt Versicherungsvertreter, ein begabter Hassprediger. Die Gruppe sei schon mehrmals wegen fremdenfeindlicher Übergriffe aufgefallen.

SS, dachte Laura, «Schwabinger Sturm». Wie lächerlich und gleichzeitig: wie deprimierend. Blutiger Kinderkram.

Sie würde diesen Michael Geuther besuchen, aber erst, wenn es ihr wieder besserging. Für Leute dieser Art brauchte man Kraft. Es hatte auch keinen Sinn, in die Gerichtsmedizin zu gehen und dort zu recherchieren. Allein der Gedanke an das Krähengesicht von Dr. Reiss löste bei Laura ganze Wellen von Übelkeit aus. Inzwischen hatte er die beiden armen Teufel vermutlich längst aufgeschnitten, den Zustand ihrer Innereien begutachtet, die Prellungen, Quetschungen, Brüche dokumentiert. Und das Ergebnis würde er ihr in allen Einzelheiten darlegen. Wieder rannte sie auf die Toilette. Erstaunlich, wie anstrengend es war, sich zu übergeben.

Als sie sich endlich wieder halbwegs unter Kontrolle hatte, beschloss sie, nach Hause zu gehen und sich ins Bett zu legen. Kommissar Baumann hatte ganz recht, jedenfalls wenn es ihm so ging wie ihr im Augenblick.

Auf dem Weg nach Hause fiel ihr Ralf ein. Sie versuchte, ihre Schwäche und die unerträgliche Hitze zu vergessen, lenkte den Dienstwagen Richtung Friedensengel und fuhr einfach in den Park, hinunter auf den Fußweg und hinein in die Unterführung. Ralfs Anhänger war noch da, er hing ein bisschen schräg an der Tunnelwand. Laura öffnete die Seitenfenster und ließ den Wagen ausrollen. Es roch nicht gut, weder drinnen noch draußen. Sie hatte vergessen, ihr Fahrzeug einzutauschen gegen eins, das weniger stank. Von Ralf war nichts zu sehen. Zwei dicke Ketten verschlossen den Anhänger. Er war also da gewesen und hatte seinen Besitz gesichert.

Im Schritttempo fuhr sie weiter, suchte die sandigen Fußwege an der Isar und im Park ab und schaute zum Flussufer hinunter. Nirgendwo entdeckte sie Ralfs Federhut oder sonst eine Spur von ihm. Unter den hohen Buchen oberhalb der Königswiese in Bogenhausen hielt sie wieder und rief Karl-Otto Mayer an. Sie trommelte ungeduldig auf das Lenkrad, bis er sich meldete.

«Wie geht es Ihnen?»
«Fragil, aber es geht.»
«War der Arzt da?»
«Ja.»
«Und?»
«Fragil.»
«Hat er das gesagt?»

«Ja.»

«Haben Sie jemanden, der nach Ihnen schaut?»

«Der Arzt kommt morgen früh wieder.»

«Machen Sie sich keine Sorgen um Lea Maron.»

«Ein bisschen schon noch. Aber weniger. Es war gut, dass wir miteinander geredet haben.»

«Sehr gut.»

«Ja dann, danke für die Nachfrage, Frau Kommissarin.»

«Schlafen Sie gut, und danke für Ihren Mut.»

Laura blieb still sitzen. Die Übelkeit war nicht mehr ganz so schlimm, hielt sich eher im Hintergrund, da war nur dieses Gefühl, als wäre sie gelähmt. Sie war plötzlich sicher, dass sie nicht weiterfahren würde. Dass sie außerdem nichts tun konnte und nichts tun wollte.

Ralf saß auf einer der hinteren Bänke in der Lukaskirche und schaute sich um. Seit mindestens einer Stunde saß er da und schaute. Weil er die Kirche nur von außen kannte, sich noch nie hineingetraut hatte. Düster war es hier drinnen, düster und riesig. All das dunkle Holz. Außer ihm war nur noch eine alte Frau da. Sie saß ganz vorn in einer Bank. Er selbst blieb lieber nahe am Ausgang. Das machte er grundsätzlich so. Immer nahe am Ausgang.

Ziemlich warm war es auch hier drinnen, aber nicht so heiß wie draußen. Saß sich ganz gut hier. Wär auch ein guter Platz zum Schlafen. Sicher auf alle Fälle. Er könnte sich einschließen lassen ... ging aber nicht, wegen seiner Platzangst.

Bei der Vorstellung, dass er nicht mehr rauskönnte,

drehte er sich schnell zur Pforte um und stellte erleichtert fest, dass sie offen stand. Es war ja auch noch nicht spät, erst früher Abend. Er hatte keine Ahnung, wann Kirchen abgeschlossen wurden. Jetzt wäre es schön, wenn die Orgel spielen würde. Aber er brauchte sie gar nicht wirklich, er hörte sie auch so. In seinem Kopf.

Zwischendurch dachte er nach. Warum er sich ausgerechnet heute zum ersten Mal in die Lukaskirche getraut hatte, zum Beispiel. Ihm fiel nur ein, dass es vielleicht was damit zu tun hatte, dass er letzte Nacht zum ersten Mal seit Jahren in einer Wohnung geschlafen hatte. Und er hatte nur ein bisschen Platzangst gehabt. Am Anfang ganz viel, aber dann nur noch ein bisschen, weil die Balkontür offen war und alle anderen Türen auch. Nur die von Laura war zu. Das fand er in Ordnung.

Aber dass sie Polizistin war, darüber kam er nicht weg. Es tat ihm weh, tief drinnen. Weil er geglaubt hatte, dass sie ihn ein bisschen mochte. Jedenfalls bevor er den BMW gesehen und sie bei den Kerlen an der Isar entdeckt hatte. Geahnt hatte er es schon die ganze Zeit, geahnt. Sie war schließlich keine von der Straße, sah gut aus, hatte ordentliche Klamotten und alles. Mein Gott, war er wieder mal ein Trottel gewesen!

Vorsichtig betastete er seine Nase. Sie tat weh, ganz oben, fast zwischen den Augen. Blaue Augen hatte er inzwischen auch, nicht so schlimm wie Laura, aber dafür zwei. Und er wusste nicht weiter. Seinen Anhänger konnte er erst mal vergessen. Abgeschlossen war er, mehr war nicht drin. Die eine Hundebesitzerin, die mit den goldenen Ohrringen und dem Retriever, hatte ihm zehn Euro gegeben. Wollte nicht mal Steine dafür. Das war jetzt sein Grundkapital. Die besten Steine hatte er in seinen Rucksack gepackt. Grundkapital zwei. Das war's dann schon.

Vielleicht sollte er besser mehr nördlich oder südlich an der Isar kampieren. Möglichst weit weg von diesen Figuren am Deutschen Museum. Die waren gefährlich, das wusste Ralf inzwischen.

Aber es fiel ihm schwer, von der Stadt fortzugehen. Hier kannte er beinahe jeden Kiesel am Fluss, alle Brücken, alle Verstecke und öffentlichen Toiletten und Trinkwasserstellen. Außerdem kannte er die Leute, zumindest ziemlich viele.

Er war noch nie besonders gut darin gewesen, Entscheidungen zu treffen. Heute Nacht würde er jedenfalls wieder in einer Nische der Lukaskirche schlafen, draußen. Aber vorher wollte er nachschauen, was die Scheißkerle unten auf der Kiesbank machten. Vielleicht verschwanden sie ja einfach. Vielleicht lochte die Polizei sie ein, und sie waren weg. Dann könnte er seinen Anhänger reparieren, und die Dinge wären wieder in Ordnung. Er hob den Kopf und schaute zum Altar, überlegte kurz, ob er beten sollte. Aber er wusste nicht genau, wie das ging, deshalb ließ er es bleiben.

Ein Hundebesitzer ging zweimal um Lauras Dienstwagen herum, bückte sich ein bisschen und schaute zu ihr herein.

«Alles in Ordnung?», fragte er.

Seine Frage weckte Laura aus ihrer Erstarrung, und sie brachte es fertig zu nicken.

«Darf ich Sie darauf aufmerksam machen, dass Sie

mit Ihrem Wagen auf einem Fußweg in einem öffentlichen Park stehen. Ich glaube, das ist nicht ganz legal.» Seine Stimme klang höflich, fast sanft. Sein Hund, ein Irischer Setter, stand hechelnd neben ihm. Die Zunge des Tiers erschien Laura überdimensional lang, sie tropfte. Vermutlich lag auch das an der Hitze.

«Danke für den Hinweis», entgegnete sie.

«Nichts zu danken.» Er verbeugte sich leicht und ging langsam weiter, ein schlanker, eleganter Mann um die sechzig. Der Hund hatte sich inzwischen hingelegt und schaute – gemeinsam mit Laura – seinem Herrn nach. Der drehte sich nach zwanzig Metern um, hob grüßend die Hand und rief nach dem Hund. Mühsam rappelte sich der Setter auf, warf Laura einen anklagenden Blick zu, zog kurz die Zunge zurück und trabte los. Jetzt hing die Zunge seitlich aus seinem Maul. Erstaunlich, dachte Laura und startete endlich den Motor.

Noch einmal fuhr sie zum Fluss hinunter und hielt Ausschau nach Ralf. Als sie am Maximilianeum wieder auf die Straße zurückkehrte, rief Kollege Bader an und teilte mit, dass die beiden Penner den Toten aus der Isar identifiziert hatten. Sein Name sei Franz. Mehr wüssten sie auch nicht, nur, dass er ein Einzelgänger war, der sein Lager unter der Brudermühlbrücke hatte. Das hätten er und Kriminalmeister Braun gemeinsam mit Andreas Havel schon untersucht. Aber außer einer alten Matratze und einer Plastiktüte mit Kleidungsstücken war nichts zu finden gewesen. Auch sei die Tat sicher nicht unter der Brücke verübt worden, sondern irgendwo anders.

«Danke», sagte Laura. «Gute Arbeit.»

«Vielleicht ... aber das Ergebnis ist mager.»

«Ihr könnt ja nichts dafür. Seid vorsichtig heute Abend und ruft mich sofort, wenn irgendwas Ungewöhnliches passiert. Ich bin zu Hause und versuche meine Mageninfektion in den Griff zu kriegen. Morgen Abend sehen wir uns die Typen an der Isar aus der Nähe an.»

«Ganz in meinem Sinne. Gute Besserung.»

«Danke.»

Laura musste lächeln, weil Florian Bader es so peinlich vermied, sie Laura zu nennen. Aber wo, zum Teufel, steckte Ralf? Es fing schon an zu dämmern. Vielleicht hatte er die Stadt verlassen? Es gab tausend Möglichkeiten, sich zu verstecken. Er konnte überall und nirgends sein. Vielleicht saß er am Odeonsplatz und aß einen Hamburger.

Laura kehrte nach Hause zurück, parkte den Wagen auf dem Bürgersteig und klebte ihren Berechtigungsschein an die Scheibe. Im Briefkasten fand sie die Einkaufsliste von Frau Neuner, eine lange Liste. Es war beinahe halb zehn, als sie in ihrer Wohnung ankam. Luca hatte noch nicht angerufen. Nur die Stimme ihres Vaters klang aus dem Anrufbeantworter.

«He, Laura!» Pause. «Laura, hörst du mich?» Pause. «Arbeitest du etwa immer noch?» Pause. «Na ja, dann erzähle ich es eben dieser blöden Maschine. Es war ein schöner Abend mit dir, Laura. Das wollte ich nur schnell sagen. Ich weiß, dass du Zeit für dich brauchst, aber ich würde gern bald wieder über die wesentlichen Dinge des Lebens mit dir reden. Mir sind da noch ein paar eingefallen, weißt du! Und vergiss nicht: viel trinken!» Sein Lachen klang ganz unbeschwert und jung.

«Ich hätte gern endlos viel Zeit», murmelte Laura.

«Zeit für mich, für meinen Vater, für meine Kinder, für Angelo, für Ralf, Frau Neuner und ihr Sauerkraut, für das Meer und die Toskana, für meine Freundin Barbara, zum Nachdenken, zum Lesen, zum Musikhören ... und für viele andere Sachen!»

Sie kochte Pfefferminztee, legte sich aufs Bett und wartete noch zehn Minuten, ehe sie in England anrief. Es war Patrick, der sich meldete. Der von Sofia angebetete Patrick. Er klang sehr britisch, war sehr höflich. Seine Art zu sprechen erinnerte sie an Interviews mit Prinz William.

«Wie geht es Sofia?» Laura konnte sich diese Frage an ihn nicht verkneifen, und er antwortete ganz ähnlich wie seine Mutter: «Fine, she is very fine, Mrs. Gottböörg!»

«Fine! May I talk to Luca please?»

«Just a minute! He is right here. Good evening, Mrs. Gottböörg.»

«Hello, Mum!» Luca, ganz englisch.

«Hello, son. Hast du meine SMS nicht bekommen?»

«Doch, aber wir spielen gerade Schach. Ich hätt schon noch angerufen, wirklich!» Er klang distanziert.

«Tut mir leid, wenn ich störe, aber ich hab mir Sorgen gemacht, weil Sofia etwas von Nazi-Problemen in deiner Schule gesagt hat.»

«Ach das ... war nicht so schlimm.»

«Was war denn?»

«Na ja, die haben mich Nazi genannt, weil ich Deutscher bin. Das ist hier irgendwie so. Ich glaube, die haben keine Ahnung, dass wir Deutschen keine Nazis mehr sind. Oder vielleicht haben sie keine Lust, es zu wissen.»

«Luca, das ist ein wunderbarer Satz!»
«Was?»
«Dein letzter Satz, dass sie keine Lust haben, es zu wissen.»
«Na ja, stimmt doch.»
«Und was hast du gemacht?»
«Ich hab es ihnen erklärt.»
«Hat das funktioniert?»
«Na ja, bei den meisten.»
«Und die anderen?»
«Das waren nur ein paar.»
«Und?»
«Man merkt wirklich, dass du bei der Polizei bist!»
«Lenk nicht ab!»
«Okay. Einer hat sich mit mir geprügelt.»
«Weiter.»
«Ich hab gewonnen, und die andern haben geklatscht.»
«Wer hat angefangen?»
«Noch mehr Fragen?»
«Wer hat angefangen?»
«Der andere.»
«Und wie ist die Situation jetzt?»
«Nicht schlecht. Die haben das nicht so ernst gemeint. Hab ein paar neue Freunde gewonnen.»
«Und der, mit dem du dich geprügelt hast?»
«Den mögen die andern auch nicht. Der legt sich mit allen an.»
«Bitte sei vorsichtig, Luca.»
«Jawohl, Frau Hauptkommissarin!»
«Peng! Ich hab übrigens auch gerade mit Nazis zu tun. Echten jungen Neonazis. Seltsamer Zufall, was?»

«Soll ich dir was sagen, Mum? Von der Sorte gibt's hier mehr als bei uns in Deutschland. Das hat mir mein Gastvater erzählt. Ich begreif das irgendwie nicht.»

«Ich auch nicht, Luca. Aber wenn du zurück bist, dann können wir darüber reden. Vielleicht auch mit Großvater, der begreift viel mehr als wir beide zusammen.»

«Mhm.»

«Geht's dir gut?»

«Ziemlich gut.»

«Nur ziemlich?»

«Ja, reicht doch, oder?»

«Mhm. Was macht Sofia?»

«Himmelt Patrick an und er sie. Denen geht es richtig gut.»

«Ist Patrick okay?»

«Ja, sehr okay.»

«Muss ich mir keine Sorgen machen?»

«Bitte, Mum! Mach dir keine Sorgen! Weder um Sofi noch um mich. Wir kommen hier prima klar. Die Gastfamilie ist total nett, und die andern Sachen kriegen wir schon hin. Genieß die Zeit für dich, ja?!»

«Ich bemühe mich. Aber es ist entsetzlich heiß, und ich habe einen sehr unangenehmen Fall.»

«Du hast einen sehr unangenehmen Beruf, Mum.»

«Danke.»

«Ist doch wahr. Könntest ja auch Rosen züchten, statt Leichen zu sammeln.»

«Ich bin kurz davor, Luca!»

Er lachte.

«Dann mach's gut, Mum.»

«Leb wohl, Luca, und pass auf den Schläger auf. Kann ich noch schnell mit Sofia sprechen?»

«Leider nicht. Die ist gerade mit Patrick weggegangen. Sie lässt dich grüßen. Jedenfalls hab ich das ihren wilden Grimassen entnommen.»

«Na dann: Ciao, Luca, grüß Sofia und deine Gastfamilie.»

«Ciao, Mum.»

Das war's. Der Geruch des Pfefferminztees bereitete ihr Übelkeit, trotzdem zwang sie sich dazu, eine große Tasse zu trinken. Danach legte sie sich flach auf den Rücken und schaute an die Decke ihres Schlafzimmers. In der rechten Ecke hing eine große schwarze Spinne.

Es wird nie aufhören, dachte Laura. Wir tragen die Schuld aller vergangenen Generationen mit uns herum. Und wir bezahlen dafür. Sie erinnerte sich daran, wie sie sich als junges Mädchen wild gegen den Gedanken der Erbsünde und der Kollektivschuld der Deutschen in der Nazizeit aufgelehnt hatte. Nein, jetzt lehnte sie sich nicht mehr dagegen auf. Im Gedanken der Erbsünde lag eine tiefe Wahrheit. Auch der Terrorismus war in ihren Augen das Ergebnis vergangener Vergehen an anderen. Nicht, dass ihn das besser machte. Es war nur einfach so.

Es tat ihr leid, dass Luca in England auf so brutale Weise mit der Vergangenheit seines Volkes konfrontiert wurde. Und doch ... Es konnte eine wichtige und kostbare Erfahrung für ihn sein.

Sie schaltete den kleinen Ventilator neben ihrem Bett ein und fiel in einen oberflächlichen Schlaf, aus dem sie bei jedem Geräusch aufschreckte, das von draußen zu ihr drang.

Als die Lukaskirche sich allmählich mit Menschen füllte, schlich sich Ralf hinaus. Viele Menschen und Innenräume, das ging überhaupt nicht. Er überquerte die Straße und ging am Isarkanal entlang zur Ludwigsbrücke. Von hier aus konnte er die Kiesbänke und den Fluss überblicken. Noch war es nicht dunkel, und da unten war niemand. Nicht mal der übliche Badebetrieb. War inzwischen verboten, in der Isar zu schwimmen. Man konnte schon riechen, warum.

Drüben bei den Museumslichtspielen standen alle Türen offen, und Ralf dachte kurz, dass er sich einen Film ansehen könnte, wenn er sich in so eine offene Seitentür setzen würde. Aber das war nur ein Gedanke, denn erstens hatte er kein Geld fürs Kino übrig, und dann wollte er vielleicht gar keinen Film sehen. Jedenfalls wüsste er nicht, welchen. Es lag nur an den offenen Türen, dass er so eine Idee hatte.

Eine halbe Stunde lang lehnte er sich ans Geländer der Ludwigsbrücke, schaute dem Verkehr zu, den Fußgängern und Radfahrern. Waren nicht so viele wie sonst.

Ralf dachte, dass die Hitze einfach bleiben könnte und dass irgendwann alles aufhören würde. Er stellte sich vor, wie die Menschen herumsaßen und vor sich hin starrten. Und dann? Vielleicht würden sie vertrocknen? Aber das war Quatsch. Wäre schade, wenn alle austrockneten. Auch um Laura und die Frau mit dem Retriever. Nur um die Kerle auf der Kiesbank nicht. Die konnten ganz schnell austrocknen. Er konnte sie vor sich sehen: lauter dunkelbraune Mumien, die zerbröselten, wenn man sie anfasste. Dann fielen ihnen auch die Zähne aus und lagen zwischen den Isarkieseln. Lauter Zähne.

Ralf schüttelte den Kopf über seine eigenen Ideen. Na ja, er hatte viele Ideen, immer neue und alle Arten. Das war schon so gewesen, als er noch ein Kind war. Meistens war er ausgelacht worden, wenn er seine Einfälle ausgesprochen hatte. Deshalb behielt er sie jetzt für sich. Gab eh niemanden, dem er sie hätte erzählen können. Laura vielleicht... Aber das war jetzt auch vorbei.

Schon wieder hatte er eine neue Idee. Solange die Kerle nicht da waren, konnte er doch den Platz da unten genauer ansehen. Ralf, der Privatdetektiv. War auch noch eine Möglichkeit und klang verdammt gut. Daran hatte er noch nie gedacht. Er stieß sich vom Geländer ab, schulterte seinen schweren Rucksack und beschloss, am Volksbad zum Fluss hinunterzusteigen und sich von der Ludwigsbrücke her anzupirschen. Das war sicherer als der direkte Weg über die Treppe an der Zeppelinstraße.

Als das Telefon neben ihrem Kopfkissen klingelte, war Laura sofort hellwach. Sie schaute sogar auf die Leuchtziffern ihres Weckers, ehe sie die kleine Lampe anknipste und den Hörer aufnahm. Zehn vor zwölf.

Dienst, dachte sie, drückte auf den Knopf, meldete sich aber nicht.

«Laura?»

«Sì, pronto.»

«Spero di non disturbarti!»

«Nein, du störst mich nicht. Ich habe geschlafen, aber nicht wirklich.»

«Wie dann?»

«So, als hätte ich nur einen Teil meines Bewusstseins ausgeschaltet, während der andere hellwach blieb. Ein merkwürdiger Zustand. Es muss an der Hitze liegen. Eigentlich fühle ich mich die ganze Zeit so, als hätte ich Fieber.»

«Hast du Fieber? Es klingt so, als hättest du welches. Hier in der Toskana haben sie Mücken entdeckt, die das Dengue-Fieber übertragen. Man befürchtet den Ausbruch einer Epidemie.»

«Bei uns bricht auch alles Mögliche aus.»

«Vielleicht hast du Dengue-Fieber! Bitte geh zum Arzt!»

«Ich habe kein Dengue-Fieber. Ich leide an einer Infektion des Verdauungstrakts, um es höflich auszudrücken. Es ist schon wieder besser. War nur eine kleine Attacke. Weshalb bist du so besorgt, Angelo?»

«Weil du sehr weit weg bist und ich nicht nachsehen kann, wie es dir geht. Außerdem muss ich dir eine meiner tiefen Einsichten erzählen.»

«Sehr tief?»

«Ja, schon. Bist du auch der Meinung, dass Männer, die stundenlang nur von sich selbst reden, Frauen auf die Nerven gehen?»

«Natürlich. Ist das deine tiefere Einsicht?»

«Ein Teil davon.»

«Und der andere Teil?»

«Dass Frauen, die stundenlang von sich selbst reden, Männern auf die Nerven gehen.»

«Anzunehmen. Woher hast du diese Einsicht?»

«Ich habe sie, Commissaria, reicht das nicht?»

«Nein, eigentlich liegt einer Einsicht fast immer eine Erfahrung zugrunde.»

Laura hörte Angelo seufzen, und es dauerte ein paar Sekunden, ehe er antwortete.

«Va bene, ich habe nachgedacht.»

«Über die Erfahrung?»

«Für jemanden, der gerade aufgewacht ist, bist du ganz schön hartnäckig, Laura!»

«Ah, lassen wir das. Es ist schließlich deine Erfahrung.»

«So ist es.»

«Ich bin sehr froh, dass die vielredende Dame dir auf die Nerven gegangen ist. Wie geht es deinem Vater bei dieser Hitze?»

«Wir hatten ein wildes Gewitter. Jetzt geht es uns allen besser.»

Er will wirklich nicht über die Geschichte reden, dachte Laura. Auch gut. Reden wir übers Wetter.

«Hier ist es unerträglich. Eigentlich ist alles unerträglich.»

«So schlimm?»

«Ja, sehr schlimm.»

«Wie geht es deinem Vater?»

«Er hält sich ganz gut. Aber ich mache mir trotzdem Sorgen. Die alten Leute sterben wie die Fliegen.»

«Hast du schon mal darüber nachgedacht, warum man sagt, dass Leute sterben wie die Fliegen? Also, nach meiner Erfahrung sterben Fliegen ganz langsam und geben sehr lange nicht auf.»

«Noch eine Erfahrung?»

«Laura, was ist los?»

«Gar nichts, ich bin nur müde, und meistens mag ich Wortspiele, aber heute Abend nicht.»

«Bene. Was magst du?»

«Ich weiss es nicht.»
«Vielleicht brauchst du einfach nur Schlaf.»
«Ja, vielleicht.»
«Ich würde dich jetzt gern sehen, Laura. Wenn ich dich sehe, dann weiss ich, was mit dir los ist. Ich hasse Telefongespräche, die zu Missverständnissen führen.»
«Ich auch. Deshalb lass uns jetzt aufhören und schlafen. Dormi bene, Angelo.»
«Dormi bene, amore.»
Laura betrachtete das Telefon, legte es dann behutsam auf den kleinen Tisch neben ihrem Bett und löschte die Lampe. Die Lichter vorüberfahrender Autos huschten über die Zimmerdecke, eine Strassenbahn hielt an, fuhr weiter. Laura spürte die winzige Erschütterung des Hauses und wünschte sich plötzlich einen Erdstoss, irgendwas, das die Dinge in Bewegung setzte.

Sie hatten Ralf erzählt, dass Benno umgebracht worden war, seine Kollegen unter der Ludwigsbrücke. Sie hatten auch gesagt, dass sie überlegten wegzugehen, aber dass sie eigentlich diesen rechten Schweinen das Feld nicht überlassen wollten. Sie hatten Angst, seine drei Kollegen unter der Brücke. Er hatte auch Angst. Er hatte Benno gekannt. Nicht besonders gut, aber ein bisschen. War in Ordnung, der Benno. Gewesen. In Ordnung gewesen. Ralf versuchte sich vorzustellen, dass Benno tot war. Dass er gestern noch gelebt hatte, so wie er selbst, und dann plötzlich tot war. Es ging nicht. Er hatte es noch nie geschafft, sich das vorzustellen. Den Tod. Dass Leute erst da sind und plötzlich nicht mehr. Bei seinem Hund hatte es auch nicht funktioniert. Dass der eben noch an der Straße entlanglief und dann tot dalag.

Aber Ralf hatte wieder eine Idee. Die passte zu der anderen, der von dem Detektiv. Er würde die Mörder von Benno finden und die von dem andern Kameraden, von dem Laura erzählt hatte. Wenn er an diese Idee dachte, dann ging es ihm besser, und die Angst wurde weniger.

Drüben auf der anderen Seite der Brücke war es noch immer still. Vielleicht kommen sie heute nicht, dachte Ralf. Kann ja sein, dass sie heute nicht kommen.

«Was machste denn?», fragte einer seiner Kameraden verblüfft, als Ralf weiter auf die Kiesbänke zuging. «Hast se wohl nich mehr alle!»

Ralf antwortete nicht, duckte sich hinter die hohen Schilfhalme und ging langsam weiter auf die Stelle zu, an der jeden Abend das Feuer loderte. Sein Herz schlug schnell und hart, doch er ging weiter. Schritt für Schritt. Anschleichen konnte er gut, hatte er schon oft gemacht. Aber irgendwann hörten die hohen Schilfhalme auf, und die leere, weite Kiesbank lag vor ihm. Niemand war zu sehen, obwohl die Nacht längst hereingebrochen war. Vielleicht waren sie wirklich weg. Verhaftet oder vertrocknet, wie er es sich gewünscht hatte.

Die Kiesel schimmerten hell im Mondlicht. Vorsichtig wagte Ralf sich auf die offene Fläche hinaus, horchte, spähte in die Dunkelheit, fand den großen, beinahe kreisrunden Platz, an dem das Feuer jeden Abend gebrannt hatte. Hier waren die Steine schwarz, und Reste verkohlter Äste lagen noch herum. Ralf stolperte über eine leere Flasche, lauschte erschrocken, weil es laut klirrte. Aber alles blieb still. Oben an der Straße, oberhalb der Mauer, standen die Bäume wie eine dunkle

Wand, dahinter leuchtete das Kino. Dann sah er sie kommen. Sie kamen schnell, mindestens fünf oder sechs. Genau konnte er es nicht erkennen. Sie hatten ihn gesehen, schrien irgendwas.

Ralf rannte. Nicht zurück zu den Kameraden, sondern isaraufwärts. Ein Fehler, dachte er, aber zurück konnte er nicht mehr, denn die andern hatten die Verfolgung aufgenommen. Sein Rucksack war schwer. All die Isarsteine. Zum Glück kannte er sich gut aus, duckte sich zwischen die Weidenbüsche, hoffte, dass der Fluss aufgrund der Hitze flach genug sein würde, um durchzuwaten und das Ufer vor der Reichenbachbrücke zu erreichen. Drüben gab es auch Kollegen. Die konnten ihm helfen.

Er hörte sie, die Höllenhunde. Sie lachten laut, schrien. Aber er verstand nichts, rannte nur, erreichte das Ende der Kiesbank und lief ins Wasser.

Es war nicht flach. Ralf ging sofort unter, ruderte wild mit den Armen, kam kurz hoch, schnappte nach Luft. Dann zog sein Rucksack ihn wieder in die Tiefe. Ein paarmal schaffte er es, wieder hochzukommen, dann verließ ihn die Kraft.

GUERRINI STAND in der Küche seines Vaters und trank ein Glas Wasser. Er hatte kein Licht gemacht, weil der Mond hell genug durch die Fenster schien. Das Unwetter war vorbei, der Himmel wieder klar. Es war spät, aber er konnte nicht schlafen. Nicht der verunglückte Abend mit Signora Primavera beunruhigte ihn, sondern das Telefongespräch mit Laura. Er hatte sich völlig idiotisch verhalten, konnte selbst nicht verstehen, warum er nicht von diesem absurden Abend erzählt hatte. Sie hätte gelacht. Er war sicher, dass Laura gelacht hätte. Jedenfalls hoffte er das.

Carlotta, seine Exfrau, hätte nicht gelacht, sie wäre ihm an die Gurgel gegangen. Carlotta war extrem eifersüchtig, als sie noch ein Paar waren. Vielleicht hatte er Laura deshalb nichts von dem Abend mit der neuen Kollegin erzählt. In dieser Beziehung hatte er Laura noch nie auf die Probe gestellt. Vielleicht sollte er noch einmal bei ihr anrufen. Aber sie war krank und müde. Er wollte sie nicht beunruhigen. Warum hatte er überhaupt diese blödsinnige Geschichte von seiner Erkenntnis über vielredende Frauen und Männer erzählt? Sehr originell war sie wirklich nicht.

Als Tonino sich gegen seine nackten Beine warf und mit nasser kalter Schnauze an seinen Zehen schnüffelte, schreckte er zusammen. Kurz darauf erklangen schlurfende Schritte, trockenes Husten, das Deckenlicht flammte auf und blendete ihn. Als er wieder halbwegs sehen konnte, stand der alte Fernando Guerrini am Kühlschrank, suchte eine Weile herum und holte schließlich ein großes Stück Käse heraus. Er trug ein Nachthemd aus weißem Leinen, das ihm bis knapp zu den Knien reichte, seine Haare standen nach allen Seiten ab, und er war barfuß. Tonino vergaß Guerrinis Zehen, wackelte zu seinem Herrn hinüber und hob erwartungsvoll den Kopf.

«Vieni qua, Tonino, eh! Non sei stupido, eh?» Guerrinis Vater brach ein Stück Käse ab und gab es Tonino. Danach brach er noch eins ab und steckte es selbst in den Mund.

Er hat mich nicht bemerkt, dachte Guerrini und räusperte sich leise. Fernando fuhr herum und starrte seinen Sohn an.

«Denk nur nicht, dass ich einer von denen bin, die jede Nacht den Kühlschrank leer fressen. Hatte nur gerade Appetit auf ein schönes Stück *parmigiano*. Was machst du denn hier in der Küche? Auch Hunger?»

Guerrini schüttelte den Kopf.

«Durst. Ich habe ein Glas Wasser getrunken.»

«Ah, damit dein wunderbarer Körper kein Fett ansetzt, was? Kannst du vergessen, Sohn. Ab fünfzig bekommst du einen Bauch, auch wenn du gar nichts isst. Oder hast du etwa Lust, mit diesen lächerlichen Skistöcken durch die Gegend zu rennen oder an irgendwelchen Folterinstrumenten zu schwitzen? Ich sage dir eines, mein Sohn: Die Würde des Alters gibt es nicht mehr. Die ist von den Fitnessstudios geschluckt worden!»

«Wie schaffst du es eigentlich, mitten in der Nacht so eine Rede zu halten?»

«Ich weiß es nicht.» Der alte Guerrini knallte die Kühlschranktür zu.

«Bene, dann sag ich es dir! Du hast ein schlechtes Gewissen, weil du nachts Käse isst. Aber du brauchst keins zu haben: Erstens hast du fast keinen Bauch und kannst so viel Käse essen, wie du willst, und zweitens bin ich nicht hier, um dich zu kontrollieren!»

Der alte Guerrini sah an sich hinunter und gab Tonino einen kleinen Schubs mit dem nackten Fuß.

«Lächerlich. Ein alter Mann im Nachthemd ist lächerlich!»

«Nein.»

«Doch! Vor allem, wenn er seinem halbnackten Sohn gegenübersteht, der sich ganz gut gehalten hat, obwohl er schon fast fünfzig ist! Aber eine ganz andere Frage: Was machst du eigentlich mit deinem beinahe wunderbaren Körper? Lass dir diese deutsche Commissaria nicht durch die Lappen gehen, verdammt nochmal! Und zwar, ehe du einen richtigen Bauch kriegst!»

«Musst du eigentlich immer so direkt werden, Vater?»

«Spätestens ab fünfundsechzig sollte jeder Mensch direkt werden, Angelo! Was hat das Gerede für einen Sinn, wenn man nicht direkt ist! Dann kann man es auch sein lassen. Man lügt doch nur deshalb sein Leben lang, weil man sich davon Vorteile verspricht oder Angst hat! Ab fünfundsechzig muss das aufhören! Dann gibt es keine Vorteile mehr, und man braucht auch keine Angst mehr zu haben! Jedenfalls nicht mehr vor den Mitmenschen! Und ich bin fast neunundsiebzig, da gibt es keinerlei Grenzen mehr!»

«Sag mal, hältst du nachts immer solche Vorträge?»

«Natürlich! Aber sonst ist ja niemand da, der mir zuhört! Nur Tonino. Keiner will die wesentlichen Dinge des Lebens wissen.» Der alte Guerrini machte den Kühlschrank wieder auf und nahm ein zweites Stück Käse für sich und Tonino heraus.

«Nicht schlecht, dass du da bist, Angelo. Ich dachte erst, dass es mich stören würde. Aber es ist besser, als Selbstgespräche zu führen.» Er lächelte, hob grüßend die Hand und verschwand im Flur. Er sah ein bisschen aus wie ein Geist in seinem weißen Nachthemd, ein Geist auf dünnen nackten Beinen.

«Soll ich das Licht wieder ausschalten?» Seine Stimme hallte.

«Ja, der Mond ist hell genug!» Guerrini öffnete das Küchenfenster und setzte sich neben den großen Topf mit frischem Basilikum. Er hat recht, dachte er. Er hat verdammt recht, der alte Herr.

Laura fuhr aus dem Schlaf hoch, irgendwer hatte geschrien. In ihrem Traum, jetzt erinnerte sie sich. Ihr Haar war schweißnass, das dünne Hemd klebte auf ihrer Haut. Langsam stand sie auf, tastete sich zum Fenster und schaute auf die schmale Straße hinunter. Da unten war alles still, nur die Straßenbahn näherte sich aus der Ferne.

Sie hatte geträumt, ganz sicher. Und trotzdem war sie überzeugt, dass sich etwas ereignet hatte. Jemand war gestorben. Wer? Sie wollte nicht darüber nachdenken, trank ein paar Schluck kalten Pfefferminztee. Danach setzte sie sich auf den Balkon und betrachtete den

Mond. Er hatte einen kreisrunden Ring um sich gezogen, der in den Farben des Regenbogens leuchtete.

Jemand ist gestorben, dachte Laura. Wieder überkam sie dieses Gefühl von Verlorenheit, das ganz neu für sie war und sie beunruhigte.

Als Ralf die Augen aufschlug, machte er sie gleich wieder zu, weil er nicht sicher war, wo er sich befand. Er hatte ein Wesen gesehen, dessen orangerote Haare in großen Zacken zu Berge standen und das einen Nasenring trug. Er lag auf dem Bauch, das konnte er spüren, und er spürte auch, dass er Wasser spuckte. Vielmehr, es lief aus ihm heraus. Aus der Nase und aus dem Mund. Er dachte, dass er vielleicht gestorben sei und jetzt in der anderen Welt wieder aufwachte.

Aber dann wurde er in der Mitte hochgehoben, sodass sein Kopf und Oberkörper nach unten hingen. Noch viel mehr Wasser lief aus ihm heraus, und er wusste nicht mehr, was er denken sollte. Er spuckte, hustete, holte endlich tief Luft und riss erneut die Augen auf. Jetzt lag er wieder auf dem Bauch.

Jemand leuchtete ihm mit einer Taschenlampe ins Gesicht, deshalb machte er die Augen wieder zu und nahm an, dass er vielleicht nicht gestorben war.

«Ich ruf doch den Notarzt!», sagte jemand.

«Nee, lass mal. Der kommt schon wieder. Wetten, dass der in ein paar Minuten wieder redet. Das ist 'ne zähe Rasse.»

Ralf lag in einer Pfütze. Er hatte das instinktive Gefühl, mit den Armen rudern zu müssen, um oben zu bleiben. Und so ruderte er.

«Siehste! Der wird wieder. Der ist ganz lebendig!»

Ralf hörte das, aber er selbst konnte nichts sagen, weil noch immer Wasser aus ihm herauslief. Es war ein Gefühl, als würde alles aus ihm herausfließen, auch sein Blut und seine Kraft und sein Leben. Aber es war nicht nur ein schlechtes Gefühl, dieses Fließen. Dann fiel ihm diese junge Ratte ein, die er mal in einem halbvollen Wassereimer gefunden hatte. Im Kreis war sie geschwommen, immerzu im Kreis. Er hatte ihr zugeschaut und irgendwann gemerkt, dass ihre Schnauze immer tiefer sank. Aber sie gab nicht auf, schwamm und schwamm im Kreis herum und suchte einen Ausweg. Ralf hatte den Eimer ganz langsam umgekippt und auslaufen lassen. Die kleine Ratte war herausgekrochen und einfach liegen geblieben, weil sie keine Kraft mehr hatte. Lag einfach da, auf dem nassen Boden, wie er jetzt.

Jemand klopfte kräftig auf seinen Rücken. Es war ihm unangenehm, machte aber das Atmen leichter. So viel leichter, dass er sich mit den Armen abstützen konnte und langsam ein bisschen hochkam.

«Siehste! Der is schon wieder auf'm Damm! He, Kumpel, alles klar?»

Ralf setzte sich hin und horchte lange, ehe er darüber nachdachte, die Augen aufzumachen. Er fürchtete sich davor, den Typ mit den orangeroten Haaren zu sehen. Weil er vielleicht doch gestorben war und es nur nicht gemerkt hatte. Der Typ konnte der Teufel sein, denn in den Himmel würde er sicher nicht kommen. Es half aber nichts, irgendwann musste er die Augen doch aufmachen.

Der mit den orangeroten Zacken auf dem Kopf saß vor ihm und guckte ihn an. Er sah nicht mehr ganz so aus wie der Teufel.

«Na», sagte er, «biste wieder klar?»

Ralf versuchte zu sprechen, bekam aber nur ein heiseres Krächzen heraus und zuckte die Achseln.

«Diese Scheißkerle waren hinter dir her. Hast verdammtes Glück gehabt, dass wir in der Nähe waren. Die sind abgehauen, weil die nur fünf waren und wir zwanzig!» Der Orangerote wies mit seinem rechten Arm in die Dunkelheit. Da saßen und standen lauter seltsame Gestalten herum, Hunde waren auch dabei. Ralf machte die Augen wieder zu. Irgendwie hatte er doch den Verdacht, in der Hölle gelandet zu sein. Wenigstens in der Vorhölle.

«Danke», flüsterte er so leise, dass der Orangerote sich vorbeugte, um ihn zu verstehen.

«Passt schon, Kumpel! Aber allein solltest du dich mit denen da drüben nicht anlegen. Das ist nicht besonders gesund, wenn ich dir 'n Rat geben darf. Wir haben die schon 'ne ganze Weile im Auge.»

Ralf nickte. Das Fließen hatte aufgehört. Jetzt war er einfach nur noch müde. So müde, dass er sich am liebsten nach hinten hätte fallen lassen. Aber das ging nicht. Er musste einen sicheren Platz finden, den hinter der Lukaskirche. Unsicher tastete er nach seinem Rucksack, fand ihn gleich neben sich. Er versuchte aufzustehen, taumelte. Als er den Rucksack hochnehmen wollte, fiel er wieder um. Der Orangerote und all die andern hatten ihm schweigend zugesehen.

«Nee», sagte der Orangerote, «das geht noch nicht, Kumpel. Würde sagen, dass du dich erst mal ein bisschen langlegst. Da drüben, wo's trocken ist. Wir bleiben heute Nacht hier. Kannst dich also ruhig ausschlafen.»

ALS LAURA am nächsten Morgen ihr Dezernat betrat, wusste sie instinktiv, dass eine Hiobsbotschaft auf sie wartete. Sie versuchte sich zu wappnen, ging alle Möglichkeiten durch und konnte ihre Vorahnung trotzdem nicht einkreisen. Falls einem Kollegen etwas zugestoßen war, hätte man sie angerufen. Es musste also etwas anderes sein.

Claudia lächelte ihr zu und brachte sofort eine Tasse Kamillentee.

«Geht's dir besser?»

«Danke, viel besser. War nur eine kurze Attacke.»

«Gut, dann setz dich erst mal hin und trink deinen Tee.»

«Wieso?»

«Nachbehandlung. Man darf diese Geschichten nicht auf die leichte Schulter nehmen.»

«Das ist doch sonst nicht deine Art! Was ist denn los?»

«Du bist es nicht gewöhnt, dass jemand sich um dich kümmert, was? Du hast dich schon so oft um mich gekümmert, hast dich meinetwegen sogar mit dem Chef angelegt! Kannst du es jetzt nicht einfach mal aushalten, dass ich dir Kamillentee koche, weil ich mir Sorgen um dich mache?»

Laura setzte sich und trank ihren Tee. Wartete.

Als sie die Tasse ausgetrunken hatte, sah Claudia von ihrem Schreibtisch auf.

«Bist du wirklich okay?»

«Ja, natürlich. Sonst läge ich im Bett! Jetzt sag schon, was los ist!»

«Woher weißt du, dass etwas los ist?»

«Ich weiß es einfach!»

«Du bist erstaunlich.» Claudia senkte den Kopf und schloss kurz die Augen. «Ich will es dir eigentlich nicht sagen, Laura.»

«Sag es.»

«Karl-Otto Mayer ist gestorben. Sein Arzt hat hier angerufen, weil der alte Herr deine Dienstnummer auf ein Blatt Papier geschrieben hatte. Als erste zu benachrichtigende Person im Fall seines Ablebens.»

Behutsam stellte Laura ihre Tasse auf Claudias Schreibtisch ab, stand auf, verließ das Dezernatsbüro, schloss leise die Tür hinter sich und flüchtete in ihr eigenes Zimmer am Ende des Flurs. Dort stellte sie sich ans Fenster, ging zweimal auf und ab, versetzte ihrem Ledersessel einen Tritt und schaute zu, wie er davonrollte.

Mit genau diesem Tod hätte sie rechnen müssen, aber sie hatte ihn verdrängt. Das Mordgeständnis des alten Herrn hatte ihm wohl den Rest seiner Kraft geraubt.

«Fragil», hatte er am Telefon gesagt.

Beim Gedanken an seine Stimme und seine Worte liefen Laura Tränen übers Gesicht. Fragil. Genauso fühlte sie sich selbst seit einiger Zeit. Zerbrechlich.

Plötzlich sehnte sie sich heftig nach Angelos Nähe, nach seinem Körper, seinem Geruch, seinem Blick. Heute Abend werde ich ihn anrufen, dachte sie. Heute

Abend werde ich ihn bitten zu kommen. Nach dieser Entscheidung trocknete sie ihre Augen, zog sich die Lippen nach und kehrte zu Claudia zurück.

«Würdest du bitte einen anderen Dienstwagen für mich organisieren? Meiner stinkt. Ich brauche den neuen in zehn Minuten.»

«Klar, mach ich.» Claudia warf Laura einen prüfenden Blick zu. «Du willst den alten Herrn nochmal sehen, hab ich recht?»

«Natürlich. Und ich will sehen, ob er mir nicht etwas hinterlassen hat, das mir im Fall Dobler weiterhilft.»

Ehe Claudia den Telefonhörer aufnahm, holte sie tief Luft. «Ich kann dir außerdem eins versprechen, Laura: Ich werde Peter Baumann von seiner Toilette runterholen, und zwar noch heute Vormittag!»

Laura drehte sich schnell zur Tür, weil ihr schon wieder Tränen in die Augen traten.

Während sie auf den neuen Dienstwagen wartete, versuchte sie in den Akten des BKA über den «Schwabinger Sturm» zu lesen. Es handelte sich um eine rechtsradikale Gruppe von ungefähr vierzig Personen. Die Hälfte von ihnen war Mitglied der NPD, die meisten gehörten auch der Anti-Antifa-Bewegung an. Einige hatten Verbindung zum «Weißen Arischen Widerstand» in Holland und Dänemark und zu Gruppen in den USA und Russland. Ein paar von ihnen hatten Gefängnisstrafen wegen Volksverhetzung oder wegen Störung der Totenruhe auf dem jüdischen Friedhof von Fröttmaning verbüßt. Vier saßen derzeit wegen Körperverletzung und diversen Übergriffen auf Ausländer im Gefängnis. Vor einem halben Jahr hatten die Stürmer Hakenkreuze ans Haus der Kunst gesprüht und in großen Lettern «Haus der Deutschen Kunst» und «Verbrennt die Entarteten» auf die grauen Säulen geschrieben.

Interessant war, dass ihr sogenannter Anführer, Michael Geuther, in Schwabing wohnte. Nicht sehr weit von Karl-Otto Mayer. Laura betrachtete die Fotos von Geuther, die dem Bericht beilagen. Schwarzweißfotos, die bei Versammlungen und Demonstrationen aufgenommen worden waren. Geuther war jeweils mit einem kleinen schwarzen Pfeil markiert. Unauffällig sah er aus, hatte dunkle kurze Haare, sorgsam gescheitelt, trug fast immer einen Anzug. Nur einmal eine Lederjacke und Jeans. Sein Gesicht war keines, das man sich leicht merkte. Ein Allerweltsgesicht.

Laura sandte eine detaillierte Anfrage über seinen familiären Hintergrund ans BKA und beschloss, noch einmal mit der alten Frau Neugebauer zu reden.

Kurz darauf klopfte Florian Bader an ihre Tür und meldete, dass die letzte Nacht an der Isar ruhig verlaufen war. Kein Feuer, keine rechten Gesänge. Absolute Ruhe. Nur ziemlich viele Punker hätten sich weiter nördlich eine Art Lager gebaut. Könnte sein, dass es deshalb bald wieder unruhig werden könnte.

«Warum?», fragte Laura.

«Weil ein Teil der Punker zu Antifa-Gruppen gehört, und die haben etwas gegen Neonazis!», antwortete Bader.

«Woher wissen Sie, dass einige zur Antifa gehören?»

«Weil ich einen von denen kenne, und dann muss ich nur im Computer nachsehen, und schon habe ich all die Typen, die an ihm dranhängen.»

«Grauslig, nicht?»

«Wie meinen?»

«Ich finde das grauslig! Haben Sie schon mal nachgesehen, was über uns und unsere Verbindungen im Computer steht, Florian? Ich wette, dass nicht, weil Sie gar nicht auf die Idee kommen, dass über uns etwas drinstehen könnte. Aber ich garantiere Ihnen, dass Sie etwas finden werden!»

Er schaute zu Boden.

«Schauen Sie doch mal nach. Das ist ein Auftrag!»

Er nickte, drehte sich um und schloss leise die Tür hinter sich.

Es dauerte fast eine Stunde, ehe Laura den neuen Wagen bekam. Er roch ein bisschen nach Zigaretten, obwohl es eigentlich streng verboten war, in Dienstwagen zu rauchen. Aber Tabak war besser als vergorene Milch. Auch in ihrem eigenen Wagen hing noch immer eine Erinnerung an die Zigaretten ihres Exmanns Ronald.

Als sie das Haus erreichte, in dem Karl-Otto Mayer seit so vielen Jahren gewohnt hatte, konnte sie den Anblick des Leichenwagens kaum ertragen. Es kostete sie Mühe, auszusteigen und ins Haus zu gehen. Die Haustür stand offen, die Wohnungstür im zweiten Stock ebenfalls. Keiner der Nachbarn war zu sehen. Das große Haus wirkte, als hätten alle Menschen es verlassen.

Auch der Flur war leer, im Wohnzimmer beugten sich zwei Männer in dunklen Anzügen über irgendwelche Papiere, waren so beschäftigt, dass sie Laura nicht bemerkten. Deshalb schlüpfte sie vorüber und schob vorsichtig die angelehnte Schlafzimmertür auf.

Als Erstes sah sie eine Kommode, auf der ein Sarg aus Fichtenholz abgestellt war. Der Sargdeckel lehnte an der Wand. Dann allmählich wurde der Blick auf ein Ehebett frei, dessen eine Seite mit rüschenbesetzten Kissen bedeckt war. Auf der anderen Seite lag die schmale Gestalt des alten Mannes. Jemand hatte die Hände auf seiner Brust gefaltet und eine Mullbinde um seinen Kopf gewickelt, um seinen Kiefer zu schließen. Der Verband gab ihm das Aussehen eines Schwerverletzten, und Laura musste plötzlich an ihre Mutter denken, die nach kurzer Agonie auch so dagelegen hatte. Ein wenig eingeschrumpft, mit einer Mullbinde um den Kopf.

Laura ging zu dem Toten hinüber und löste die Verbände. Die Leichenstarre hatte längst eingesetzt, und der Mund des alten Mannes blieb auch ohne Stütze geschlossen. Jetzt sah er wieder aus wie Karl-Otto Mayer, strahlte die Würde aus, die ihm zustand. Sie konnte ihm nicht ansehen, ob er in seinen letzten Minuten gelitten hatte. Entspannt lag er da, beinahe faltenlos und als Toter viel jünger denn als Lebender.

In einer Vase am Fensterbrett steckten rote Stoffrosen. Laura zupfte eine heraus und legte sie dem alten Mann auf die Brust.

«Sie, was machen Sie denn da? Wie sind Sie überhaupt reingekommen?» Einer der Männer im dunklen Anzug stand plötzlich im Zimmer.

«Die Wohnungstür war offen», erwiderte Laura und zückte ihren Ausweis. Bloß nichts erklären oder sich auf irgendwelche Diskussionen einlassen.

«Kripo», murmelte der Mann. «Kowalski, Bestattungsinstitut Pietas. Aber wieso Kripo? Es handelt sich doch um einen ganz normalen Todesfall. Der Arzt hat uns gesagt, dass der alte Herr an Herzversagen gestorben ist. Wir warten jetzt eigentlich nur noch auf die

Ankunft seines Sohnes, der mit dem Flugzeug aus Hamburg kommt.»

«Es handelt sich um einen ganz normalen Todesfall. Ich hatte eine spezielle Beziehung zu dem alten Herrn. Er hat nicht zufällig einen Brief oder eine Nachricht hinterlassen?»

«Es gibt einen Umschlag für eine Frau Gottberg. Das sind wohl Sie, wenn ich richtig gelesen habe.»

Laura legte ihre Hände kurz über die des Toten und wandte sich dann zur Tür. Bevor sie dem Herrn Kowalski endlich folgte, schaute sie noch einmal zurück.

«Könnten Sie mir den Umschlag geben, bitte!»

«Sie müssen mir allerdings eine Bestätigung unterschreiben, dass Sie den Umschlag bekommen haben.» Kowalski schien sich nicht sicher zu sein.

«Sie können sich meinen Ausweis gern nochmal ansehen», sagte Laura.

«Ja, wenn das möglich ist ...» Diesmal schien er Lauras Dienstausweis regelrecht zu studieren. Dann verschwand er im Wohnzimmer und zeigte ihn seinem Kollegen. Schließlich kehrte er mit einem kleinen Briefumschlag zurück, ließ Laura eine Art Quittung unterschreiben und reichte ihr erst danach Umschlag und Ausweis. Sie bedankte sich und drückte ihm eine ihrer Visitenkarten in die Hand.

«Bitte geben Sie meine Karte dem Sohn von Herrn Mayer. Er soll sich unbedingt mit mir in Verbindung setzen. Sagen Sie ihm, es sei sehr wichtig!»

Danach ging sie langsam den langen dunklen Flur entlang, vorüber an den verschlossenen Zimmern, die der alte Mann seit Jahren nicht mehr geöffnet hatte, weil er sie nicht brauchte. Sie lief die Treppe hinunter, stolperte und wäre beinahe gefallen. Danach klopfte ihr Herz sehr schnell, und als sie endlich im Wagen saß, wollte sie weinen, aber es ging nicht.

Behutsam öffnete sie den Umschlag, zog ein liniertes Blatt heraus und las:

Hiermit bekenne ich, Karl-Otto Mayer, geb. am 15. April 1918 in München, dass ich Gustav Dobler aus triftigen Gründen vergiftet habe.

Hochachtungsvoll
Karl-Otto Mayer

Außer dem linierten Blatt mit der krakeligen Schrift des alten Mannes lag noch ein vergilbtes Foto im Umschlag. Es zeigte eine junge Frau und ein kleines Mädchen, die beide in die Kamera lachten. Auf der Rückseite des Fotos stand: Esther und Lea Maron, 1942. Laura steckte Foto und Brief in den Umschlag zurück und weinte.

Ralf wachte auf, weil sein Gesicht brannte. Die Sonne schien auf seine rechte Backe. Mit dem Brennen kam auch die Erinnerung zurück. Er fuhr auf, rollte sich herum, denn er hatte auf dem Bauch gelegen, und versuchte, sich zurechtzufinden. Er konnte den Turm des Deutschen Museums sehen und den grauen Damm aus Beton, der die Isar vom Kanal trennte. In seiner Nähe hockten und lagen lauter Leute mit komischen Frisuren auf halbkahlen Schädeln herum. Die Vorhölle und der Orangefarbene fielen ihm wieder ein. Jetzt wurde sein

Kopf klarer. Punker hatten ihn aus der Isar gezogen, keine Teufel. So war das.

Sein T-Shirt und seine Jeans waren noch ein bisschen klamm, obwohl es wieder wahnsinnig heiß war. Er fröstelte sogar, hatte wahrscheinlich die ganze Nacht in nassen Klamotten geschlafen. Sein Kopf schmerzte, und er spürte einen scheußlichen Geschmack im Mund, als hätte er Schlamm gefressen. Langsam setzte Ralf sich auf, betastete seine Nase, suchte dann nach seinem Hut, konnte ihn aber nirgends sehen. Der Rucksack war da, ein Glück, denn sein ganzes Grundkapital steckte in diesem Rucksack.

Er brauchte dringend einen Kaffee, um den brackigen Geschmack aus dem Mund zu kriegen. Wenn er seinen Anhänger noch hätte, dann könnte er jetzt nach Hause gehen und sich einen Kaffee machen. Er hatte immer heißes Wasser in einer Thermoskanne. Alle ein, zwei Tage holte er eine große Kanne voll bei einem kleinen Stehausschank. Der Laden gehörte einem Griechen in Ralfs Alter, und der fand es ganz natürlich, dass jemand heißes Wasser brauchte, um sich einen Kaffee zu machen.

Jetzt kam der Orangefarbene auf ihn zu, der mit den Zacken auf dem Kopf und dem Ring in der Nase. Jetzt, bei Tageslicht, konnte Ralf sehen, dass Arme und Brust des Mannes mit schwarzen Ornamenten tätowiert waren. Er trug einen schwarzen Spitzbart und hatte sehr dunkle Augen unter buschigen Brauen. Würde wirklich glatt als Teufel durchgehen, dachte Ralf.

«Na, wieder auf'm Damm?» Breitbeinig stand der Orangefarbene vor Ralf und schaute auf ihn herunter.

«So halbwegs, denk ich.»

«Wärst uns beinah abgesoffen. Gehst du immer mit einem Rucksack voller Steine baden?»

Ralf zuckte die Achseln.

«Würd ich mir an deiner Stelle das nächste Mal überlegen.»

Ralf wusste nicht, was er antworten sollte. Außerdem erinnerte er sich nicht besonders genau an die Ereignisse der letzten Nacht. Nur, dass er vor ein paar Kerlen weggelaufen war, das wusste er noch.

«Wo sind die denn hin?», fragte er deshalb. «Ich meine, die Typen, die hinter mir her waren.»

«Die haben sich ganz furchtbar erschreckt, weil wir so gefährlich aussehen. Waren ja nur fünf und wir über zwanzig. Macht Spaß, Neonazis abzuklatschen, das sag ich dir, Kumpel. Gibt nichts Besseres! Wir müssen uns bei dir für dieses Vergnügen bedanken!» Er wirkte riesig, wie er so breitbeinig vor Ralf stand und jetzt die Arme ausstreckte, sich noch größer machte. Und er lachte, quiekend und hoch. Es passte gar nicht zu ihm, dieses Lachen.

Ralf wollte weg. Er kannte die Regeln der Punks nicht. Alle Gruppen, die er bisher getroffen hatte, funktionierten nach eigenen Regeln. Man musste sie kennen, sonst machte man alles falsch.

«Ja, dann danke», murmelte er deshalb und stand langsam auf, achtete auf den Orangefarbenen und gleichzeitig auf seinen eigenen Körper. Ein bisschen schwindlig war ihm, aber es ging besser, als er gedacht hatte. «Ich werd euch das nicht vergessen. Vielleicht kann ich mal was für euch tun. Man sieht sich ja ab und zu. Wo trefft ihr euch denn sonst?»

«Am Flaucher. Warum willste denn schon gehen. So fit biste auch wieder nicht!»

«Muss was erledigen.»

«Ach so? Wetten, dass du überhaupt nichts erledigen musst? Blöde Ausrede. Ich muss auch nichts erledigen, wir alle hier nicht, nur aufs Klo müssen wir ab und zu und was zu beißen besorgen. Für uns und die Hunde. Sonst absolut nichts. Das ist Freiheit, Kumpel.»

Ralf hatte genug. Er wollte nichts mehr hören und auch nicht antworten. Der Orangefarbene war ein bisschen wütend. Wahrscheinlich war er immer ein bisschen wütend. Solche Leute kannte Ralf. Gegen die konnte man nichts machen, weil die Wut nie wirklich weg war. Manchmal reichte es, wenn man so einen zu lange ansah oder auf eine Weise ansah, die ihm nicht gefiel, und schon wurde er wütend. Deshalb wollte Ralf weg, obwohl er dankbar war, dass die Punker ihn rausgefischt hatten. Wirklich dankbar. Keine Frage!

Ralf hängte den Rucksack über eine Schulter und nickte dem Orangefarbenen zu. Dann ging er über das vergilbte Gras auf die Bäume und Häuser zu. Ein paar Punks sahen ihm nach und hoben die Hand zum Gruß. Einige schliefen offenbar noch. Zwei, drei Hunde begleiteten ihn, schnüffelten an seinen Beinen. Mit jedem Schritt ging es Ralf ein wenig besser, konnte er freier atmen. In seiner Hosentasche fand er zwei Euro siebzig. Dafür würde er am S-Bahnhof Rosenheimer Platz einen Kaffee im Pappbecher und irgendwas zu essen bekommen. Er musste nicht mal sein Grundkapital anbrechen. Das Leben war nicht so schlecht, wie es manchmal aussah.

LAURA BETRACHTETE das Haus, in dem der Anführer der «Schwabinger Stürmer» wohnte. Es war ein graues Rückgebäude hinter den Wohnblöcken an der Ungererstraße. In dem betonierten Hof standen ein paar Pflanzenkübel herum, es gab eine Reihe Garagen. Im Parterre befanden sich die Werkstatt und das Lager eines Malerbetriebes. Darüber lagen die Wohnungen. Nicht viele, nur drei, denn das Haus war nicht sehr hoch. Laura verfolgte keine konkrete Absicht, wollte einfach nur ein Gefühl für die Lebensumstände dieses jungen Mannes bekommen. Im Hof parkte ein Lieferwagen. Zwei Männer mittleren Alters, in weißer Arbeitskleidung, schleppten Farbkübel heran und verstauten sie auf der Ladefläche. Laura schaute ihnen kurz zu und sprach sie dann an.

«Wissen Sie zufällig, ob der Herr Geuther da ist? Der aus dem zweiten Stock? Ich müsste ihn dringend sprechen.»

Der eine blieb stehen und sah sie nachdenklich an, der andere beachtete Laura nicht und ging den nächsten Kübel holen.

«Keine Ahnung», sagte der Maler. «Manchmal ist er da, manchmal auch nicht. Wir sind den ganzen Tag auf Arbeit, woher sollen wir wissen, was die Leute hier im Haus machen. Klingeln Sie doch einfach.»

«Das mach ich sowieso. Kennen Sie den Herrn Geuther?»

«Na, gesehen hab ich ihn schon. Aber mehr auch nicht. Hat er denn was ausg'fressen?»

«Nein, nein. Er hat etwas gewonnen.» Ich spinne, dachte Laura. Wie komme ich denn auf so eine Idee. Aber vielleicht ist es gar nicht so blöde. Es könnte ihn unruhig machen, den Herrn Geuther, wenn der Maler ihn fragt, was er denn gewonnen hätte.

«Na, hoffentlich is es a Million!», grinste der Maler.

«Darüber darf ich keinerlei Auskunft geben», erwiderte Laura.

«Ja, dann schaun S', ob er da ist! Dann kann er uns heut Abend glei a Bier ausgeben. Des macht er manchmal, der Michael. Mit dem kann ma guat reden, über alles eigentlich!»

Ach, plötzlich, dachte Laura. Erst hatte er ihn nur gesehen. Sie verkniff sich die Frage, über was man gut mit ihm reden konnte, ahnte es auch schon. Die beiden luden noch zwei Leitern in den Wagen, dann fuhren sie los und winkten Laura zu.

Jetzt war sie allein im Hof. Nur ein paar Spatzen pickten am Boden herum. Was suche ich hier eigentlich, dachte sie. Es handelt sich um einen ganz normalen Hinterhof, und Michael Geuther lebt offensichtlich ein ganz normales Leben, wie die meisten Typen aus der rechten Szene. Er ist kein auffälliger Skinhead, er ist Angestellter, der sich hervorragend tarnt. Der nette Nachbar von nebenan, mit dem man gut reden kann.

Trotzdem betrat sie das Hinterhaus, stieg langsam die Stufen zum ersten Stock hinauf und las dabei die Namensschilder an den Wohnungstüren links und rechts.

Eines klang sehr nach Balkan. Miroslav Tomasic, auf dem anderen stand der Name Schmidt. Im Treppenhaus roch es nach Farbe und Bratfett. Es war nicht besonders sauber. Im zweiten Stock gab es nur eine Wohnungstür mit großem, glänzendem Messingschild: M. Geuther. Die Fußmatte davor war imposant, dunkelrot mit schwarzem Rand.

Es hatte keinen Sinn zu klingeln. Sie war nicht vorbereitet, musste noch viel mehr über ihn wissen. Hilflosigkeit hatte sie hierhergeführt, der Tod von Karl-Otto Mayer und seine Angst um Lea Maron. Dabei gab es gar keinen Zusammenhang zwischen ihnen und Michael Geuther, nur den einen, dass die Vergangenheit wieder hochkam.

Hinter Geuthers Wohnungstür wurden Schritte laut. Laura wandte sich um und lief die Stufen zum ersten Stock hinunter, blieb stehen und wartete vor der Tür mit dem Namensschild Tomasic. Mit schnellen lockeren Schritten eilte Geuther die Treppe herunter, zögerte, als er Laura sah, und blieb stehen.

«Kann ich Ihnen helfen? Suchen Sie jemanden?» Höfliche Stimme, nicht unangenehm.

«Ich wollte zu Tomasic, aber da ist offensichtlich niemand da. Dann muss ich eben einen Termin machen.» Sie hatte schnell ihre Sonnenbrille aufgesetzt und sah nur kurz zu ihm hin. Er war nicht besonders groß, sicher kleiner als sie selbst und schmaler, als sie ihn sich vorgestellt hatte. Aber seine Körperhaltung war die eines Karatekämpfers, wachsam und ständig bereit, einen Angriff zu parieren.

«Mit denen können Sie keinen Termin mehr machen, ihre Aufenthaltsgenehmigung ist abgelaufen, und sie sind ab in den Kosovo. Die sind schon seit ein paar Wochen weg. Was wollen Sie denn von denen?»

«Sozialamt. Ich wollte bei der Abwicklung helfen.»

Er lachte. «Habt wohl eine lange Leitung, was? Da gibt's nichts abzuwickeln. Die haben ihre Sachen gepackt und sind verschwunden. Haben noch ordentlich abgezockt, Umsiedlungsbeihilfe und weiß nicht was. Aber das müssten Sie doch besser wissen als ich!»

«Ich bin von einer anderen Abteilung.»

«Schmerzensgeld vielleicht? Das gibt's doch sicher auch für Ausländer.»

Laura fiel keine Antwort ein. Genau das hatte sie befürchtet. Sie war nicht gut drauf. Traurig, wütend und verloren. Immer noch verloren. Sie hätte dem jungen Kerl an die Gurgel gehen mögen, doch das war keine Lösung. Sie musste Ruhe bewahren und sich auf eine echte Auseinandersetzung vorbereiten. Es war dumm von ihr gewesen, hierherzukommen. Viel zu spät brachte sie doch noch eine Antwort zustande.

«Schmerzensgeld. Keine schlechte Idee. Das hätten viele verdient. Ich kann leider nur psychologische Beratung anbieten.» Damit drehte sie sich um und ging vor ihm in den Hof hinunter, wandte sich auf der Ungererstraße Richtung Münchner Freiheit und ließ ihn einfach stehen.

Erst als sie sicher sein konnte, dass er in der U-Bahn verschwunden war, kehrte sie zu ihrem Wagen zurück und schaltete das Radio ein, um auf andere Gedanken zu kommen. Nachrichten: Ab elf Uhr vormittags galt wieder Fahrverbot. Nur Wagen mit Sondergenehmigung durften sich dann in der Stadt bewegen. In Italien und ganz Südeuropa brannten die Wälder. Laura schaltete das Radio aus. Sie hatte genug von Katastrophenmeldungen. Kurz dachte sie an alte Olivenbäume, Steineichen, Zypressen, Schirmpinien, die in Flammen aufgingen. Spürte diesen Schmerz, der von ihrer Wirbelsäule aus in den ganzen Körper strahlte, wie immer, wenn das Leben ihr zu nahe ging.

Als sie an der nächsten Ampel anhalten musste, fragte sie sich, wohin all die Autos verschwinden würden, wenn das Fahrverbot um elf in Kraft träte. Sie versuchte sich vorzustellen, was geschähe, wenn die Fahrer einfach ausstiegen und zu Fuß weitergingen. Ein Gesamtkunstwerk der zusammenbrechenden Zivilisation würde entstehen. Was hatte ihr Sohn Luca einmal gesagt, als er im Radio von einem Fünfzig-Kilometer-Stau auf irgendeiner Autobahn hörte? «Gigantisch! Das sollte man in Beton gießen! Stell dir vor, Mama, ein Kunstwerk von fünfzig Kilometern Länge!»

Seltsame Gedanken kamen ihr in den letzten Wochen, obwohl sie eigentlich nicht zu Endzeitvisionen neigte. Die Hitze schien jede Form von positivem Denken allmählich aufzulösen, in einen melancholischen Klumpen zu verwandeln, der im Kopf hing, müde machte und klares Denken verhinderte. Vorhin, angesichts des toten Karl-Otto Mayer, hatte sie tiefe Trauer empfunden, bei der kurzen Begegnung mit dem Neonazi Geuther Wut – jetzt, in diesem Augenblick, inmitten dieses irrsinnigen Verkehrs, bei achtunddreißig Grad, noch ehe es Mittag war, empfand sie nur eine lähmende Taubheit, als wären ihre Fingerspitzen eingeschlafen und alle Nervenenden dazu. Der Zustand erschien ihr gefährlich, das groteske Pendant zu einer Erfrierenden, die versuchen muss, um jeden Preis wach zu bleiben. Laura schüttelte den Kopf, schlug mit den Händen aufs Steuerrad und schaltete das Radio wieder ein. Sie spielten «Smoke on the water, twilight in the sky!». Laura sang laut mit.

Eine halbe Stunde später stand Laura im Dezernatsbüro Kommissar Baumann gegenüber. Er war blass, hatte deutlich an Gewicht verloren, und erst jetzt glaubte sie wirklich an seine Erkrankung. Bisher hatte sie Baumanns Abwesenheit eher für einen Racheakt gehalten.

«Claudia hat mir gesagt, dass ich unbedingt kommen muss, weil du mich brauchst. Also sag mir, ob das wahr ist. Wenn nicht, leg ich mich wieder ins Bett.»

Hastig griff die Sekretärin nach einem Ordner und verließ den Raum. Das hat sie gut arrangiert, dachte Laura. Meine Sekretärin und Verbündete zwingt mich dazu, Farbe zu bekennen.

«Also, ich höre! Für ältere Leichen stehe ich nicht zur Verfügung, für ernsthafte Schwierigkeiten schon.» Ganz entspannt stand Peter Baumann da, eine Hand in der Hosentasche seiner Jeans, und betrachtete Laura auf so interessierte und gleichzeitig distanzierte Weise, dass sie sich höchst unbehaglich fühlte. Deshalb ging sie zum Kühlschrank, nahm eine Wasserflasche heraus und füllte ein Glas.

«Willst du auch eins?»

«Nein.»

«Bist du sauer auf mich?»

Der junge Kommissar lachte auf. «Kannst du dir vorstellen, dass Menschen krank werden, ohne dass es einen direkten Zusammenhang mit dir gibt?»

«Also doch!»

«Was, also doch?»

«Du bist sauer auf mich. Sonst würdest du keinen so ekelhaften Satz formulieren.»

«Ekelhaft, aber wahr!»

Laura setzte sich hinter den Schreibtisch auf Claudias Sessel und trank langsam ein paar Schlucke Wasser. Baumann hielt ihr Schweigen genau eine Minute und zwanzig Sekunden aus – das konnte Laura auf der großen Uhr über der Tür verfolgen. In der einundzwanzigsten Sekunde holte er tief Luft und sagte: «Ist das der letzte Schrei in puncto Menschenführung?»

Laura stellte das Glas ab und sah ihn an. «Kannst du dir vorstellen, dass mir nichts dazu einfällt? Dass ich nicht schlagfertig, nicht schnell und noch nicht einmal heftig bin? Es geht mir nicht besonders gut, Peter. Mir gehen die Dinge zu sehr unter die Haut, und das ist schlecht in unserem Beruf. Du hast die beiden brutalen Morde an Obdachlosen nur aus der Ferne mitgekriegt, ich habe die Opfer gesehen. Außerdem ist letzte Nacht Karl-Otto Mayer gestorben, den du ja auch ziemlich gut kennst. Vor seinem Tod hat er ein herzzerreißendes Mordgeständnis abgelegt, um einen anderen Menschen zu schützen. Und ich weiß nicht, ob es an dieser verfluchten Hitze liegt ... in meinem Kopf vermischen sich all diese Ereignisse, als würden sie zusammenhängen, aber ich weiß nicht, wie und warum. Deshalb brauche ich dich, damit du alles schön sortierst und mir dann sagst, ob ich spinne oder nicht.»

Peter Baumann nahm die Hand aus der Hosentasche, legte sie auf seinen Hinterkopf und schaute zur Decke. «Du bist immer gut für Überraschungen, Laura, das muss ich dir lassen. Ich hatte jetzt eher einen Wutanfall erwartet. Mir wurde in letzter Zeit übrigens auch alles zu viel, auch deine Art, mich zu kritisieren. Und ich bin sicher, dass du meine Krankheit für eine Erfindung gehalten hast!»

«Ja, ich habe sie für Rache gehalten, weil wir uns vorher dauernd gegenseitig angeblafft haben. Ich dachte, du nimmst dir eine Auszeit, um mir zu zeigen, wie aufgeschmissen ich ohne dich bin!»

«Danke.»

«Bitte.»

«Noch was?»

«Es tut mir leid.»

«Was?»

«Dass ich eklig zu dir war.»

«Mir auch.»

«Was? Dass ich eklig zu dir war?»

«Dass ich eklig zu dir war.»

«Übertreib nicht, sonst hören wir plötzlich Musik, und Engel schweben durchs Zimmer.»

«Fang nicht wieder an.»

«Nein, ich fange gar nichts an. Ich gebe dir jetzt die Akten, dann kannst du dich an den Computer setzen und recherchieren. Ich brauche alles über diesen Michael Geuther, über die ‹Schwabinger Stürmer› und deren Umfeld. Vielleicht gibt es einen V-Mann, bisher waren die vom Nachrichtendienst nicht besonders freigebig mit ihren Informationen.»

«Okay. Die Sache interessiert mich. Aber ich muss dich warnen. Mein Arzt hat mir maximal vier Stunden Arbeit erlaubt. Ich hatte nämlich Amöbenruhr. Das ist eine tropische Krankheit, die den gesamten Körper schwächt. Und ich bin nicht der einzige Fall in München. Mein Arzt sagte außerdem, dass er auf die ersten Fälle von Dengue-Fieber und Typhus warte.»

«Das hat Commissario Guerrini auch angekündigt», murmelte Laura.

«Was?»

«Guerrini hat erzählt, dass sie in Italien auch mit einem Ausbruch von Dengue-Fieber rechnen.»

«Zurzeit komme ich mir vor wie in einem dieser Endzeit-Hollywoodfilme.» Baumann versuchte ein Lächeln. «Alles ein bisschen aus der Realität gerutscht, was? Sag Guerrini einen Gruß, und er soll sich vor der Amöbenruhr in Acht nehmen. Das einzig Positive daran ist, dass man seinen Speck blitzschnell loswird! Allerdings zum Preis von Schwächeanfällen und dem Wunsch nach einem schnellen und gnädigen Tod.»

Laura lächelte ihm zu. «Wieder gut?»

Er verzog das Gesicht und nickte. «Wieder gut. Dann machen wir uns mal an die Arbeit. Übrigens: Es freut mich, dass du mich brauchst.» Er lief zur Tür, riss sie auf und brüllte auf den Flur hinaus: «Du kannst wiederkommen, Claudia!»

Er arbeitete genau vier Stunden, legte ein kleines Protokoll seiner Ergebnisse auf Lauras Schreibtisch und ging nach Hause. Die Dinge waren noch nicht so gut, wie sie sein könnten, aber ein Anfang war gemacht. In den vier Stunden hatte er immerhin herausgefunden, dass Michael Geuthers Großvater Konrad hieß und ein ziemlich hoher Nazi in der Münchner Stadtverwaltung gewesen war. Nach dem Einmarsch der Amerikaner war er verhaftet und vor Gericht gestellt worden, weil er für die Deportierung von Juden verantwortlich war. Kurz nach seiner Verurteilung zu einer lebenslangen Haftstrafe erhängte er sich in seiner Gefängniszelle.

Laura rief die Nachbarin von Frau Neugebauer an und fragte, ob es möglich sei, die alte Dame zu besuchen.

«Nein, auf gar keinen Fall!», erwiderte Marion Stadler. «Es geht ihr sehr schlecht. Diese Hitze bringt die alten Leute um. Vorhin hat sie auch noch erfahren, dass der Herr Mayer gestorben ist. Seitdem redet sie nicht mal mehr mit mir.»

«Wer hat es ihr denn gesagt?»

«Eine Nachbarin hat bei ihr angerufen. Eins von diesen Klatschweibern. Ich war gerade bei ihr, um ihr die Einkäufe zu bringen. Sie hat gesagt, dass jetzt alles zu Ende geht und sie auch nicht mehr mag. Dann hat sie sich auf ihr Sofa gesetzt, und da sitzt sie wahrscheinlich noch immer und schaut vor sich hin. Sie will nichts trinken und nichts essen.»

«Kümmert sich jemand um sie?»

«Ja, ich. Ich geh alle halbe Stunde rüber und schau nach. Sie hat mir den Schlüssel zu ihrer Wohnung gegeben, was an ein Wunder grenzt!»

«Könnten Sie die Frau Neugebauer fragen, ob sie früher einen Konrad Geuther gekannt hat?»

«Nein, Frau Kommissarin, ich frag die Frau Neugebauer gar nichts mehr, weil ich sie nicht umbringen will. Irgendwann reicht's. Vorhin hat sie gesagt, dass es die alten Geschichten waren, die den Mayer umgebracht hätten, und dann sind ihr die Tränen runtergelaufen. Ich weiß nicht genau, um was es geht, und inzwischen will ich es auch gar nicht mehr wissen. Die Leutchen sind alle beinah neunzig! Kann man die nicht in Ruhe lassen?»

«Ich versteh Sie ja, Frau Stadler.» Laura suchte nach den richtigen Worten. «Es ist eine tragische Geschichte, die den Herrn Mayer und die Frau Neugebauer verbindet. Aber sie ist selbst nach dieser langen Zeit noch nicht ganz geklärt. Ich denke, dass der alte Herr Mayer seinen Frieden gefunden hat, weil er die alte Geschichte für sich gelöst hat. Die Frau Neugebauer aber noch nicht. Deshalb geht es ihr so schlecht.»

«Meine Güte, klingt das kompliziert. Sind Sie Psychologin? Wissen Sie, mir wird das allmählich zu viel. Diese Hitze und dauernd die Schwierigkeiten mit meiner Nachbarin. Ich mag sie ja, aber irgendwie haben diese Alten eine Power, da können wir Junge gar nicht mithalten. Und diese ganze Nazigeschichte ist mir eh zuwider.»

Laura seufzte.

«Mir gehen die alten Geschichten auch auf die Nerven, Frau Stadler. Aber sie gehören nun mal zu uns und unserer Geschichte. Außerdem laufen da ein paar Mörder herum, die mir noch unangenehmer sind. Deshalb bitte ich Sie um Unterstützung und nicht, weil ich Ihnen oder der Frau Neugebauer etwas antun will.»

Marion Stadler schwieg eine Weile, ehe sie widerwillig antwortete, dass sie es versuchen wolle.

«Konrad Geuther? War das der Name, nach dem ich sie fragen soll?»

«Genau, Konrad Geuther.»

«Ich hab es aufgeschrieben. Aber garantieren kann ich Ihnen nichts, Frau Kommissarin. Ich hab keine Lust, den Hilfssheriff zu spielen. Die Frau Neugebauer hat immer so Angst, dass jemand ihr nachspioniert. Das muss auch noch von früher stammen.»

«Vermutlich.»

«Also dann, ich melde mich bei Ihnen.»

«Danke, und lassen Sie sich Zeit.»

Laura legte das Telefon weg und lehnte sich in ihrem weichen Ledersessel zurück. Es war ein Versuch, weil Frau Neugebauers Ehemann auch ein aktiver Nazi gewesen war. Aber eben nur ein Versuch, vielleicht hatte sie den Namen Geuther nie gehört oder kannte ihn nur aus der Zeitung oder vom Hörensagen.

Laura las Baumanns Bericht noch einmal sorgfältig durch. Der Vater von Michael Geuther war Hauptschullehrer gewesen und musste im Pensionierungsalter sein, die Mutter Grundschullehrerin und ein paar Jahre jünger als ihr Mann. Beide schienen noch am Leben zu sein, jedenfalls hatte Baumann nichts Gegenteiliges vermerkt. Sie waren auch nicht geschieden, sondern wohnten gemeinsam in einem Einfamilienhaus in Lohhof, nördlich von München. Kontakte zu rechtsextremen Kreisen hätten beide niemals gehabt, vielmehr seien sie politisch völlig inaktiv und regelmäßige Kirchgänger.

Der Sohn allerdings hatte sich schon mit fünfzehn Jahren das erste Mal an Hakenkreuz-Schmierereien beteiligt, sich später innerhalb der Bundeswehr als strammer Rechtsnationaler hervorgetan, sich nach seinem Wehrdienst noch länger verpflichtet und so weiter und so weiter. Laura kannte solche Karrieren und überflog die folgenden Absätze nur. Natürlich leitete er nach seiner Bundeswehrzeit Wehrsportübungen, führte politische Schulungen durch, war aber erst seit relativ kurzer Zeit Mitglied der NPD. Die Gruppe «Schwabinger

Sturm» hatte er vor zwei Jahren gegründet, allerdings war er selbst niemals durch gewalttätige Aktionen aufgefallen und hielt sich stets im Hintergrund. Sein Job als sogenannter Versicherungsvertreter schien eher Tarnung zu sein. Auf diese Weise konnte er relativ unauffällig alle möglichen rechten Gruppierungen besuchen.

Kommissar Baumann hatte ein paar Reden von Michael Geuther beigelegt, die vom BND aufgezeichnet worden waren. Sie klangen alle ziemlich ähnlich:

«Kameraden, lasst mich gleich zur Sache kommen! Ihr werdet vielleicht manchmal denken, dass wir nur wenige sind, aber das ist nicht wahr. Es sind Hunderttausende da draußen, die nur darauf warten, von uns abgeholt zu werden. Hunderttausende, ja Millionen, Männer, Frauen und Kinder, die nach neuen Werten dürsten, die von ihrer Angst befreit werden wollen. Der Angst vor Armut, sozialer Ungerechtigkeit, vor Kriminalität, vor Ausländern, die ihnen die Arbeitsplätze wegnehmen und den Kindern Drogen verkaufen, Angst vor dem Kapital, das die Macht an sich gerissen hat, Angst vor dem Verlust der Identität, vor der endgültigen Auflösung unserer Nation Deutschland! Wir gehören zusammen und müssen das auch zeigen! Was wir brauchen, ist eine Revolution der Tapferen, die noch an etwas anderes glauben als an Geld! Uns geht es um Kameradschaft, um Gemeinschaft, um den Stolz unserer Nation!»

Und so weiter und so weiter, auch das kannte Laura. Sie fühlte die Übelkeit zurückkehren, die sie glaubte, überwunden zu haben. Sie steckte die Rede in Geuthers Akte zurück, stand auf und ging ein paarmal in ihrem Zimmer auf und ab.

Da wurde eine Generation übersprungen, dachte sie.

Großvater Nazi, Eltern traumatisiert und vermutlich sprachlos, wertneutral, und der Sohn, beziehungsweise Enkel, lebt das Verdrängte wieder aus. Die dunkle Seite, der Schatten, das war es doch, was sie an ihrem Beruf so interessierte, oder etwa nicht?

«Aber ich habe absolut keine Lust, mich immer wieder mit diesem speziellen Schatten rumzuschlagen!», murmelte sie. «Mit allen anderen Schatten gern, aber nicht ausgerechnet mit diesem. Und schon gar nicht bei dieser Hitze! Da kann ich meinem Chef nur zustimmen!»

Wieder fühlte sie diese merkwürdige Verlorenheit, hätte jetzt gern mit Peter Baumann über den Fall gesprochen, aber er war bereits gegangen, und anrufen wollte sie ihn nicht. Florian Bader und Ines Braun würden auch an diesem Abend die «Schwabinger Stürmer» beobachten, falls sie auftauchten. Nicht, dass es bisher viel gebracht hätte. Nicht mal den Mord an Benno hatten sie verhindern können.

Laura schloss die Akte Michael Geuther in ihren Schreibtisch ein und machte sich auf den Weg nach Hause. Als sie den Autoschlüssel aus ihrem Rucksack nahm, fiel die Einkaufsliste ihrer Nachbarin heraus. Kurz nach sieben, sie würde also noch einen Supermarkt in Haidhausen erreichen. Es war gut, etwas so Konkretes zu tun, wie für eine alte Nachbarin einzukaufen. Alles andere erschien ihr gerade außerhalb der Wirklichkeit. Sie hatte auch keine Lust mehr, nach Ralf zu suchen. Wenn er sich dieser gefährlichen Situation aussetzte, obwohl sie ihm Schutz angeboten hatte, dann fühlte sie sich nicht mehr verantwortlich. Aber natürlich stimmte das nicht, dafür dachte sie viel zu oft an ihn.

COMMISSARIO GUERRINI saß gemeinsam mit seinem Vater vor dem Fernseher im Wohnzimmer. Das Telegiornale lief, die Nachrichtensendung der RAI. Im Süden, in der Mitte Italiens und auf den Inseln brannte es. Es brannte auch in der Maremma, in den Marche und in Ligurien, brannte in Südfrankreich und Spanien, in Griechenland, Albanien, Kroatien und Bulgarien. Rauchwolken schienen aus dem Fernsehapparat zu dringen, Bilder ausgebrannter Campingplätze, explodierender Autos, flüchtender Menschen und ratloser Feuerwehrleute zogen vorüber.

«Porco dio!», brüllte der alte Guerrini und schaltete den Fernseher aus. «Ich habe keine Lust, mir das anzusehen! Ich könnte explodieren, wie diese Autos. Ich habe sogar schon angefangen zu beten, dass die Wälder am Monte Amiata verschont werden. Wenn die brennen, dann sterbe ich, Angelo, das kannst du mir glauben. Entweder sterbe ich, oder ich laufe Amok!»

«D'accordo. Aber ich würde trotzdem gern die Nachrichten sehen!»

«Und was hast du davon? Depressionen bekommst du von den Nachrichten! Seit ich mich erinnern kann, bekomme ich Depressionen von den Nachrichten. Depressionen oder Wutanfälle. Gut geht es mir nur, wenn ich nicht Radio höre und nicht fernsehe. Weißt du, was einer von den Brandstiftern gesagt hat? Einer von denen, die Wälder anzünden? Er hat gesagt, dass es sein Hobby ist. Und ein anderer hat gesagt, dass er Arbeit braucht und sich um eine Stelle bei der Wiederaufforstung bewerben will. Hast du das gehört, Angelo?!» Der alte Guerrini rang aufgebracht die Hände.

«Ja, ich habe es gehört!»

«Weißt du, was die machen? Sie binden einem Hund einen Lappen an den Schwanz, tränken ihn mit Benzin und zünden ihn an. Das arme Vieh rennt dann wie irr durch den Wald und zündet alles an. Weißt du, was ich für Anwandlungen bekomme, wenn ich so was höre? Solche Kerle würde ich gern an einen Baum binden und …!»

«Ja, ich weiß, was du gern tätest! Aber das ist Mord.»

«Und was ist das, was diese Kriminellen machen, die Mafia und die Gehirnamputierten?»

«Das ist ebenfalls ein Verbrechen!»

«Und warum regst du dich dann nicht auf? Warum sitzt du da, als wärst du ein alter Mann? Warum tust du nichts dagegen, dass Idioten den Wald anzünden?»

«Ich rege mich auf, aber ich kann nichts dagegen machen!»

«Und warum nicht? Du bist bei der Polizei, warum kann die Polizei nicht ausnahmsweise etwas Nützliches tun?»

«Ich bin für Morde zuständig und nicht für Brandstifter.»

«Aber das sind Mörder, Angelo! Sie bringen die Bäume um! Auf Menschen kann man leichter verzichten als auf Bäume, lass dir das von deinem alten Vater sagen, auch wenn es dir nicht gefällt! Ohne Wälder wird dieses Land zur Wüste, dann können wir alle nach Australien auswandern, aber da ist es auch nicht besser!» Fernando Guerrini knallte seine rechte Faust in die offene linke Hand. Tonino bellte zweimal und kratzte sich heftig.

«Ich stimme dir in fast allem zu, aber trotzdem würde ich gern den Rest der Nachrichten sehen!»

«Was willst du sehen, sag's mir, was? Die dummen Sprüche unserer Politiker zur ernsten Lage in unserem Land? Oder wieder ein paar Selbstmordanschläge im Irak? Willst du das sehen, Angelo? Komm lieber in die Küche und trink ein Glas Wein mit mir. Ich habe heute Nachmittag eine Schüssel *panzanella* gemacht, die isst du doch so gern, und bei dieser Hitze ist Brotsalat genau das Richtige.»

«Santa Caterina, wenn wir in Frieden zusammenleben wollen, dann machen wir jetzt Folgendes: Ich schaue mir die Nachrichten an, und du gehst in die Küche und bereitest den Wein und die *panzanella* vor. Danach können wir uns in Ruhe weiter unterhalten.»

Der alte Guerrini zuckte die Achseln, grummelte ein bisschen, nahm den Kompromiss aber offenbar an, denn er verschwand samt Tonino aus dem Wohnzimmer.

Der Commissario schaltete den Fernseher wieder ein und erwischte noch einen halben Satz von Präsident Bush, den er nicht genau einordnen konnte, auch sein Lächeln mit heruntergezogenen Mundwinkeln nicht, aber der Präsident lächelte sowieso immer und mit heruntergezogenen Mundwinkeln, ganz egal, ob er etwas Ernstes oder etwas Positives sagte. Dann kam

Sport und der Wetterbericht. Das Gewitter der letzten Nacht war offensichtlich nur ein Zwischenspiel gewesen. Die nächste Hitzewelle rollte bereits aus Nordafrika heran.

Guerrini sah auf die Uhr. Halb neun. Ich werde jetzt mit meinem Vater essen, ein Glas Wein trinken und dann Laura anrufen, dachte er. Am liebsten würde ich sie gleich anrufen, aber das kann ich meinem Vater nicht antun.

Als Guerrini die Küche betrat, blieb er gerührt stehen. Sein Vater hatte – trotz der Hitze – zwei dicke Kerzen angezündet und den Tisch gedeckt. Der Brotsalat sah köstlich aus, und die Karaffe mit Rotwein funkelte im Kerzenlicht.

«Allora! Siediti!», rief Fernando Guerrini und machte eine ausholende Geste, als wollte er seinem Sohn die ganze Küche zu Füßen legen. Angelo bedankte sich und probierte den Salat gleich aus der Schüssel. «Delizioso, papà, die *panzanella* schmeckt noch besser, als ich sie in Erinnerung hatte.»

«Das liegt an den Tomaten und dem Basilikum. In diesem Jahr sind die Tomaten zuckersüß, weil dauernd die Sonne scheint. Und das Basilikum ist ganz frisch gepflückt und hat den vollen Duft. Wächst alles auf der Terrasse und im Garten. Es ist ein Jammer, dass du unterm Dach wohnst und keinen Garten hast.»

«Wenn ich in deinem Alter bin, dann habe ich vielleicht einen. Aber jetzt sind andere Dinge dran. Erzähl mir bitte nicht, dass du in meinem Alter Tomaten und Basilikum angepflanzt hast!»

Der alte Guerrini hörte einen Moment lang auf zu kauen und starrte seinen Sohn nachdenklich an. «Du hast recht. Das habe ich ganz vergessen. Seltsam, wenn man älter wird, denkt man, dass man sein ganzes Leben lang gescheit war! Aber das stimmt natürlich nicht! Mit achtundvierzig war ich noch ein ziemlicher Trottel.»

«Grazie.»

«Ich habe damit nicht gemeint, dass du ein Trottel bist, ein Commissario kann gar kein Trottel sein!»

«Natürlich kann ein Commissario ein Trottel sein, und du weißt das ganz genau, Vater. Was also ist der tiefere Sinn deiner Attacken?»

Fernando Guerrini trank einen großen Schluck Wein, stellte sorgsam das Glas auf den Tisch und kratzte sich am linken Ohr. «Ach, nichts Spezielles, mich regen nur ganz viele Dinge auf in letzter Zeit. Ganz besonders diese Waldbrände. Und dass sie die ganze Landschaft zubauen. Unsere toskanische Landschaft; wenn du in die Gegend von Lucca oder Pisa fährst, ist ja schon fast nichts mehr davon übrig. Hast du schon das Neueste gehört? Sie wollen einen Flughafen für Siena bauen! Einen Flughafen! Dabei gibt es nichts Schöneres, als ganz langsam über die Hügel mit dem Zug anzukommen, oder meinetwegen mit dem Auto. Wer will denn mit dem Flugzeug nach Siena? Das können nur Vollidioten oder Kriminelle sein, solche, die auch Wälder anzünden! Mich macht das so wütend, dass ich gar keinen Appetit mehr habe!» Mit einer heftigen Bewegung schob er den Teller von sich weg.

«Du solltest einer Bürgerinitiative beitreten.»

«Mach dich nicht über mich lustig!»

«Mach ich nicht. Ich meine es ernst!»

«Und warum nicht auch du? Warum nur ich, he?»
«Ja, auch ich! Aber du hast mehr Zeit als ich!»
«Für unser Land muss man sich die Zeit nehmen, verdammt nochmal. Genau deshalb geht alles den Bach runter, weil Leute wie du keine Zeit haben! Wir müssen es denen zeigen! Alles muss anders werden in diesem Land, alles!»
«Das sagen wir Italiener, seit es diesen Staat gibt!»
«Tu nicht so abgeklärt!»
«Tu ich gar nicht, es ist nur die Wahrheit! Hast du deine Bemerkung eigentlich ernst gemeint, dass man auf Menschen leichter verzichten kann als auf Bäume?»
«Ich habe sie ernst gemeint! Nicht auf alle Menschen natürlich, aber ich könnte dir sofort zwanzig Leute aufzählen, auf die ich verzichten könnte, wenn dafür die alten Olivenbäume wieder wachsen würden, die sie bei Montalcino abgesägt haben, um noch mehr Brunello anzupflanzen und noch mehr Geld zu machen.» Fernando Guerrini schnaubte wie ein wütender Stier.
«Du klingst ganz so, als hättest du das Potenzial zum Ökopartisan, Vater.»
«Und du zum Politiker!»
«Das war eine Beleidigung.»
«So war es auch gedacht, vielleicht regst du dich dann endlich auf.»
«Ich rege mich ja auf, verdammt nochmal! Aber da du dich gerade für drei aufregst, muss ich nicht auch noch rumbrüllen!»
«Ah!» Der alte Guerrini schlug mit der flachen Hand auf den Tisch.

«Soll ich dir mal was sagen, Vater? Erinnerst du dich an die uralte Schirmpinie auf dem Hügel links von der Straße nach Rosia?»

«In der Gegend, wo ich früher jagen gegangen bin und du unter der Pinie auf mich gewartet hast?»

«Genau die! Wenn jemand diese Pinie abbrennt oder umsägt, dann werde ich zum Rächer der toten Bäume, das kann ich dir versprechen!»

«Und warum nicht sofort?»

«Weil ich im Moment die Aufgabe habe, die Mörder von Menschen zu finden. Also teilen wir uns die Aufgaben, ja? Du übernimmst die toten Bäume, ich die toten Menschen.»

«Du solltest doch Politiker werden!»

Angelo Guerrini musste lachen, und nach ein paar Sekunden stimmte sein Vater ein.

«Können wir jetzt endlich diese köstliche *panzanella* zu Ende essen?»

«Meinetwegen», knurrte der alte Guerrini und zog seinen Teller wieder zu sich heran. Diesmal aßen sie schweigend. Nur Tonino ließ ein lautes Seufzen hören.

«Willst du noch Käse oder Obst?», fragte Angelos Vater, als sie die Salatschüssel geleert hatten.

«No, grazie. Sono contento. Ich muss jetzt leider telefonieren. Es ist sehr wichtig!»

«Na, ich hoffe, du rufst diese Laura an. Ich mag sie, verstehst du! Carlotta war in Ordnung, aber nichts für dich. Du brauchst eine Frau, die dich auf Trab hält! Ruf sie schon an! Sie hat zwei Kinder, nicht wahr? Dann krieg ich wenigstens auf diese Weise Enkel. Der Dottor Gottberg hat mir erzählt, dass es zwei wunderbare junge Leute sind. Sie können sogar Italienisch. Also schaff sie schon her, Angelo! Das ewige Leben hab ich nämlich nicht!»

Guerrini sparte sich eine Antwort. Sein Vater war schon immer sehr direkt gewesen, und im Alter wurde er noch direkter. Irgendwie gefiel es ihm. Mitunter konnte man von den Eltern sogar etwas lernen. Und so beschloss er, dieses wichtige Telefongespräch sehr direkt zu führen.

ZWEI SCHEIBEN Zwieback und ein bisschen Joghurt, mehr hatte Laura an diesem Abend nicht essen können. Sie fühlte sich zerschlagen, trauerte um Karl-Otto Mayer und war gleichzeitig froh, dass es wenigstens ihrem Vater gutging. Stolz hatte er am Telefon verkündet, dass er einen Brief an Fernando Guerrini geschrieben hätte – in astreinem Italienisch, vor einem großen Ventilator sitzend und ein Glas *Bianco di Pitigliano* trinkend.

Frau Neuner aus dem ersten Stock hatte sich über die Einkäufe gefreut und Laura eine Flasche alten Cognac schenken wollen – aus den Beständen ihres verstorbenen Mannes. Laura hatte abgelehnt und fragte sich, warum sie von der älteren Generation ständig mit starken Getränken konfrontiert wurde. Vielleicht hatten die das Leben nach dem Krieg nicht anders ausgehalten. Dabei kam ihr der Gedanke, dass die offiziellen Gesundheitsratschläge manchmal ziemlich naiv klangen angesichts der Tragödien, die das Leben den Menschen verordnete.

Was hatte ihr Vater kürzlich gesagt, als wieder eine bundesweite Gesundheitskampagne für Senioren gestartet wurde? «Ich begreife überhaupt nicht, warum die uns ständig mit Fitnessprogrammen, gesunder Ernährung, Rauchverboten und Gott weiß was malträtieren.

Wollen die denn, dass wir alle hundertzehn werden? Das wird doch viel zu teuer! Und macht auch keinen Spaß!» Das war typisch Emilio Gottberg. «Die Leute sollen lieber bewusst leben und sich damit auseinandersetzen, dass sie sterblich sind!» So ungefähr lautete das Lebensmotto ihres Vaters, und Laura wünschte sehr, dass er mindestens hundertzehn werden würde. Was allerdings sicher nicht in seinem Sinne war. Und sie selbst? Verdrängte sie ihre Sterblichkeit? Laura ließ sich auf das große Sofa im Wohnzimmer fallen und legte die Beine hoch. Hier war der kühlste Platz in der gesamten Wohnung, weil sie für permanente Dunkelheit gesorgt hatte.

Natürlich verdrängte sie ihre eigene Sterblichkeit, jedenfalls zu einem großen Teil. Und doch ... In den letzten Wochen war diese Abwehr durchlässig geworden. Sie selbst war durchlässiger geworden. Für Gefühle wie Verlorenheit, die sie absolut nicht schätzte. Eigentlich wollte sie Angelo anrufen, spürte aber eine ungewohnte Scheu, wie schon ein paarmal in den letzten Tagen.

Auch Beziehungen waren sterblich, Liebe. Sie fürchtete, sich auszuliefern, wenn sie ihm ihre Verlorenheit zeigte. Er hatte in letzter Zeit manchmal so verändert und irgendwie distanziert geklungen, als entfernte er sich von ihr. Sie sahen sich einfach zu selten, kannten sich nicht gut genug, um die Verfassung des anderen auszuloten. Aber vielleicht war das auch nur eine Ausrede für ihre eigene Feigheit.

Das Telefon stand im Flur, sie musste nur aufstehen und einen Knopf drücken, dann konnte sie mit Angelo sprechen. Also stand sie auf, ging in den Flur und stellte sich vor die Telefonanlage, streckte die Hand aus, zog sie wieder zurück und schreckte zusammen, als es in diesem Augenblick begann zu klingeln. Zögernd hob sie ab, schaute nicht auf das Display, sagte einfach «hallo».

«Buona sera, Laura. Sono fortunato di trovarti a casa.»

«Sei fortunato ma anch'io sono fortunata. Wir haben beide Glück gehabt. Ich wollte dich gerade anrufen.» Ihre Worte kamen ganz locker, aber es stimmte nicht. Sie war nicht locker, und sie war sicher, dass er einen falschen Eindruck bekommen würde.

«Wie schön. Aus einem bestimmten Grund?»

«Ja, ich denke schon. Ich hatte Sehnsucht nach dir.»

«Hattest oder hast?»

«Ich habe.»

«Bene.»

«Was?»

«Ich sagte gut, weil ich dich fragen wollte, ob du diesen Zustand so in Ordnung findest.»

«Welchen Zustand?»

«Den Zustand der Sehnsucht und die permanente Trennung mit kurzen Unterbrechungen.»

Lauras Herz tat ein paar stolpernde Schläge. Plötzlich war sie sicher, dass er Schluss machen wollte.

«Nein», erwiderte sie leise, bemüht, ihrer Stimme einen halbwegs festen Klang zu geben. «Aber es stimmt nicht ganz. Manchmal finde ich es gut, weil wir uns immer neu begegnen. Ich habe Angst vor der Gewohnheit.» Schon wieder schob sie ihn weg, dabei wollte sie das gar nicht.

«Ich glaube nicht, dass Gewohnheit unser Problem ist, Laura. Es wird sicher eine ganze Weile dauern, bis wir uns aneinander gewöhnen oder gar miteinander langweilen.»

«Was willst du damit sagen?»

«Ich denke, dass unsere Beziehung spannend genug ist, um ein bisschen mehr zu riskieren.»

Laura fiel nichts ein.

«Bist du noch da?»

«Ja.»

«Ist mein Vorschlag so furchtbar, dass es dir die Sprache verschlagen hat?»

«Nein.»

Er lachte. «Warum sagst du dann nichts?»

Laura räusperte sich. «Weil ... ich weiß nicht genau. Ich wollte dir auch etwas sagen, Angelo. Ich wollte dich fragen, ob du nach München kommen kannst.»

«No! Non posso crederti! Sag das nochmal, Laura!»

«Warum denn?»

«Ich würde es gern noch einmal ganz deutlich hören, damit ich es auch glauben kann.»

«Bin ich so schlimm?»

«Nein, nur halb so schlimm.»

Laura antwortete nicht.

«Du lachst ja gar nicht. Stimmt was nicht?»

«Es geht mir nicht besonders gut, Angelo. Ich fühle mich so ähnlich, als hätte jemand auf mich geschossen und mich knapp verfehlt. Wie auf dem Hügel bei Asciano, als die Chinesen in dem schwarzen Geländewagen auf uns geschossen haben.»

«Was ist passiert?»

«Ein alter Mann ist gestorben, der ein stiller Held war, ein junger Neonazi hält grausige Reden, und an der Isar grölen sie Hasslieder, zwei Obdachlose wurden erschlagen, die Hitze macht uns alle krank, Luca wird in England als Nazi beschimpft ... ich habe ein gelbgrünes Auge und Bauchweh. Mein Penner mit dem Federhut ist verschwunden, und bei euch brennen die Wälder. Willst du noch mehr Gründe hören?»

«Grazie, veramente di no! Wann soll ich kommen?»

«Subito, Angelo. Ganz schnell!»

«Ich werde morgen Urlaub nehmen und dann den nächsten Zug von Florenz, vielleicht bekomme ich auch noch einen Flug! Versuch zu schlafen, häng feuchte Laken an die Fenster. Das mache ich bei großer Hitze. Dusche, ehe du dich hinlegst, und trockne dich nicht ab. Mach dir einen Tee aus Wacholderbeeren, den hat mir meine Mutter immer gemacht, wenn mein Bauch nicht in Ordnung war. Wacholderbeeren und Wermutkraut ... warte, sie hat noch etwas hineingemixt ... Tausendgüldenkraut, das war es. Ich glaube, sie war wirklich eine Hexe.»

Laura lachte nun doch, aber sie spürte Tränen in den Augen. «Eine wunderbare Hexe und sehr klug, Angelo. Meine Mutter hat mir nämlich etwas Ähnliches zusammengebraut, wenn ich Bauchweh hatte. Ich habe es nur verdrängt, weil es abscheulich schmeckte.»

«Trink es!»

«Ich verspreche es!»

«Bene, ich sag dir morgen, wann ich ankomme.»

«Kannst du so einfach weg?»

«Es ist ein Notfall, nicht wahr?»

«Ja, es ist ein Notfall.»

«Ci vediamo, Laura! Und trink den Tee!»

«Buona notte, Angelo.»

Laura legte das Telefon zurück, ging in die Küche

und suchte die Ingredienzien für den Magentee der toskanischen Hexen. Es war alles da.

Notfall, dachte Laura. Ich bin ein Notfall.

Sie trank ihren Tee und rollte sich auf dem Sofa zusammen, schlief bis kurz vor Mitternacht. Dann war sie hellwach, kein Gedanke mehr an Schlaf. Sie rief Florian Baders Handy an.

«Ja, sie sind da», meldete er. «Aber sie sind nicht laut, keine Hassgesänge heute Abend. Geht es Ihnen besser?»

«Allmählich.»

«Etwas hat sich verändert hier unten. Aber wir wissen nicht, was.»

«Soll ich kommen?»

«Nein, wir schaffen das schon allein. Werden Sie lieber gesund.»

«Aber ihr versprecht, dass ihr mich sofort ruft, wenn sich etwas tut!»

«Natürlich.»

«Dann vielleicht bis später.»

Laura trank noch eine Tasse Hexentee. Er war inzwischen beinahe schwarz und schmeckte wie pures Gift. Danach klemmte sie ein Fieberthermometer unter den Arm, aber sie hatte kein Fieber. Es war nur diese permanente und unerträgliche Hitze. Sie duschte und trocknete sich nicht ab, legte sich aufs Bett. Inder essen scharfes Curry, damit sie schwitzen und die Verdunstungskälte die Hitze erträglich macht, dachte sie. Aber der Gedanke an scharfes Curry drehte ihr den Magen um. Sie konnte nicht schlafen, fürchtete die Nachtgedanken. Deshalb knipste sie ihre Leselampe an und griff nach dem Buch des polnischen Reporters, das Emilio Gottberg ihr empfohlen hatte. Sie schlug es irgendwo auf.

Berlin, 4. August 1994
Seit dem Morgen ist die Stadt von Sonne durchflutet. Sie ist überall, beherrscht alles. Die Menschen sind erschöpft vom heißen Sommer, müde, gereizt aggressiv. Dabei sind erst 30 Grad. Und wenn die Temperatur auf 40 Grad klettert? Auf 50 und noch höher? Wann immer ich so extreme Temperaturen (Hitze, Kälte) erlebe, denke ich an die enge Beziehung zwischen Klima und Moral ... In Los Angeles kommt es bei der ärgsten Hitze vor, dass Menschen, wütend, weil ihnen einer mit dem Wagen in die Quere gekommen ist, auf ihn schießen. Ein Mord, begangen in von der Sonne ausgelöster Furie. Wenn wir in größter Hitze keinen Schutz finden, fühlen wir uns gepeinigt, bedroht. 20, 30 Grad genügen, um alle Menschlichkeit in uns zu betäuben.

Ein Nachtfalter umkreiste die Lampe, flüchtete vor der Hitze in die Dunkelheit und kehrte wieder zurück, um erneut zu fliehen. Konnten die Morde an der Isar etwas mit der unmenschlichen Hitze zu tun haben? Konnte das der entscheidende Auslöser gewesen sein? Vielleicht waren ein paar verwahrloste Jugendliche durchgeknallt. Alkohol und Hitze, gepaart mit Hass. Vielleicht hatten die grölenden Neonazis nichts damit zu tun. Solche Fälle hatte es immer wieder gegeben, auch ohne

Hitzewelle. Alkohol und Hass reichten schon – manchmal auch Hass allein.

Der Nachtfalter flatterte hilflos gegen die heiße Glühbirne. Laura fing ihn in der Höhlung ihrer beiden Hände, trug ihn auf den Küchenbalkon und entließ ihn in die Nacht. Wieder im Bett, betrachtete sie die Innenfläche ihrer Hände. Seine Flügel hatten winzige Spuren von Silberstaub zurückgelassen. Laura griff nach ihrem Buch und blätterte weiter. Der polnische Journalist hatte seine Gedanken in einer Art Tagebuch niedergeschrieben, einer Form, die irgendwie zu dieser Nacht und zu Lauras Unruhe passte.

> Einem Armen wird heutzutage überall unfreundlich, negativ begegnet. In einer Welt, geprägt von Wettlauf, Kampf, Konkurrenz, ist der Arme derjenige, der verloren hat, abgestürzt, zurückgefallen ist.
> Der Arme sollte uns aus den Augen gehen.
> Im übrigen blickt auch der Arme selbst voll Verachtung auf seinen Leidensgenossen. Er sieht in ihm nämlich eine Karikatur, eine schlechtere Ausgabe seiner selbst, die eigene Niederlage.

Auch das hatte Laura viele Male erfahren – eine Haushälterin, die voll Verachtung über einen Kellner redete, Obdachlose, die auf andere Penner herabsahen, als wären sie Dreck. Aber als noch schlimmer hatte sie stets die Verachtung empfunden, die Arme oder Obdachlose für sich selbst hatten. Auch Ralf war nicht frei davon.

Der nächste Schritt derer, die Angst vor dem Absturz hatten, war Gewalt gegen die, die schon abgestürzt waren. Die Vernichtung dessen, was Angst macht, aus Furcht genauso zu enden. Auch das konnte ein Motiv sein.

Laura knipste das Licht aus und legte sich flach auf den Rücken, die Arme ein wenig abgespreizt. Ihre Haut war schon lange getrocknet, ihr Magen fühlte sich deutlich besser an. Der Hexentee schien zu wirken. Schlafen konnte sie trotzdem nicht, sank nur in entspanntes Dahindämmern, dachte an Angelo und fragte sich, wie es wohl weitergehen würde mit ihm.

Um halb zwei schreckte das Telefon sie auf. Es war die junge Kollegin Ines.

«Wäre gut, wenn Sie kämen, Laura. Hier bricht gerade der Krieg aus. Haben schon Großeinsatz ausgelöst.»

«Die Punks gegen die Neonazis?»

«Oder umgekehrt, außerdem sind da auch noch andere Gruppen beteiligt und möglicherweise auch Anwohner.»

«Bin schon unterwegs!»

Laura sprang aus dem Bett, schlüpfte in Jeans und T-Shirt, zog die kugelsichere Weste an und steckte ihre Dienstwaffe ein. Während sie sich anzog, empfand sie plötzlich ein Gefühl freudiger Erregung. Vielleicht war das der Knall, den sie erhofft hatte, vielleicht kamen die Dinge endlich in Bewegung.

Wildes Getümmel herrschte auf den Straßen entlang der Isar, als Laura ihren Dienstwagen auf die Corneliusbrücke zusteuerte. Sie hatte das Blaulicht eingeschaltet und passierte zwei Absperrungen, ehe sie den BMW zwischen den Einsatzwagen auf der Brücke abstellte. Als sie ausstieg, hörte sie aus dem Flussbett Laute, die sie an Kriegsgeschrei erinnerten. Es klirrte, brüllte, krachte da unten, als fände eine mittelalterliche Schlacht statt. Über diesem Gefechtslärm gellten die Martinshörner der Polizeifahrzeuge und Krankenwagen.

Kollegen vom Bundesgrenzzschutz waren dabei, Scheinwerfer auf der Brücke aufzustellen, um das Gelände von oben zu beleuchten. Laura fragte nach dem Einsatzleiter und erfuhr, dass der gerade in Richtung Ludwigsbrücke unterwegs sei.

«Mit den Scheinwerfern wird's aussehen, als würd jemand an Film drehen!», grinste ein junger Kollege. «Is sowieso wie a Film. Ham S' ‹Gangs of New York› g'sehen, so ist des da unten. Da gengan S' besser nicht hinunter, Kollegin. Ein Veilchen ham S' ja schon!»

Laura verzichtete auf eine Antwort und versuchte stattdessen, ihre Mini-Soko zu erreichen. Als Florian Bader sich meldete, wurde sie Zeugin wilder Wortgefechte. Ines und Florian versuchten offensichtlich, unter der Ludwigsbrücke kampfbereite junge Leute zu beruhigen, die ihre Grillplätze auf den Kiesbänken verlassen hatten, um selbst aktiv zu werden. «Lasst uns durch!» «Die gehen uns schon lange auf die Nerven!» «Ihr seid wohl blöd! Neonazis beschützen!» «Selber Nazis!» «Scheiß-Bullen!» Laura konnte übers Handy mithören.

«Wir werden sie nicht zurückhalten können! Die sind ganz wild auf Action!»

«Wie viele seid ihr?»

«Sechs und die ungefähr vierzig oder fünfzig.»

«Spielt nicht die Helden. Lasst sie durch, wenn's brenzlig wird!»

«Aber ...»

«Nix aber! Die laufen direkt in eine Hundertschaft! Ich kann das von hier sehen!» Laura unterbrach das Gespräch. Was sie gesagt hatte, stimmte nicht. Ganz im Gegenteil erhielt – welche der kriegerischen Gruppen auch immer – kräftige Verstärkung vom Hochufer aus. Weil die Treppe an der Zeppelinstraße von der Polizei abgeriegelt war, ließen sich die Rauflustigen an der Mauer zum Flussufer hinunter und pirschten sich im hohen Schilf an wie Indianer auf dem Kriegspfad oder Guerillakämpfer. Es roch nach Holzfeuern, ab und zu wurde mitten unter den Kämpfenden eine Leuchtrakete gezündet, die das Geschehen in unwirklich flackerndes Rot oder Grün tauchte. Laura lief auf die linke Seite der Brücke.

«Von der Seite kommen die Punker. Da kannst du das Fürchten kriegen, das sag ich dir!» Kommissar Baumann lehnte sich neben Laura an das Brückengeländer. «Die sehen aus wie Außerirdische und dazwischen unsere eigenen Aliens. Schau nur: Diese Monster mit Helmen und Schilden, das ist unsere Armee. Im Augenblick habe ich den Eindruck, dass die Armee der ‹Schwabinger Stürmer› ziemlich in der Scheiße steckt!»

«Wo kommst du denn her?»

«Man hat mich benachrichtigt, mit dem Vermerk: dringend!»

«Dir geht's offensichtlich besser.»

«Wenn ich das sehe, dann geht es mir sogar hervorragend! Aufstand der Münchner Stadtguerilla gegen Neonazis! Kann man doch nur begrüßen!»

«Sag das bloß nicht zu laut! Könnte dir Schwierigkeiten machen!»

«Ich sag's ja nur dir, weil ich annehme, dass dir diese Veranstaltung auch ganz gut gefällt.»

«Wenn wir gewinnen, dann gefällt sie mir halbwegs gut!»

«Warum denn nur halbwegs? Endlich ist wirklich was los in dieser Stadt, und dir genügt es schon wieder nicht.»

«Führe mich nicht in Versuchung! Geh lieber runter und fang ein paar von den Kerlen!»

Peter Baumann lachte auf. «Das überlasse ich den Kollegen mit den Helmen und Schilden. Falls sich einer auf die Brücke verirrt, dann kann ich ihm ja ein Bein stellen.»

In diesem Augenblick wurden die Scheinwerfer eingeschaltet und tauchten Flussbett und Kiesbänke in grelles weißes Licht. Für eine Zehntelsekunde schienen die Kämpfenden zu erstarren, dann machten sie weiter wie zuvor. Wilde Szenen spielten sich da unten ab. Verfolgungsjagden endeten im Fluss oder im Schilf. Männer wälzten sich am Boden, im Wasser, stürzten sich aufeinander. Es war nicht einfach zu unterscheiden, wer zu wem gehörte, und Laura gewann den Eindruck, dass alle gegen alle kämpften und die ganze Angelegenheit in eine Massenschlägerei mündete. Auch ihre Alien-Kollegen mit den Helmen, Schilden und Knüppeln teilten kräftig nach allen Seiten aus und schienen den Überblick verloren zu haben.

Inzwischen war der Einsatzleiter wieder auf der Corneliusbrücke angekommen und rief über Megaphon zum sofortigen Ende der Prügeleien auf, was bei Peter Baumann ein breites Grinsen hervorrief und bei den Angesprochenen brüllendes Gelächter. Als eine zweite und dritte Hundertschaft eintraf und sich jetzt deutlich mehr Polizisten als Kämpfer im Flussbett bewegten, brachen einige junge Männer aus, rissen andere mit, stürmten unter der Ludwigsbrücke isarabwärts, wateten durch den Fluss und rannten Richtung Innenstadt. Auf unerklärliche Weise schienen sie sich schnell zu vermehren, als tauchten immer neue aus den Kanaldeckeln auf oder hätten in dunklen Hauseingängen oder Passagen auf die Ereignisse dieser Nacht gewartet.

Atemlos beobachtete Laura, wie sich die johlende Menge an der Isarparallele entlangwälzte, in die Corneliusstraße einbog, Steine gegen Schaufenster warf, parkende Autos umkippte und in Brand steckte.

«Scheiße!», sagte Peter Baumann dicht neben ihrem Ohr. «Das ist eine klassische Handy-Randale. Die machen einen Rundruf per SMS: Action an der Isar, alle kommen! Die kommen tatsächlich! Ich hab es bisher nicht geglaubt, wenn mir Kollegen davon erzählt haben!»

«Also nichts mehr mit ‹München gegen Neonazis›», entgegnete Laura und wandte sich zu den Einsatzwagen, die sich allmählich mit vorläufig Festgenommenen füllten. Rettungssanitäter verbanden blutende Platzwunden und legten Verletzte, die mehr abbekommen hatten, auf Bahren. Es herrschte tatsächlich Bürgerkriegsstimmung.

Laura nahm ihr Handy aus der Westentasche und wollte gerade Florian Bader anrufen, als ihr ein junger Mann auffiel, der sich höchst geschickt von einer Gruppe Festgenommener entfernte, während ein anderer einen Polizisten anpöbelte und dabei eine Riesenshow abzog. In Lauras Augen gab es einen direkten Zusammenhang zwischen den beiden Aktionen.

Der junge Mann nutzte die Situation, bewegte sich

langsam rückwärts um den Einsatzwagen herum, drehte sich erst um, als er außer Sicht von Lauras Kollegen war, und ging dann wie selbstverständlich weiter, nicht auf die Randale in der Corneliusstraße zu, sondern auf die rechte Seite des Flusses, wo inzwischen nahezu Ruhe eingekehrt war. Etwas in seiner Körperhaltung kam Laura bekannt vor. Sie sah sich nach Peter Baumann um, konnte ihn aber nicht entdecken, deshalb nahm sie allein die Verfolgung auf.

Die Deckung der vielen Polizeifahrzeuge nutzend, holte sie ihn schnell ein. Sie blieb knapp hinter ihm, als er die Absperrung erreichte. Jetzt klappte er irgendeinen Ausweis auf und hielt ihn für den Bruchteil einer Sekunde zwei Polizisten hin, sagte etwas, und die beiden ließen ihn durch.

«Halt!», schrie Laura. «Haltet den Mann fest!»

Er rannte. Und er war in Topform. Die beiden Kollegen hatten keine Chance. Laura auch nicht.

«Lasst ihr immer alle durch, die euch irgendwas unter die Nase halten?», keuchte sie, als sie nach kurzer Zeit die Verfolgung aufgaben.

«Der hatte einen Polizeiausweis, das hab ich genau gesehen! Oberkommissar, hat er gesagt! War er keiner?»

«Nein, das war keiner! Das war der Anführer der Neonazis. Gratuliere!»

«Fahndung?» Die beiden schauten auf ihre Schuhe.

«Nein, den kriegen wir auch so.»

Ralf war den ganzen Tag gegangen. Gehen war sein Beruhigungsmittel, wenn er sich erschreckt hatte. Er konnte dann nicht rumsitzen und abwarten, bis es ihm besserging. Er musste gehen, einfach immer weiter, in der Stadt herum und am Fluss entlang. Manchmal redete er auch vor sich hin, aber er wusste, dass andere Leute ihn dann komisch ansahen, deshalb versuchte er, nicht zu reden, redete in seinem Kopf, dann konnte nur er selbst sich hören. Er wusste nicht genau, was er sagte in seinem Kopf. Vielleicht so was wie magische Beschwörungsformeln. «Abrakadabra» tauchte manchmal auf und verwandelte sich dann in «Makabrakamadra» oder «Kalabradimagra». Auch das beruhigte ihn.

Ralf wanderte durch die Innenstadt, die Fußgängerzone entlang bis zum Karlsplatz, dann wieder zurück und durch die Theatinerstraße bis zum Odeonsplatz. Zweimal lief er die Ludwigstraße auf und ab, bog dann in den Hofgarten ein und umrundete ihn dreimal. Seine Klamotten waren inzwischen wieder trocken, nur sein Schweiß hatte sie wieder angefeuchtet. Er aß nicht, trank nur hin und wieder einen Schluck aus einer Plastikflasche, die er an einem Brunnen gefüllt hatte. Als es Nacht wurde, ging er die Prinzregentenstraße entlang und schaute zum Friedensengel hinauf, der golden in der Dunkelheit leuchtete. Noch hatte er nicht darüber nachgedacht, wo er schlafen würde, aber das war auch nicht wichtig, denn noch konnte er nicht aufhören zu gehen.

Er wäre beinahe gestorben. Ralf ging schneller. Voll Wasser gelaufen, im Wasser erstickt. Ralf drehte sich um sich selbst. Nie würde er vergessen, wie all das Wasser aus ihm herausgelaufen war. Weiter. Vielleicht sollte er sich nochmal bei den Punkern bedanken. Vielleicht.

Ralf erreichte die Isar und bog Richtung Ludwigsbrücke ab. Vielleicht waren sie noch da, die Punker. Doch je näher er an die Brücke herankam, desto lauter wurde es. Überall blinkten Blaulichter, und Ralf hielt sich die Ohren zu, weil die Polizeisirenen ihm wehtaten. Er konnte nicht weitergehen. Die Angst wurde wieder stark, so heftig, als wäre er nicht den ganzen Tag gelaufen, um sie zu besiegen. Aber er hatte eine Idee. Eine ganz neue. Vielleicht würden die Blaulichter die Kerle an der Isar mitnehmen, und sie wären für immer weg. Eingesperrt und vertrocknet, und er könnte ihre Zähne zwischen den Isarsteinen sammeln. Ralf starrte noch ein paar Minuten zu den Blaulichtern hinüber, dann kehrte er um und lief nach Norden.

Kommissar Baumann steuerte Lauras Dienstwagen nach Norden, den Fluss entlang. Laura saß neben ihm und genoss den Fahrtwind, der durch das offene Seitenfenster hereinströmte.

«Ungererstraße», sagte sie.

«Bist du sicher, dass er kommt?»

«Nein.»

Baumann lachte. Laura betrachtete ihn von der Seite und freute sich, dass der Ton zwischen ihnen die alte Leichtigkeit wiedergefunden hatte.

«Was machen wir, wenn er nicht kommt?»

«Wir fahren ins Präsidium und verhören das Fußvolk der ‹Schwabinger Stürmer›.»

«Ich hoffe, er kommt.»

«Ich auch.»

Diesmal lachten sie beide.

«Was machen wir, wenn er kommt?»

«Ich weiß es nicht.»

«Hör mal, Laura. Was willst du eigentlich von ihm?»

«Ich will wissen, warum er so eine gequirlte Scheiße verkündet und warum seine SS-Stürmer hilflose Penner erschlagen.»

Baumann fuhr langsamer.

«Bist du sicher, dass du das heute Nacht schaffst? Ich meine konditionsmäßig.»

«Nein.»

«Sollen wir's lassen?»

«Nein.»

«Sicher? Wir sind beide nicht in Topform.»

«Nein.»

«Also was?»

«Wir warten auf ihn. Solche Sachen kann man nicht vorbereiten oder planen. Die müssen einfach passieren. Wenn er nicht kommt, dann passiert eben nichts.»

Die Bäume des Englischen Gartens zogen schwarz und filigran an ihnen vorüber. Viele hatten ihre vertrockneten Blätter abgeworfen. Baumann nickte und beschleunigte den Wagen.

Er kam gegen halb vier. Schaute sich mehrmals um, ehe er den Hinterhof betrat, in dem seine Wohnung lag. Laura und Baumann hatten den Wagen in genau diesem Hinterhof geparkt und sich rechts und links vom Durchgang aufgestellt. Als Michael Geuther sicher war, dass niemand ihm folgte, wollte er schnell den Hof überqueren, doch Laura und Baumann traten neben ihn. Er fuhr herum, versuchte ein paar Karateschläge, gab aber auf, als er in die Mündungen zweier Pistolen schaute.

«Was wollt ihr?»

«Reden.»

«Worüber?»

«Das sagen wir dir gleich. Jetzt geh langsam voraus in deine Wohnung.»

«Bullen, was?»

«Vielleicht.»

Er fragte nicht weiter, überquerte vor ihnen den Hof. Gemeinsam betraten sie das Hinterhaus, stiegen zum zweiten Stock hinauf und standen endlich vor Geuthers Wohnungstür. Er zögerte, doch Baumann machte eine auffordernde Bewegung mit seiner Dienstwaffe. Da öffnete er die Tür, und sie folgten ihm durch den Flur in ein Zimmer, dessen einzige Möbelstücke ein schwarzes Sofa und zwei schwarze Ledersessel waren. Die Wände waren leer, in einer Ecke stand ein Fernseher und neben dem Sofa eine Stehlampe.

«Setz dich in die Mitte vom Sofa und mach die Lampe an!», sagte Baumann.

Geuther setzte sich, knipste die Lampe an, lehnte sich zurück und schob leicht den Unterkiefer vor, während er Laura und Baumann musterte.

«Und jetzt?»

Laura steckte ihre Waffe weg, schob einen der Ledersessel vor das Sofa und setzte sich dem jungen Mann gegenüber.

«Ich habe ein paar von Ihren Reden gelesen. Sie gefallen mir nicht.»

«Tut mir leid.»

«Ich frage mich, was Ihnen das Recht gibt, solche Reden zu halten.»

«In diesem Land herrscht Meinungsfreiheit.»

«Aber nicht für Volksverhetzer!»

«Wir sagen nur die Wahrheit.»

«Ach ja? Und die wäre?»

«Dass dieses Volk zerstört wird, degeneriert, verkümmert, dass wir uns nur selbst retten können!»

«Vor den Pennern?»

Bisher hatte er vor sich auf den Boden gestarrt, jetzt sah er irritiert auf.

«Was?»

«Ich habe Sie gefragt, ob wir uns vor den Pennern retten müssen.»

«Natürlich nicht. Es geht um ganz andere Dinge: die Zinsknechtschaft zum Beispiel ...»

«Mir geht es um die Penner, nicht um die Zinsknechtschaft!»

«Was ist denn die Zinsknechtschaft?», fragte Baumann dazwischen. Laura warf ihm einen unwilligen Blick zu.

«Die Herrschaft der Banken und des Kapitals über das Volk! Wir alle sind in der Hand des Kapitals, und es ist Zeit, dieser krankhaften Abhängigkeit ein Ende zu machen!»

«Und wie?», fragte Baumann.

«Indem wir die Herrschaft übernehmen und die Schuldigen bestrafen!»

«Stopp!» Laura richtete sich sehr gerade auf. «Ich will kein Wort mehr aus dem NPD-Programm hören!»

Geuther zog die Augenbrauen hoch.

«Die NPD ist eine demokratische Partei, die ihre Aufgabe in diesem Staat erfüllt!»

Plötzlich wusste Laura, an wen er sie erinnerte. An den jungen Wladimir Putin. Der hatte auch diese asketische Karatekämpferhaltung.

«Lassen wir das!», sagte sie scharf. «Welche demokratische Funktion hat der ‹Schwabinger Sturm.›?»

«Welcher Sturm?» Er tat erstaunt.

«Die von Ihnen gegründete Organisation zur Durchsetzung der Rechte des deutschen Volkes! Es ist alles dokumentiert, abgehört und auf Video festgehalten. Das wissen Sie vermutlich so gut wie ich! Also nochmal: Welche demokratische Funktion haben Sie beim ‹Schwabinger Sturm› im Auge?»

Er lächelte kaum merklich.

«Sie haben es doch selbst schon gesagt.»

«Sie halten also das Anpöbeln von Ausländern, Angriffe auf Obdachlose und das Absingen verbotener Lieder an der Isar für Rechte des deutschen Volkes?»

Wieder lächelte er.

«Es klingt primitiv, wie Sie das sagen. Dabei sind wir eigentlich gar nicht so weit voneinander entfernt, nicht wahr? Sie bekämpfen die Kriminalität der Ausländer, und wir wehren uns gegen ihre Übermacht.»

«Ich bekämpfe jede Art von Kriminalität», wollte Laura antworten, ehe ihr klar wurde, dass sie sich auf ihn einließ. Er war geschickt, wie viele dieser geschulten Rechten.

«Ich denke nicht, dass wir etwas gemein haben!», sagte sie stattdessen.

«Ich denke doch! Wir machen nur, was die Mehrzahl der Bevölkerung sich wünscht. Es traut sich nur keiner zu sagen! Die Menschen wollen wieder zu Hause sein in diesem Land und nicht an jeder Ecke einem Türken, Schwarzen, Gelben oder sonst was begegnen! Das war doch damals bei der Roten-Armee-Fraktion genauso: Die haben gegen das Kapital gekämpft – zwar unter falschen Voraussetzungen –, aber trotzdem haben die Menschen ihnen heimlich zugestimmt!»

«Und die Penner?»

«Was haben die denn mit uns zu tun?» Er schüttelte den Kopf und senkte den Blick.

«Mich interessieren Ihre ideologischen Ausflüge in die Zeitgeschichte nicht. Ich möchte wissen, welche Rolle die Obdachlosen, die Penner, bei Ihnen spielen.»

«Die schließen sich selbst aus. Da müssen wir nichts tun.»

«Warum werden sie dann umgebracht?»

«Wer sich ausschließt, lebt gefährlich.»

«Ach so? Wo waren Sie eigentlich in den letzten Stunden, Herr Geuther?»

«Bei meiner Freundin.» Ganz offen und fröhlich lächelte er Laura an. Sie lächelte zurück.

«Das muss ein Irrtum sein, denn vor einer knappen Stunde habe ich Sie noch auf der Corneliusbrücke gesehen. Sie hatten es ziemlich eilig.»

«Hatte ich das? Sie müssen mich verwechseln.» Noch immer wirkte er sehr selbstbewusst.

«Ich glaube nicht. Es gibt mehrere Zeugen für Ihre Anwesenheit und für Ihre Amtsanmaßung. Es handelte sich um gewalttätige Ausschreitungen, falls Sie sich zufällig daran erinnern, und deshalb werden wir Sie vorläufig festnehmen und dem Haftrichter vorführen.»

Nun schwieg Geuther, er schien nachzudenken.

«Wissen Sie», sagte er endlich leise, aber sehr akzentuiert, «mit der Polizei im Osten ist das ein bisschen einfacher. Da haben einige schon begriffen, dass wir in Zukunft wichtig sein werden ...»

«Wir sind hier im Süden! Überlegen Sie gut, was Sie sagen!»

Er zögerte, schwieg eine Weile lang. Laura hörte, wie Baumann nervös mit den Fingern trommelte.

«Natürlich ... ich kann Ihnen vielleicht ein bisschen entgegenkommen», murmelte Geuther schließlich. «Sie sollten sich die Namen der Leute ansehen, die bisher aktiv geworden sind ... vor allem die Namen, die russisch klingen. Weiter kann ich wirklich nicht gehen, das werden Sie verstehen. Verrat ist nicht unsere Sache! Aber Gewalt schadet unserer Sache, deshalb wollen wir das nicht. Wir wollen überzeugen. Schließlich haben wir genügend gute Argumente. Die besten! Und wenn ich mir noch eine Bemerkung erlauben darf: Heute Nacht wurden *wir* angegriffen! Was an der Corneliusbrücke passiert ist, geht ausschließlich auf das Konto der Chaoten und Punker! Wir haben uns friedlich versammelt, wie an den Abenden zuvor.»

Er ist verdammt clever, dachte Laura. Es gefällt mir nicht, dass er so clever ist! Als Nächstes wird er sagen, dass wir ihn nicht festnehmen müssen, weil er ohnehin schon häufig erkennungsdienstlich behandelt worden sei.

Und das sagte er auch.

Baumann hustete, Laura versuchte ruhig zu atmen. Stand auf und sagte: «Ja, natürlich, daran habe ich gar nicht gedacht. Spart uns eine Menge Arbeit. Danke für den Hinweis, Herr Geuther.» Sie ging zur Tür. Peter Baumann folgte langsam. Er sah sich mehrmals nach Geuther um, der mit geschlossenen Augen auf seinem schwarzen Sofa saß und sich nicht rührte. Als die Wohnungstür hinter ihnen ins Schloss fiel, streckte

Baumann die Hand nach Laura aus und umfasste ihren Oberarm.

«Wieso gehen wir eigentlich?»

«Weil er alles gesagt hat.»

«Er hat seinen Kopf aus der Schlinge gezogen, mehr nicht!»

«Er hat ein paar Kameraden verraten, und das ist eine Menge. Fragt sich nur, warum er das getan hat.»

Baumann ließ Lauras Arm los, und sie ging vor ihm die Treppe hinunter. Als sie den Hinterhof erreichten, sagte er: «Weil er ins Bett wollte, statt die ganze Nacht im Polizeipräsidium herumzuhängen.»

«Möglich.»

«Noch mehr Rätsel?»

«Nein.»

«Also was?»

«Ich weiß es nicht, Peter.»

«Wirklich nicht?»

«Nein, wirklich nicht. Aber es steckt sicher mehr dahinter als nur Müdigkeit.»

«Bei mir nicht. Ich meine, wenn ich in seiner Situation wäre, dann würde ich jeden verpfeifen, nur um ins Bett zu kommen. Nachtarbeit hat mein Arzt mir übrigens streng verboten!»

Sie standen vor Lauras Dienstwagen und konnten sich in der Dunkelheit nur undeutlich sehen.

«Du», sagte Laura, «du kommst jetzt mit mir ins Präsidium und redest mit den ‹Stürmern›, die schon mal aufgefallen sind, klar?»

Laura konnte sein Lächeln nur ahnen.

«Ich kann solche Leute nicht ausstehen, Laura. Und schon gar nicht morgens um vier.»

«Du kannst Leute nicht ausstehen, die andere umbringen, Neonazis nicht und ältere Leichen nicht. Warum lässt du dich nicht endlich umschulen, Kommissar Baumann?»

Als sie sein leises Lachen von der anderen Seite des Wagens hörte, ging es ihr ein bisschen besser. Es ist der Humor, der uns rettet, dachte sie. Immer wieder der Humor und der Sinn für die Absurditäten des Lebens. Trotzdem war ihr übel, und das lag sicher nicht an irgendwelchen Bakterien.

Als Laura am nächsten Vormittag ihre Wohnungstür öffnete, hatte sie das dringende Bedürfnis, auf allen vieren zu kriechen. Sie hatte eindeutig ihre Grenze erreicht. Die Verhöre der letzten endlosen Stunden erschienen ihr wie ein verwirrender Traum. Die meisten der Festgenommenen waren inzwischen wieder freigelassen worden. Nur zwei Deutschrussen und zwei junge Männer aus Niederbayern hatten sie auf Lauras Anweisung hin in Gewahrsam behalten, der Haftrichter hatte unter Vorbehalt zugestimmt. Auf diese vier trafen alle Hinweise zu, die Michael Geuther gegeben hatte. Ein kleiner Erfolg, immerhin, doch sie war sich nicht sicher, hatte das Gefühl, in eine Falle zu tappen und nicht zu verstehen, was eigentlich vor sich ging.

Sie hatte Durst und große Lust auf kräftigen schwarzen Tee. Sie brühte sich eine große Kanne voll auf, trank gierig, verbrannte sich den Mund und mischte kaltes Wasser und braunen Zucker dazu.

Die Sonne stand schon wieder viel zu hoch und heizte die Stadt auf. Seit Wochen lag Lauras Wohnung im Dämmerlicht, weil alle Vorhänge zugezogen waren, alle Rollos herabgelassen.

«Ich verstehe es nicht», murmelte sie. «Ich habe keine Ahnung, warum sie es tun.»

Sie ließ sich auf ihr Bett fallen, streckte sich lang aus und schloss die Augen. Kein Gedanke an Schlaf. Ihr Bauch hatte sich beruhigt, aber ihr Kopf arbeitete. Sie stand wieder auf und suchte in den Unterlagen auf ihrem Schreibtisch nach einem Buch über Neonazi-Aussteiger, das sie vor einiger Zeit gekauft hatte. Nur halb bewusst knipste sie die Schreibtischlampe an, setzte sich und begann eine Stelle zu lesen, die sie markiert hatte:

Allgemeinverbindliche Ursachen, gar Kausalitätszusammenhänge – wenn ... dann ... – lassen sich aus den inzwischen zahlreich geführten biographischen Gesprächen und Analysen rechtsextremer Ideologen und (Gewalt-)Täter nicht ableiten. Auffallend gehäuft (aber auch hier lassen sich Gegenbeispiele nennen) treten lediglich folgende Faktoren in Erscheinung:

Das Interesse am Thema Nationalsozialismus erwacht häufig früh und als Reaktion auf für Kinder scheinbar unerklärliche, irrationale Verhaltensweisen Erwachsener: (Groß-)Eltern verschweigen ihre Jugendzeit, weichen auf entsprechende Fragen aus, positive Erinnerungen werden als Geheimnis offenbart («aber erzähl es nicht in der Schule / bei den Eltern weiter»), die NS-Zeit wird zum spannenden Mythos.

NS-Symbole und -Attitüden sind als Mittel der

Provokation und des Protestes wirksamer als alles andere. Bei manchen, einmal in die rechtsradikale Ecke gedrängt, verfestigen sich Attitüden zur Haltung, aus Spaß wird Ernst.

Erwachsene nehmen Jugendliche nur selten ernst. Sie interpretieren häufig «rechte» Sprüche, Symbole, Verhaltensweisen auch dann noch als «Spaß», wenn es dem Jugendlichen längst ernst damit ist. Vor allem Eltern neigen dazu, sämtliche Anzeichen für eine rechtsextreme Entwicklung ihres Nachwuchses zu «übersehen», und seien sie noch so eindeutig: Poster von Nazi-Größen und Rechtsrockbands oder eindeutige Parolen bevölkern die Wände, aus den Boxen der Musikanlage dröhnen nur noch Lieder rechtsextremer Musiker, das «Bildungsinteresse» reduziert sich immer mehr auf die «deutsche Geschichte» vor 1945.

Sie übersprang ein paar Zeilen.

Ein diffuser «Mein Kind ist gut-Glauben» bei gleichzeitig erschreckender Gleichgültigkeit gegenüber der Realität der kindlichen Lebenswelt führt dazu, dass Eltern ihre Möglichkeiten und Fürsorgepflichten nicht wahrnehmen und so das Abdriften ihrer Kinder in destruktive Szenen und Kulte durch Weggucken und Passivität maßgeblich fördern ...

Fast alle Neonazis und rechtsextremen Gewalttäter kommen aus Elternhäusern, die selbst neonazistische Organisationen und Aktivitäten ablehnen, nicht jedoch zentrale Ideologeme des Rechtsextremismus. Vor allem fremdenfeindliche und rassistische Einstellungen werden von vielen gar nicht als extremistisch wahrgenommen, sondern erscheinen «normal». «Fast jeder hier bei uns denkt so!», verkünden Neonazis immer wieder und meinen damit ihr ganz alltägliches Umfeld: Eltern, Lehrer, Arbeitskollegen und Vorgesetzte, natürlich auch große Teile der Medien und Politik ...

Laura sah auf, ihr Nacken schmerzte, und die Schrift verschwamm vor ihren Augen. Langsam stand sie auf und wanderte im Zimmer auf und ab. Sie setzte sich wieder und überflog ein paar Zeilen, bis sie an dem Halbsatz hängenblieb: «98 Prozent aller Gewalt- und anderen Straftäter mit rechtsextremem Hintergrund sind männlichen Geschlechts.»

Wieder sprang sie auf, füllte erneut ihren Becher mit Tee und las weiter.

Es scheint Schutzmechanismen zu geben, die Jugendliche unterschiedlich auf gleiche Erfahrungen und äußere Rahmenbedingungen reagieren lassen.

Dann wurden Arbeitslosigkeit, fremdenfeindliches Umfeld, Lieblosigkeit in der Erziehung und extreme Leistungsorientiertheit angeführt. «Biographische Extremlagen» nannte der Autor das. Ungeduldig las Laura weiter:

Die Folie für die Interpretation der Welt ist die eigene Persönlichkeit. Jugendliche Angehörige rechtsorientierter Cliquen zeichnen sich auffallend häufig dadurch aus, dass sie nur über ein extrem schwach ausgebildetes individuelles Selbstwertgefühl verfügen. Dies macht sie nicht nur anfällig für ein dichotomes Weltbild ...

«Was?», rief Laura. «Wieso dichotom, was zum Teufel soll das heißen?» Sie schleuderte das Buch auf den Boden, griff nach dem Fremdwörterlexikon und schlug «dichotom» nach. Sie las «zweigeteilt, gespalten», legte sich neben das Buch auf den Teppich und las den Satz zu Ende.

Dies macht sie nicht nur anfällig für ein dichotomes Weltbild, sondern auch für Strukturen, die offensichtlich die Basis für den Erfolg rechtsextremer Subkulturen und Organisationen bei bestimmten Jugendlichen darstellen: Erst die Gruppe macht sie (scheinbar) stark.

Laura bettete ihren Kopf auf den rechten Arm und schob mit dem andern das Buch zur Seite. Und dann ist alles möglich, dachte sie. Wenn sie in der Gruppe sind, ist tatsächlich alles möglich. Das funktionierte sogar bei Kindern. Der Frosch tauchte wieder auf, schien neben ihr auf dem roten Teppich zu liegen, die Beine nach oben gestreckt, mit zerplatztem Bauch. Sie drehte den Kopf zur anderen Seite und schlief sofort ein.

Sie erwachte aus einem Traum, der vor allem aus Geräuschen zu bestehen schien, aus schrill kreischenden Weckern, klingelnden Telefonen, Kirchenglocken, Martinshörnern, Straßenbahnklingeln. Verblüfft stellte sie fest, dass sie auf dem Boden lag und dass die Geräusche noch immer da waren. Nicht die Martinshörner und Kirchenglocken, aber das Schrillen des Telefons und der Türklingel. Langsam richtete sie sich auf, saß endlich und schaute auf ihre Armbanduhr. Zwanzig nach drei. Sie hatte keine Ahnung, ob morgens oder nachmittags.

Jetzt hörte das Klingeln auf. Die Stille war angenehm und gleichzeitig alarmierend. Ihr war, als hätte sie etwas Wesentliches vergessen. Mühsam wieder auf beiden Beinen, erkannte sie an den Sonnenstreifen, die durch die Vorhangritzen ins Zimmer fielen, dass es Nachmittag sein musste. Langsam ging sie in die Küche und trank ein Glas Wasser. Mindestens vier Stunden hatte sie also auf dem Teppich geschlafen.

Angelo! Er war auf dem Weg hierher oder vielleicht schon da! Das hatte sie vergessen, nein, nicht vergessen, sondern verschlafen. Sie hatte aufräumen wollen, nicht nur die Wohnung, auch sich selbst. Vorsichtig griff sie nach ihrem Handy und betrachtete das Display. Natürlich hatte er angerufen und nicht nur einmal. Außerdem blinkte der Anrufbeantworter ihrer Telefonanlage. Als sie bereits den Finger auf die Taste gelegt hatte, um die Nachrichten abzuhören, klingelte ihr Handy.

Sie schaute nicht auf die Nummer, sondern sagte «Ciao».

«Ciao. Besteht eine Möglichkeit, dass wir uns heute noch treffen?»

«Angelo?»

«Natürlich. Du hast doch gesagt, dass du mich brauchst. Ist das immer noch so?»

«Wo bist du denn?»

«Ich bin in München. Wo bist du, Laura?»
«Zu Hause, in meiner Wohnung.»
«Ich sitze auf der Treppe vor deiner Wohnung. Deine türkischen Nachbarn wollten mich schon zu sich einladen, sie haben mir Kaffee gebracht. Sehr nette Leute!»

Es dauerte eine Weile, ehe Laura antworten konnte. Sie begann eine Entschuldigung zu stottern, dann brach sie ab und lachte los. Er benötigte nur ein paar Sekunden, um einzustimmen.

«Ist der Kaffee gut?»
«Ein bisschen stark. Türkischer Kaffee eben.»
«Kannst du noch fünf Minuten sitzen bleiben?»
«Nachdem ich schon beinahe zwei Stunden sitze, ist das eine geradezu verlockende Aussicht!»
«Oh, Angelo, es tut mir so leid. Aber ich habe die ganze Nacht nicht geschlafen. Bitte gib mir fünf Minuten!»
«Du kannst auch zehn haben. Deine Treppe ist gar nicht so unbequem, und es ist hier auch halbwegs kühl, jedenfalls nicht so heiß wie in Siena. Einige Artikel im *Corriere della Sera* habe ich schon zweimal gelesen ...»
«Fünf Minuten, okay?»
«Bene!»

Laura hatte sich bereits ausgezogen, raffte ihre Kleider zusammen und raste ins Bad, stellte sich unter die Dusche, war schon wieder draußen, rubbelte ihr Haar, ließ ihr gelbliches Veilchen, wie es war, schminkte nur ihre Augen und ganz leicht den Mund. Etwas Parfüm, schwarze Leinenbluse, dunkelgrüne Hose, die Creolen in die Ohren. Ihre feuchten Haare kringelten sich. Sie hatte schon schlechter ausgesehen.

Ehe sie die Wohnungstür aufriss, atmete sie ein paarmal tief durch. Angelo Guerrini saß tatsächlich auf der obersten Treppenstufe, den Rücken an die Wand gelehnt und eine rosa Mokkatasse mit Goldrand neben sich. Die Arme vor der Brust verschränkt, sah er ihr entgegen, die feinen Fältchen in seinen Augenwinkeln zuckten.

«Wen hast du denn im Schrank versteckt, Commissaria?»

«Mich selbst, Angelo. Am liebsten hätte ich mich selbst versteckt, so sehr schäme ich mich.»

«Wäre aber schade, so schlimm siehst du gar nicht aus ... warte, etwas gelber, als ich dich in Erinnerung habe, und deine Haare waren damals nicht so nass.» Er stand auf und streckte die Hand nach ihr aus. In diesem Augenblick öffnete sich die Wohnungstür der türkischen Nachbarn, und das Ehepaar Özmer stand lächelnd da und verbeugte sich.

«Kaffee gut, ja?»

«Grazie, sehr gut.» Guerrini verbeugte sich ebenfalls.

«Laura da, ja.»

«Sì sì, Laura da.» Der Commissario bückte sich und reichte Sefira Özmer die rosa Mokkatasse.

«Danke», sagte auch Laura. «So viel Arbeit. Vielen Dank für den Kaffee.»

Lächelnd blieben sie stehen, die Özmers, warteten, bis Guerrini seinen Rollkoffer in Lauras Wohnung gezogen hatte, und standen noch immer da, als Lauras Tür längst geschlossen war. Laura schaute durch den Spion, zog dann Angelo weg von der Tür und den langen Flur entlang bis ins Wohnzimmer. Dort blieb sie ein Stück entfernt von ihm stehen und betrachtete ihn wie eine unerwartete Erscheinung, ein Wunder. Er trug hellblaue Jeans und ein dunkelblaues Hemd aus dünner Baumwolle, sein Haar war ein bisschen länger als sonst, und er hatte sich seit mindestens zwei Tagen nicht rasiert. Seine Haut war stark gebräunt, und ein winziger grauer Schimmer, den sie bisher noch nie wahrgenommen hatte, lag über seinen Bartstoppeln. Der graue Schimmer stand ihm gut und rührte sie gleichzeitig. Vor einem Jahr, als sie sich kennenlernten, war sein Bart noch schwarz gewesen.

«Wie lange soll ich noch hier stehen?», fragte er und drehte sich um. «Von hinten auch?»

«Per piacere, commissario. Aspetti!» Laura trat nahe an ihn heran und schmiegte sich an seinen Rücken. Genauso hatten sie sich zum ersten Mal berührt, am Strand der Maremma.

Sie atmeten gleichzeitig ein und aus, verharrten ein paar Atemzüge lang. Dann drehte Angelo sich um, legte seine Hände auf Lauras Schultern und betrachtete ihr Gesicht.

«Er hat dich ganz schön erwischt, dein Penner.»

«In einer Woche ist es verschwunden», murmelte sie.

«Deine türkischen Nachbarn haben mir irgendwas von einem Cousin aus Amerika erzählt. Hast du Besuch, oder habe ich sie falsch verstanden?»

«Du siehst, ich habe gar keine Chance, dich zu betrügen oder jemanden im Schrank zu verstecken. Die muslimische Moral wacht über mich!»

«Und wer ist der Cousin aus Amerika?»

«Das war der Mann, der mir ein blaues Auge verpasst hat ... nachdem ich ihm die Nase blutig geschlagen hatte. Erste Hilfe sozusagen.»

«Hat er hier geschlafen?»

«Ja, auf dem Balkon.»

«Aber das ist doch gefährlich, Laura! Du lässt einen wildfremden Mann in deiner Wohnung übernachten ...» Guerrini runzelte die Stirn, und Laura schob ihn ein wenig weg.

«Sag mir nicht, dass du immer noch auf Ralf eifersüchtig bist! Es hat eine Stunde gedauert, ehe sein Nasenbluten aufhörte, und da draußen rennen lauter Leute rum, die von der Hitze ganz irre werden und Obdachlose erschlagen! Außerdem ist er kein wildfremder Mann!»

«Was dann?»

«Ein Bekannter, jedenfalls jemand, den ich gut genug kenne, um ihn hier schlafen zu lassen. Ich habe meine Zimmertür abgeschlossen, wenn dich das beruhigt. Wie komme ich eigentlich dazu, einem italienischen Macho zu erklären, wen ich in meiner Wohnung übernachten lasse und wen nicht?» Das mit dem italienischen Macho hatte sie ganz sanft gesagt, mit einem Augenzwinkern. Dabei strich sie mit einem Finger vorsichtig über seine weichen Bartstoppeln und über seine Oberlippe. Und er fragte sich, woran es lag, dass zwischen ihnen auf leichte, beinahe selbstverständliche Weise dieses erotische Knistern erwachte, das er so liebte. Er vergrub sein Gesicht an ihrem Halsansatz und murmelte: «Weil dieser italienische Macho ganz wild auf dich ist und du auf ihn und weil du dich darüber freust, dass er eifersüchtig ist, Commissaria.»

«Meine Mutter hat mich stets vor italienischen Männern gewarnt.»

«Sie war Florentinerin, sie musste es wissen ...»

«Würdest du ihr zustimmen?»

«Naturalmente!» Guerrini zog Laura auf den Boden und schob mit einer ausgreifenden Bewegung das Buch über Neonazis und das Fremdwörterlexikon zur Seite.

Später saßen sie nebeneinander auf dem Teppich, den Rücken an das Sofa mit den Sonnenblumen gelehnt, und tranken eiskalten spanischen Sekt, den Laura stets für spezielle Ereignisse im Kühlschrank aufbewahrte. Manchmal dauerte es ein halbes Jahr, ehe er geöffnet wurde.

«Ich habe auf diesem Teppich geschlafen, während du im Treppenhaus gewartet hast.»

«Erzähl mir von letzter Nacht.»

Laura verschloss die Flasche mit einem Ersatzkorken, lehnte sich zurück und genoss das prickelnde säuerliche Getränk. Mit den Fingern kämmte sie ihr Haar, das inzwischen trocken war. Noch immer spürte sie warme wohlige Lust in ihrem Körper, und die vergangene Nacht erschien ihr sehr weit weg.

«Bist du hier als Commissario oder als Liebhaber?»

Er lächelte, stellte das Sektglas ab und beugte sich zu ihr. «Als Liebhaber, der wissen will, weshalb du mich zum ersten Mal gebeten hast, zu dir zu kommen. Es muss etwas ganz Außerordentliches sein, hab ich recht?»

«Ich weiß es nicht... Vielleicht hat es etwas damit zu tun, dass ich seit zwei Wochen endlich ein bisschen Zeit für mich habe. Da war plötzlich Raum für Leere und Erinnerungen. Und dieser ungelöste Fall Dobler, die Begegnung mit Ralf...»

«Erzähl mir von letzter Nacht, Laura.»

Er schenkte ihr ein zweites Glas Sekt ein, küsste sie sanft und sog dabei ihre Unterlippe ein. Laura erwiderte seinen Kuss mit einem leichten Biss, trank einen winzigen Schluck und versuchte sich zu konzentrieren.

«Für mich kam diese nächtliche Schlacht nicht ganz unerwartet ... vielleicht hat es tatsächlich etwas mit dieser furchtbaren Hitze zu tun. Alles erscheint mir extremer, sogar mein eigenes Verhalten. Und letzte Nacht war es wie Bürgerkrieg ... in unserer so wunderbaren Stadt, die ansonsten eine Oase des Friedens ist, ein Vorzeigeobjekt für ganz Deutschland und Europa. Plötzlich tauchten von allen Seiten Menschen auf, die nichts anderes wollten, als sich gegenseitig die Köpfe einzuschlagen. Erst kämpften alle gegen die Neonazis, aber dann kam es mir vor, als ginge es nur noch um eine Art gewalttätiger Entladung, ja Mordlust!»

«Und du, was hast du gemacht?» Guerrini beobachtete sie so aufmerksam, dass es sie ein bisschen unsicher machte.

«Ich stand auf der Brücke und habe zugeschaut. Es kam mir ganz unwirklich vor, wie ein Film. Ein junger Kollege hat wohl ähnlich empfunden, weil er von den ‹Gangs of New York› redete. Ich wusste, dass ich nichts machen konnte, absolut nichts. Es passierte einfach.»

«Und weiter?»

«Nichts weiter. Wir folgten dem Anführer der Naonazis. Ich war froh darüber, irgendwas tun zu können, diesen unwirklichen Bürgerkriegsszenen zu entkommen. Danach kamen endlose Verhöre. Das kennst du ja. Die meisten sagen wenig bis gar nichts. Sie kriegen irgendwann irgendein Verfahren an den Hals, Geldstrafen, Bewährungsstrafen. Wer weiß. Das ist mir auch egal. Mir macht Angst, was dahintersteckt.»

«Weil du es nicht verstehst?»

«Eher, weil ich es zu gut verstehe und gleichzeitig überhaupt nicht.»

«Hai cambiato, Laura? Hast du dich verändert?»

«Vielleicht.» Sie lehnte den Kopf zurück und schloss die Augen. «Früher war ich wohl vor allem neugierig. Ich wollte wissen, warum manche Menschen schlimme Dinge tun und warum andere zu Opfern werden. Es war ein bisschen wie Wissenschaft ... die dunkle Seite der Menschheit. In letzter Zeit gehen mir die Dinge zu sehr unter die Haut.»

«Kannst du nicht schlafen?»

Sie lachte auf.

«Meistens lässt man mich nicht schlafen. Nein, das ist es nicht. Schlafen kann ich, aber es gibt immer wieder Momente, in denen ich mich ganz verloren fühle.»

«Wie verloren?» Er saß inzwischen im Schneidersitz auf dem Teppich, und Lauras Kehle wurde eng. Sie kämpfte gegen Tränen, einfach deshalb, weil er so aufmerksam zuhörte.

«Verloren ... das ist so wie in einem dunklen Wald, aus dem du nicht mehr herausfindest. Oder du weißt, dass entsetzliche Dinge geschehen, und kannst nichts dagegen tun.»

«Könnte es sein, dass du traurig bist?»

Red bitte nicht weiter, dachte Laura und schluckte gegen den Tränenkloß in ihrer Kehle an. Aber er redete weiter, erzählte von seinem Vater und dessen verzweifelter Wut gegen die Brandstifter in seinem Land und dass der Zorn für den alten Guerrini ganz heilsam sei, ihn zumindest vor einer Depression bewahre.

Laura hörte zu, und der Klumpen in ihrer Kehle wurde allmählich kleiner. Sie streckte sich auf dem Teppich aus und legte ihren Kopf auf Guerrinis Oberschenkel.

Zögernd begann sie vom Frosch zu erzählen, vom plötzlichen Machtrausch der Kindergruppe, der erst erlosch, als der Frosch besiegt war, sein Eigenleben zerstört. Und dass der tote Frosch sie immer wieder verfolge, dass sie ihn «meine Erbsünde» getauft hatte.

«Wann taucht er denn auf?», fragte Guerrini und ließ seine Finger durch ihr Haar gleiten.

«Eigentlich nur in besonders gefährlichen Situationen. Deshalb habe ich nicht begriffen, warum er plötzlich in meinen Traum geriet, als ich endlich Zeit für mich hatte.»

Guerrini schwieg, dachte an seine innere Wüste, die sich noch vor kurzem mit erschreckender Schnelligkeit ausgebreitet hatte, sobald er innehielt und Zeit für sich selbst hatte. Offensichtlich war diese Wüste seine persönliche Alarmanlage, vielleicht sogar Erbsünde. Rückzug an allen Fronten. Erst seit er Laura kannte, wurde die Wüste kleiner und grüner. Mit einem Lächeln erinnerte er sich an den Kaktus, den sie ihm zu Weihnachten geschenkt hatte, als Beitrag zum Wüsten-Aufforstungsprogramm. Aber was machte man gegen Frösche mit aufgeplatzten Bäuchen? Man konnte sie nur begraben und betrauern, wie all die unzähligen anderen Opfer dieser Erde.

«Vielleicht solltest du ihn begraben», sagte er deshalb. «Ich meine symbolisch. Es könnte helfen. Hast du jemals daran gedacht, ihn zu begraben?»

Laura schüttelte den Kopf auf seinem Oberschenkel.

«Ich habe ihn um Verzeihung gebeten, ich habe mit ihm gesprochen. Und ich glaube nicht, dass ich ihn begraben muss. Für mich ist er wirklich eine Alarmanlage. Wenn er auftaucht, dann stimmt etwas nicht, Angelo.»

«Aber die schlimmsten Dinge sind doch erst passiert, nachdem dein Frosch im Traum erschienen ist.»

«Nein!» Laura setzte sich auf. «Mit dem Fall Dobler sind alte Gespenster aufgewacht, die mich schon seit Monaten beschäftigen. Eigentlich muss ich meinem Frosch dankbar sein, denn er hat mich regelrecht aufgeweckt.»

«Und die Verlorenheit?»

«Vielleicht kommt sie daher, dass die alten Geschichten überall wieder losgehen. Neonazis gibt es ja nicht nur bei uns.»

«Was noch?»

«Ah, Commissario – ist das ein Verhör?»

«In gewisser Weise.»

Laura stützte das Kinn in beide Hände.

«Also, was noch? Ich meine, ich verstehe, dass Neonazis Albträume auslösen können, aber bei dir gehört noch ein bisschen mehr dazu, Laura.»

«Ja natürlich, du verhinderter Psychoanalytiker! Mich beunruhigte einfach alles: diese Hitze, die unklaren Nachrichten meiner Kinder, der Sinn meiner Arbeit, diese brutalen Morde, die Zerbrechlichkeit der alten Leute – einschließlich meines Vaters und ... Ich hatte sogar Zweifel an unserer Beziehung.»

«Beunruhigte oder beunruhigt?»

«Ist das so wichtig?»

«Absolut!»

«Beunruhigt.»

Er sah sie nachdenklich an, trank einen Schluck.

«Perché? Warum – ich meine unsere ‹Beziehung›, wie du es nennst.»

«Weil sie mir manchmal unwirklich erscheint.»

«Jetzt auch? In diesem Augenblick?»

«Nein, jetzt gerade nicht.»

«Grazie!»

«Bin ich schlimm?»

«Nicht schlimmer als sonst. Deine deutsche Gehirnhälfte tickt schon wieder viel zu laut.» Er beugte sich vor und küsste sie, ehe sie antworten konnte.

Natürlich klingelte das Telefon, sie hatten beide schon lange damit gerechnet. Immerhin war Laura im Dienst.

«Sie haben uns beinahe zwei Stunden gegeben, das ist eine Menge», murmelte Guerrini und rollte sich auf den Rücken, während Laura zum Telefon robbte.

Es war Marion Stadler, die Nachbarin der alten Frau Neugebauer.

«Sie hat was gesagt, das wahrscheinlich wichtig für Sie ist, Frau Gottberg.»

«Und was?»

«Sie hat gesagt, dass der Dobler den Konrad Geuther an die Amis verraten hat. Der hatte sich irgendwo versteckt, mit Hilfe ihres Mannes. Der Dobler hat es rausgekriegt, und dann ist der Geuther erwischt worden.»

«Hat sie das wirklich gesagt?»

«Ja, wieso ist das so wichtig?»

«Konrad Geuther ist von den Amerikanern wegen Verbrechen gegen die Menschlichkeit vor Gericht gestellt worden und hat sich im Gefängnis umgebracht.»

«Wow.»

«So kann man es auch sagen.»

«Entschuldigung, aber das habe ich nicht erwartet.»

«Ich eigentlich auch nicht. Aber ich danke Ihnen sehr, und ich werde in den nächsten Tagen bei Ihnen vorbeikommen. Sie waren eine hervorragende Ermittlungshelferin!»

«Na, wenn's gegen die Braunen geht, doch immer!»

«Danke, und grüßen Sie die Frau Neugebauer. Sie soll viel trinken!»

Marion Stadler lachte.

«Könnte sein, dass wir ihn bald haben!» Laura drehte sich zu Guerrini um.

«Wen?»

«Den Mörder von Dobler!»

«Und wer ist es?»

«Möglicherweise jemand, der einen hohen Nazi gerächt hat. Ein Verwandter, ein Freund, irgendwer, der von diesem Verrat wusste und lange nach Dobler gesucht hat. Das entlastet Lea Maron. Ich kann dir gar nicht beschreiben, wie froh ich darüber bin. Zwischendurch war ich wirklich sicher, dass sie es war ...»

«Wer ist Lea Maron?»

Laura starrte Guerrini an.

«Du hast recht, wir sehen uns zu selten, und wir reden nicht mal am Telefon ausführlich genug. Ich wollte dauernd mit dir über Lea Maron sprechen, aber es ging nie, weil wir keine Zeit hatten oder du betrunken warst oder wir uns missverstanden haben!» Sie zog das schwarze Leinenhemd eng um sich.

«Erzähl es mir jetzt.»

«Es beschäftigt mich seit Tagen, und ich wollte das so gern mit dir teilen, deinen Rat hören ...»

«Erzähl's mir jetzt, Laura!»

«Weißt du eigentlich, wie arrogant deine Stimme auf dem Anrufbeantworter klingt? Du klingst wie einer dieser näselnden Mailänder, über die du dich immer lustig machst.»

«Laura, was ist los? Wir Italiener neigen zum Näseln, das liegt an unserer Sprache.»

«Quatsch! Das Näseln verunstaltet eure wunderbare Sprache. Näseln ist pure Arroganz. Hör dir Eros Ramazzotti an, dann weißt du, was ich meine!»

«Bene! Es ist Arroganz, vielleicht das Einzige, das uns bleibt, nachdem das römische Weltreich untergegangen ist. Und jetzt sag mir bitte, was los ist!» Diesmal bemühte er sich, besonders nasal und arrogant zu sprechen.

«Ah.» Sie schüttelte den Kopf und verzog das Gesicht. «Es klingt schrecklich! Und du nimmst mich nicht ernst.»

«Doch, ich nehme dich sehr ernst, wenn du mir endlich sagst, was los ist!»

Laura zog das Hemd noch enger um sich.

«Wer war die Frau, die so viel redete?»

Angelo sprang auf, setzte sich auf das Sofa und trank sein Glas leer.

«So was Ähnliches hatte ich vermutet.»

«Sag das nicht! Es klingt schon wieder arrogant. Wir

hatten ein sehr merkwürdiges Telefongespräch über deine tiefsinnigen Einsichten über vielredende Frauen und Männer!»

«Ja, ich erinnere mich genau, und danach habe ich sehr schlecht geschlafen. Diese Frau ist eine Kollegin, die für ein paar Wochen aus Rom nach Siena versetzt wurde. Ich habe sie zum Abendessen eingeladen, weil ich ein höflicher Chef sein wollte. Sie hat mich totgeredet und später in ihre Wohnung eingeladen. Aber ich bin nicht mitgegangen, obwohl sie tolle Beine hat und einen beeindruckenden Busen! Und im Gegensatz zu dir und deinem Obdachlosen habe ich sie nicht bei mir schlafen lassen!»

«Und warum nicht?»

«Weil ich an dich denken musste. An die Art, wie wir miteinander reden.»

«Wirklich?»

«Veramente!»

«Wie reden wir miteinander?»

«Auf geheimnisvolle und doch klare Weise.»

Laura atmete tief ein.

«Penso che ti amo.»

«Das denke ich auch.»

«Entschuldige, ich musste das wissen.»

«D'accordo. Und dein Obdachloser?»

«Er hat einen Namen. Er heißt Ralf!»

«Also, was ist mit Ralf?»

«Er ist nett. Einfach ein Mensch, der sich in unserer verrückten Gesellschaft verirrt hat. Er ist anrührend, wie der Teil von uns, der nicht funktioniert und den wir immer ganz schnell wegdrücken, wie einen Anruf auf dem Handy, den wir nicht annehmen wollen.»

«Und Lea Maron?»

Laura setzte sich vor Guerrini auf den Teppich und erzählte ihm die Geschichte der Marons. Er hörte zu, unterbrach sie kein einziges Mal. Als Laura schwieg, sagte auch er lange Zeit nichts.

«Glaubst du, dass es falsch von mir war, sie zu verdächtigen?», fragte sie nach langer Zeit.

«Nein, mir wären ganz ähnliche Gedanken gekommen. Und ich glaube, dass Opfer sehr wohl zu Tätern werden können. In uns allen lebt doch dieser Wunsch nach Rache, wenn uns wirkliches Unrecht widerfahren ist. Aber weshalb änderst du so schnell deine Meinung, nur weil dieser Dobler auch einen Nazi verraten hat? Ist dir das angenehmer, weil du Nazis nicht magst?»

«Natürlich.»

«Ist das nicht ein bisschen einfach, Commissaria?»

«Möglich, aber die andere Variante ist geradezu undenkbar in diesem Land.»

«Da hast du die Erbsünde und deinen Frosch.»

«Klar.»

«Du weißt das alles schon?»

«Ja, ja, ja!»

«Wozu brauchst du mich dann?»

Laura sah ihn an, senkte dann den Kopf und stieß mit dem Fuß gegen die halbvolle Sektflasche, die umfiel, über den Teppich rollte und ein leises Zischen von sich gab.

«Dazu, dass ich mein Wissen auch zulassen kann. Wenn du da bist, ist es leichter. Ich bin nicht so verloren ... nur noch ein bisschen.» Laura stellte die Sektflasche wieder auf, das Zischen wurde heftiger, und mit einem lauten Knall flog der Korken an die Decke. Sie zuckten beide zusammen und lachten ein wenig zu laut.

«Nur noch ein bisschen», sagte Guerrini leise, «das ist eigentlich schon eine ganze Menge.»

Am späten Nachmittag wurde Ralf so müde, dass er nicht mehr weiterkonnte. Seltsam, dass die Erschöpfung ihn ganz in der Nähe seines Anhängers überraschte. Aber er hielt nicht an, mied die Fußgängerunterführung und überquerte die Straße am Friedensengel. Er wusste, spürte, dass sein Anhänger tief unter seinen Füßen stand. Er lief weiter zu den kleinen Teichen am nördlichen Ufer, die auch schon beinahe ausgetrocknet waren. Dort suchte er sich ein Versteck unter den dichten Eibenbüschen, ließ sich einfach fallen und breitete die Arme aus, starrte in die dunklen Zweige.

Den ganzen Tag hatte er nichts gegessen, war nur durstig, immerzu durstig. Die Hitze brannte nicht nur vom Himmel herab, sondern auch aus ihm selbst heraus. Mit der rechten Hand tastete er nach seinem Rucksack und zog die Wasserflasche hervor, die er in einer öffentlichen Toilette gefüllt hatte. Er trank gierig und goss sich dann einen Schwall über den Kopf, um das Feuer zu kühlen, das in ihm selbst zu brennen schien. Der Boden unter ihm war hart, glatt und ein wenig abschüssig. Er rollte sich so, dass sein Kopf höher als seine Beine lag. Aber damit fühlte er sich auch nicht wohl. Er steckte die Füße in die Äste der Eiben und legte den Kopf auf seinen Rucksack. So ging es einigermaßen. Er meinte zu schlafen, sah aber dauernd unscharfe Bilder von Menschen mit seltsamen Gebilden auf den Köpfen.

Aber vielleicht schlief er irgendwann doch, denn die Bilder lösten sich auf, und es wurde dunkel. Das innere Brennen aber spürte er noch. Und in all der Dunkelheit dachte er, dass es vielleicht möglich war, innerlich zu verbrennen, weil ein geheimes Feuer glühte, das man nicht löschen konnte.

Der zweite Anruf, der Laura und Guerrini störte, kam aus dem Polizeipräsidium. Claudia meldete, dass ein Sebastian Mayer, der Sohn des verstorbenen Karl-Otto Mayer, auf Laura warte. Es war beinahe halb sieben.
«Ich gehe jetzt nach Hause!», sagte Claudia, und ihre Stimme hatte einen scharfen Unterton. «Ich habe ihm eine Tasse Kaffee gegeben und einen Liter Mineralwasser, er wird hier auf dich warten. Der Chef hat übrigens schon viermal nach dir gefragt. Du wirst seine wunderbare Stimme auch auf deinem Handy oder Anrufbeantworter haben.»
«Danke.»
«Bitte und ciao. Meine Tochter wartet auf mich.»
Claudia legte auf, ehe Laura antworten konnte.
«Meine Sekretärin ist sauer auf mich, und ich kann sie verstehen!» Laura nahm den Becher mit starkem heißem Tee entgegen, den Guerrini ihr reichte.
«Weshalb?»
«Ich habe geschlafen, geliebt, war nicht da. Ich habe nicht einmal die Stimme meines Herrn auf dem Anrufbeantworter abgehört. Claudia musste bei dieser Hitze den ganzen Tag im Dezernat sitzen...»
«Wie lange hast du letzte Nacht geschlafen?»
«Gar nicht.»

«Wann bist du nach Hause gekommen?»

«Gegen elf.»

«Würdest du bitte sofort dein deutsches Pflichtbewusstsein auf Fehlermeldungen überprüfen!»

«Jaja, ich hab schon begriffen! Ich habe ja auch nicht behauptet, dass ich mich schuldig fühle ... nur, dass ich Claudia verstehe.»

«Warum?»

«Weil ich mir Freiheiten erlauben kann, die sie nicht hat.»

«Ist das deine Schuld?»

«Sag mal, Angelo ... welche Absicht verfolgst du mit deinen ständigen Befragungen?»

Er wiegte den Kopf und lächelte. «Keine bestimmte. Ich versuche nur, deine Gedanken und Motive zu verfolgen, damit ich dich besser verstehe. Mir zum Beispiel macht es überhaupt nichts aus, wenn ich mir mehr Freiheiten erlauben kann als meine Kollegen. Im Gegenteil: Ich genieße es! Es hat mich schließlich einige Mühe gekostet, Commissario zu werden. Weshalb sollte ich also gegenüber D'Annunzio Schuldgefühle haben ...»

«Ich habe keine Schuldgefühle!» Laura brüllte fast.

«Dann ist ja alles in Ordnung.»

«Nein!»

«Wieso nicht?»

«Weil ich mir vorkomme wie in einem Verhör und weil du gerade zu viel redest!»

«Scusi.»

«Warum machst du das, Angelo?»

«Weil ich wissen will, wann deine Gelassenheit aufhört und du wirklich wütend wirst!»

«Und was hast du davon?»

«Ich lerne dich kennen, Commissaria! Immer ein bisschen besser.»

Eine halbe Stunde später saß Laura dem jüngeren Sohn von Karl-Otto Mayer gegenüber. Sie hatte ihn aus der neonbeleuchteten Anonymität des Warteraums in ihr eigenes Büro gebeten, neuen Kaffee aufgegossen und ihm ihr Mitgefühl ausgedrückt. Durch die beiden Fenster konnten sie die Türme der Frauenkirche sehen. Sebastian Mayer blieb lange vor einem der Fenster stehen und wandte Laura den Rücken zu. Er war größer als sein Vater, mindestens um anderthalb Köpfe. Seine Schultern waren breiter, sein Haar noch dicht und dunkelblond, obwohl er sicher schon über fünfzig war. Er trug ein elegantes schwarzes Polohemd und schwarze, sehr weite Leinenhosen.

«Warum wollten Sie mich sprechen?», fragte er nach einer langen Zeit des Schweigens. «Stimmt etwas nicht mit dem Tod meines Vaters?»

«Es stimmt tatsächlich etwas nicht», erwiderte Laura langsam.

Schnell drehte Sebastian Mayer sich zu ihr um. Laura fühlte sich beinahe erleichtert, als sie in seinem Gesicht wenigstens eine flüchtige Erinnerung an die Züge des alten Mannes wiederfand.

«Was stimmt nicht?» Er sah erschrocken aus, aber auch ärgerlich.

Laura war nicht ganz sicher, ob sie ihn mochte. Er war ein erfolgreicher Architekt in Hamburg, das hatte Claudia inzwischen herausgefunden, und Laura konnte sehr gut verstehen, warum der alte Mayer nicht in den Norden ziehen wollte. Sein Sohn lebte ganz offensichtlich in einer anderen Welt, die mit der verstaubten Genossenschaftswohnung in Schwabing nichts mehr zu tun hatte.

«Es stimmt etwas nicht, weil Ihr Vater zwar eines natürlichen Todes gestorben ist, dieser natürliche Tod aber vermutlich die Folge einer Heldentat war. Einer Heldentat Ihres Vaters – nicht der ersten übrigens.»

Ganz langsam hatten sich während ihrer Worte seine Augenbrauen gehoben.

«Ein Held? Mein Vater, ein Held?»

«Spricht etwas dagegen?»

Er hob die Schultern, ließ sie wieder fallen, rieb nervös seine Nase und lachte kurz auf. «Ja, wenn Sie so wollen: Es spricht eine ganze Menge dagegen. Er war immer sehr zurückhaltend und bescheiden. Ich würde sagen, mein Vater hat nie etwas Besonderes getan, wenn Sie das verstehen. Er war nichts als ein ziemlich netter Mensch.»

«Das ist doch schon eine Menge, oder?»

«In gewisser Weise.» Er zuckte erneut die Achseln. «Aber ich kann mir nicht vorstellen, dass er jemals eine Heldentat vollbracht hätte. Im Gegenteil, mir erschien er manchmal geradezu feige, weil er Konflikten gern aus dem Weg ging.»

Laura wich seinem Blick nicht aus, diesem leicht ironischen und selbstbewussten Blick, der sicher bei vielen Frauen ankam.

«Nun», sagte sie langsam, «ich werde Ihnen jetzt eine Geschichte erzählen, und ich wäre Ihnen dankbar, wenn Sie sich setzen würden. Stehende Menschen erwecken bei mir immer den Eindruck, als wollten sie nicht zuhören und wären in Gedanken weit weg.»

Wieder lachte er auf, doch jetzt wirkte er nicht mehr ganz so selbstsicher. Er ließ sich in einen der Besuchersessel fallen, dessen Lederbezug ganz abgewetzt war, und verschränkte die Arme vor der Brust. Nachdenklich trank Laura einen Schluck Wasser. Sie ließ ihn ein paar Sekunden warten und begann dann langsam die Geschichte der Marons zu erzählen, die irgendwann auch die Geschichte der Mayers wurde. Irgendwann öffnete Sebastian Mayer seine abwehrend verschränkten Arme, beugte sich vor und lauschte gespannt. Als Laura verstummte, sprang er auf und ging ruhelos im Zimmer umher, immer knapp bis ans Fenster oder an eine Wand, um abrupt kehrtzumachen.

«Warum hat er mir das nie erzählt? Ich begreife das nicht! Bis heute habe ich ihn und meine Mutter für typische Mitläufer gehalten. Oh, mein Gott! Ich hätte stolz auf ihn sein können, richtig stolz!» Plötzlich schluchzte er auf, blieb endlich mit dem Rücken zu Laura am Fenster stehen und starrte hinaus.

«Warum hat er mir das nicht gegönnt? Mir nicht und meiner Schwester nicht? Warum?»

«Ich glaube, er hat sich schuldig gefühlt, weil er Esther Maron und die kleine Lea nicht retten konnte. Es war ein Trauma für ihn und Ihre Mutter. Mir wollte er die Geschichte eigentlich auch nicht erzählen.»

Er fuhr herum.

«Warum hat er's dann getan? Ausgerechnet einer Polizistin? Was hatte er überhaupt mit der Polizei zu tun? Mein Vater hatte noch nie mit der Polizei zu tun!»

«Das ist auch eine lange Geschichte, die wiederum mit den Marons zusammenhängt.»

Laura fasste den Fall Dobler kurz zusammen, erzählte von Karl-Otto Mayers zweiter Heldentat und ihrer Vermutung, dass diese Aufregungen zu viel für den alten Mann gewesen waren.

«Er hat sich selbst eines Mordes bezichtigt? Mein Vater?» Sebastian Mayer konnte es nicht fassen.

«Deshalb habe ich Sie gebeten zu kommen. Er hatte mir nämlich gesagt, dass seine Kinder nichts von der ganzen Sache wüssten. Ich hielt es für wichtig – für Sie selbst und vielleicht auch für Ihre eigenen Kinder.»

Ein, zwei Minuten stand er stumm da und starrte auf die Türme der Frauenkirche, dann dankte er Laura und wollte schnell aufbrechen. Aber er kehrte noch einmal um und fragte, ob er sie anrufen dürfe, falls er oder seine Schwester noch Fragen hätten, und ob sie, Laura, vielleicht mit ihm zu Abend essen würde, nur in diesem Polizeipräsidium hielte er es nicht länger aus.

«Ich danke Ihnen, dass Sie sich nicht hinter Ihren Schreibtisch gesetzt haben», sagte er leise und lächelte beinahe schüchtern. «Schreibtische trennen so. Ich wette, dass Sie sich bei Verhören hinter den Schreibtisch setzen.»

«Es kommt darauf an», erwiderte Laura.

«Darf ich Sie also einladen?»

«Nein. Ich bin noch im Dienst, und außerdem habe ich bereits eine Einladung zum Abendessen.»

Er sah enttäuscht aus, dann ging er, und Laura schloss erleichtert die Tür hinter ihm. Beinahe halb neun. Claudia hatte die Zeitungen von morgen auf ihren Schreibtisch gelegt. «Straßenkämpfe in München – über hundert Verletzte», «Bürgerkrieg um Neonazis», «Droht die Anarchie?», «Chaoten bedrohen München!», «L.A. in München!»

Laura überflog einige der Artikel. Angeblich beriet der Stadtrat über ein Grillverbot an der Isar, es gab Spekulationen über unzählige radikale Gruppen in der Stadt, die alle gleichzeitig die Hitzewelle nutzten, um gewalttätig zu werden. Solche Zustände seien aus anderen Klimazonen bekannt, wo ungewohnte Hitze ebenfalls zu mehr Gewalt führe. Man forderte mehr Polizeipräsenz, den ständigen Einsatz des Bundesgrenzschutzes, gar der Bundeswehr.

«Nein», murmelte Laura, «ist wahrscheinlich alles nicht nötig. Das war eine Entladung und ist erst mal erledigt.» Sie griff nach dem Telefon und fragte in der Einsatzzentrale, wie die Situation auf den Straßen sei.

«Alles ruhig. Ganz so, als hätte es die letzte Nacht nicht gegeben», antwortete ihr Kollege. «Ein paar Neugierige laufen an der Isar herum, aber sonst ist nichts los. Die Punker haben sich auch verzogen.»

«So was Ähnliches hatte ich vermutet.»

«Na, ein Glück! Bei uns fallen einige Kollegen aus, die ganz schön was abgekriegt haben.»

Einer plötzlichen Eingebung folgend, packte Laura ihre Sachen zusammen und ging hinunter zum Zellentrakt. Vermutlich waren die festgenommenen «Schwabinger Stürmer» noch nicht abtransportiert worden, weil der Haftbefehl auf sehr wackeligen Beinen stand. Und sie hatte recht, die Kollegen fragten, ob sie die fünf jungen Männer in den Verhörraum bringen sollten, doch Laura schüttelte den Kopf.

«Ich will denen nur etwas sagen, damit sie heute Nacht darüber nachdenken können. Habt ihr sie einzeln untergebracht oder zusammen?»

«In zwei Zellen. Bei uns ist alles voll, und wir dachten, dass es nicht so gut ist, wenn wir Neonazis und Punker oder Antifa-Leute mischen. Dann geht die Prügelei hier weiter!»

So allerdings können sie sich gut untereinander abstimmen, dachte Laura. Aber so klug sind sie vielleicht gar nicht. Na ja, dann haben sie heute Nacht wenigstens etwas, worüber sie sich unterhalten können.

Sie ließ sich zu den Zellen führen, die auch noch nebeneinanderlagen. In der ersten ruhten drei Männer auf den schmalen Betten. Sie richteten sich schnell auf, als Laura in der Tür erschien, und blinzelten, weil mit dem Öffnen der Tür grelle Neonbeleuchtung eingeschaltet wurde.

«Guten Abend, wir kennen uns schon. Ich wollte euch nur etwas sagen, das ich bisher noch nicht erwähnt habe: Dass ihr hier sitzt, verdankt ihr Michael Geuther. Er hat gesagt, dass brutale Gewalt eurer Sache schadet und er euch deshalb nicht schützen will. Bei Mord endet die Kameradschaft. Gute Nacht.»

Mehr als ein «He, was soll der Scheiß!» brachten die Verblüfften nicht heraus, da trat Laura bereits zurück, die Tür fiel zu, der Schlüssel wurde umgedreht. In der nächsten Zelle wiederholte sie ihren Spruch, dort war der Protest lauter.

«Auf so was fallen wir nicht rein!» «Saublöde Bullentaktik!» «Wir lassen uns von dir nich verarschen!»

Mit einem dumpfen Knall fiel die Tür ins Schloss, und die beiden Wachhabenden sahen Laura erstaunt an. «Mord? Wir dachten, die sitzen wegen der Randale.»

«Tun sie auch, aber es besteht der Verdacht, dass die Burschen etwas mit dem Tod der beiden Obdachlosen zu tun haben, die an der Isar gefunden wurden.»

«Na, dann werden wir ein besonderes Auge auf die werfen. Irgendwelche Spezialbehandlungen?»

«Zum Beispiel?» Laura runzelte die Stirn.

«Och, nichts Besonderes. Wir könnten das Licht brennen lassen oder sie jede Viertelstunde wecken. Das tut nicht weh, aber es geht gewaltig an die Nerven.»

Nur einer der Beamten hatte gesprochen, aber beide nickten jetzt bekräftigend.

«Also, hört mal genau zu: Schlafentzug gilt als Folter. Ich bin sicher, dass ihr beiden das genau wisst. Falls nicht, dann würde ich euch empfehlen, in den Richtlinien nachzusehen. Alles klar?»

«Sie haben aber ein weites Herz für Neonazis, Frau Gottberg.»

«Ich habe kein weites Herz für Neonazis, aber ich kenne die Vorschriften für den humanen Umgang mit Gefangenen, und an die halte ich mich. Was soll denn dieser Unsinn, Kollegen?»

«Gar nix. Wir wollten nur ein bisschen behilflich sein.»

«Danke, diese Art von Hilfe brauche ich nicht! Guten Abend.»

Laura verzichtete darauf, sich die Namen der beiden geben zu lassen. Die standen ohnehin auf dem Dienstplan. Aber die Selbstverständlichkeit, mit der die Kollegen den Schlafentzug vorgeschlagen hatten, irritierte sie.

Da ist er wieder, mein Froschalarm, dachte sie, während sie zum Ausgang ging. So ein Wachdienst ist ja auch langweilig. Machtspiele vertreiben die Zeit, und man fühlt sich stark, besonders, wenn man eine Uniform trägt. Beinahe schon eine Binsenweisheit. Die

Gruppe oder die Uniform machen anfällig für diese Art von Unterhaltung. Sie wollte jetzt nicht darüber nachdenken, sondern nach Hause fahren und Angelo sehen. Deshalb zog sie ihr Handy aus dem Rucksack und rief Guerrini an: zu Hause, in der eigenen Wohnung!

«Pronto.»
«Sag es nochmal, Angelo!»
«Was?»
«Pronto.»
«Perché?»
«Sag es nochmal, bitte!»
«Pronto.»
«Grazie. Es ist wunderbar, zu Hause anzurufen und deine Stimme zu hören. Deshalb wollte ich es nochmal hören.»
«Pronto, pronto, pronto! Reicht's? Wie geht es dir, Laura?»
«Erstaunlich gut. Ich hole dich in einer Viertelstunde ab, dann gehen wir essen.»
«Kannst du weg, wirklich? Ich habe gerade eure Abendnachrichten gesehen. War ja eindrucksvoll, euer Bürgerkrieg letzte Nacht. Fast wie bei uns in Italien.»
«Ja, fast, aber mir reicht das schon. Heute Abend ist es ruhig, vermutlich lecken alle ihre Wunden. An der Isar geht es ganz bestimmt nicht mehr los, da patrouilliert der Bundesgrenzschutz.»
«Und dein Magen? Du warst doch krank!»
«Willst du mit mir essen gehen oder nicht?»
«Natürlich will ich! Dein Kühlschrank ist ziemlich leer, und mein Magen knurrt.»
«Ich beeil mich.»
«Warte, dein Vater hat gerade angerufen. Der will

auch mit dir essen. Und jetzt am liebsten mit uns beiden.»

«Heute Abend? Es ist doch schon nach neun!»

«Er sagte, dass er ohnehin nicht schlafen kann.»

«Meinst du das im Ernst, Angelo? An unserem ersten gemeinsamen Abend?»

«Es bleiben uns noch viele andere, ich habe mir zwei Wochen freigenommen.»

«Bene.» Laura brauchte ein bisschen Zeit, um diese Information aufzunehmen. In zweieinhalb Wochen erwartete sie Luca und Sofia zurück. Also blieb ihr selbst noch eine halbe Woche. Warum dachte sie das? Sie hatte sich nach ihm gesehnt, ihn gebeten zu kommen. Warum also dachte sie das? Weil sie kein Bauchweh mehr hatte? Weil sie sich nicht mehr so verloren fühlte seit diesem Nachmittag mit ihm?

«Bist du noch da, Laura?»

«Jaja. Es ist gut, dass du zwei Wochen Zeit hast!»

«Wirklich?»

«Ja, es ist sogar sehr gut. Ich bin gleich da. Wenn ich klingle, dann komm bitte runter. Aber mit meinem Vater gehen wir erst morgen Abend essen. Ich werde es ihm selber sagen. Heute bin ich zu müde.»

ES WAR BEREITS NACHT, als Ralf aus einem unruhigen Schlaf erwachte. Ihm war kalt, und trotzdem brannte noch immer dieses geheime Feuer in ihm. Er fühlte sich zittrig und schwach. Durst hatte er auch. Mit seiner rechten Hand tastete er nach der Wasserflasche. Als er sie nicht fand, setzte er sich mühsam auf. Der Mond war schon da und tauchte den Park in milchiges Licht. Ein paar Minuten lang wusste Ralf nicht, wo er war, und erschrak vor den schwarzen Zweigen der Eibenbüsche, die sich über ihm zusammenschlossen wie ein riesiges Netz.

Nur verschwommen erinnerte er sich daran, dass er am Nachmittag unter die Büsche gekrochen war, um sich auszuruhen. Was war davor gewesen? Gelaufen war er, in der ganzen Stadt herum. Und es war heiß gewesen, sehr heiß. Ihm war heiß gewesen. Jetzt war ihm heiß und kalt. Seltsam. Wie lange war er gelaufen? Zwei Tage oder nur einen? Er wusste es nicht genau. Wusste nicht einmal, wo er die letzte Nacht verbracht hatte, als plötzlich die Isarufer voller Menschen waren, die herumrannten und schrien und zuschlugen. Die blauen Lichter, an die erinnerte er sich auch.

Und vor dem Laufen? Da hatte er den rothaarigen Teufel gesehen, mit Zacken auf dem Kopf. Er wusste ja, dass es ein Punker war. Aber der Teufel konnte sich auch als Punker verkleiden. Der Teufel konnte so was. Ralf schaute sich um, meinte rote Zacken zwischen den Zweigen zu sehen und hielt vor Schreck die Luft an. Jetzt waren die Zacken wieder weg, und er sah grüne Schleier. Mit seinen Augen stimmte etwas nicht. Er schüttelte den Kopf, kniff die Augen zu und riss sie wieder auf.

Wo hatte er bloß die verdammte Flasche hingesteckt? Sein Mund war so trocken, dass er kaum schlucken konnte. Auf allen vieren kroch er herum, suchte und entdeckte die Flasche endlich zwischen den Eibenwurzeln. Sie war ein Stück den Hang hinabgerollt. Ralf robbte zu ihr hin und öffnete sie mit zitternden Händen. Aber mehr als ein paar Tropfen waren nicht mehr drin. Er musste unbedingt trinken, hielt den Durst kaum noch aus.

Obwohl er noch immer seltsame farbige Schleier sah, riss er sich zusammen, steckte die leere Flasche in seinen Rucksack und taumelte geduckt unter den Ästen hindurch auf den Weg zurück.

Der kleine Bach, der sonst immer neben dem Weg herlief, war versiegt. In seiner Not hätte Ralf selbst dieses Wasser getrunken. Die Hunde tranken es und wurden nicht krank. Aber der Bach war nicht da, seine Quelle zwischen zwei Felsbrocken ausgetrocknet. Weiter oben gab es einen Brunnen. Ralf hatte keine Ahnung, ob der noch lief. War kein Trinkwasser, aber ab und zu hatte er das schon getrunken, wenn er zu müde war, um zum Max-Weber-Platz zu laufen. Bisher war es immer gutgegangen.

In dieser Nacht kam ihm der Hang steiler vor als sonst, und sein Herz klopfte so heftig, dass es in seinen

Ohren dröhnte. Jeder Schritt strengte ihn an, als müsste er seine Füße von der Erde losreißen. Der Rucksack war so schwer, dass er ihn am liebsten unter den Büschen zurückgelassen hätte. Aber das wagte er nicht. Sein gesamtes Grundkapital steckte in diesem Rucksack, jetzt, da er seinen Anhänger verloren hatte.

Endlich war er oben, wo es wieder flach wurde und der breite Fahrradweg entlanglief. Ralf horchte. Außer dem Wummern seines Herzens konnte er nichts hören. Die Ampeln am Europaplatz waren abgeschaltet, kein Auto unterwegs. In den großen alten Villen am Rand des Parks leuchteten nur wenige Fenster. Gelbe Flecke hinter dunklen Bäumen. Ralf durfte sie nicht lange ansehen, diese gelben Flecke, wenn er sie zu lange ansah, begannen sie zu kreisen. Er mochte das nicht. Es machte ihm Angst. Deshalb schaute er auf den Boden.

Langsam beruhigte sich sein Herz, und Ralf wandte sich nach links, nahm eine Abkürzung zum Brunnen, quer über eine kleine Wiese und durch einen Hain von Kornelkirschen. Der Mond schien genau auf die kleine Brunnenfigur, einen drallen Buben. Wieder lauschte Ralf. Er hörte kein Plätschern vom Brunnen, dafür knirschten Schritte auf dem Weg. Bewegungslos blieb Ralf im Schatten der Sträucher stehen. Zwei Männer und zwei Hunde kamen auf ihn zu. Große Hunde. Die Männer bemerkten ihn nicht. Die Hunde hoben die Schnauzen, sogen hörbar die Luft ein und starrten in seine Richtung. Einer der beiden, ein Riesenschnauzer, bellte kurz. Die Männer pfiffen nach ihm, gleichzeitig. Da trabte der Hund weiter, lief zum Brunnen, sprang hinein und gleich wieder heraus. Kein Wasser.

Ralf hörte sein eigenes Stöhnen. Kurz dachte er daran, bei einer der großen Villen zu klingeln. Bei einer, die einen gelben Fleck hatte. Aber er traute sich nicht. Das Klo am Max-Weber-Platz war sicher schon zu. Die Nacht fühlte sich spät an.

Noch immer stand Ralf unter den Kornelkirschen und hatte nicht die geringste Idee, was er jetzt machen könnte. Eine halbe Stunde vom Friedensengel, am Auer Mühlbach, da gab es eine umbaute Quelle, die in den letzten Wochen noch lief. Aber das schaffte er nicht.

Plötzlich war Ralf sicher, dass er krank wurde. Vielleicht hing es mit dem Nasenbluten zusammen, mit Lauras Schlag. Erst war das Blut aus ihm herausgelaufen, dann das Wasser. Vielleicht war seine ganze Kraft mit herausgelaufen, und jetzt hatte er keine mehr. Laura! Das war noch eine Möglichkeit. Aber bis zu ihrem Haus schaffte er es schon gar nicht. Das war noch weiter weg als die Quelle. Blieb nur noch Isarwasser. Und Dünnpfiff oder Schlimmeres. Trinken musste er!

Langsam machte Ralf sich auf den Weg zum Fluss, diesmal stolpernd und strauchelnd den Hang hinunter. Er hätte auch den Fußweg an der Straße nehmen können, das wäre leichter gewesen. Aber da konnte man ihn sehen. Ralf hatte den deutlichen Wunsch, nicht gesehen zu werden.

Das letzte Stück des steilen Hangs rutschte er auf dem Hintern und traf nur wenige Meter neben dem Eingang zu seinem Tunnel auf den Radweg. Er wollte sich nach rechts wenden, weil es dort einfacher war, zum Fluss hinabzuklettern, konnte das Wasser schon riechen.

Brackiger, fauliger Geruch stieg zu ihm herauf, getragen von kaum spürbarem Wind. In diesem Augenblick sah er die großen Wasserkanister vor sich, drei waren es. Alle durchsichtig und randvoll mit klarem Leitungswasser. Alle drei gehörten ihm.

Sie waren ganz nah, nur wenige Meter von ihm entfernt in seinem Anhänger. Zögernd wandte Ralf sich um, schaute zum Tunneleingang hinüber und tastete nach dem Schlüssel, den er noch immer an einer Schnur um den Hals trug. Dann gab er sich einen Ruck und bewegte sich auf die Unterführung zu. Er schlich, horchte, sein Herz begann wieder zu rasen, und seine Haut brannte. Der Tunnel verlief in einem weiten Bogen, deshalb konnte er seinen Anhänger erst sehen, als er ein ganzes Stück vorgedrungen war. Fremd kam er ihm vor, wie er da schief an der Wand hing und aussah wie irgendein Anhänger mit platten Reifen. Nicht wie seiner.

Egal. Er wollte nur was trinken. Dann würde er wieder gehen. Rüber zur Lukaskirche. Da war es sicher. Schritt für Schritt näherte er sich dem Anhänger, nicht ohne sich ständig nach allen Seiten umzusehen. Ganz still war es und nicht so hell wie sonst. Ein paar der Lampen brannten nicht mehr. Eine flackerte nur noch ganz schwach. Es dauerte, bis er endlich das Schloss aufbekam. Seine Hände zitterten wie verrückt, und er schrak zusammen, weil die Kette klirrend zu Boden fiel. Wieder schaute er sich um, horchte. Nichts. Und doch fühlte er sich nicht sicher, nicht wie früher. Alles war anders.

Als er die Seitenwand des Anhängers hochklappte, sah er die Wasserkanister, sonst nichts. Er ließ den

Rucksack zu Boden fallen, zog einen Kanister zu sich heran, schraubte ihn auf, hockte sich hin. Von oben ließ er das Wasser über sein Gesicht laufen, fing es mit dem Mund auf, schluckte so gierig, dass er meinte, nochmal zu ertrinken.

Vielleicht war das der Grund dafür, dass er nicht begriff, was geschah. Der Schlag traf ihn quer über den Rücken und warf ihn nach vorn. Der zweite am Kopf. Ralf stieß einen Schrei aus, umklammerte den Wasserkanister. Tritte warfen ihn um. Er krümmte sich zusammen, aber die Tritte waren überall zugleich: in seiner Seite, im Bauch, am Kopf. Alles drehte sich. Es krachte irrsinnig laut, schepperte, war wieder still.

«Das reicht!», sagte eine Stimme.

Dann hörte Ralf nichts mehr.

«Es war nicht leicht, dich beim Verspeisen von bayerischem Wurstsalat zu beobachten, während ich meine Grießnockerlsuppe löffeln musste!» Laura ließ ihren alten Mercedes zum fünften Mal um ihr Wohnviertel kreisen. Obwohl sie eine Parklizenz besaß, gab es wieder einmal keine Lücke in der endlosen Reihe abgestellter Autos.

«Der Wurstsalat war wirklich gut – allerdings auf eine etwas direkte Weise. Ich meine, er hat nichts Raffiniertes.» Guerrini hauchte in seine hohle Hand. «Bisschen viel Zwiebeln.»

Laura lachte.

«Ich habe noch nie eine so höfliche Beschreibung von Wurstsalat gehört! Er ist völlig primitiv, aber ich liebe ihn trotzdem. Manchmal habe ich richtigen Heißhunger drauf, vor allem, wenn ich längere Zeit nur Edelküche genossen habe.»

«Mir geht es so mit toskanischen Knoblauchwürsten. Manchmal muss ich die einfach essen, vor allem, wenn ich Sorgen habe.»

«Kindheitströster?»

«Ja, natürlich. Was ist es bei dir?»

«Fleischsalat in Mayonnaise.»

«Schmeckt das?»

«Eigentlich nicht.»

Sie mussten beide lachen.

«So, ich stelle den Wagen jetzt auf den Bürgersteig! Es reicht!»

Lauras Handy begann zu brummen, als sie den Wagen absperren wollte. Guerrini lehnte sich an den Kühler und verschränkte die Arme.

Bitte keinen Einsatz, dachte Laura. Aber wer sollte sonst schon kurz nach zwölf anrufen. Ich hätte es ausschalten sollen. Aber sie hatte aufgrund der extremen Lage permanenten Bereitschaftsdienst. Bitte keinen Einsatz, flehte sie noch einmal, ehe sie auf den Knopf drückte.

«Ja.»

«Frau Gottberg?»

«Ja.»

«Tut mir leid, wenn ich Sie aus dem Bett hole, aber da gab es schon wieder einen Überfall auf einen Penner. Wäre gut, wenn Sie gleich hinfahren.» Es war der Kollege von der Einsatzzentrale, mit dem sie schon am frühen Abend gesprochen hatte.

«Wo?»

«Am Friedensengel. Sie kennen doch sicher die Fußgängerunter...» Laura ließ das Telefon aufs Autodach fallen und zog ihre Hand zurück, als hätte sie sich verbrannt. Den Kopf in den Nacken gelegt, hatte Guerrini den Mond betrachtet, der ungewöhnlich groß war und rötlich leuchtete. Trotzdem nahm er ihre seltsame Bewegung wahr und sah sie an. Mit geschlossenen Augen stand sie vor ihm, die Lippen zusammengepresst, beide Fäuste geballt. Guerrini umfasste ihre Oberarme mit seinen Händen.

«Was ist geschehen, Laura?»

Sie stand wie erstarrt, antwortete nicht.

«Che cosa succede? Ist etwas mit deinen Kindern, deinem Vater?» Er schüttelte sie leicht.

«Warte», flüsterte sie. «Ich kann noch nicht. Wenn ich mich bewege, schrei ich vor Wut.»

«Und warum schreist du nicht?»

«Weil sonst alle aufwachen.» Laura öffnete die Augen. «Ich muss mich bewegen, Angelo. Schnell bewegen. Bitte mach die Fahrertür auf und sag: Laura, steig ein!»

Er hob ratlos die Hände, tat aber, was sie gesagt hatte. Laura nahm ihr Handy vom Autodach, das in diesem Augenblick erneut brummte. Sie ließ es beinahe fallen, warf es auf den Rücksitz.

«Ich möchte, dass du mitkommst. Es ist mir ganz egal, was die Kollegen sagen. Ich brauch dich. Allein steh ich das nicht durch. Nicht nach dieser Woche!»

Guerrini sprang auf den Beifahrersitz, und Laura fuhr mit kreischenden Reifen los.

«Würdest du bitte das Blaulicht aufs Dach stecken, es ist unter deinem Sitz.»

«Es ist nicht da.»

«Dann ist es unter meinem Sitz.»

Sie bremste kurz vor einer roten Ampel, griff nach dem Blaulicht und gab es Guerrini, dann fuhr sie langsam über die Kreuzung und gab wieder Gas.

«Könntest du mir jetzt sagen, was passiert ist?»

«Sie haben Ralf überfallen, genau den Obdachlosen, dem ich mein blaues Auge verdanke.»

«Ist er ...»

«Ich habe nicht gefragt.»

Laura wählte die Straße auf dem linken Isarufer. Dort kamen sie schneller voran als auf den verwinkelten Wegen durch Haidhausen.

«Hast du Angst, dass er tot ist?»

«Er ist der Dritte, Angelo! Die beiden andern hatten keine Chance: Einen haben sie erschlagen und in den Fluss geworfen, dem zweiten die Kehle durchgeschnitten. Was hat dieses miese Schwein Geuther gesagt? ‹Penner schließen sich selbst von der Gesellschaft aus, deshalb leben sie gefährlich.› So ähnlich jedenfalls. Aber ich krieg sie, diese Verbrecher! Ich schwör dir, dass ich sie kriege!»

«Wer ist Geuther?»

«Der Anführer dieser Germanenhorde!»

«Kannst du überhaupt arbeiten, wenn du dich so aufregst, Laura?»

«Ich kann! Wenn ich am Tatort bin, rege ich mich nur noch innerlich auf.»

«Sicher?»

«Nein.»

Als sie auf die Luitpoldbrücke fuhren, sahen sie auf der anderen Flussseite die Einsatzwagen und Blaulichter. Laura fuhr am Ende der Brücke einfach auf den

Bürgersteig und begann zu rennen, weil sie den Notarztwagen am Eingang des Tunnels entdeckte. Ein paar Kollegen wandten sich erstaunt nach ihr um, doch sie achtete nicht auf sie, lief bis zur Unterführung, ging dann langsamer und versuchte, ihren Atem unter Kontrolle zu bringen. Der Notarztwagen versperrte die Sicht, und es kostete sie all ihren Mut, um das Fahrzeug herumzugehen und hinzusehen. Sie drehte sich nach Guerrini um und sah ihn den Weg von der Brücke herunterkommen. Er rannte nicht. Es war gut, ihn nah zu wissen. Jetzt konnte sie gehen.

Der silberne Anhänger lag umgestürzt in der Mitte des breiten Fahrradwegs. Ralfs Besitztümer waren überall verstreut. Inmitten des Durcheinanders aus Bettzeug, Kanistern, zerbrochenem Geschirr, Farbtuben, Kleidungsstücken, Isarsteinen und Dosennahrung lag ein Mensch. Eigentlich konnte Laura nur ahnen, dass es so war, denn die Sanitäter und der Arzt umringten etwas, und das musste er sein. Laura sah eine Infusionsflasche, die hochgehalten wurde, und wagte sich langsam näher. Sie hörte jemand sagen: «Frau Gottberg, gut, dass Sie schon da sind, da können Sie sich auch das Opfer noch ...» Aber sie ging einfach weiter, erreichte die Helfer und schaute zwischen ihnen hindurch. Tote bekamen keine Infusionen.

Ralf trug einen Verband um den Kopf, der nur Nase und Mund frei ließ. Aus seinem rechten Mundwinkel lief ein feiner Streifen Blut. Zwei Sanitäter fixierten gerade seinen Kopf und Nacken und hoben ihn dann mit Hilfe der anderen vorsichtig auf eine Bahre. Dabei rutschte seine Jeansjacke nach oben, und Laura konnte den deutlichen Abdruck eines Stiefels auf seiner Haut sehen. Selbst das Sohlenmuster war an einer Stelle deutlich sichtbar.

«Das muss fotografiert werden», sagte Guerrini dicht neben ihr.

«Ja», wiederholte Laura abwesend, «das muss fotografiert werden.» Sie schaute sich um und entdeckte Andreas Havel, der hinter dem umgekippten Anhänger am Boden kniete.

«Andreas, wo ist der Fotograf? Wir brauchen ihn ganz schnell!»

«Der ist krank. Ich mach das selbst!» Er hielt eine Kamera hoch.

«Los, komm her! Der Mann muss ins Krankenhaus!»

Havel begriff sofort, Laura musste nichts erklären.

«Beeilen Sie sich!» Ungeduldig gab der Notarzt den Sanitätern Zeichen, er machte schnelle Schaufelbewegungen mit einem Arm. Hektische rote Flecken überzogen sein Gesicht, und Schweiß strömte in Bächen von der Stirn über seine Wangen. «Los, macht schon!» Er lief voraus zum Ambulanzwagen. Laura rannte hinter ihm her und hielt ihm ihren Ausweis hin.

«Hat er eine Chance?»

«Keine große!»

«Welche Verletzungen?»

«Vermutlich innere, vermutlich Schädelbasisbruch, mehrere Frakturen: Arm, Rippen und so weiter. Lungengeräusche.»

«Wie lange her?»

«Höchstens eine Stunde, wahrscheinlich weniger.» Er sprang in den Wagen und nahm die Sauerstoffmaske von der Wand. «Los, los und vorsichtig!», trieb er die Sanitäter an.

«In welches Krankenhaus bringen Sie ihn?»

«Rechts der Isar.»

Die Bahre rollte an Laura vorbei und wurde in den Wagen geschoben, die Türen schlossen sich. Dann waren sie fort.

Nicht einmal berührt habe ich ihn, dachte sie. Man fasst niemanden an, der am Boden liegt. Nicht hier draußen! Sie erinnerte sich genau an seine Worte. Aber sie hätte Ralf anfassen dürfen, weil sie sich kannten. Langsam kehrte sie zu dem Schrotthaufen zurück, der von Ralfs Anhänger übrig geblieben war. Guerrini kam ihr entgegen.

«Geht es?»

Laura nickte, hätte sich gern an ihn gelehnt, doch die Gegenwart ihrer Kollegen hinderte sie daran. Deshalb machte sie, was sie zu tun hatte, sah sich den Tatort genauer an, umrundete ein paarmal den Anhänger, befragte die beiden Kollegen, die Ralf gefunden hatten. Die Fahndung nach den Schlägern hatte bisher nichts ergeben. Nur ein Fußgänger auf der Luitpoldbrücke hatte gesehen, wie ein paar Typen in ein Auto stiegen und wegfuhren. Aber er konnte sich weder an den Wagen noch an die Richtung erinnern. Es hätte auch nicht nach Flucht ausgesehen.

Als sie fertig war, kam sie sich vor wie ein Roboter. Sie hatte funktioniert. Auf dem Rückweg zum Wagen fiel ihr Ralfs Rucksack ein. Sie bat Guerrini zu warten und machte kehrt.

«Nimm den Rucksack bitte mit ins Labor», sagte sie zu Andreas Havel. «Wenn der Mann überlebt, wird er ihn brauchen. Wo ist eigentlich Peter?»

Havel zuckte die Achseln.

«Na, dann grüß ihn von mir und sag ihm, dass ich morgen später komme und dienstlich unterwegs bin. Gute Nacht.»

Der Mond stand hell am Himmel, als sie neben Guerrini auf der Brücke stand und zu dem riesigen Engel mit den goldenen Flügeln hinaufschaute.

«Er hat ihn nicht beschützt, sein Engel», sagte sie.

Als sie nach Hause kamen, ging Laura in die Küche, nahm einen Teller aus dem Schrank und knallte ihn auf den Boden. Scherben und Splitter flogen nach allen Seiten. Laura griff nach einem zweiten Teller und zerschlug auch ihn. Ehe sie nach dem nächsten greifen konnte, war Guerrini beim Schrank und reichte ihn ihr.

«Cosa fai, Laura?» Seine Stimme klang dunkel und zärtlich.

Laura umklammerte den Teller mit beiden Händen und presste ihn an ihre Brust.

«Ich muss etwas kaputt machen, weil es mich sonst zerreißt!»

«Dann wirf ihn!»

«Jetzt geht es nicht mehr.»

«Warum?»

«Weil es doch nichts nützt. Ich meine, etwas kaputt machen ist dumm.»

«Meistens. Vor allem, wenn man es nicht wieder heil machen kann.»

«Ich weiß nicht, ob sie Ralf wieder heil machen können, Angelo.»

«Nein, vielleicht können sie es nicht.»

«Was hast du gemacht, als du Elsa Michelangeli im Graben gefunden hast?»

«Ich habe gegen die Reifen meines Autos getreten.»

Laura nickte.

«Hast du auch geschrien?»

«Nein. Aber bei anderen Gelegenheiten habe ich geschrien.»

«Wo?»

«Ich bin auf einen einsamen Berg gestiegen, weil ich nicht wollte, dass mich jemand hört.»

«Ich kann hier nicht schreien, weil alle mich hören.»

«Zu Hause kann ich auch nicht schreien. Ein Commissario schreit nicht!»

«Eine Kriminalhauptkommissarin auch nicht.»

Guerrini nahm Laura den Teller aus den Händen und legte ihn in den Schrank zurück. Dann fegten sie gemeinsam die Scherben auf. Als er ihr wieder aufhalf und Anstalten machte, sie in die Arme zu nehmen, wich sie ihm aus.

«Bitte sei nicht zu nett zu mir, sonst muss ich weinen, und das will ich nicht!»

«Du solltest schlafen, Laura. Morgen wird es sicher anstrengend.»

«Ich kann noch nicht schlafen. Ich muss im Krankenhaus anrufen.»

Guerrini zuckte die Achseln, öffnete eine Flasche Brunello und füllte zwei kleine Gläser.

«Setz dich erst und trink einen Schluck. Es ist dein Lieblingswein. Ich habe vier Flaschen davon mitgebracht.»

Zögernd setzte sich Laura auf einen ihrer blaulackierten Küchenstühle und schlürfte ein bisschen Rotwein.

«Darf ich dich etwas fragen, Laura?»
Sie nickte.
«Was bedeutet dieser Ralf für dich?»
Sie steckte ihre Nase in das Weinglas und atmete den fruchtigen Duft ein.
«Ich weiß es selbst nicht genau. Nur, dass es eine sehr ungewöhnliche Begegnung war. Er ist nett. Ein bisschen verrückt, aber richtig nett. Ich habe ihn enttäuscht und ihm vermutlich sehr wehgetan, weil ich nicht bedacht habe, dass ein einsamer Mensch falsche Schlüsse ziehen kann, wenn man Interesse an ihm zeigt.»
«Hat er das?»
«Ja, ich nehme es an.»
«Dann hatte ich doch recht mit meiner Eifersucht.»
«Natürlich.»
«Und du?»
«Was? Und du?»
«Ich meine, ob auch du ihn ...»
«Nein, Angelo. Er hat mich gerührt, wie sein Kollege, der sich eine Hütte am Meer und Hühner wünschte. Für mich sind sie beide Symbole für die Zerbrechlichkeit unserer Träume. Ich halte es einfach nicht aus, dass irgendwelche wild gewordenen Verbrecher harmlose Menschen totschlagen und sich auch noch im Recht fühlen.»
Guerrini drehte sein Weinglas auf dem Tisch.
«Das geschieht jeden Tag, Laura.»
«Das macht es nicht erträglicher!»
«Nein.»
«Hast du jemals darüber nachgedacht, dass die meisten Menschen nicht mal schreien können, wenn es

sie vor Wut zerreißt oder wenn sie verzweifelt sind? Irgendwo habe ich die Geschichte einer Frau gelesen, die unbedingt schreien wollte, weil sie das Leben nicht mehr ertrug. Aber es hat sich nie die Gelegenheit dazu ergeben.»

«Was geschah mit ihr?»

«Sie endete in der Psychiatrie. Dort konnte sie endlich schreien und wurde wieder gesund.»

«Gute Geschichte. Komm, amore, geh zu Bett. Du siehst aus, als würdest du sofort vom Stuhl fallen. Soll ich dich tragen?»

«Nein, mitkommen. Aber ich muss noch telefonieren.»

«Ruf morgen an. Er ist sicher noch im OP, und du wirst nichts erfahren.»

«Aber ich muss doch wissen ...»

«Wenn er tot ist, wirst du nicht schlafen. Schlechte Nachrichten kann man auch verschieben.»

«Bestimmst du immer, was andere machen sollen?»

«Ich bin Commissario.»

«Ich auch.»

«Aber mein Dienstgrad ist höher!», grinste Guerrini, legte den Arm um Laura und führte sie ins Schlafzimmer, wo sie sich aufs Bett fallen ließ und sofort einschlief. Er ließ sie in Kleidern schlafen, zog ihr nur die Schuhe aus. Dann kehrte er in die Küche zurück, trank noch ein Glas Rotwein und stellte sich auf den kleinen Balkon. Warmer Wind wehte von Süden, und eine Fledermaus kreiste im Hinterhof. Lange sah Guerrini ihr zu und fragte sich, ob er und Laura vielleicht doch den falschen Beruf gewählt hatten.

Als er sich später leise neben Laura legte, fuhr sie auf,

starrte ihn an und murmelte: «Ich werde sie kriegen, und wenn es ein Jahr dauert. Die kommen nicht davon. Und ich wette, dass die Ralf zusammengeschlagen haben, um die Kerle zu entlasten, die in Untersuchungshaft sitzen.» Damit rollte sie sich zur Seite und schlief weiter.

WECKER UND TELEFON klingelten am nächsten Morgen gleichzeitig. Laura fiel beinahe aus dem Bett, weil Guerrini im Schlaf allmählich ihre Seite erobert hatte. Sie schlug auf den Wecker und erwischte das Gespräch im letzten Augenblick.

«Mama!»

«Sofia! Wie spät ist es denn?»

«Hier ist es sieben. Dann muss es bei dir acht sein, Mummy! Ich ruf so früh an, weil ich gleich in die Schule muss, und am Abend ist nie Zeit, weil hier immer was los ist! Hab ich dich aus dem Bett geholt?»

«Macht nichts, ich muss auch gleich weg. Geht's dir gut?»

«Ja, super! Ich wollte dich eigentlich nur was fragen. Was Wichtiges!»

«Was denn?»

«Kann Patrick als Austauschschüler zu uns kommen? Wir haben doch Platz genug. Unsere Wohnung ist riesig. Er ist total nett. Spült auch ab und so was!»

«Sofia, darüber muss ich nachdenken. Das kann ich nicht entscheiden, wenn ich gerade aufgewacht bin.»

«Aber Mama, über was musst du denn nachdenken? Es ist doch ganz einfach!»

«So einfach auch nicht, Sofi.»

«Aber ...»

«Lass mich nachdenken, ja?»

«Kannst du mich dann wenigstens heute Abend zurückrufen und mir Bescheid sagen?»

«Sofia, wahrscheinlich habe ich heute Abend noch gar nichts entschieden. Ich muss nämlich arbeiten!»

«Aber du kannst doch zwischendurch nachdenken!»

«Ich werde dich anrufen, wenn ich mich entschieden habe, alles klar? Hast du mit deinem Bruder darüber gesprochen? Der wohnt nämlich auch hier und kann ebenfalls mitbestimmen!»

«Ich glaube, mit Luca geht es klar!»

«Du glaubst.»

«Ja, ich glaube! Patrick und ich hatten die Idee erst gestern Abend. Deshalb konnte ich noch gar nicht mit Luca sprechen.»

«Dann sprich mit ihm! Und grüß ihn von mir. Grüß auch Patrick und deine Gasteltern. Ciao, Sofia!»

«Ciao, Mama. Ich hätt gern länger mit dir geredet ...»

«Es geht leider nicht, bin ohnehin schon spät dran. Ich hab dich lieb!»

«Ich dich auch!»

Laura legte das Telefon weg, um sich einen Tee aufzubrühen. Ein längeres Gespräch mit Sofia hätte überhaupt keinen Sinn gehabt, weil sie auf dem Thema Patrick beharrt hätte. Laura kannte ihre Tochter. Und Patrick war der Letzte, der sie an diesem Morgen interessierte! Sie dachte an Ralf, war aber zu feige, im Krankenhaus anzurufen. Sie trat auf den Balkon hinaus, goss ihre Petunien, füllte die Vogeltränke und stellte entsetzt fest, dass die Luft flimmerte, das Atmen war unangenehm. Wieder ein glühend heißer Tag.

Sie ging in die Wohnung zurück und warf einen Blick

ins Schlafzimmer. Angelo lag inzwischen quer im Bett und war wieder tief eingeschlafen. Vorsichtig schloss Laura die Tür und griff nach dem Telefon. Dann machte sie auch die Küchentür hinter sich zu und rief im Dezernat an.

«Claudia? Guten Morgen. Ist Baumann schon da?»

«Guten Morgen, Laura. Er ist! Seit wann nennst du ihn Baumann?»

«Seit heute, weil mir danach ist! Stell mich bitte zu ihm durch.»

«Sofort. Alles in Ordnung bei dir?»

«Ja.»

«Ich meine wegen des Überfalls letzte Nacht.»

«Jaja.»

«Ich dachte ...»

«Bitte denk jetzt nicht, sondern gib mir Baumann.»

«Schon gut.»

Es knackte ein bisschen, dann meldete er sich.

«Hallo, schön, dass du wieder an Deck bist.»

«Klingt nach Arbeit.»

«Du hast es erfasst. Letzte Nacht warst du offensichtlich nicht erreichbar. Wahrscheinlich weißt du aber inzwischen, was passiert ist. Ich habe in diesem Zusammenhang einen Auftrag an dich. Würdest du bitte nachforschen, ob die beim BKA und beim Verfassungsschutz die Handynummern von Michael Geuther haben? Leute wie er haben meistens mehrere, wie du weißt. Falls ja, was ich hoffe, dann lass doch bitte überprüfen, wo er sich zwischen Ende Mai und Anfang Juni bewegt hat.»

«Wieso denn das? Die Überfälle auf die Penner fanden doch alle im August statt.»

«Es geht nicht um die Überfälle auf die Obdachlosen. Du wirst doch nicht im Ernst glauben, dass der Geuther persönlich zuschlägt. Dafür hat er andere!»

«Worum geht es dann?»

«Ich hatte letzte Nacht so eine Idee, sie ist ziemlich vage, aber ich glaube, es lohnt sich, sie auszuprobieren.»

«Sag nicht, dass es schon wieder was mit diesem Dobler zu tun hat!»

«Würde es dir was ausmachen, wenn du diesen Namen für eine Weile nicht erwähnst? Vor allem nicht gegenüber dem Chef!»

«Hör mal, Laura, du liegst ja häufig ziemlich richtig mit deinen Ideen, aber in diesem Fall ... ich meine, eine Krähe hackt der andern kein Auge aus.»

«Hast du eine Ahnung, was Krähen so alles machen! Würdest du die Sache also in Bewegung bringen!»

«Okay, versuchen wir's.»

«Danke. Zweitens: Lass alle Mitglieder des ‹Schwabinger Sturms›, deren Personalien wir haben, überprüfen. Alibi und so weiter. Macht denen Druck. Schick Florian und Ines.»

«Noch was? Wann kommst du denn?»

«Ich komme erst später.»

«Besuch?»

«Hat Havel was gesagt?»

«Klar.»

«Dann viel Spaß beim Klatschen. Ich bin erreichbar, falls ihr mich braucht. Bis später.»

Ärgerte sie sich? Nein, sie ärgerte sich nicht! Es war ihr egal. Sie nahm ihren Tee mit ins Bad und versuchte, ihr Äußeres so zu gestalten, dass sie sich halbwegs mochte. Ihr Veilchen begann ganz allmählich zu verblassen, und mit etwas Make-up konnte man es fast übersehen. Laura war froh, dass Angelo noch schlief. Morgens war sie gern allein. Es war die Zeit, in der sie sich sammelte und auf den Tag vorbereitete. Sie beschloss, nicht im Krankenhaus anzurufen, sondern hinzufahren.

Geschminkt und angezogen, brachte sie Angelo eine Tasse Kaffee ans Bett und zog das Rollo halb hoch, um ein wenig Licht ins Zimmer zu lassen. Er blinzelte, wälzte sich zur Kaffeetasse und schnupperte daran.

«Weißt du eigentlich, dass du die einzige Frau in meinem Leben bist, die mir Kaffee ans Bett bringt? Allein das ist schon ein Grund, unsere Beziehung fortzusetzen.»

«Erstaunlich, was du kurz nach dem Aufwachen so denkst.»

«Vieni qua, komm her!» Er streckte die Hand nach ihr aus.

«Nein, du könntest meine Renovierungsarbeit zerstören. Ich werde nämlich in ein paar Minuten ins Krankenhaus fahren und danach eventuell diesen Neonazi-Anführer besuchen. Du kannst dir überlegen, ob du mitkommen willst.»

Guerrini schlürfte seinen Kaffee und musterte sie nachdenklich.

«Du siehst gut aus. Schwarz steht dir.»

«Danke. Kommst du mit oder nicht?»

«Hast du im Krankenhaus angerufen?»

«Nein. Ich gehe lieber selbst hin.»

«Willst du wirklich, dass ich mitkomme? Dein Verhältnis zu diesem Ralf war doch ein sehr persönliches. Vielleicht störe ich.»

«Nein, du störst nicht.»

«Bene, in fünf Minuten bin ich fertig.»
Er sprang aus dem Bett und verschwand, nur mit blauen Boxershorts bekleidet, im Bad. Ich liebe seinen Körper, dachte Laura, seinen Rücken, seine Beine, die Arme, den Nacken, alles.

INTENSIVSTATION, NATÜRLICH. Aber immerhin bedeutete es, dass er noch lebte. Laura kannte den Weg durch die Gänge des Krankenhauses. Nicht zum ersten Mal besuchte sie einen Schwerverletzten. Und alles war wie immer, nur roch es wegen der Hitze noch intensiver als sonst: Der Geruch von Desinfektionsmitteln mischte sich mit dem von Urin, Kantinenessen und Schweiß. Auch im Inneren des Gebäudes war es viel zu heiß, die Türen zu den Krankenzimmern standen offen, um ein wenig Luft durchziehen zu lassen.

Der Arzt, der bereits auf sie wartete, war jung und offensichtlich erschöpft. Blass, mit dunklen Schatten unter den Augen, bemühte er sich um Freundlichkeit und lächelte sogar, als Laura ihren Ausweis zeigte.

«Kriminalpolizei. Sie sehen ein bisschen so aus wie die Kommissarinnen im Fernsehen.» Sein grüner Kittel zeigte Schweißflecken, und er gähnte hinter vorgehaltener Hand.

«Wie geht es ihm?» Laura ging nicht auf die Bemerkung des jungen Arztes ein.

«Er lebt, aber es geht ihm schlecht. Schädelbasisbruch, Nierenquetschung, Rippenbrüche, Bruch des rechten Arms, um nur das Wichtigste aufzuzählen. Sein Zustand ist instabil, Prognosen können wir noch nicht abgeben. Wer ist der Mann?»

«Er heißt Ralf, mehr weiß ich auch nicht.»

«Schlägerei unter Pennern? So was sehen wir hier öfter.»

«Woraus schließen Sie, dass er ein Penner ist?»

«Nun, unvollständiges Gebiss, leichte Verwahrlosung, schmutzige Kleidung. Ach, was ich vergessen habe: Er leidet außerdem an einer Lungenentzündung und hat hohes Fieber. Wir hatten schon den Verdacht, dass er Tbc haben könnte. Das kommt bei Pennern ziemlich oft vor.» All das sagte er in einem bedauernden und gleichzeitig abgeklärten Tonfall, der Laura erstaunte.

«Sie müssen verzeihen», murmelte der Arzt. «Ich hatte Nachtdienst, und es war nicht leicht, diesen Ralf am Leben zu erhalten. Er hat ein ganzes Team auf Trab gehalten.»

«Es war keine Schlägerei unter Pennern. Er wurde vermutlich von Neonazis überfallen.»

«Wow.»

«Kann ich ihn sehen?»

«Wir haben ihn in ein künstliches Koma versetzt. Er ist also nicht ansprechbar. Wäre er aber sowieso nicht.»

«Ich möchte ihn trotzdem sehen.»

Der Arzt zuckte die Achseln und sah fragend zu Guerrini. Der schüttelte den Kopf.

«Aspetto fuori», sagte er und nickte Laura ermutigend zu.

Sie bekam einen Mantel und Plastikhüllen für ihre Schuhe und musste sich die Hände desinfizieren. Dann führte der Arzt sie in einen dieser grellen Räume voller Maschinen, Monitore und Schläuche, die ihr stets Angst machten.

Ralf lag da wie eine bandagierte Puppe, Arme und Beine abgespreizt, verkabelt und mit einer Maske über Mund und Nase, nackt bis auf die Verbände und eine große Windel. Laura wollte ihn berühren, wusste nicht wo, sah dann aber ein Stück Bein, das nicht verbunden war, und legte behutsam ihre Hand darauf. Zuckte die Haut? Es war eher ihre eigene Hand, die zuckte. Seine Haut glühte.

«Tun Sie was gegen das Fieber?», flüsterte sie dem Arzt zu, der die Geräte kontrollierte. «Er fühlt sich an, als würde er brennen.»

«Natürlich tun wir etwas dagegen. Aber die Mittel müssen erst mal wirken. Er ist ja erst seit ein paar Stunden hier.»

Vorsichtig strich Laura ein paarmal über die heiße Haut und zog sich dann langsam zurück. Der Arzt folgte ihr.

«Kannten Sie ihn?» Er wirkte erstaunt.

«Ja, wir haben ein paarmal miteinander Kaffee getrunken und uns gegenseitig ein blaues Auge geschlagen.»

Der junge Arzt hob die Brauen und musterte sie.

«Dieses blaue Auge?», fragte er und deutete auf ihr Gesicht.

«Genau dieses.»

«Unangenehmer Bursche?»

«Nein, im Gegenteil, er ist sehr nett. Bitte tun Sie alles, um ihn durchzubringen. Er ist eine echte Persönlichkeit. Er hat sogar ein kleines Unternehmen, verkauft Isarsteine. Ich danke Ihnen für alles, was Sie für ihn tun. Und würden Sie mich bitte anrufen, wenn Sie ihn aufwecken? Er leidet nämlich unter Platzangst.»

Der Arzt warf ihr einen Blick zu, als zweifle er an ihrem Verstand, Laura jedoch lächelte ihn freundlich an, drückte ihm ihre Karte in die Hand und ging.

Erst draußen auf dem Flur vor der Station entluden sich ihre Gefühle.

«Sie wollten ihn umbringen, genau wie die beiden anderen. Sie sind nichts als gemeine, primitive Mörder! Menschen sind gefährlich, Angelo! Manchmal habe ich Schwierigkeiten damit, ein Mensch zu sein. Wir lernen nichts. Wir machen immer und immer wieder den gleichen Mist. Ich werde sie kriegen, diese Verrückten, und dann? Was habe ich damit erreicht? Übermorgen schlagen sie wieder einen Schwarzen zusammen, der nachts allein nach Hause geht, oder sie jagen ein paar Inder durch die Straßen.»

Guerrini legte seinen Arm um ihre Schultern. Sie ging sehr schnell, aber er hielt Schritt mit ihr.

«Und alle Erklärungen überzeugen mich nicht! Es gibt Menschen, die unter schrecklichen Umständen aufwachsen und trotzdem keine Schwächeren quälen!»

«Scht, nicht so laut. Du erschreckst die Kranken, Laura.»

«Siehst du, man kann nirgends schreien. Man muss alles in sich hineinstopfen und gefasst und vernünftig sein. Kein Wunder, dass so viele Leute durchdrehen!»

Guerrini schob sie durch den Ausgang.

«Jetzt schrei!»

«Das geht nicht auf Befehl! Vorhin hätte ich schreien können. Jetzt muss ich nachdenken. Ich brauche eine Strategie, wie ich sie alle gleichzeitig kriege.»

«Darf ich mit dir denken?»

«Ich bitte darum.»

«Lass uns frühstücken und Kaffee trinken. Dabei kann ich am besten nachdenken. Zu Hause verlasse ich mein Büro, geh in meine Lieblingsbar, esse ein Brioche, trinke Espresso, und mein Kopf wird klar.»

«Also los, wir gehen ins Johanniscafé. Da ist um diese Zeit noch nichts los. Außerdem habe ich dort vor ein paar Tagen mit Ralf gegessen.»

An diesem Tag war es zu heiß, um draußen zu sitzen. Selbst die Sonnenschirme brachten kaum Erleichterung. Drinnen, im Johanniscafé, war es dämmrig und roch nach kaltem Zigarettenrauch. Aber es schien ein paar Grad kühler zu sein, denn die Wirtin hatte große Ventilatoren aufgestellt. Sie bestellten Butterbrezen und Milchkaffee. Guerrini schaute sich erstaunt um.

«Ein seltsames Lokal», sagte er und betrachtete die verblichene Landschaftstapete, die einen Wald mit sprudelndem Bach vortäuschte.

«Hier ist seit den 50er Jahren nicht mehr renoviert worden, und genau deshalb lieben die Menschen in Haidhausen diese Kneipe. Wenn du hier sitzt, bleibt die Zeit stehen. Es riecht wie früher, es sieht aus wie früher, und selbst die Preise sind beinahe wie früher. Es ist eine Institution. Wenn es dieses Café irgendwann nicht mehr gibt, werden viele Menschen traurig sein.»

«Du auch?»

«Ich auch.»

Er lächelte. «Es ist ähnlich wie Serafinas Osteria, nicht wahr?»

Laura nickte. «Aber lass uns nachdenken. Vom Fall Dobler habe ich dir schon erzählt. Da gibt es also einen alten Herrn, der sich des Mordes bezichtigt, die Tochter einer Jüdin, die von Dobler an die Nazis verraten wurde und die genau zur Zeit des Mordes zum ersten Mal München besucht, um ihren ehemaligen Rettern zu danken. Ich habe sie verdächtigt und verdächtige sie noch immer. Aber inzwischen ist mir ein neuer Gedanke gekommen. Die Tat war sehr durchdacht, und es wurden keinerlei Spuren hinterlassen. Außerdem habe ich erst kürzlich herausgefunden, dass der Anführer der ‹Schwabinger Stürmer› der Enkel eines Nazis aus der mittleren Hierarchie war, der ebenfalls von Dobler verraten wurde. Aber an die Amerikaner.»

Guerrini rührte nachdenklich in seinem Milchkaffee und dankte mit einem Nicken für die Butterbrezen.

«Kann dieser Enkel wissen, dass sein Großvater von Dobler verraten wurde?»

«Ich kann mir nicht vorstellen, dass die Amerikaner Denunzianten öffentlich gemacht haben.»

«Nein, das denke ich auch nicht. Sie wollten ja möglichst viele Informationen. Wer also konnte davon gewusst haben?»

«Höchstens ein paar Leute in dieser Wohnbaugenossenschaft. Anna Neugebauer wusste es. Von ihr hab ich die Information.»

«Kennt diese Anna Neu..., ich kann diesen Namen nicht aussprechen. Kennt Anna den Enkel?»

«Ich weiß es nicht, ich kann es mir eigentlich nicht vorstellen, sie hasst Nazis.»

«Aber sie war mit einem verheiratet.»

«Den hat sie hintergangen, indem sie eine Jüdin und ihre Tochter versteckte. Er hat nie davon erfahren.»

«Ist sie nach dem Krieg bei diesem Mann geblieben?»
«Ja, aber er ist vor zwanzig Jahren gestorben.»
«Eines natürlichen Todes?»
«Keine Ahnung.»
«Wäre interessant zu wissen.»

Laura schwieg und zupfte Salzkristalle von ihrer Breze.

«Vielleicht solltest du noch einmal mit der alten Dame reden.»

«Das ist nicht so einfach. Wenn sie nicht reden will, wirft sie mit Vasen.»

«Wie alt ist sie?»

«Ungefähr neunzig.»

«Dann musst du dich beeilen, Laura.» Guerrini grinste und biss mit Genuss in seine Butterbreze. «Vor allem bei dieser Hitze!», fügte er mit vollem Mund hinzu.

Laura zog ihr Handy aus der Tasche und rief Anna Neugebauers Nachbarin an. Aber Marion Stadler war offenbar nicht zu Hause, also hinterließ Laura ihre Mobilnummer und bat um schnellen Rückruf.

«Ich würde diesen Neonazi nicht befragen, ehe du was gegen ihn in der Hand hast», murmelte Guerrini.

«Aber ich bin hier nur im Urlaub, es ist dein Fall, Commissaria.»

«Danke! Aber du hast den höheren Dienstgrad und bist drei Jahre älter.»

Guerrini lachte. «Fahr schon zu deinem Neonazi. Ich halte ab sofort den Mund.»

Peter Baumann rief an und berichtete, dass die Handyprofile am späten Nachmittag verfügbar seien.

«Wie geht es diesem Penner?»

«Sag nicht immer Penner!»

«Was soll ich dann sagen? Tippelbruder, Bürger in sozialen Schwierigkeiten, Clochard …»

«Sag einfach Ralf. Er hat nämlich einen Namen.»

«Also, wie geht es Ralf?»

«Schlecht.»

«Bist du im Krankenhaus?»

«Nein, auf dem Weg zu einer Befragung.»

«Und zu wem, wenn ich dich befragen darf?»

«Zu einer alten Frau, die uns vielleicht weiterhelfen kann.»

«Und?»

«Was und?»

«Soll ich kommen, oder ermittelst du in Zukunft alleine?»

«Ich brauche dich, wenn ich zu Michael Geuther fahre. Diese Befragung ist schwierig, und ich mache sie lieber allein, weil die alte Dame schon beim Anblick einer Polizistin Panikanfälle bekommt. Es hat also nichts mit dir zu tun.»

«Und Guerrini?»

«Den nehme ich auch nicht mit.»

«Na dann, bis später.» Baumann wartete nicht auf Lauras Antwort. Noch ehe Laura ihr Telefon weglegen konnte, brummte es erneut. Diesmal war es Marion Stadler, deren Stimme sehr reserviert klang. Als Laura ihr erklärte, dass sie unbedingt mit Anna Neugebauer sprechen musste, blieb es ein paar Sekunden lang still. Endlich räusperte sich Marion Stadler.

«Ich glaube nicht, dass sie nochmal mit Ihnen sprechen wird, Frau Gottberg. Erstens ist sie ziemlich schlecht beieinander, und zweitens hat sie doch schon alles gesagt. Können Sie die alte Frau nicht endlich in Ruhe lassen? Was hat sie denn getan?»

«Vermutlich gar nichts, aber sie weiß vielleicht etwas, das uns sehr weiterhelfen könnte. Es geht übrigens auch um die Straßenkämpfe vor ein paar Nächten.»

«Die Straßenkämpfe? Dass ich nicht lache. Was soll denn die alte Frau damit zu tun haben?»

«Das kann ich nur mit ihr besprechen.»

«Also, ich sag Ihnen eines: Es ist das letzte Mal. Das allerletzte Mal.»

«Danke. Ich werde ungefähr in einer halben Stunde bei Ihnen sein.»

Lauras Herz klopfte schneller, als sie die Stufen zu Anna Neugebauers Wohnung hinauflief. Die junge Nachbarin wartete bereits auf sie und winkte Laura in ihre eigene Wohnung.

«Ich versteh das alles nicht», sagte sie. «Erst schreit sie Zeter und Mordio, wenn ich vorsichtig was von der Polizei sage, und jetzt will sie unbedingt, dass Sie kommen. Es wäre ihr nur nicht früher eingefallen, hat sie gesagt, sonst hätt sie schon lange mit Ihnen geredet. Ist das Demenz, Alzheimer? Oder macht sie sich über uns alle lustig?»

«Vielleicht beides.»

«Tja, dann gehen wir rüber. Die Anna will, dass Sie zu ihr in die Wohnung kommen. Das hat sie ja vorher auch verweigert. Außerdem soll ich dabei sein und außerdem der junge Kolpy aus dem vierten Stock. Er kommt gleich.»

Laura folgte ihr über den Hausflur zur Tür von Anna

Neugebauer. Marion Stadler klingelte kurz, klopfte kräftig und schloss dann auf.

«Sie hat mir den Schlüssel gegeben. Auch etwas ganz Neues. Früher hat sie drei Sicherheitsriegel und eine Kette vorgelegt.» Sie lachte und schüttelte ihre kurzen Haare. Laura fiel auf, dass sie sehr große dunkle Augen hatte. Von oben hörte man schnelle Schritte auf der Treppe.

«Das ist Adrian, er weiß schon Bescheid.»

Der junge Mann mit dem Lockenkopf grinste, als er Laura sah. «Ah, der Sozialdienst. Heute keine Ohrringe?»

Marion Stadler sah ihn erstaunt an. «Was redest du denn da?»

«Ich knüpfe nur an ein früheres Gespräch an.»

«Jetzt versuch mal, ein bisschen ernst zu sein, sonst wirft sie uns gleich wieder raus. Wartet hier, bis ich rufe.» Sie ging den langen Flur entlang bis ans Ende, rief den Namen der alten Frau und verschwand in einem Zimmer. Nach ein paar Minuten erschien sie wieder und winkte. Es war eine dunkle Wohnung, aber vielleicht lag das nur an den geschlossenen Türen. Anna Neugebauer empfing sie in der Wohnküche, und Laura meinte, plötzlich in die Küche eines Bauernhauses versetzt zu sein. In einem Erker stand ein großer roher Holztisch vor einer lederbezogenen Eckbank. Es gab einen Herrgottswinkel, bemalte Schränke, Hinterglasbilder, sogar einen kleinen Kachelofen. Anna Neugebauer saß auf der Eckbank und sah ihnen entgegen. Hager, hoch aufgerichtet, mit wachen Augen. Nur ihre Hände waren in Bewegung. Sie falteten an einem Tuch herum.

«Ihr könnt euch hinsetzen!», sagte sie. Als Laura ihr die Hand reichen wollte, winkte sie ab.

«Was ich jetzt sag, des is ganz wichtig. Hört also genau zu. Es geht um den Dobler, diesen feigen Hund!» Sie begann zu husten, und Marion holte ein Glas Wasser. Die alte Frau trank einen Schluck und atmete tief ein.

«Es ist wegen dem Dobler und weil es wieder Nazis gibt. Ich fang jetzt da an, wo ich die Idee gekriegt hab. Vor ein paar Monat hat ein junger Mann bei mir angerufen. Er hat g'sagt, dass er der Enkel vom Konrad Geuther ist. Der war ein Freund von meinem Mann.» Sie machte eine Pause und faltete weiter an dem Tuch herum. «Er hat gefragt, ob er einmal kommen könnt und ob ich ihm was über seinen Großvater erzählen würd. Erst wollt ich nicht, aber der war hartnäckig. Und dann ist er halt gekommen, und wir haben ein Bier miteinander getrunken. Er war sehr höflich, aber wissen S' was: Irgendwann hat mich ein richtiger Schlag getroffen. Ich hab plötzlich g'wusst: Des is ein Nazi! Ich könnt nicht amal erklärn, warum. Der hat einfach so g'redet wie die früher. Vom Volk und dass die Deutschen verraten worden sind. Und sein armer Großvater auch. Der sei ein Held g'wesen. Noch schlimmer war, dass ich kapiert hab: Der hält mich auch für so eine.»

In der großen Küche war es völlig still. Laura, Marion und Adrian lauschten gespannt.

«Dann hat er versucht rauszukriegen, wer seinen Großvater an die Amis verraten hat. Und da ist mir diese Idee gekommen. Ich weiß gar nicht, wo die herkam. Vielleicht hat's mir jemand eingegeben, einer von da oben.» Sie wies zur Decke. «Ich hab gedacht, wenn der Dobler noch lebt, dann ist der nie bestraft worden, und das ist eine Schweinerei. Wenn der junge Mann weiß, dass der Dobler seinen Großvater hing'hängt hat, dann kriegt der seine Strafe. Ich kenn doch die Nazis. Und wenn der was mit dem Dobler macht, dann erwischt ihn die Polizei, und er kommt ins Gefängnis, wo die Nazis alle hing'hören.»

«Wahnsinn!», stieß Adrian aus. «Das ist ja ein irrer Plan.»

«Sei still! Ich hab dich als Zeugen eing'laden und nicht, dass du was sagst!»

«Wie haben Sie ihn denn so weit gekriegt, dass er sich am Dobler rächen wollte?» Gespannt beugte Laura sich vor.

«Des war ganz leicht, Frau Kommissarin. Ich hab ihm g'sagt, dass der Dobler viele verdiente Nazis verraten hat, nicht nur seinen Großvater. Der Geuther is ganz unruhig g'worden. Ich hab auch g'sagt, dass ein paar zum Tode verurteilt wurden, von den Amis. Da is er blass g'worden. Und dann hab ich g'sagt, dass der Dobler noch lebt und er ihn suchen soll.»

Aus einem anderen Zimmer klangen dumpf die Schläge einer Standuhr. Zwölf Schläge. Laura zählte mit, sie hatte Mühe zu begreifen, was die alte Frau erzählte.

«Er hat ihn g'funden», sagte sie jetzt leise. «Gott sei Dank hat er ihn g'funden. Ein paar Tag später ist nämlich die Lea Maron gekommen und wollt auch wissen, wo der Dobler ist. Aber da war er schon tot. Sie war dort, aber die Wohnung war versiegelt und von der Polizei abg'sperrt. Und da hab ich Gott gedankt, dass er mir den Geuther g'schickt hat, damit ich die Lea retten kann. So war des!»

Plötzlich fuhr sie auf und funkelte Laura aus ihren Raubvogelaugen an. «Aber die Polizei war zu blöd, den Geuther zu fangen. Und der alte Mayer so dumm, die Geschichte von den Marons zu erzählen. Da hätten S' die Lea wieder eing'sperrt. Ich bin beinah g'storben vor Angst!»

Adrian Kolpy hielt mit beiden Händen seinen Kopf und machte ein Geräusch, als entweiche die Luft aus einem Ballon. Marions Mund stand halb offen. Laura aber wollte gerade etwas sagen, da herrschte die alte Frau sie an: «Gehen S' endlich! Verhaften S' den Geuther. Hat schon Unheil genug ang'richtet!»

Laura ging.

IM TREPPENHAUS blieb Laura stehen und alarmierte ihre kleine Streitmacht. Baumann würde dafür sorgen, dass Geuthers Wohnhaus von allen Seiten abgeriegelt wurde. Florian und Ines unterbrachen ihre Verhöre und machten sich auf den Weg nach Schwabing. Als Laura auf die Straße trat, lehnte Angelo im Schatten des gegenüberliegenden Eingangs und kam schnell auf sie zu, sein Gesicht eine einzige Frage.

«Gleich! Komm in den Wagen. Wir müssen sofort los!»

Als sie ihm in knappen Worten Anna Neugebauers zorniges Geständnis erzählt hatte, war er begeistert.

«Du musst sie mir vorstellen. Sie ist kreativ, intelligent und war in der Lage, ein höchst kompliziertes Problem zu lösen. Zwei Fliegen mit einer Klappe sozusagen – wahrscheinlich sogar ein halbes Dutzend Fliegen.»

«Angelo! Was sie getan hat, war ein verschlüsselter Auftragsmord. Sie hat Geuther benutzt, sich an Dobler zu rächen.»

«Tut dir das leid?»

«Nein.»

«Also?»

«Es war Anstiftung zu einem Verbrechen, zu einem kaltblütigen Mord.»

«Du wirst sie doch nicht etwa verhaften wollen?»

«Nein.»
«Und warum nicht?»
«Weil ich sie bewundere.»
«Ecco!»

Sie warteten an der Einfahrt zum Hinterhof, in dem Geuthers Wohnhaus lag. Die Kollegen trafen kurz nach Laura und Guerrini ein und verteilten sich über das Gelände. Kommissar Baumann nickte Guerrini zu, hielt sich aber von ihm fern.

«Soll er etwa mitkommen?», fragte er Laura befremdet.

«Natürlich nicht, was denkst du denn! Guerrini bleibt beim Wagen. Er leistet hier schließlich keine offizielle Ermittlungshilfe.»

«Nur inoffizielle, was?»

«Sag mal, was ist eigentlich mit dir los? Wir stehen kurz vor einer wichtigen Festnahme, und du findest Zeit, launige Bemerkungen über mein Privatleben zu machen. Wir gehen jetzt zusammen in Geuthers Wohnung und konzentrieren uns ausschließlich darauf. Alles klar?»

Baumann zuckte die Achseln.

«Er ist da. Ich habe ihn vorhin angerufen und so getan, als wäre ich falsch verbunden. Er war ziemlich unfreundlich.»

«Also los.»

Baumann wollte mit dem Funkgerät Kontakt zu den Kollegen aufnehmen, doch Laura schüttelte den Kopf.

«Nimm das Handy. Wer weiß, ob der da oben nicht in der Lage ist, Funkgeräte abzuhören. Der ist doch sicher in Alarmstellung.»

Es dauerte ein paar Minuten, ehe alle wussten, was sie zu tun hatten, dann endlich schlenderten Laura und Baumann durch die Einfahrt und überquerten den Hinterhof. Die Maler beluden gerade wieder ihren Lieferwagen und grüßten Laura. «Schönen Gruß an den Michael», sagte der eine.

«Werd ich ausrichten.»

Sie schaute zu den Fenstern im zweiten Stock hinauf. Hinter dem rechten Fenster entdeckte sie den Umriss eines Mannes, der zu ihnen heruntersah.

«Scheiße! Ich glaube, er hat uns schon entdeckt.»

«Keine Panik, er musste doch damit rechnen, dass wir wiederkommen. Vermutlich denkt er, dass wir ein ähnliches Gespräch mit ihm führen werden wie beim letzten Mal.»

Florian und Ines erwarteten sie im ersten Stock, sie würden ihnen erst folgen, wenn sie in Geuthers Wohnung waren. Langsam stiegen Laura und Baumann die letzten Stufen hinauf und standen vor der Tür mit dem imposanten schwarzroten Fußabstreifer. Baumann nahm seine Waffe aus dem Schulterhalfter und drückte auf den Klingelknopf, doch niemand öffnete. Er klingelte ein zweites und drittes Mal, rief: «Herr Geuther, wir wissen, dass Sie zu Hause sind. Öffnen Sie die Tür.»

In diesem Augenblick hörten sie Florian Bader fluchen. «Der hat sich abgeseilt. Da unten läuft er!»

Laura und Baumann eilten ans Fenster im Zwischengeschoss und sahen Geuther durch die Einfahrt zur Ungererstraße laufen. Genau dahin, wo sie zuvor hergekommen waren. Die Kollegen aber sicherten das Haus von hinten. Vorn wartete nur Commissario Guerrini auf das Ende der Operation.

Alle vier rannten gleichzeitig los, flogen die Stufen hinunter, rasten über den Hof, vorbei an den verblüfften Malern, durch die Unterführung und kamen genau in dem Moment an, als Guerrini sich vor Geuthers Schlag duckte, dann nach vorn hechtete und ihm die Beine wegzog.

«Peinlich», murmelte Baumann, ehe er gemeinsam mit Florian Bader zugriff und Geuther Handschellen anlegte.

«Bringt ihn ins Präsidium. Ich will ihn sofort verhören. Was meinst du übrigens mit ‹peinlich›, Peter?»

«Es ist genauso peinlich wie bei Bayern München, wenn immer nur Luca Toni ein Tor schießt. Ich meine, wir sind zu zehnt, und wer hat den Geuther gestellt? Ich bitte dich, wenn das nicht peinlich ist!»

Laura lächelte und beschloss, das nicht für Angelo zu übersetzen.

Eine halbe Stunde lang sagte er gar nichts, beantwortete keine Frage, verlangte nur einmal nach seinem Rechtsanwalt. Laura versuchte ihn mit ihren Fragen einzukreisen, begann mit den Gewalttaten an der Isar. In allen Einzelheiten schilderte sie die beiden Morde und beschrieb dann den Überfall auf Ralf. Sie äußerte ihre Vermutung, dass er die Schläger auf Ralf angesetzt hatte, der wahrscheinlich ein Zufallsopfer war, um von den Kameraden abzulenken, die in Untersuchungshaft saßen.

«Verrat ist keine gute Sache, nicht wahr? Verrat wird in Ihren Kreisen schwer bestraft. Wollten Sie Ihren eigenen Verrat wiedergutmachen?»

Er zuckte nur mit einem Mundwinkel und starrte auf die Tischplatte, die ihn von Laura trennte.

«Mit Ihrem Hinweis haben Sie die Kameraden vom ‹Schwabinger Sturm› denunziert. Ich hab denen das gesagt. Sie konnten es nicht fassen.»

Geuther presste die Lippen zusammen. Im Vernehmungsraum war es unerträglich heiß. Laura hatte verfügt, dass auf keinen Fall Ventilatoren aufgestellt werden dürften. «Hitze macht mürbe», hatte sie zu Baumann und Claudia gesagt. Allerdings traf das auch auf sie selbst zu. Baumann hatte es vorgezogen, draußen hinter der Beobachtungsscheibe zu bleiben. Dort war es kühler. Außer Geuther und Laura musste noch ein junger Polizeibeamter schwitzen, der neben der Tür Wache hielt.

«Sie werden sich vor Ihren Kameraden rechtfertigen müssen, wenn Sie hier herauskommen. Wird sicher nicht leicht werden. Aber davon abgesehen, ich hatte da noch ein sehr interessantes Gespräch mit einer alten Dame. Kennen Sie zufällig eine Anna Neugebauer? Sie war mit einem Freund Ihres Großvaters verheiratet. Tragisch, dass beide tot sind, nicht wahr?» Laura sagte all das in einem leichten Plauderton, während der Schweiß in Bächen über ihren Rücken lief und sie befürchtete, demnächst in einer Pfütze zu sitzen. Michael Geuther aber schien abgeschaltet zu haben, saß unbeweglich vor ihr, Unterarme und Hände flach auf dem Tisch. Sein versteinertes Gesicht erinnerte Laura wieder an Putin.

«Machen Sie Karate?», fragte sie.

Keine Antwort.

«Wo war ich stehengeblieben? Ach ja, Anna Neugebauer ... ja, sie hat mir eine interessante Geschichte von einem gewissen Dobler erzählt, und das traf sich ganz gut, denn ich ermittle zufällig in diesem Fall. Ich meine, es ist doch ungewöhnlich, dass ein uralter Mann vergiftet wird, der nicht einmal etwas zu vererben hat. Wer sollte denn ein Interesse daran haben?»

Geuther schloss kurz die Augen und wischte sich mit einer Hand den Schweiß vom Gesicht.

«Es ist wirklich sehr warm, nicht wahr? Diese Klimakatastrophe macht uns schon jetzt zu schaffen, obwohl sie eigentlich noch gar nicht richtig da ist. Hoffentlich wird hier bald eine Klimaanlage eingebaut. Das ist ja nicht zum Aushalten!»

Nein, sie erzielte auch mit ihrer vermeintlichen Harmlosigkeit keine sichtbare Wirkung. Eigentlich müsste er mir allmählich an die Gurgel gehen, dachte Laura. Er hat verdammt viel Selbstbeherrschung.

«Also, die alte Dame erzählte mir Folgendes: Aber vermutlich kennen Sie diese Geschichte …»

Es klopfte, und Kommissar Baumann trat in den Raum, er schnappte hörbar nach Luft und winkte Laura zu sich heran.

«Die Handyprofile sind da. Schau sie dir an!», flüsterte Baumann und drückte Laura einen Stapel Blätter in die Hand. «Er war bei Anna Neugebauer und bei Dobler. Alles belegt.»

«Wann war er in Doblers Gegend?»

«Am Tag des Mordes und mehrmals in den Tagen zuvor. Wahrscheinlich hat er ausgekundschaftet, wann der Essensdienst kommt.»

«Danke.»

Laura kehrte an den Tisch zurück, tupfte sich mit einem Papiertaschentuch den Schweiß von Stirn und Hals, setzte sich endlich und breitete die Blätter mit

Auszügen aus dem Stadtplan von München vor sich aus. Geuthers Wege waren rot eingezeichnet.

«Es gibt interessante neue Methoden in der Forensik», sagte sie. «Sie erfinden jeden Tag was Neues, wir Kriminalbeamten kommen gar nicht mehr mit. Eigentlich müssten wir ständig auf Fortbildung, bloß, wer fängt dann die Verbrecher?» Plötzlich wurde ihr bewusst, dass ihre Verhörmethode eine Art Folter darstellte und die naive Harmlosigkeit, die sie vorspiegelte, Ausdruck ihres Hasses war. Sie hasste diesen bewegungslosen Mann, der keinerlei Blickkontakt mit ihr aufnahm.

Die schlimmsten Verbrecher sind diejenigen, die im Auftrag einer Ideologie morden, dachte sie. Sie sind überzeugt, dass sie im Recht sind. Sie können Tausende umbringen und denken immer noch, dass sie im Recht sind. Wie harmlos sind dagegen gewöhnliche Mörder. Sie handeln im Affekt, und hinterher bereuen sie es meistens.

«Ja, so eine neue Methode habe ich hier gerade vorliegen. Es geht um das Verfolgen von Spuren, die Handys hinterlassen. Schon unheimlich, nicht wahr? Wir alle hinterlassen heute Spuren, die man selbst nach Wochen und Monaten nachvollziehen kann. Und natürlich haben auch Sie solche Spuren hinterlassen, Herr Geuther.»

Sein rechtes Augenlid zuckte, sonst zeigte er noch immer keine Reaktion.

«Wie mir mein Kollege soeben mitteilte, zeigen diese Spuren deutlich, dass Sie sich sowohl bei Anna Neugebauer als auch bei diesem Dobler aufgehalten haben. Wahrscheinlich hat die alte Dame Ihnen erzählt, dass der Dobler Ihren Großvater an die Amis verraten hat.

Und Verrat wird ja in Ihren Kreisen schwer bestraft, nicht wahr? Das verjährt nie. Egal, ob es schon sechzig Jahre her ist oder nur eine Woche.»

Nichts.

«Nun, Sie müssen sich zu meinen Überlegungen nicht äußern. Sie müssen auch keine Fragen beantworten. Wir nehmen nur noch eine DNA-Probe von Ihnen, dann reicht das Belastungsmaterial ganz locker für eine Anklage. Sie werden einen guten Anwalt brauchen, Geuther, und Ihre Kameraden auch. Ich hoffe, Ihre Organisation kann sich das leisten.»

Laura machte dem Wachposten ein Zeichen. Der rief einen Kollegen, und zu zweit führten sie Geuther ab. Als sie beinahe die Tür erreicht hatten, drehte sich Michael Geuther halb zu Laura um und spuckte auf den Boden.

«Warten Sie, mir ist noch etwas Wichtiges eingefallen!», rief Laura. «Was Sie nicht wissen konnten, Herr Geuther: Mit Ihrer Tat haben Sie eine Jüdin gerettet. Sicher etwas, das nicht in Ihrer Absicht stand, aber ich danke Ihnen dafür.»

Zum ersten Mal hob er den Kopf und sah Laura an. Verwirrung lag in seinem Blick.

«Ich glaube, Sie ticken nicht ganz richtig!», murmelte er, ehe die beiden Polizeibeamten ihn hinausschoben.

Zu Baumann und Claudia hatten sich inzwischen auch der Staatsanwalt und Kriminaloberrat Becker gesellt. Als Laura endlich die Sauna des Vernehmungsraums verlassen konnte, trank sie einen halben Liter Mineralwasser und stellte sich vor einen großen Ventilator.

«Ich wusste überhaupt nicht, dass du so viel reden

kannst!», sagte Baumann. «Dabei kenne ich dich schon seit Jahren. Wie machst du das? Stellst dich total blöd und plätscherst im freundlichsten Konversationston vor dich hin.»

«Ich kann den Typ nicht leiden!» Sie befeuchtete ein Taschentuch und kühlte ihr Gesicht. «Ich habe gehofft, dass er einen Hitzschlag kriegt, dass er sich in die Hosen macht. Aber er ist eiskalt. Trotzdem haben wir ihn, und mehr kann man nicht verlangen.»

«Ich hätte nicht gedacht, dass der Fall Dobler eine so überraschende Wendung nehmen würde.» Beckers Stimme klang rau.

«Ich auch nicht», pflichtete der Staatsanwalt bei. «Ich wollte spätestens nächste Woche den Fall ad acta legen. Gute Arbeit, Frau Gottberg.»

«Danke.» Und sie dachte, dass diejenige, die sich diesen Mord ausgedacht hatte, im Verborgenen bleiben würde. Es gab Zeugen genug für ihre Aussage. Eine so alte Frau würde man sicher in Ruhe lassen.

AN DIESEM ABEND führten Laura und Guerrini den alten Gottberg zum Essen aus. In sein italienisches Lieblingslokal in der Osterwaldstraße. Sie setzten sich unter die Kastanienbäume in den Garten und bestellten einen großen Vorspeisenteller, Weißwein und Wasser. Emilio Gottberg war begeistert von Guerrinis Anwesenheit.

«Er hat heute Nachmittag den Luca Toni gegeben!», sagte Laura und prostete ihrem Vater zu.

«Wie, den Luca Toni?»

«Na, Angelo hat ein Tor geschossen. Er hat Michael Geuther daran gehindert zu fliehen. Baumann meinte, es sei peinlich.»

«Das hast du mir gar nicht erzählt!» Guerrini schüttelte den Kopf.

«Nein, ich habe es nicht übersetzt, weil ich verhindern wollte, dass du eingebildet wirst.»

«Also, jetzt erzählt bitte der Reihe nach, sonst kann ich nicht folgen. Bei dieser Hitze funktioniert mein Kopf nicht so gut wie sonst.»

Laura und Guerrini berichteten abwechselnd, und der alte Doktor Gottberg machte große Augen.

«Na, das ist ja eine Geschichte!», murmelte er, als sie schwiegen. Er rieb sich die Stirn und schüttelte den Kopf. Dann hob er seinen Zeigefinger. «Kluge Frau, diese Anna Neugebauer! Wenn auch nicht ganz im Rahmen der Legalität! Beinahe eine griechische Tragödie. Aber ich habe auch eine Geschichte für euch, eine unglaubliche. Ich wollte sie Laura schon vor einer Woche vorlesen, aber sie hatte keine Zeit für die wesentlichen Dinge des Lebens!» Er lächelte fein, trank einen Schluck, zog dann einen zerknitterten Zeitungsausschnitt hervor, setzte seine Lesebrille auf und rückte ein bisschen näher an die Laterne heran.

«Passt auf: Das Volk der Piresen ist ausnehmend diskret. Man kann sie weder sehen, hören, riechen noch ertasten. Sie haben keine Spuren in der Geschichte hinterlassen. Und auch im Netz kann man nicht mit ihnen ... was?» Er räusperte sich und hielt Laura das Papier hin.

«Und auch im Netz kann man nicht mit ihnen chatten.»

«Ach so. Als ob sie gar nicht da wären. Trotzdem zweifelte keiner der Befragten des ungarischen Meinungsforschungsinstituts Tarki an ihrer Existenz. 68 Prozent sprachen sich gegen die Einwanderung der Piresen nach Ungarn aus, ebenso wie gegen den Zuzug von Arabern, Chinesen, Russen und Rumänen. Zwischen der ersten Umfrage im Juni 2006 und der zweiten im Februar 2007 wuchs der Abscheu vor den Piresen um weitere neun Prozent.

Die Witzbolde von Tarki hatten dieses Volk schlicht erfunden. Die Nation musste in den Spiegel blicken, der Fremdenhass wurde durch diese Umfrage in seiner ganzen Irrationalität entlarvt. Diese spielerische Pädagogik scheint umso notwendiger, als die Angst vor Überfremdung nicht nur von unbelehrbaren Radikalen kultiviert wird, sondern zum allgemeinen Lebensgefühl gehört!» Emilio Gottberg sah kurz auf, als der Kellner die große Platte mit Vorspeisen auf den Tisch stellte. «Grazie tanto!», lächelte er und fuhr dann fort: «Ironisch rief das Wochenblatt ‹Leben und Literatur› die Politiker auf, endlich mit den Piresen aufzuräumen. Damit würde das beglückende Bewusstsein, wenigstens das nie Dagewesene besiegt zu haben, die Ungarn zusammenhalten.» Er machte eine Pause und sah Laura und Guerrini über den Rand seiner Brille hinweg triumphierend an. «Das trifft nicht nur auf die Ungarn zu! Es ist genau das, was ich schon immer sage: Erfindet einen Sündenbock, und die meisten werden auf ihn einprügeln! Minderheiten, Außenseiter, Obdachlose, Ausländer ... nehmt, was ihr wollt! Es ist immer wieder so, als würde jemand eine alte Truhe öffnen, und heraus kämen die Bakterien der Dummheit und des Hasses. Aber lassen wir das. Ihr wisst es genauso gut wie ich. Außerdem habt ihr es gerade erlebt. Ich wollte euch das vorlesen, weil ich mich darüber freue, dass diese Dinge lächerlich gemacht werden. Dieser Film von Charlie Chaplin ... wie heißt er noch?»

«Der große Diktator», warf Laura ein.

«Ja, richtig! Der sollte immer wieder gezeigt werden. Aber die Menschen ...» Emilio Gottberg seufzte, setzte dann seine Brille ab und betrachtete den Vorspeisenteller. «Wie gut, dass es noch erfreuliche Dinge auf dieser Erde gibt. Guten Appetit, ihr beiden. Wie schön, mit euch zu speisen!»

Viel später, der alte Gottberg lag längst in seinem Bett, bummelten Laura und Guerrini durch die Arkaden im Hofgarten und dann hinüber zu den duftenden Rosenbeeten und den Brunnen. Sie schauten zu den Türmen der Theatinerkirche hinüber.

«Ich wollte dich etwas fragen», sagte Guerrini im Schatten des kleinen Tempels in der Mitte des Gartens. Draußen beleuchtete der Mond die Sträucher und Beete und die Residenz der vergangenen Könige.

«Frag.»

«Wäre es völlig undenkbar für dich, mit mir in Siena zu leben?»

Laura legte einen Arm um seine Hüfte.

«Undenkbar nicht, aber unmöglich, Angelo. Ich habe zwei Kinder, die mich noch brauchen. Wenn sie einmal davongeflogen sind und wir uns noch lieben, dann wäre es sehr denkbar.»

«Mehr wollte ich nicht wissen, Laura. Mir war nur wichtig, dass du es für möglich hältst.»

«Na ja, Luca ist in gut einem Jahr mit der Schule fertig. Dann wird er studieren und wahrscheinlich ausziehen. Sofia könnte die Schule auch in Siena abschließen, ihr Italienisch ist ...» Angelo küsste sie mitten in diesen Satz hinein.

«Und deine Arbeit?», fragte er nach dem Kuss.

«Ich halte sie immer noch für sinnvoll, aber muss ein Mensch sein ganzes Leben lang die Bösen jagen? Mir fällt bestimmt noch etwas anderes ein.»

«Sicher?»

«Ganz sicher. Hast du das gesehen?» Laura wies nach Norden. «Es hat geblitzt. Ganz weit weg, aber der ganze Himmel ist hell geworden. Wir sollten nach

Hause gehen, dieses Gewitter wird ungefähr so heftig werden wie der Weltuntergang.»

Noch später standen sie in Lauras Küche und sahen den Blitzen zu, die den Hinterhof ohne Unterbrechung in flackerndes Licht tauchten. Donnerschläge ließen das Haus erbeben, rasender Sturm schüttelte die Bäume, riss Äste ab und rollte Mülltonnen herum. Qualvoll lange dauerte es, ehe endlich der Regen kam. Erst fiel er als Eis vom Himmel, zerschlug Dachziegel und Windschutzscheiben und erfüllte die Stadt mit unheilvollem Dröhnen. Dann erst folgte der Regen, wild wie die Sintflut. Aber die Luft wurde kühl und frisch. Laura und Guerrini traten auf den kleinen Balkon und ließen sich bis auf die Haut durchnässen.

Als das Telefon klingelte, kehrte Laura nur widerwillig in die Wohnung zurück. Sie nahm den Hörer ab.

«Gottberg.»

«Er wird wahrscheinlich durchkommen», sagte der Arzt. «Sieht so aus, als wäre er übern Berg.»

«Danke.» Laura legte langsam das Telefon zurück.

«Ich möchte mit dir nach Rom», flüsterte Guerrini mit jenem heiseren Timbre, das nur Italienern eigen ist.

«Später», flüsterte Laura und begann sein nasses Hemd aufzuknöpfen.

Quellen

Das Gedicht von Ingeborg Bachmann stammt aus: *Gedichte berühmter Frauen. Von Hildegard von Bingen bis Ingeborg Bachmann.* Herausgegeben von Elisabeth Borchers, Insel Verlag, Frankfurt am Main und Leipzig 1996. © 1978 Piper Verlag GmbH, München.

Die Zitate von Ryszard Kapuściński wurden entnommen aus: Ryszard Kapuściński, *Die Welt im Notizbuch,* Piper Verlag, München 2003. Der Abdruck erfolgt mit freundlicher Genehmigung des Eichborn Verlags.

Der Text über junge Neonazis stammt aus: Stefan Michael Bar, *Fluchtpunkt Neonazi. Eine Jugend zwischen Rebellion, Hakenkreuz und Knast.* Herausgegeben von Klaus Farin und Rainer Fromm für das Archiv der Jugendkulturen e.V., Verlag Thomas Tilsner, Berlin 2003. Der Abdruck erfolgt mit freundlicher Genehmigung vom Archiv der Jugendkulturen Verlag KG.

Der Artikel über die Piresen erschien in der *Süddeutschen Zeitung,* «Piresen raus» von Kathrin Lauer, 16.3.2007

Foto: Paul Mayall

Felicitas Mayall

Kommissarin Laura Gottberg ermittelt

Nacht der Stachelschweine
Laura Gottbergs erster Fall.
Während deutsche Urlauber in einem italienischen Kloster Ruhe suchen, wird die junge Carolin in einem nahen Waldstück tot aufgefunden. rororo 23615

Wie Krähen im Nebel
Laura Gottbergs zweiter Fall.
Zeitgleich werden eine Leiche im Eurocity aus Rom und ein bewusstloser Mann auf den Gleisen des Münchner Haupbahnhofs gefunden. Kommissarin Laura Gottberg ist ratlos. Hängen die beiden Fälle zusammen? rororo 23845

Die Löwin aus Cinque Terre
Laura Gottbergs dritter Fall.
Eine junge Italienerin, die als Aupair in Deutschland arbeitete, ist tot. Um den Fall zu lösen, muss Laura in die Heimat des Mädchens fahren: ein kleines Dorf in Cinque Terre, wo die Frauen der Familie ein dunkles Geheimnis hüten.
rororo 24044

Wolfstod
Laura Gottbergs vierter Fall.
Ein deutscher Schriftsteller wird in seiner Villa südlich von Siena leblos aufgefunden. rororo 24440

Hundszeiten
Laura Gottbergs fünfter Fall.
In München machen Jugendliche nachts Jagd auf Obdachlose.

Kindler 40526

Weitere Informationen in der Rowohlt Revue oder unter www.rororo.de